FOLIO POLICIER

John Maddox Roberts

Les fantômes de Saigon

Traduit de l'américain
par Francis Lefebvre

Gallimard

Titre original :

THE GHOSTS OF SAIGON

John Maddox Roberts est né en 1947 dans l'Ohio. Après avoir combattu au Vietnam, il a écrit une trentaine d'ouvrages de science-fiction, de *fantasy* et de policiers historiques, dont la série *SPQR*, les enquêtes de Decius Metellus dans la Rome antique, plusieurs fois en lice pour les Edgar Awards. John Maddox Roberts vit aujourd'hui au Nouveau-Mexique.

À l'armée des États-Unis, 1967-1970

Pain et Sel

PROLOGUE

C'était la deuxième fois que je venais dans cette ville. La première fois, ç'avait été vingt-six ans plus tôt. À cette époque-là, j'étais venu en Boeing 707 de la Flying Tiger Airlines, la compagnie fondée par Claire Chennault. Pour cette compagnie, il avait repris le nom de l'escadrille de matamores qu'il avait organisée avec des pilotes américains, pour les Chinois, pendant la guerre sino-japonaise. J'avais voyagé avec une cargaison de jeunes hommes effrayés, à peine sortis de l'enfance, et nous nous étions tous sentis très seuls quand nous étions sortis des nuages de la mousson et que nous avions écarquillé les yeux, en scrutant à travers les épais hublots. Il faisait nuit ; on approchait en venant de la mer et on ne voyait guère que quelques faibles points lumineux, rien de comparable à la débauche de lumière d'une grande ville américaine. Puis les pneus avaient couiné sur la piste de l'aéroport de Tan Son Nhut.

Cette fois-ci, il faisait jour. J'étais dans un jumbo-jet de la JAL, avec le personnel de bord le plus courtois du monde. L'avion était rempli d'hommes qui avaient autour de la cinquantaine, avec leurs femmes. Ils étaient tous bardés d'appareils photo, et la plupart des hommes portaient des casquettes de base-ball arborant les insignes d'unités militaires d'un autre âge. Moi, j'étais avec une femme que je ne connaissais pas, en qui je n'avais pas confiance et que je n'aimais pas beaucoup.

Cette fois-ci, les énormes pneus jumelés n'ont pas crissé sur la piste de façon audible. L'avion a ralenti et a roulé jusqu'au terminal. Le bâtiment n'avait pas l'air d'avoir beaucoup changé depuis la dernière fois. Il avait peut-être été amélioré, mais on ne risquait pas de le confondre avec un important aéroport international. Nous sommes passés devant un grand panneau :

BIENVENUE À HO CHI MINH-VILLE

Ho Chi Minh-Ville, mon cul. Ce serait toujours Saigon pour moi.

Tout avait commencé par une lettre.

LIVRE 1

FANTÔMES

CHAPITRE UN

La lettre était dans ma boîte ce matin-là, épaisse et consistante par rapport au reste du courrier. J'ai posé le paquet sur une table et j'ai mis dix bonnes secondes pour le trier, puis j'ai tout jeté à la poubelle, sauf la lettre.

Le papier de l'enveloppe était épais et crémeux, visiblement cher. Dans le coin supérieur gauche, « Queen Productions » était imprimé à l'encre rouge sombre, avec une adresse à Hollywood. À côté, il y avait le logo de la société : une couronne stylisée. En la regardant d'assez près, on s'apercevait que la couronne était découpée dans de la pellicule photo. L'ensemble puait la richesse et le succès, et c'était l'effet recherché. Pas mal pour un gars qui avait l'habitude de me taper l'argent de ses cigarettes.

Les bureaux de Knoxville de l'agence d'Investigations Carson étaient situés dans un immeuble récemment rénové d'Union Street. Je les avais ouverts six mois auparavant et j'en étais pour le moment le seul agent ; pourtant, j'avais choisi un local spacieux, avec assez de place pour trois ou quatre agents de plus, pour le cas où les affaires se développeraient suffisamment.

Le siège était à Cleveland. Randall Carson, mon patron, m'avait confié le bureau de Knoxville parce qu'une de mes enquêtes m'avait fait très mal voir dans certains milieux politiques de Colombus et il avait pensé qu'il valait mieux m'éloigner quelque temps. Après une courte période d'ajustement, j'avais décidé que j'aimais Knoxville. C'était une ville assez grande pour être intéressante, mais assez petite pour qu'on s'y retrouve facilement. Et elle était loin, très loin, de Los Angeles. Une minimétropole retirée, c'était exactement ce dont j'avais besoin.

J'avais pris l'habitude de lire mon courrier en prenant mon café matinal — un rituel insignifiant qui m'aidait à combler le vide de ma vie personnelle. J'ai allumé la cafetière électrique et j'ai regardé la lettre posée sur mon bureau pendant que la machine grognait comme un animal en train d'accoucher, et produisait son filet brun-noir. Une délicieuse odeur a envahi le bureau. J'avais trouvé une boutique sur Kingston Pike, qui vendait de nombreuses variétés de cafés importés. Ce matin, je me préparais du Yrgacheffe éthiopien. Quand on a juré de ne plus toucher à l'alcool, on devient perfectionniste pour des trucs comme le café.

En attendant que la cafetière se remplisse, j'ai pensé à Mitch Queen. Nous avions été proches autrefois, quand nous avions fait notre service outre-mer, à l'armée. De retour aux États-Unis, nous avions vécu tous les deux à Los Angeles ; Queen essayait de faire son chemin dans le cinéma, quelle que soit la spécialité, moi j'étais dans la police de LA. Les deux premières années, nous nous étions vus fréquemment. Comme d'habitude dans ce genre de relations, nous nous étions éloignés peu à peu l'un de l'autre en découvrant que nous avions de moins en moins de choses en commun. Je l'avais vu pour la dernière fois des années auparavant, à l'enterrement de ma femme. Je me demandais pourquoi il rétablissait le contact aujourd'hui. Naguère, je me serais demandé comment il m'avait retrouvé, mais à notre époque d'ordinateurs personnels ce n'est vraiment pas sorcier.

Quand le café a été prêt, je me suis servi une grande tasse, j'ai ajouté du sucre et du lait, pris dans le petit réfrigérateur du bureau, et je me suis renversé dans mon fauteuil pivotant pour ouvrir la lettre. Le papier épais a donné du mal au coupe-papier mais il s'est découpé sans peluches ni poussière. Qualité parfaite jusqu'au bout. La lettre tenait sur une seule feuille du même papier avec le logo de la société de Mitch gravé en relief. Il y avait aussi une brochure imprimée.

Gabe, mec,

Je n'arrive pas à croire qu'on ne s'est pas vus depuis tant d'années. Je viens d'apprendre que notre ancienne unité va tenir une réunion à Chattanooga la semaine prochaine et je vais y assister. Comme tu n'es pas loin de là actuellement, tu aimerais peut-être y aller aussi. Nous pourrions parler du bon vieux temps en buvant quelques bières. Je t'envoie une brochure pour tous les détails pratiques.

Gabe, ce n'est pas seulement pour le plaisir que je veux te rencontrer. Je suis engagé dans une production vraiment importante — je dis bien importante —, la plus grosse de ma carrière. Le scénario est de la dynamite, le réalisateur a remporté plusieurs oscars, j'ai des engagements de la part de stars qui sont des valeurs sûres, et des grands investisseurs font la queue en sortant leurs carnets de chèques. Or, il se passe quelque chose de bizarre qui risque de torpiller tout le projet et, tu le croiras si tu veux, ça nous concerne toi et moi, et notre passé.

Je ne veux pas entrer dans les détails maintenant, mais si on se voit à Chattanooga la semaine prochaine, je te mettrai au courant et, si tu veux t'en charger, je paierai très généreusement tes services. Tu sais que je ne fais pas les choses à moitié.

J'ai vraiment besoin de toi sur ce coup, Gabe, accepte s'il te plaît, pour moi. Souviens-toi du champ de courses.

Amicalement
GUNSLINGER [1]

Qu'est-ce que ça voulait dire ? Je l'ai relue en entier. C'était la lettre la plus étonnante que j'aie jamais reçue. Elle commençait sur un ton désinvolte, du style « hé vieux pote, quand est-ce qu'on se voit ? », elle continuait dans l'hyperbole et la vantardise, ce qui était bien dans la manière de Mitch Queen. Et puis elle tournait à la supplique, presque désespérée, ce qui ne lui ressemblait pas du tout. La dernière phrase m'a piqué au vif. Est-ce qu'il pensait que j'aurais oublié ? Je me serais senti beaucoup plus disposé à écouter son problème s'il n'avait pas jugé nécessaire de m'envoyer cette vieille dette à la figure.

J'ai parcouru la brochure. Elle provenait de l'Association du 18e Bataillon de Police Militaire. Elle

1. Surnom guerrier qui traduit grossièrement l'idée de quelqu'un « qui tire vite » *(toutes les notes sont du traducteur).*

annonçait une réunion de tous ceux qui avaient servi dans ce bataillon au Vietnam ; elle mentionnait les organisateurs, l'invité d'honneur, le programme des activités, tout le baratin habituel. On y avait ajouté des renseignements sur l'hôtel où avait lieu la réunion et les hôtels voisins, avec leurs adresses et leurs tarifs, etc.

J'étais stupéfié d'apprendre qu'une telle association existait, et qu'elle tenait des réunions. Ma guerre, ce n'était pas la Seconde Guerre mondiale. Je savais que des vétérans d'unités Gung ho[1] de cette guerre-là, comme les Marines ou les Parachutistes, se réunissaient pratiquement tous les ans depuis un demi-siècle. Ils pensaient qu'ils avaient de quoi être fiers de ce qu'ils avaient fait, et rien d'aussi important ne leur était arrivé depuis lors.

Pour le Vietnam, c'était différent. Nous, on voulait juste rentrer chez nous, mettre des vêtements civils et oublier tout ce bazar. Je n'avais jamais été intéressé par le trip nostalgique du vieux soldat et je n'en avais aucun besoin. Je n'avais pas beaucoup de bons souvenirs de cette époque, sauf que c'était là que j'avais rencontré Rose.

Mais en regardant cette brochure, j'ai eu la sensation bizarre et insistante que je devais y aller. Ces dernières années, je m'étais surpris à me rappeler mon passage à l'armée avec une certaine indulgence. J'avais même commencé à voir mon année au Vietnam à travers une brume dorée de nostalgie. Je ne m'aveugle-

1. Gung ho : du chinois ; littéralement « travaillons ensemble ». Surnom de certaines unités de Marines pendant la Seconde Guerre mondiale.

rais jamais au point de croire que ç'avait été une merveilleuse expérience, mais plus d'un quart de siècle avait passé. Au diable l'horreur et la terreur des événements réels ; quand on arrive à mon âge, *tout* ce qui est arrivé quand on avait vingt ans commence à apparaître sous un bon jour.

Aussi, j'ai pris le téléphone et j'ai appelé le bureau de Cleveland.

« Investigations Carson, que puis-je pour vous ?

— Delilah ? Treloar, de Knoxville. Le patron est là ?

— Oh, salut, Gabe. Attends, il était sur l'autre ligne… non, il est libre maintenant. Je te le passe. »

Deux secondes plus tard, la voix cassée par le tabac de Randall Carson s'est fait entendre. « Quoi de neuf, Gabe ?

— Quelque chose de vraiment étrange est arrivé par la poste. Écoute ça. » Et je lui ai lu la lettre.

« Et ce gars, Queen, il a servi avec toi au Vietnam ?

— Ouais, et nous nous sommes vus pendant un moment après notre démobilisation. Il est dans le cinéma. J'ai vu son nom dans des génériques de films au fil des années. Dernièrement il a produit quelques grands films, mais je ne vais plus guère au cinéma.

— Attends une minute. Queen ? Je crois que je l'ai rencontré à des soirées chez Rose et toi. Un grand type, très blond ? qui parle à cent à l'heure ?

— C'est ça.

— Il m'a fait l'effet d'un cadre dynamique. » Il n'y avait rien à dire sur sa mémoire de flic pour les traits physiques et les caractères des gens.

« Il est producteur. T'as déjà eu affaire à ces gens-là. C'est le paradis des brasseurs d'affaires.

— Alors, qu'est-ce que tu en penses ?

— Je suis curieux. Queen a l'air effrayé et j'aimerais savoir pourquoi.

— C'est pas le genre de gars qui s'effraie facilement ? »

J'ai dû réfléchir à la question une minute avant de répondre. « Il était aussi calme que n'importe qui dans l'action, mais ce n'était peut-être pas tant du courage que… eh bien, comme je disais, tu as travaillé avec le milieu du ciné. Tu sais comme, parfois, leur emprise sur la réalité est un peu ténue ?

— Ouais, la plupart de ceux que j'ai rencontrés n'étaient pas trop plongés dedans.

— Eh bien, je pense que Queen fonctionnait comme ça. C'était comme s'il pensait que tout ça, c'était un film. À un tel point que s'il avait été touché, le réalisateur aurait crié “coupez !” et qu'il se serait relevé. Je me demande ce qu'il faudrait pour percer cette sorte de cuirasse.

— Vous avez été au feu tant que ça vous autres ? Ma guerre, c'était la Corée. Je me rappelle à quel point la PM pouvait se faire salement tirer dessus le long des routes. Mais je pensais que vous, dans les grandes villes, vous aviez le contrôle de la situation.

— Tu te rappelles quand je suis arrivé dans le Service, toi et tous les anciens vous préveniez les nouveaux que ça allait être dur dans le Watts et le South Central[1] ?

— Et comment. Et ça l'a été, non ?

— Après Cholon, ça n'a pas été grand-chose.

— OK, Gabe, attrape le Choo-Choo[2], rencontre ton

1. Quartiers de LA, sièges de graves émeutes à la fin des années 1960.

2. Allusion à un standard des années 1940-1950 : « Chattanooga Choo-Choo ».

pote et vois ce qu'il a en tête. Ah, et il y a encore une chose que je sais sur le milieu du cinéma : ils travaillent avec des sommes qui sont fabuleuses pour la plupart des gens, mais surtout, ils en parlent. Vois d'où vient l'argent de Queen. S'il a vraiment le genre de financement qu'il dit, ça ne lui fera rien de lâcher un gros paquet de fric pour protéger le reste. Si tu penses que tu peux régler son problème, vas-y. Mais prends d'abord l'avance — cinquante pour cent, non remboursable. Ne te laisse pas embobiner par du baratin sur votre relation personnelle. Tu n'es pas un agent indépendant et tu peux lui dire que ça vient tout droit de ton patron. Pas de blé, pas de travail des Investigations Carson.

— Pigé.

— Au fait, de quel champ de courses il parle ? Santa Anita ? Hollywood Park ? Il t'a donné un bon tuyau un jour ou quoi ?

— Non, c'était à Saigon. »

Après avoir raccroché, j'ai appelé la Read House à Chattanooga. C'était l'hôtel principal pour la réunion ; le standard m'a passé la réception.

« Read House. Puis-je vous aider ? » Une voix masculine.

« Je m'appelle Gabe Treloar et je vous appelle de Knoxville. Je vais venir la semaine prochaine pour la réunion du 18e PM et je voudrais réserver une chambre.

— Oh, nous sommes complets depuis quelque temps, mais je vais vérifier s'il n'y a pas eu d'annulation. » Puis, au bout d'une minute : « Vous avez dit Treloar ?

— C'est ça, Gabriel Treloar.

— Une chambre a déjà été réservée pour vous, Mr Treloar, par un Mr Queen. »

Alors comme ça, cet enfoiré avait été certain que je marcherais. J'ai jeté un coup d'œil à la pendule murale. Il était encore à peine plus de sept heures du matin en Californie. J'étais tenté de ne pas l'appeler, juste pour le laisser mariner. Mais je n'avais pas envie d'entrer dans son petit jeu.

J'ai passé le reste de la matinée à mettre à jour ma paperasse. Il y en a beaucoup plus dans l'activité de privé que d'action, d'aventure, de fusillades, d'approches furtives et de poursuites échevelées en voiture. L'outil principal d'un détective, c'est le téléphone, bien que l'ordinateur gagne rapidement du terrain. Un peu après midi, alors que mon estomac commençait à crier famine, j'ai pris le téléphone et j'ai appelé le numéro de l'en-tête de la lettre.

« Queen Production. » La voix était féminine et très travaillée. C'était probablement encore une aspirante actrice qui avait pris un job de secrétariat dans une société de production pour se faire des relations. Si elle était intelligente, elle le garderait, et abandonnerait l'idée de travailler devant les caméras.

« Je suis Gabe Treloar, j'appelle de Knoxville pour parler à Mitchell Queen. J'ai une lettre de lui qui me demande de le joindre au plus tôt.

— Ah oui, il a prévenu que vous pourriez appeler, Mr Treloar. Mr Queen n'est pas là pour le moment, et il ne rentrera pas au bureau avant un jour ou deux.

— Quand il rappellera ou quand il reviendra, dites-lui que je le verrai à Chattanooga. »

CHAPITRE DEUX

Le trajet de Knoxville à Chattanooga m'a pris environ deux heures, par l'autoroute inter-États, à travers les collines moutonnantes du Tennessee. Les flancs des collines avaient reverdi, malgré la quantité d'arbres abattus l'hiver précédent, qui avait été monstrueux avec ses tempêtes de neige et de glace exceptionnelles. Maintenant l'été commençait à chauffer, et il promettait d'être aussi brutal que l'avait été l'hiver. On était loin de la quasi-absence de saisons de la Californie du Sud. J'aimais ça.

Quand on circule sur la I-75, vers le sud, le sol s'aplatit un moment avant d'arriver à la vallée du Tennessee, puis il monte un peu, l'autoroute contourne le contrefort d'une montagne et Chattanooga apparaît brusquement, étalée le long d'un méandre de la rivière, avec le pic abrupt de la Lookout Mountain qui s'élève de façon impressionnante sur la rive sud.

C'est maintenant une curieuse ville du Sud, qui s'étale petit à petit, et qui est connue du reste du pays essentiellement à cause d'une vieille chanson usée. En voyant cette vieille ville endormie, à la fois gracieuse et décrépite, on a peine à croire qu'elle a été autrefois le centre d'un affreux bain de sang. Mais partout, des panneaux désignent les scènes de ce carnage de jadis : Chickamauga, la Stone River, la Lookout Mountain elle-même.

La Read House s'est révélée une agréable surprise : un hôtel du début du siècle, tout en briques rouges à l'extérieur, et en lambris sombres et chauds à l'intérieur, avec des plantes en pots, une mezzanine et un plafond de vestibule décoré de sculptures sur bois presque baroques. C'était un endroit d'une autre époque. Pendant que l'employée s'occupait de ma réservation, j'ai examiné une rangée de dessins sur le mur d'en face. Ils montraient les hôtels qui s'étaient succédé à cet endroit avant celui-ci. L'un d'entre eux avait été converti en hôpital pour les soldats confédérés pendant la guerre de Sécession.

« Et voilà, Mr Treloar », a dit l'employée. C'était une jolie jeune femme qui avait un peu trop de maquillage et un peu trop de cheveux. « Vous êtes ici pour la réunion de l'Association du 18e PM ? a-t-elle demandé sur un ton animé.

— Exactement. » Du regard, j'ai fait le tour du vestibule. Des hommes portant des badges déambulaient sans but. J'ai pensé qu'il devait y avoir aussi un congrès de quincailliers dans l'hôtel. « Où est-ce que ça se passe ? sur la mezzanine ?

— L'inscription est sur la mezzanine. Vous pouvez prendre l'ascenseur ou l'escalier dans l'angle. »

J'ai signé le registre de l'hôtel. « C'est quoi, l'autre congrès ? » j'ai demandé en désignant du menton les hommes dans le vestibule.

Elle a eu l'air interloquée. « Il n'y a que votre réunion ce week-end. Ces gens sont venus pour ça.

J'espère que vous apprécierez votre séjour, Mr Treloar. »

J'ai ramassé mon sac et je me suis dirigé vers l'ascenseur, à moitié abasourdi. Ces hommes d'âge mûr, commençant à perdre leurs cheveux et bedonnants, étaient mes contemporains. D'une certaine façon — dans un profond recoin irrationnel de mon cerveau — je m'attendais à voir les jeunes hommes avec qui j'avais fait mon service, à une époque dont on ne se souvenait plus guère que pour sa musique maintenant. Oh ! bien sûr, je savais qu'ils auraient l'air différents — sans uniforme, quelques rides sur la figure, un peu de gris aux tempes — mais, à part ça, d'une certaine façon, les mêmes jeunes hommes. Je ne m'attendais pas à *ça*.

L'ascenseur était aussi démodé que le reste de l'endroit, avec, au-dessus des portes, un cadran de bronze décoré, pourvu d'une flèche qui suivait la descente de la cabine. À l'ouverture des portes, un groupe d'hommes et quelques femmes sont sortis et un autre groupe est monté en même temps que moi. Je ne portais pas de badge, si bien que personne n'a louché pour voir si j'étais quelqu'un de connaissance.

Un homme se tenait près de moi dans l'ascenseur : chauve, joufflu, le ventre rebondi, avec une paire de grosses lunettes en équilibre sur son nez. J'ai essayé de le reconstruire mentalement, avec l'aspect qu'il aurait pu avoir vingt-cinq ans auparavant. Un flic peut devenir assez bon à ce genre d'exercice. Il m'a surpris en train de l'étudier et a tenté un sourire, en tendant la main.

« Freddy Clark. Compagnie Delta. 70 à 71. »

Je lui ai serré la main. « Gabe Treloar. Compagnie Alpha, 68. »

Il a secoué la tête : « Le Têt. Un beau fiasco. »

Les portes se sont ouvertes à mon étage et je suis sorti. « À plus tard », a dit Fred avant que je quitte la cabine et que je me dirige vers ma chambre.

C'était une pièce agréable, avec un lit à une place et la vue sur la rivière et la Lookout Mountain. Je me suis demandé si, pendant les nuits brumeuses, les fantômes des Rebelles et des Yankees se rencontraient toujours pour se battre le long des pentes.

Je n'étais pas prêt à descendre pour m'inscrire à la réunion. Ce n'était pas pour ça que j'étais venu de toute façon, et ça m'avait fait un choc inattendu de voir ces hommes en bas et dans l'ascenseur.

Je me suis allongé sur le lit et j'ai replié les bras sous ma tête, en me demandant pourquoi j'avais ressenti un tel choc. J'ai regardé le plafond et j'ai laissé mon esprit revenir vers le passé, sans essayer de le guider — c'est habituellement une bonne méthode pour trouver les réponses aux questions qui vous bouffent, ces démangeaisons qui siègent juste sous la peau. Cette fois, ça m'a amené à une date antérieure, avant l'armée et la guerre. J'étais lycéen, récemment arrivé à LA sur la côte Ouest ouverte au large, et venant du Midwest étriqué. Mon père était descendu à Long Beach pour une réunion avec son ancienne unité de la Seconde Guerre mondiale. Les anciens combattants se réunissaient dans tout le pays cette année-là, pour célébrer le vingtième anniversaire de la fin de la guerre.

Il était rentré à la maison, semblant faussement exalté, puis il avait sombré dans une profonde dépression et il avait bu sans arrêt pendant trois jours, chose que je ne l'avais jamais vu faire. Avec l'égoïsme habituel des jeunes gens, j'étais trop préoccupé par mes propres problèmes pour y faire attention au début, mais au bout d'un moment, même moi, je m'étais senti concerné et j'avais demandé à ma mère ce qui le rongeait.

Elle avait simplement paru triste, elle avait haussé les épaules et m'avait dit : « Il vient juste de découvrir qu'il va mourir un jour. »

Je n'avais pas compris alors ce qu'elle avait voulu dire. Maintenant, je savais que c'était ça que mon père avait vu là-bas, à Long Beach : ces jeunes fantassins splendides, vigoureux, enthousiastes, qui avaient pris d'assaut Omaha Beach avec lui, étaient maintenant des hommes fatigués, dans la quarantaine, déçus par leur vie, leur mariage et leur boulot, qui s'accrochaient désespérément à la camaraderie qu'ils avaient ressentie une fois, quand ils avaient partagé un objectif commun et que la vie n'était pas compliquée.

À cette époque Papa traversait une période difficile, pour des raisons que je n'avais découvertes que récemment. En tout cas, je n'allais sûrement pas laisser ce *memento mori* banal, qui tenait presque de la farce, me plonger dans la dépression.

Je me suis levé et je suis allé dans la salle de bains. Je me suis examiné dans la grande glace. Non, le GI de vingt-cinq ans était parti pour toujours. Mais, je pouvais constater que je ne m'en sortais pas trop mal pour mon âge. En fait, je n'avais pas été en meilleure forme depuis des années. Je pouvais aligner vingt tractions et faire cent pompes, et je n'avais toujours pas besoin de lunettes. J'avais la plupart de mes cheveux, même si j'avais vraiment besoin d'un chapeau quand je devais rester longtemps au soleil. Mes dents étaient sans problèmes et mon ventre ferme — même si ça, ça devenait difficile à entretenir.

Avec horreur, j'ai réalisé que j'étais en train de devenir un de ces crétins obsédés par la jeunesse auxquels je croyais avoir échappé en quittant la Californie. J'ai décidé que je devrais manger sans me surveiller pendant un moment, pour retrouver peut-être une plus saine vision des choses.

J'ai appelé la réception pour demander la chambre de Queen, mais on m'a dit qu'il n'était pas encore arrivé. Il était trop tôt pour le dîner et je n'avais pas envie de frayer avec mes camarades anciens combattants, alors je suis sorti de l'hôtel et je me suis promené dans le centre de Chattanooga.

Je me suis aperçu que le vieux centre était en train de redevenir chic, après une longue dégringolade vers la décrépitude des centres-villes. Comme dans tant d'autres villes américaines, il avait perdu des activités au profit des centres commerciaux de la périphérie, et des habitants au profit de la banlieue, et il était devenu de plus en plus miteux au fil des années, le refuge des expulsés et des désespérés. Il y avait encore quelques zones de ce genre, mais la plus grande partie du centre semblait dans un état avancé de restauration. J'ai décidé de revenir bientôt ici pour voir s'il y avait des perspectives pour une filiale. J'ai poussé ma promenade jusqu'à un luxueux aquarium d'eau douce près de la rivière, puis j'ai fait demi-tour pour rentrer.

J'ai repéré Mitchell Queen en entrant dans le vestibule. Il allait du comptoir de réception aux ascenseurs ; il m'a vu en même temps, il a fait un large sourire, a laissé tomber sa valise et m'a tendu la main.

« Gabe ! Je savais que tu ne me laisserais pas tomber.

— Je suis content de te voir, Mitch. » J'ai serré sa main tendue. Nous n'étions pas de la génération embrassades, bien que nous l'ayons manquée de peu. Nous nous sommes regardés de haut en bas. Je ne pourrais pas dire s'il approuvait ce qu'il voyait, mais Mitch Queen avait incroyablement peu changé. Il était aussi grand que moi, bien bronzé, et ses cheveux courts, frisés et ondulés et sa moustache taillée étaient exactement les mêmes. Son visage était si peu ridé que j'ai soupçonné que la chirurgie plastique était passée par là, mais je n'ai vu aucune cicatrice. Il faisait bien quinze ans de moins qu'il n'aurait dû — un atout réel à Hollywood, où même les écrivains mentent systématiquement sur leur âge.

« Tu as déjà dîné, Gabe ?

— Je t'attendais.

— Bien. Ils l'ont servi dans l'avion, mais je l'ai évité. Donne-moi vingt minutes pour m'installer dans ma chambre et je te rejoins au restaurant ?

— Ça me va, j'ai répondu.

— Bon sang, c'est bon de te revoir, Gabe ! Ça fait bien trop longtemps.

— C'est sûr », j'ai approuvé, sachant que nous aurions pu nous rencontrer n'importe quand au cours de ces quinze dernières années si nous avions eu une raison réelle de le faire. Je me suis demandé quelle était cette raison qui surgissait, maintenant. J'ai pensé que je l'apprendrais en temps utile.

Mitch est allé dans sa chambre et je suis monté sur

la mezzanine par l'escalier pour m'inscrire à la réunion. Un type souriant derrière la table m'a donné un badge plastifié qui indiquait mon nom en majuscules, ma compagnie, et les dates où j'étais là-bas, le tout imprimé sur l'écusson de l'unité : une épée dressée, flanquée d'une paire de haches. Je l'ai épinglé sur ma veste et j'ai pris un programme.

Un autre bureau présentait des dépliants d'organisations qui proposaient des voyages pour les anciens combattants. Je les ai étudiés, un peu ébahi. On pouvait aller dans tous les coins du pays ; on promettait aux anciens soldats un accès aux endroits où ils avaient naguère transpiré et versé leur sang. Les noms d'autrefois émergeaient du passé : la baie de Cam Ranh, Hué, Da Nang, la vallée d'Ah Shau, Chu Lai, Pleiku, Khe Sanh, Ban Me Thuot, le delta du Mékong, les Hauts Plateaux et bien sûr, Saigon. On pouvait même visiter l'endroit que très peu de soldats avaient eu l'occasion de voir, sauf à travers un viseur de bombardier : Hanoï. Il y avait des tarifs réduits pour les familles.

La nostalgie du Vietnam. Ça donnait le vertige.

Quand Queen est arrivé, j'étais assis à une table du restaurant, avec un verre de thé glacé devant moi. Il n'avait que dix minutes de retard, ce qui n'était pas mal pour lui.

« Désolé de t'avoir fait attendre. » Il s'est assis et une serveuse s'est approchée. « J'avais quelques appels à passer.

— Désirez-vous boire quelque chose ?

— Bien sûr, mon chou. Voyons, on est dans le Sud ici, pas vrai ? Pourquoi pas un mint julep ? Et toi Gabe ?

— Je vais m'en tenir à ça, ai-je dit en tapotant mon verre.

— C'est nouveau, non ?

— Ça fait un moment.

— Pas une mauvaise idée, je suppose. Quelquefois je me dis que je vais arrêter, mais j'ai déjà renoncé aux cigarettes il y a quelques années, et ensuite, j'ai abandonné la coke, et toute cette vertu, c'est déjà beaucoup pour moi. Alors, tu es resté dans la police tout ce temps, hein ? D'abord la police militaire, puis la police de Los Angeles, et maintenant, la police privée. Je suppose que ça te convient. » Tout ça d'un trait. Il n'était plus tout à fait la mitraillette verbale qu'il avait été, il était un peu plus décontracté maintenant, mais il ne s'interrompait toujours pas beaucoup pour reprendre son souffle.

« Les vieilles habitudes sont tenaces, j'ai concédé. Mais toi, tu as décroché la timbale. Bravo, Mitch. Je ne vais pas beaucoup au ciné, mais même moi je vois ton nom de temps en temps.

— Ouais, le cinéma m'a réussi. Même Arrrnuld me rend mes visites ces temps-ci. » Son imitation de l'accent autrichien le plus célèbre du monde m'a fait rire. Mitch avait toujours eu l'oreille absolue pour les accents, dialectes, particularités de prononciation et autres. Il était toujours John Wayne quand il faisait des arrestations. « Pas génial, le menu, hein ? »

J'avais étudié le mien. « Il me semble correct à moi. Allons, Mitch, on est supposés être ici pour célébrer l'époque où on mangeait le rata de l'armée dans des plateaux de ferraille emboutie. Tu n'es pas branché nouvelle cuisine, non ?

— Non, ça, c'était l'année dernière. Cette année, c'est viande et pommes de terre — tu sais, la nourriture des petits Blancs. Ça ressemble beaucoup à ce qu'on nous sert ici. Mais il n'y a que dans les endroits fréquentés par les gens du cinéma qu'on mange ça. Ailleurs, on mange ce qu'on veut.

— C'est un métier bien compliqué que le tien.

— Il faut rester au niveau avec ces choses-là. Si tu n'es pas à la pointe de la mode, les gens pensent que tu ne frimes pas et ils ne font pas d'affaires avec toi. En plus, on n'est pas là pour revivre la grande époque où nous gaspillions nos jeunes vies dans le trou du cul du monde, Gabe.

— En fait, pourquoi on est là au juste, Mitch ?

— Je ne peux pas te raconter toute l'histoire tout de suite. Il y a une autre personne, qui va arriver dans une heure ou deux, que tu dois rencontrer.

— Pourquoi cette discrétion ?

— Ce n'est pas une question de discrétion, c'est simplement plus simple de ne pas avoir à se répéter. Je peux t'en dire un peu en dînant. »

La serveuse est arrivée avec le julep et a pris notre commande. Queen a continué : « Comme tu dis, j'ai réussi dans la production, j'ai produit quelques succès — je ne dirais pas des best-sellers, mais quelques longs métrages avec des marges bénéficiaires impressionnantes. Il y a plein de jeunes loups qui me courent après pour me lire leurs scénarios, plein de gens prêts à m'écouter quand je leur dis que j'ai une occasion de leur faire gagner de l'argent. Bon, eh bien, l'an dernier, Jared Rhine est venu me voir avec un scénario. »

Je pouvais deviner que c'était supposé être significatif. « J'ai entendu ou lu ce nom quelque part. »

Au moins il n'a pas réagi comme si j'étais un débile. « Rhine a écrit une série de succès ces dernières années, qui ont tous été au hit-parade des bénéfices : *Highrise, Adrenalin Rush*, t'en as entendu parler ?

— Les titres. Je ne vais plus beaucoup au ciné, et je n'ai pas de magnétoscope.

— Bon sang, t'es sevré culturellement. Quoi qu'il en soit, ce sont des films d'action — pleins de violence, de sexe exotique, de coups de théâtre invraisemblables. Il est très fort, mais il est connu comme un type avec qui il est difficile de travailler — il pique des colères si on veut changer quoi que ce soit, menace physiquement les gens, ce genre de choses. Un homme qui a un problème de comportement.

— Il est comme ça pour de vrai ou c'est un genre qu'il se donne ?

— C'est difficile à dire dans mon métier. J'ai connu un gars qui écrivait de bons scénarios, et qui se faisait marcher dessus parce que c'était un faible. Il restait chez lui à marteler sa machine à écrire et il se faisait entuber année après année. Un jour, il débarque dans une réunion ; il s'est laissé pousser une grande barbe et il porte des lunettes de soleil à verres réfléchissants, une veste en peau de mouton, des clous dorés dans le nez, des bottes de cow-boy avec les pointes et les talons argentés. Quelqu'un suggère de changer deux mots dans la deuxième scène, il extirpe un 44 Magnum de sa poche, et la balle trace un profond sillon sur le dessus d'un bureau en teck. Il gagne un maximum maintenant. Personne ne veut le doubler puisque c'est un cow-boy d'opérette si méchant. Les gens font la queue pour voir son dernier scénario. Hollywood, c'est la ville du faux-semblant, Gabe.

— C'est aussi l'histoire de ce type, Rhine ?

— Qui sait ? Il vit en reclus à Santa Barbara, ne

sort pratiquement jamais de chez lui, dans les collines. Les gens vont le chercher, pas l'inverse.

— Tu es allé le chercher ?

— Pas exactement. Un jour une lettre est arrivée au bureau, disant que Rhine veut me montrer son nouveau scénario, que c'est vraiment spécial. C'est tout, mais ça suffit. J'y cours. Il possède une petite vallée pour lui tout seul, il y a un seul accès avec une barrière en fer surmontée de barbelés-rasoirs ; aussi protégé que la prison de Long Binh. Il y a un interphone ; j'appuie sur le bouton, je m'identifie, et la serrure s'ouvre par télécommande, mais c'est moi qui dois pousser la barrière et la refermer derrière moi après être passé.

— Ce type est parano ou seulement prudent ?

— Ses précautions sont raisonnables, mais un peu bas de gamme, si tu vois ce que je veux dire. Un gars qui ramasse ce qu'il gagne avec son travail, on s'attend à ce que son portail soit automatique. Bref, je remonte ce petit canyon, et, au bout, je trouve cette toute petite maison, juste une cabane en réalité, et derrière, sur la pente, une antenne émettrice pour satellite. Je me gare et le gars sort en personne. Il est pieds nus et il n'est vêtu que d'un pantalon de cette espèce de pyjamas pour les arts martiaux, mais après tout, il faut de tout pour faire un monde, pas vrai ? » Queen reprenait son débit frénétique. J'ai réalisé qu'il avait dû avoir du mal pour se ralentir.

Le dîner est arrivé et nous nous y sommes employés. Au moins, le fait de manger ralentissait Queen, et il m'a raconté la suite entre des bouchées de salade de homard. Je m'étais gardé de commander des fruits de mer si loin de la côte ; j'avais opté pour un cœur de côte de bœuf maître d'hôtel. C'était ce qui m'avait semblé le plus dangereux pour la santé sur cette carte. J'avais l'intention de commander aussi la tourte aux noix de pécan avec de la glace, rien que pour défier la Camarde. Vivre dangereusement, c'est ma devise.

« Bon, alors on rentre dans la maison ; à l'intérieur, c'est un croisement entre la cabane d'un ermite et un temple zen. Aucun meuble, juste ces tatamis en paille qu'utilisent les Japonais. Je veux dire aucun meuble pour s'asseoir. Dans un coin, il y a un superbe ordinateur, un truc de pointe. Bon sang, on emploie trop cette expression : "de pointe". J'essaierai de ne plus l'utiliser. Pendant soixante-quinze ans, on a torché des scripts géniaux sur des machines à écrire, et maintenant, personne ne peut plus faire la liste des courses sans utiliser une machine avec laquelle on pourrait envoyer une fusée sur la Lune.

« Bon, Rhine s'assoit par terre ; il a cette petite théière et ces deux petites tasses de thé, et je m'assois avec lui, avec mes vieux genoux grinçants qui me font souffrir l'enfer pendant tout ce temps, et je bois ce bon Dieu de thé, et finalement, quand il a atteint le *wa*, ou je ne sais quoi, il me tend ce scénario. Je suis tout de suite subjugué par le titre. Ça s'appelle *Rue Tu Do*.

— Ça me rappelle quelque chose », j'ai admis. La rue Tu Do était une des voies les plus sordides de Saigon, où s'alignaient les bars et les bordels qui vidaient les poches des soldats avant qu'ils repartent regagner durement un peu d'argent, avec peut-être en prime une MST exotique pour égayer la prochaine embuscade.

« Je l'ouvre, et je reste assis là, et pendant deux heures, je ne lève pas le nez. Rhine remplit ma tasse de thé constamment, et je continue de l'avaler jusqu'au moment où je sens qu'il va falloir que je pisse comme un cheval de course, mais je ne veux pas me lever.

— Un bon scénario, alors ? »

Il a posé sa fourchette et m'a regardé droit dans les yeux. « Gabe, cette histoire, c'est pas de la dynamite, c'est une foutue bombe atomique.

— Il y a eu un tas de films sur le Vietnam dernièrement. Je n'en ai vu aucun, mais je sais que la plupart ont perdu de l'argent.

— Ça, ce n'est pas seulement sur la guerre, Gabe, c'est sur aujourd'hui. Et c'est sur un des sujets brûlants d'aujourd'hui : la question des prisonniers de guerre et des portés disparus. »

Ça a été mon tour de poser ma fourchette. « Mitch, si l'histoire récente ne m'a pas trop échappé, l'arnaque des PG-PD s'est terminée il y a trois ou quatre ans. Les Vietnamiens veulent tellement rejoindre le monde réel qu'ils *créeraient* des prisonniers pour nous les rendre s'ils pensaient que ça peut aider. »

Il a agité son couteau comme une baguette. « Cette histoire adopte un tout nouveau point de vue. Ça n'a rien à voir avec ces foutaises à la Rambo. Elle ne raconte pas des rêves mouillés de commando, Gabe. »

J'ai haussé les épaules. « C'est ton métier, je n'aurai pas la prétention de te conseiller. Mais tu as un problème ?

— Pas au début. Bon, je continue : je lis ce scénario, et j'en ai l'eau à la bouche. Il me le faut absolument et Rhine me dit ce qu'il en demande. Quand j'ai repris connaissance, je suis parti pour m'activer.

« Bon, une bonne part de mon travail consiste à donner aux gens des indices sur ce que j'ai en préparation, mais de façon que personne ne sache réellement ce que c'est. Orson Welles a été le premier à utiliser ce truc du secret ; maintenant c'est une foutue forme mineure d'art. Si tu t'y prends bien, personne ne sait ce que tu peux bien être en train de faire jusqu'à la première. Pour le reste, c'est des fuites dans les journaux, exactement comme le gouvernement. » En l'écoutant parler des arcanes de son activité, je voyais bien que, malgré son cynisme désinvolte, il adorait ça.

« Une grande part du métier de producteur consiste à rechercher des investisseurs, mais ce sont des gens ombrageux et ils sont comme les boursicoteurs — ce qui veut dire qu'ils sont superstitieux. Ils croient profondément à la magie.

— Attends une minute. Je suis largué là.

— Il n'y a pas d'autre explication, Gabe. Tu crois que les gens qui ont vraiment beaucoup de fric écoutent les économistes ? Merde, la plupart consultent des médiums. Ils ont une crainte révérencielle des signes et des présages. Et le plus important pour eux, ce sont les mots et les noms de pouvoir. Les mots et les noms adéquats ont un authentique pouvoir mystique qui fait sortir leur argent de leurs comptes bancaires.

— Je crois que je comprends où tu veux en venir. C'est comme la fois, à l'époque de Carter, où un des membres de son cabinet a utilisé le mot "dépression" dans un discours, et que, le lendemain, la Bourse a perdu à peu près cent points ?

— Exactement ! » Il a fait tomber une lamelle de homard sur la nappe en sabrant l'air de sa fourchette. « Tu te rappelles ce qu'il a fait ? Il a dit que, la prochaine fois qu'il serait tenté de dire "dépression", il dirait "banane" à la place. Après ça, il parlerait de "La grande banane des années trente". Eh bien, ces gens avec qui je travaille sont exactement comme ça. Ils veulent des mots et des noms de pouvoir.

« Le nom de Rhine est magique, mais aucun auteur n'est réellement une valeur sûre. Quelques réalisateurs le sont, et environ une douzaine de stars. Si tu as un film à petit budget, tu peux mettre qui tu veux dans la distribution, si tu peux te l'offrir. Si tu dépasses vingt millions, tu dois avoir un ou plusieurs de ces noms magiques. Il y a une stricte hiérarchie de l'argent. Si ton budget est de quarante millions, il y a peut-être six stars qui sont des valeurs sûres à ce niveau.

— Le tien est de combien pour ce film-là ?

— Cent millions. »

J'ai laissé tomber ma fourchette. « Qui est-ce que tu peux charger de la réalisation d'un film comme ça ? Dieu ?

— Presque. Tu sais qui est Jeff Goldfarb, non ? Je veux dire, tu ne vis pas sur Mars ou un endroit de ce genre ?

— Je sais qui c'est.

— Il est généralement considéré comme le réalisateur qui a le plus de succès de sa génération, en ce qui concerne les records de recettes. Mais il continue d'essayer de faire des films à message pour le prestige, et ceux-là perdent de l'argent. Je lui ai montré *Rue Tu Do*, en le présentant comme un spectacle d'action, qui est en même temps profond sur le plan social, et du TNT sur le plan politique : il a signé.

— Est-ce que tu as obtenu tes stars-valeurs sûres ?

— Pour commencer, j'ai signé avec Lawrence McKay. Il n'appartient pas encore tout à fait au cercle magique, mais il en fera partie après ça.

— Alors, c'est le premier rôle féminin qui sera la valeur sûre ? » Je parlais déjà comme un initié.

« J'ai Selene Gibson. » Il m'a gratifié d'un sourire suffisant de vainqueur.

« Selene Gibson. Bon sang. C'est une déesse depuis des décennies. Mais l'industrie du cinéma n'est pas vraiment politiquement correcte quand il s'agit du box-office — si on utilise toujours ce mot. Elle n'a peut-être plus son pouvoir d'attraction maximal ? »

Le sourire de Mitch s'est élargi. « Les stars aiment la magie aussi, Gabe.

— Je deviens peut-être obtus, mais de quoi tu parles, bon sang ? »

Il s'est penché par-dessus la table et il a regardé autour de lui, comme s'il craignait vraiment des oreilles indiscrètes. « Le scénario n'est pas tout. La technique du cinéma est devenue tellement sophistiquée qu'elle ressemble vraiment à de la magie, Gabe. Tu as vu le truc incroyable qu'ils ont fait avec *Terminator II* ?

— Ouais, je l'ai vu celui-là. C'était époustouflant.

— Eh bien, j'ai en vue une équipe pour la production qui a une technique auprès de laquelle ça ressemble à un trucage que Chaplin aurait pu utiliser. Tu vois, *Rue Tu Do* se passe sur trois décennies. Ça commence actuellement, et ça se déplace d'avant en arrière dans le temps pour retracer les vies de cinq personnes — trois hommes, deux femmes — qui se croisent du début des années soixante jusqu'à maintenant. Selene joue le rôle d'une ingénue mariée à l'ambassadeur américain au Vietnam au début de l'administration Kennedy. Elle devient une pétroleuse anti-guerre pendant les années de guerre et ainsi de suite jusqu'au moment présent, où elle est elle-même l'ambassadeur. »

Il a pris une profonde inspiration. « La partie magique, c'est qu'elle va jouer son personnage *tout le temps*. Pas de doublage, pas de maquillage bidon, rien de tout ça. Tout ça sera fait avec des ordinateurs. Quand Selene jouera une jeune mariée de vingt ans, *elle sera exactement Selene Gibson à vingt ans*, ce qu'elle était il y a trente ans !

— Je suis impressionné, ai-je admis. Le procédé est si bon que ça ?

— Ces gars m'ont fait une démonstration et je n'ai pas honte de te dire que j'ai presque claqué sur place. Tu ne pourras plus jamais croire ce que tu vois de tes propres yeux. Ils peuvent prendre un vieux bonhomme et le passer à la fontaine de Jouvence, et il n'y a *aucun moyen de te rendre compte* que c'est un trucage. Ils peuvent lui donner l'aspect qu'ils veulent en plus. L'art du maquillage ne sera bientôt plus qu'un souvenir, Gabe. J'ai signé un contrat exclusif avec cette société informatique pour ce film, pour garder le secret absolu jusqu'à la première ; il est signé avec notre sang et sur la vie de nos enfants. Je n'ai mis au parfum que les stars et leurs agents et les investisseurs. Ils garderont le silence parce que c'est aussi leur argent et leur réputation qui sont en jeu.

« Tu vois ce que ça signifie hein, Gabe ? Ça va révolutionner la façon de faire les films. Plus précisément, la façon dont les rôles sont distribués. Bon Dieu, Gabe, Liz Taylor travaillerait gratuitement si on pouvait la faire ressembler exactement à ce qu'elle était dans *Une place au soleil* ! Mais ce procédé ne sera nouveau qu'une seule fois, et ce sera pour mon projet ! »

Je commençais vraiment à prendre plaisir à cette

conversation. Son enthousiasme enfantin était très communicatif, c'est probablement ce qui avait fait de lui un producteur à succès. Et puis, je me suis souvenu qu'il avait un problème.

« Alors, qu'est-ce qui est allé de travers ? »

Son visage s'est calmé. « Je t'ai dit que les gens friqués croient en la magie. Ils croient aussi aux malédictions. Il faut que je téléphone pour voir si notre troisième personne est arrivée. On pourra continuer de discuter de la raison pour laquelle tu es là. Tu as fini ?

— Non, je vais prendre un dessert. »

Il a secoué la tête en se dirigeant vers les téléphones. Je suppose que la tourte aux noix de pécan avec de la glace, ça dépasse les bornes pour un gars d'Hollywood, même quand il est caché dans une ville étrangère.

Ce repas décadent d'Américain moyen me lestait agréablement l'estomac quand on a pris l'ascenseur. Nos copains anciens combattants devenaient joliment bavards au fur et à mesure que l'alcool et la musique douce lubrifiaient leur langue et apaisaient les zones à vif de la mémoire collective. Les femmes avaient surtout l'air de s'ennuyer ou d'être écœurées. Je voyais qu'elles se félicitaient intérieurement de ce que ces réunions n'étaient pas très fréquentes. On est sortis au septième étage et on a longé le couloir.

« Entrez », a dit une voix féminine quand Mitch a frappé à la porte.

Nous sommes entrés. Une femme était assise à la petite table près de l'unique fenêtre de la pièce. Les rideaux étaient ouverts et s'agitaient doucement dans la brise et le ronronnement du conditionneur d'air. Les lumières du centre-ville brillaient dehors. Elle avait un dossier ouvert sur la table à côté d'elle, et une serviette fermée à ses pieds. Elle s'est levée et a tendu la main.

« Connie, voici mon vieux pote, Gabe Treloar. Gabe, je te présente Connie Armijo. »

Elle mesurait environ un mètre soixante, avec une silhouette compacte, presque trapue, mais elle se déplaçait avec l'aisance d'une athlète. Ses cheveux formaient une coiffe courte et bouclée autour de sa tête ; ils étaient d'une couleur rare : un rouge castillan — une sorte de châtain avec un reflet rougeâtre presque subliminal. Sa peau était claire, avec une trace infinitésimale d'olive, ce qui faisait un contraste saisissant avec ses yeux presque noirs. Son visage était fermé, impassible, malgré la générosité de sa grande bouche aux lèvres pleines. Elle portait un tailleur sévère, mais elle avait enlevé ses chaussures et n'a pas pris la peine de les remettre. Sa poignée de main était extrêmement ferme.

Je l'ai tout de suite cataloguée comme flic et elle m'aurait repéré de la même façon, sauf que j'étais sûr qu'elle savait déjà pour moi.

« Gabe, Connie travaille pour l'agence de détectives McInery.

— J'ai déjà vu ce nom. Que des femmes, hein ?

— Nous sommes une agence uniquement composée de femmes, et nous avons une clientèle exclusivement féminine. » Sa voix était chaude et légèrement rauque. « Beaucoup de femmes pensent qu'elles ne sont pas toujours défendues au mieux par les avocats hommes. Ma patronne, Darlene McInery, a considéré qu'elles pouvaient avoir le même sentiment pour les détectives et elle a fondé cette agence. Elle a eu raison. Nous ne manquons jamais de clientes. » C'était visiblement son boniment habituel, mais il y avait une pointe de défi dedans.

« Pas d'objection de ma part », ai-je dit. Elle a eu l'air un peu interloquée, comme si elle s'était attendue à une repartie sournoise, machiste.

« Installons-nous confortablement, a dit Queen en prenant une chaise. Gabe, Connie a été engagée par Selene Gibson pour les raisons qu'on va exposer. »

Je me suis assis à la table. Connie Armijo a pris le seul fauteuil de la chambre, a croisé les chevilles et a dit : « Miss Gibson a engagé notre agence après avoir reçu une lettre de menaces, peu après avoir accepté de jouer dans le film de Mr Queen.

— Mademoiselle et pas madame ? a dit Queen en soulevant un sourcil.

— Elle préfère qu'on l'appelle Mademoiselle Gibson et nous respectons les souhaits de nos clients.

— Quelle est la nature de cette lettre ? » j'ai demandé.

Elle m'a tendu une simple feuille dactylographiée. « C'est une copie. Miss Gibson a gardé l'original. »

Elle a été vite lue :

À toutes les personnes concernées par le projet de tournage du film Rue Tu Do :

Les acteurs, techniciens et financiers du projet mentionné ci-dessus sont prévenus par la présente qu'ils sont indésirables en République Populaire du Viet-nam. Toute tentative de réaliser ce tournage en République Populaire sera contrecarrée par la violence. Le réalisateur et les stars ne quitteront pas vivants le pays. Il n'y aura pas de deuxième avertissement.

« Bref et direct, ai-je commenté. Tu as l'intention de tourner au Vietnam ?

— C'est ce que tu disais tout à l'heure : comme la moitié du monde, ils cherchent désespérément de l'argent. Ils sont fatigués d'être une nation paria et ils recherchent une reconnaissance internationale. J'ai fait circuler l'idée là-bas, dès que les restrictions ont été levées, et ils ont sauté dessus. C'est un vrai coup, Gabe. On ne tournera pas aux Philippines, en Thaïlande ou au Mexique. Chaque scène sera filmée exactement à l'endroit où tout s'est passé. Et ce pays a été dans le coma pendant vingt ans, si bien que pratiquement rien n'a changé.

— Tu exagères toujours, mais ça paraît intéressant. Mais ça ne vaut pas le risque, quand même. Pourquoi ne pas simplement tourner ailleurs ? On dirait que tu as affaire à des Viêt-congs ou des Nord-Vietnamiens irréductibles, et on sait tous les deux à quel point ils pouvaient être fanatiques. Tu dis que le script est super et que ce nouveau procédé va attirer les foules de toute façon. Tourner au Vietnam, c'est juste la cerise sur le gâteau ; tu peux t'en dispenser. »

Queen a secoué la tête. « J'ai reçu la même lettre. Jusqu'à maintenant il n'y a que Selene et moi qui l'avons reçue ; la mienne était un peu personnalisée. La lettre que je t'ai envoyée disait que ça nous concernait tous les deux, et notre passé aussi ?

— Je me posais des questions là-dessus.

— Eh bien, voilà la réponse. » Il a sorti d'une poche intérieure une autre simple feuille pliée, et me l'a tendue. Elle était semblable à celle de Connie, mais il y avait une ligne supplémentaire ajoutée en bas :

P.S. : N'essaie pas de le tourner ailleurs non plus, ou tu es mort.

MARTIN STARR

J'ai dû lire le nom trois fois avant d'être sûr d'avoir bien lu. C'était un nom que je ne me serais jamais attendu à revoir, certainement pas dans un hôtel de Chattanooga.

« Bon, a dit Connie. Mais qui c'est ce type, Starr ?

— On va lui parler de Martin Starr, Gabe. »

CHAPITRE TROIS

République du Sud-Vietnam, 1968

L'avion avait atterri dans l'obscurité, et nous nous tenions sur quatre lignes sur le tarmac d'acier pendant qu'on déchargeait nos paquetages. Ensuite nous avons fouillé dans les piles pour retrouver nos sacs et nous sommes revenus nous aligner. Quand on a terminé le ciel commençait à pâlir. Je me tenais là, vasouillard, lessivé par le long vol et à moitié abruti par la lourde chaleur. Nous avions quitté les États-Unis par une fraîche journée de début janvier, dans la zone Pacifique Nord-Ouest, et ici, on était dans un bain de vapeur. Les treillis tropicaux qu'on nous avait donnés à Fort Lewis étaient neufs et pas encore confortables ; je me demandais si quoi que ce soit pouvait être confortable ici.

Un oiseau s'est posé sur un fil téléphonique près du tarmac. Il ressemblait à une sorte de moineau, mais quelque chose d'indéfinissable dans les plumes de sa queue le rendait étranger. J'avais vingt ans et j'étais effrayé.

Le soleil était levé, et il commençait à faire vraiment chaud quand quatre grands cars olivâtres se sont arrêtés en face de nous. J'ai remarqué avec curiosité que c'étaient des Toyota. Je n'avais jamais vu de cars japonais auparavant. Les chauffeurs nous ont demandé de monter à bord et nous avons ramassé nos paquetages. Une fois installés à l'intérieur, avec nos sacs posés inconfortablement sur nos genoux, nous avons remarqué que des grilles d'acier avaient été soudées par-dessus les fenêtres.

Quelqu'un a raclé une de ces grilles avec ses phalanges. « C'est pour empêcher les grenades d'entrer. On y est pour de vrai. »

Même au petit jour, la route était embouteillée : vélos, camions délabrés, camionettes-plateaux bourrées de passagers, Jeep pleines de soldats vietnamiens, charrettes tirées par des bœufs. On ne voyait partout que des visages fermés d'Asiatiques. On écarquillait les yeux chaque fois qu'un gamin maigrichon à vélo se rapprochait un peu trop. Aux États-Unis, on avait entendu des histoires à n'en plus finir sur les Viêt-congs qui envoyaient des enfants de sept ans balancer des grenades sur des groupes de soldats américains.

Les cars nous ont débarqués dans une enceinte qui entourait de longs baraquements ressemblant à des cabanes aux toits de tôle ; il y avait des sacs de sable empilés à hauteur de la taille tout autour. Au-dessus des sacs de sable, les planches des côtés étaient inclinées vers l'extérieur, comme des jalousies, et il y avait des écrans derrière. Au milieu de l'enceinte, il y avait un grand abri, un simple toit posé sur des piliers, recouvrant des rangées de bancs. Un sergent muni d'une planche à pince est arrivé ; il avait l'air de s'ennuyer.

« Mettez-vous à l'ombre, il a dit. Si vous voulez une insolation, vous avez toute l'année. Il vaut mieux pas en attraper ici, ça me ferait de la paperasserie à remplir. Rentrez là-dedans, asseyez-vous et préparez vos papiers. »

Comme tous les autres, j'avais un gros dossier en papier kraft avec tous mes états de service ; je me suis assis sur un des bancs en le serrant contre moi, et en examinant la grande carte à une des extrémités de l'abri ; on était le matin, et pourtant je me suis presque endormi. Il commençait juste à faire sombre quand nous avions embarqué à Washington, et le vol avait duré vingt-quatre heures, avec une courte escale à Tokyo. Comme nous avions volé vers l'ouest, il avait fait nuit tout le temps ; la nuit la plus longue de ma vie.

Quelqu'un est arrivé et a pris nos papiers ; puis on nous a assigné des couchettes sans matelas dans les longues cabanes et on nous a dit de nous rassembler dans le grand abri chaque fois qu'on entendrait le sifflet. On nous a montré où étaient le réfectoire, les douches et les latrines et on nous a dit où nous abriter en cas d'attaque à la rocket ou au mortier : dans de longs caniveaux creusés dans le sol, tapissés de tôle ondulée et recouverts des inévitables sacs de sable.

Nous étions aussi indifférenciés que des bébés mantes religieuses, avec nos splendides treillis gris olivâtre neufs, sans insignes, pendant qu'on attendait d'être affectés quelque part. On s'appuyait les corvées, on se rassemblait quatre ou cinq fois par jour et on attendait dans l'anxiété qu'on appelle notre nom. Les hommes étaient envoyés individuellement ou par groupe de trois ou quatre, vers des destinations dont la plupart d'entre nous n'avaient jamais entendu parler : Bien Hoa, Can Tho, Da Lat ; ou vers d'autres endroits, plus connus : Hué, la baie de Cam Ranh, Da Nang.

Au matin du quatrième jour, il ne restait plus grand monde de mes compagnons de voyage. Ils avaient été remplacés par de nouveaux arrivants ; j'avais l'impression d'être un ancien, je montrais aux nouveaux où mettre leurs affaires, et je leur disais à quoi ils pouvaient s'attendre, ce qui était plutôt simple : on attendait toute la journée, et la nuit on pouvait s'allonger sur sa couchette et observer les lézards attraper des insectes sur les moustiquaires. Entre-temps, on nettoyait les cantonnements, on portait les ordures à la décharge et on remplissait des sacs de sable.

Le premier rassemblement du quatrième jour était l'appel. Le deuxième concernait les affectations ; mon nom a été le deuxième appelé.

« Treloar, Gabriel, RA15809460 !

— Présent, sergent.

— Ramasse ton bordel et ramène ton cul à l'administration. T'as tiré Saigon, t'as du pot. »

Je suis retourné en courant à mon baraquement, j'ai attrapé mon paquetage et j'ai parcouru les vingt pas qui me séparaient de la cabane où on s'occupait des papiers. Je souriais et les autres me regardaient avec tristesse et aigreur. Après tous ces endroits aux noms barbares, Saigon ne sonnait pas si mal. C'était une grande ville, pas un coin de jungle ou de rizière. On en avait vu une partie, des bus qui nous avaient amenés de Tan Son Nhut. Il y avait même une cathédrale.

À l'intérieur, un jeune sergent en uniforme de PM était en train de récupérer mes papiers que lui donnait un employé. Il portait des lunettes de soleil vraiment non réglementaires, aux verres presque noirs ; il s'est retourné pour me regarder.

« C'est ma recrue ? » Il y avait une étiquette au-dessus de sa poche de poitrine droite marquée « Queen ».

« C'est ton homme, a dit l'employé. Sorti tout droit de Fort Leavenworth, et prêt à maintenir l'ordre dans les rues de Cholon, pour que triomphent la vérité, la justice, et le mode de vie américain. »

Le sergent m'a tapé sur la poitrine avec la grande enveloppe. « Viens avec moi, mec, en route pour la ville malfaisante. »

J'ai endossé mon sac et je l'ai suivi vers une Jeep où un autre PM était assis à l'arrière avec un M-16 entre les genoux. Queen s'est installé derrière le volant et a écrasé le bouton du démarreur. J'ai balancé mon sac à l'arrière et je me suis assis sur le siège passager. Le vent a fouetté nos visages quand la Jeep a démarré car le pare-brise était abaissé.

« Ne laisse pas ton chapeau s'envoler, mec, a dit Queen. Le pare-brise reste baissé parce qu'autrement les explosifs peuvent projeter des débris de verre dans la figure.

— Qu'est-ce que c'est que cette chose ? » j'ai demandé en montrant une grande barre d'acier verticale soudée au milieu du pare-chocs avant. Sur toute sa longueur d'un mètre cinquante, elle était profondément entaillée tous les quelques centimètres, et les trente centimètres supérieurs étaient fortement inclinés vers l'extérieur.

« C'est un coupe-fil. Les Viêts aiment tendre des fils de fer à travers les routes, à peu près à hauteur du cou. Ils ont de l'imagination, ces petits vauriens, c'est sûr. T'en fais pas, pour le moment on est sur la route principale. On n'a pas besoin d'être aux aguets pour cette saloperie sauf quand on va dans les bases éloignées. Tu vois, mec, t'auras pas de grosses difficultés à traverser, d'ici la quille. Ici, c'est Saigon. La civilisation, tu comprends ?

— Hé, mec, t'as apporté des disques ? a demandé l'autre PM.

— J'ai bien peur que non.

— Oh ! merde. » Il a allumé une cigarette avec un Zippo. « On a complètement usé notre album de "Sergeant Pepper". Les seuls qui pensent à apporter des disques sont les fans de soul, et tout ce qu'ils écoutent, c'est Aretha et Ray Charles. »

Le chemin jusqu'à Saigon n'a pas été long. J'ai découvert un mélange discordant de styles architecturaux : d'abord des bidonvilles délabrés qui me rappelaient des photos d'Amérique du Sud, qui faisaient place à quelques constructions de type pagodes incarnant l'Asie, puis quelques immeubles modernes, hauts, en béton uniformément affreux, et un grand nombre de constructions coloniales datant de l'occupation française. Celles-ci avaient un certain charme, un côté européen délabré que j'associais à des histoires de Graham Greene. D'une certaine façon, toutefois, l'endroit manquait de l'exotisme auquel je m'étais attendu.

Mais les rues grouillaient de monde, et on voyait partout de nouvelles constructions en cours. Les boutiques exhibaient des piles de fruits et de légumes dans des paniers sur les trottoirs, et les colporteurs vendaient tout ce qu'on peut imaginer, principalement des produits américains. Tout le monde avait l'air incroyablement *occupé*. Si les Vietnamiens étaient abattus par des années de guerre, comme je l'avais entendu dire, les Saigonnais, en tout cas, n'étaient pas au courant.

On s'est arrêtés dans une petite enceinte entourée de Jeep de PM comme celle dans laquelle nous étions. Certaines arboraient une mitrailleuse M-60 sur monture pivotante.

« On va s'occuper de ta procédure d'arrivée », a dit Queen en sautant de la Jeep. L'autre homme s'en allait déjà. Queen m'a fait effectuer cette ennuyeuse routine à une vitesse record, en cajolant ou en intimidant successivement une série d'employés, pour accélérer le processus, en parlant sans arrêt et en n'acceptant aucun refus.

On est d'abord allés à la salle de rapport de la compagnie. L'employé a regardé Queen comme s'il savait à quoi s'attendre.

« C'est mon équipier, Treloar. Je le veux dans mon escouade, pour remplacer Higgins, cet enfoiré de veinard qui a fini son temps avant moi.

— Tu veux faire équipe avec un bleu ? » L'employé avait des sourcils sardoniques et une petite moustache fine.

« Exact. Il faut les prendre frais et intacts, pour les roder comme il faut. Comme ça, ils n'ont pas de mauvaises habitudes à perdre, tu comprends ?

— OK, vendu. »

Queen m'a conduit à un long renfoncement où un grand ventilateur sur pied brassait l'air lourd. J'ai mis de côté mon paquetage dans le seul placard vide. Une Vietnamienne d'âge moyen balayait mollement le sol avec un balai à manche court.

Ensuite, ça a été le bureau des finances où j'ai déposé mon dossier de solde. Ensuite, tous les autres services, et à la fin, la clinique où j'ai laissé mon dossier médical et où on m'a fait un groupage sanguin.

« Je ne comprends pas. À chaque nouveau poste où on nous envoie dans l'armée, on nous pique le doigt. Mon groupe sanguin est là, estampé sur mes plaques d'identité, depuis le premier jour de mes classes. Est-ce qu'on a peur que ça change d'un poste à l'autre ? »

Le médecin a haussé les épaules : « C'est le règlement.

— Juste un des nombreux mystères de la Grande Muette, a dit Queen. En route, on va t'habiller comme il faut et t'armer, et tu seras prêt à affronter la Zone Militaire de la capitale, c'est là qu'on est, au fait. »

On est donc allés à l'approvisionnement où j'ai retiré de la literie et de l'équipement de campagne, en signant pour tout ça, puis à l'armurerie pour mes armes : un M-16, qui était bien léger, et qui avait l'air d'un jouet à côté des vieux M-14 massifs avec lesquels on s'était entraîné aux États-Unis, un pistolet automatique.45, et un fusil à pompe calibre. 12. J'ai signé et on m'a donné une carte pour chacune de ces armes, mais les armes elles-mêmes restaient dans l'armurerie tant que je n'étais pas en service.

Dehors, Queen a regardé sa montre, une lourde Zodiac en inox. « Une heure et demie, nouveau record battu pour une inscription. Il est temps d'aller bouffer. »

À l'entrée du réfectoire, le sergent de service pour le décompte des entrées avait un bol plein de grosses pilules orange devant lui, sur un petit bureau. Il m'a dit d'en prendre une quand j'ai signé la feuille.

« Le mercredi, c'est le jour de la pilule contre la malaria, m'a dit Queen. Mais ne l'avale pas d'un seul coup, ou tu vas attraper la courante. Casse-la en trois et prends les morceaux à quelques heures d'intervalle. »

À l'intérieur, c'était comme dans n'importe quel réfectoire aux États-Unis, sauf que tous les cuistots étaient vietnamiens. Nous avons poussé nos plateaux d'acier le long des tubes d'inox, et le rata standard de l'armée a fait *floc* dans les creux. Les tables pour quatre étaient recouvertes des habituelles nappes de plastique bon marché. Des ventilateurs aux extrémités de la longue pièce remuaient l'air qui sentait la graisse.

Queen s'est assis en face de moi et a partagé sa pilule contre la malaria en trois avec un couteau de table de l'armée. Il a avalé un morceau et a mis les deux autres dans une poche de poitrine. J'ai fait comme lui, et j'ai fait descendre le morceau amer avec du Kool-Aid au citron. J'ai pioché dans la nourriture sans grand enthousiasme. J'avais déjà remarqué que ce climat me coupait un peu l'appétit.

« Treloar, qu'est-ce c'est, ce nom ? a demandé Queen.

— C'est cornouaillais. »

Il a enlevé ses verres presque opaques et, pour la première fois, j'ai vu que ses yeux étaient bleus. « Cornouaillais ? c'est le nom d'un poulet à petit cul.

— Les Cornouailles, c'est un comté de l'ouest de l'Angleterre. C'était un pays indépendant autrefois. Ça fait partie de l'Angleterre maintenant. Les noms qui commencent par "Tre" sont cornouaillais en général.

— Tu m'en diras tant ! T'étais d'où avant que l'armée t'attrape ?

— De l'Ohio au départ. Ma famille s'est installée à Los Angeles il y a environ cinq ans. C'est là que je me suis engagé. »

— À LA ? » Il s'est animé. « C'est là que je vais dès que je serai libéré. Je vais utiliser mon droit à la formation des démobilisés pour faire une école de commerce, et, après, je vais faire du cinéma.

— Tu veux devenir une star ?

— Non, ça, c'est de la foutaise. Je vais faire de la production. Je veux faire des films, pas me pavaner devant les caméras comme une tapette. La production, c'est là qu'est l'argent. C'est là qu'on dirige. Toutes ces stars et ces réalisateurs dont les noms s'étalent en gros caractères au générique d'un film ? Ils comptent pour du beurre. C'est les gens de la production qui les embauchent et qui les virent. C'est que des troufions. Celui qui compte, c'est celui qui signe les chèques. »

J'ai reconnu que je n'avais jamais vu les choses comme ça, ce qui était ma façon de dire que je n'y avais jamais pensé du tout. Il était clair que Queen, lui, y avait beaucoup réfléchi. En fait, le cinéma était le cadet de mes soucis. « Comment ça se passe ici ? j'ai demandé en changeant de sujet.

— Ça dépend. Pour l'essentiel, on fait juste du travail de police. On fait des patrouilles. On coffre des gens. Souvent, on doit patrouiller avec des PM de l'ARVN[1]. Ils sont assez inutiles, mais au moins ils parlent la langue. Mais ça n'aide pas beaucoup à Cholon. C'est le quartier chinois.

— Qui est-ce qu'on arrête ?

— Principalement des soldats ivres. On fait des descentes pour récupérer les absents sans permission, qu'on retrouve toujours dans les bars et les bordels de la pittoresque rue Tu Do, le Disneyland de l'Asie du Sud-Est. La came commence à devenir un vrai problème, mais en général, on laisse l'ARVN alpaguer

1. Armée de la République du Vietnam (Sud).

les loubards de Saigon qui la vendent. Et puis, il y a les déserteurs.

— Des déserteurs ? Bon Dieu, où est-ce qu'un déserteur peut aller par ici ?

— Bonne question, qui m'a longtemps intrigué depuis que je suis arrivé. En fait, les déserteurs passent tout simplement dans la clandestinité, à Saigon. Il y en a aussi un peu dans les autres grandes villes, et quelques-uns qui sont vraiment passés au Viêt-cong ou à l'armée nord-vietnamienne, mais la plupart restent en plein Saigon ; en général, ils se mettent à la colle avec une femme. Ils sortent la nuit et fourguent de la drogue, agressent des soldats ivres, font des attaques à main armée et se comportent globalement comme ils le feraient s'ils étaient aux États-Unis. »

J'étais ébahi. Je n'aurais jamais imaginé un truc pareil. « Combien y en a ?

— Tu comprends qu'ils ne remplissent pas des fiches de recensement. D'après les meilleures estimations, entre cinq cents et deux mille.

— Nom de Dieu ! J'ai jamais entendu parler de ça aux États-Unis.

— Tu parles ! Ce serait mauvais pour le moral. Non, ces mecs sont seulement absents sans permission, ou portés manquants. Ça ferait désordre de reconnaître que le Capitole tolère une population de déserteurs de la taille d'un bataillon. Les Viêts les appellent les "fantômes". Tu sauras bientôt tout sur eux. Ils ont rien inventé. Parles-en un jour à l'adjudant-chef Posezny. Il était PM en Angleterre pendant la Seconde Guerre mondiale, et il raconte que l'île était pleine de déserteurs de tous les pays alliés. C'était le paradis des déserteurs parce que toutes les villes subissaient le couvre-feu. Je suppose qu'il y a eu beaucoup de jugements expéditifs et d'exécutions quand les lumières sont revenues. Je ferai peut-être un film là-dessus un jour.

« Le bon côté du boulot ici, c'est qu'il n'y a pas beaucoup d'activité ennemie, à part les grenadages occasionnels. Par-dessus tout, on n'a jamais à cirer nos pompes ou à faire la corvée de cuisine ou à nettoyer les chambrées. C'est les Viêts qui font tout ça. Tu fais juste ton service, et tu fais ce que tu veux de ton temps libre. »

Ça se présentait pas si mal. « Qu'est-ce qu'il y a à faire quand on n'est pas de service ?

— La même chose que les gars qu'on arrête. On se saoule dans la rue Tu Do. »

Cet après-midi-là, j'ai retiré mon .45 et mon M-16 et j'ai fait ma première patrouille dans les rues de Saigon. Queen conduisait, me montrait ce qu'il y avait à voir, et m'indiquait les points de repère. On faisait équipe avec un groupe de trois PM vietnamiens à l'air dur, qui roulaient en Jeep derrière nous. Au bout d'un moment, Queen m'a laissé le volant pour que je m'habitue à cette circulation chaotique. Pendant un moment, j'ai eu la sensation qu'il y avait un sniper sur chaque toit et que j'avais une grande cible peinte entre les omoplates, mais j'ai surmonté ça rapidement.

Dans les jours qui ont suivi, la routine s'est établie, et bientôt Saigon ne m'a pas paru plus étrangère qu'une ville frontière mexicaine comme Tijuana. J'ai travaillé dur sur mon recueil d'expressions vietnamiennes ; on n'était pas nombreux à prendre cette peine. Les rues étaient pleines de soldats américains qui avaient à peu près autant d'amitié pour nous que pour les Viêt-congs. Au moins, ça, je m'y attendais. Le sort du policier, etc.

On ressentait surtout de l'ennui, exactement comme en service aux États-Unis. Il y avait des projections de films dans la caserne. À la télé, il y avait une chaîne américaine qui programmait des vieilles séries américaines en noir et blanc, et une chaîne d'État qui diffusait essentiellement de l'opéra vietnamien incompréhensible. La radio des forces armées était meilleure. Tout le monde s'accordait à dire que les nouvelles chansons des Beatles comme « Magical Mystery Tour » et « Hello, Goodbye » étaient très bien, mais loin d'être aussi bonnes que « Sergeant Pepper ». Ce mois-là, le thème de *Valley of the Dolls* était au sommet du hit-parade et on en a été bientôt complètement dégoûtés.

Tout n'était pas ennuyeux. On avait droit aussi à de vrais emmerdements. On n'avait pas spécialement à être gentils avec les gars qu'on agrafait, mais je me suis senti un peu malade les premières fois que j'ai vu les PM de l'armée vietnamienne faire des arrestations. Ils considéraient qu'un gars se rendait plus facilement s'il était inconscient. C'était un truc auquel on finissait par s'habituer. J'ai découvert que les ruelles écartées de Saigon étaient comme celles d'autres grandes villes, et bientôt, j'avais vu mon lot de cadavres : des GI et des Vietnamiens, des militaires et des civils. Quand il y a des putes, des maquereaux, de la drogue et des salauds armés, il y a des cadavres.

J'ai découvert que les Américains étaient répertoriés comme tués au combat. Personne ne recevait jamais un télégramme disant : « Nous regrettons de vous informer que votre fils a saigné à mort de coupures de rasoir au sexe, administrées par un mac de la rue Tu Do dont il avait escroqué la pute d'une pipe à deux cents piastres. » On trouvait des putes assassinées aussi. Les bidasses pouvaient être salement méchants quand ils revenaient d'opération en brousse, et les macs devenaient violents si une fille essayait de partir. Mais il y avait toujours plus de filles disponibles. Saigon était pleine de filles qui avaient fui la campagne pour échapper à la guerre, sans mari, sans boulot, sans perspectives.

C'était une ville difficile, même une fois la routine établie. Tous les civils vietnamiens étaient des ennemis potentiels, mais au moins, on respectait les Viêt-congs et les Nord-Vietnamiens en tant que combattants coriaces et décidés. On n'avait pas ce respect pour nos alliés sud-vietnamiens. On les considérait comme des soldats incompétents et inutiles, et ils pensaient probablement la même chose de nous. On savait tous que les gouvernements qu'on soutenait étaient corrompus à un point tel que l'esprit en restait stupéfié et incrédule.

Les GI ne s'entendaient guère mieux entre eux. Le premier jour, j'avais remarqué que les Noirs et les Blancs s'asseyaient habituellement à des tables séparées au mess et au PX[1]. Rien d'officiel, bien sûr, même pas un problème de pression sociale. C'était juste une reconnaissance tacite qu'on avait peu de choses en commun à part l'armée, qu'on ne se faisait guère confiance et qu'on ne s'aimait pas beaucoup. On travaillait bien ensemble pendant le service et il y avait

1. PX : magasin de l'armée, où les soldats américains achètent des produits courants, et qui peut comporter un bar.

peu ou pas de frictions dans les cantonnements, mais un mur invisible était là, et les tentatives pour y faire une brèche étaient considérées au mieux comme présomptueuses. Mais c'était la même chose aux États-Unis. Ce qui était différent, c'était qu'on était dans un pays étranger, que la guerre déchirait en lambeaux.

À la fin de mon premier mois là-bas, Queen et moi avons reçu l'ordre d'aller chercher un prisonnier à Long Binh.

J'étais assis sur ma couchette, en train d'enfiler mes bottes, quand Queen est entré dans le dortoir. « Prends ton bordel, mec, on va au LBJ pour ramasser un client. »

J'avais entendu parler du LBJ — la prison de Long Binh — l'infâme prison militaire de l'armée de terre au Vietnam. La rumeur prétendait qu'elle était là pour prouver qu'on ne pouvait pas échapper au Vietnam en tuant un officier.

« Bonne nouvelle. » J'ai fini de lacer mes chaussures et je me suis levé. Je n'avais pas encore quitté la zone de Saigon et j'étais curieux de voir la campagne. « Qu'est-ce qu'il faut prendre ?

— Va à l'armurerie et prends ton calibre. 12. C'est la procédure habituelle quand on escorte un prisonnier. Techniquement, on sera sur le champ de bataille, alors prends ton gilet pare-balles et ton casque avec toi. Tu pourras laisser tes pompes dans ton placard aussi. On t'a fourni des bottes de jungle, non ? » Il avait abandonné ses tics de langage affectés et il ne pensait maintenant qu'à son travail.

« Ouais, ouais. » Je me suis rassis et je me suis mis à délacer mes chaussures. « Qui est-ce qui vient avec nous ? » Je savais que les PM se déplaçaient habituellement par trois quand ils sortaient de Saigon : le chauffeur, un gars armé d'un fusil à pompe et un autre à la mitrailleuse à l'arrière.

« On a un commandant barbouze qui vient avec nous, a dit Queen. Il prend en charge le prisonnier. »

J'ai sorti les bottes de jungle de mon placard. Le dessus était de toile et elles étaient bien plus légères et plus fraîches que mes bottes de cuir astiquées. « Un espion ? La CIA ? C'est de la routine ?

— On sait pas, on demande pas. Mec, il se passe plus de choses étranges dans ce pays qu'on ne peut en compter. Une fois, on a escorté un groupe d'une tribu laotienne, des petits salopards aux dents limées en pointe, du genre cannibales. Je sais pas pourquoi ils étaient là, je sais pas où ils allaient. Y a pas de limites à la bizarrerie ici, mec. »

J'ai pris le gilet pare-balles du haut de mon placard où il était resté plié depuis qu'on me l'avait fourni. J'ai senti son poids sur mes épaules en l'enfilant, et j'ai essayé d'ignorer sa puanteur de vieille sueur et de moisissure.

Je suis allé à l'armurerie, puis à la salle d'ordonnance. Le sergent-chef, qui s'appelait Washington, était assis derrière son bureau. Derrière lui, il y avait une grande carte du pays, recouverte d'un film transparent et marquée au crayon gras. Queen est entré juste derrière moi.

« Quel est le rap-sit, chef ? » il a demandé.

Le visage noir de Washington s'est tordu et ses nombreuses rides se sont encore accentuées. « Rap-sit. D'où ça sort, cette connerie ?

— J'l'ai entendue à une conférence de presse. »

Washington a fait pivoter sa vieille chaise grinçante et a désigné la carte. « Les choses sont assez calmes avec l'approche des fêtes. Il y a eu un peu d'activité dans la zone du Deuxième Corps d'Armée. Nha Trang et Ban Me Thuot ont été touchés la nuit dernière ; Kontum, Da Nang, on a entendu dire Pleiku et peut-être Qui Non ont été attaqués aussi.

— Seulement du harcèlement ? a demandé Queen. Des rockets et des tirs de mortier ? Ils balancent toujours des trucs sur Da Nang et Pleiku. »

Le sergent-chef a haussé les épaules. « Je sais pas. Officieusement, Ban Me Thuot et Kontum ont été attaqués par des forces terrestres importantes, mais ils ont peut-être forcé sur la fumette. Quelques mômes viêts et un buffle d'eau ont l'air d'une division, quand on est défoncé. » Il s'est retourné vers nous. « La zone militaire de la capitale est tranquille en tout cas. Y a pas d'activité entre ici et Long Binh, à part la circulation. »

La porte du bureau du commandant de notre compagnie s'est ouverte et un commandant en est sorti avec notre capitaine derrière lui. Le treillis de jungle impeccable du commandant était dépourvu de tout insigne, à part son grade, un badge du MACV[1] à l'épaule, et une étiquette avec son nom : Gresham. Il avait le genre d'yeux gris sans expression que j'associais aux flics de LA qui étaient restés trop longtemps sous l'uniforme, et il tenait une de ces planches à pince, version vietnamienne de la badine de jonc. Il avait un revolver calibre .38 dans un holster à la ceinture, au lieu du .45 automatique habituel.

1. Military Assistance Command Vietnam : Commandement américain au Vietnam.

« Sergent Queen, a dit le capitaine.

— Oui, mon capitaine !

— Vous allez conduire par la main cet officier à la prison de Long Binh et prendre en charge un prisonnier détenu là-bas. Vous livrerez le prisonnier et le commandant Gresham à l'ambassade américaine. » Le capitaine n'était pas tout à fait insubordonné, mais il montrait clairement qu'il n'aimait pas faire des courses pour des barbouzes.

« Tout de suite, capitaine.

— Tu sais dire "oui, mon capitaine", hein, Queen ? a demandé durement Washington.

— Oui, mon capitaine », a répété Queen d'un ton contrit. Il faisait une imitation parfaite d'Eddie Haskell dans *Leave it to Beaver*, mais je ne crois pas que le capitaine et le sergent-chef s'en soient aperçus.

« Amenez votre Jeep devant l'entrée et attendez-moi là, sergent », a dit Gresham.

On est allés au parc des voitures et, au contrôle, Queen a pris la main courante et les clés au sergent chargé des véhicules et a signé pour un trajet à Long Binh.

« Pourquoi est-ce nous qui emmenons un prisonnier à l'ambassade ? j'ai demandé à Queen. C'est le 716ᵉ PM qui est chargé de la zone de l'ambassade.

— Tu pourrais commencer par te demander ce qu'un prisonnier va foutre à l'ambassade. Il y a des portes qu'on n'est pas supposés ouvrir. »

On s'est dirigés vers la Jeep et on est montés dedans ; je suis allé à l'arrière avec mon fusil à pompe parce que le commandant prendrait la place avant. Je n'aimais pas beaucoup sortir sans mitrailleuse, mais le voyage de Saigon à Long Binh était considéré comme un trajet de la ville à la banlieue, pas comme un safari au cœur des ténèbres. Queen a noté l'heure et le kilométrage au compteur, et a débloqué le volant. Les clés ne servaient pas à démarrer — pour ça, il y avait un bouton sur le tableau de bord — mais elles ouvraient les divers cadenas de la voiture, dont un qui reliait la colonne de direction au volant par une chaîne.

On attendait devant le bâtiment du QG quand Gresham est sorti. Il est monté sans un mot. On est partis dans ce halètement guttural et cliquetant caractéristique des Jeep, et on s'est dirigés vers la nationale 1.

À la lisière de la ville, Queen s'est arrêté sur le bord de la route. « On entre en territoire indien, les enfants. On verrouille et on charge. » Il a pris son M-16 de son support à côté de lui et a reculé le levier d'armement. J'ai pompé une cartouche dans la chambre de mon fusil et mis en place la sécurité. Ensuite, on a tous les deux chargé nos .45, mis la sécurité, remis les armes dans leur holster et fermé le rabattant.

« Vous vous sentez plus en sécurité maintenant ? a dit Gresham, apparemment profondément ennuyé par cette mise en scène guerrière.

— Éminemment, mon commandant, a répondu Queen en reprenant la route. Imaginez notre embarras si les Viêt-congs nous rendaient une petite visite. Nous serions incapables de les accueillir comme il faut parce qu'il faut une main pour conduire ou pour se tenir à la voiture. C'est ce genre de *faux pas*[1] qui donne mauvaise réputation aux Américains dans le coin. »

Le commandant a eu l'air peiné. « Depuis combien de temps êtes-vous ici, sergent ?

1. En français dans le texte.

— Tout près de cinq mois, mon commandant.

— Je suis ici depuis bientôt trois ans, et je n'ai encore jamais vu trois hommes dans une Jeep revenir vivants d'une embuscade, quel qu'ait été leur armement. »

Queen s'est tu pendant un moment à cette pensée déprimante et je me suis concentré sur le paysage. Les faubourgs de Saigon n'étaient qu'un gigantesque bidonville, où les gens qui avaient fui la campagne pour la sécurité relative de la ville s'entassaient dans des conditions de misère dépassant l'entendement pour la plupart des Américains. J'avais déjà vu le village qui vivait sur le dépôt d'ordures américain : ses habitants étaient parmi les mieux lotis. Une des choses que les Américains produisent, c'est *plein* de détritus. La plupart des baraques du bidonville de Saigon étaient faites de feuilles métalliques obtenues par déroulage de boîtes d'aluminium, avec leurs couleurs absurdement gaies. Celle-ci était faite de boîtes de Coke rouges, celle-là, bleu et blanc, avec des boîtes de Schlitz, cette autre encore, avec des boîtes dorées de Miller. On voyait partout des vieux, des femmes et des enfants, innombrables. Les hommes plus jeunes étaient ailleurs ou ils restaient hors de vue.

Après les bidonvilles, la route s'étirait à travers une suite de villages séparés par des étendues de terres cultivées. Elle restait parallèle à la rivière de Saigon pendant un moment et on pouvait voir des gens vivant dans des bateaux, et des petits restaurants sur des radeaux, décorés de banderoles et de lumières colorées, qui devaient les rendre presque jolis de nuit. Des canonnières brassaient l'eau boueuse de la rivière ;

leurs sillages berçaient les sampans et créaient de minuscules déferlantes sur les rives.

La route, construite par les Français, et entretenue par des entreprises américaines, était en bon état. La circulation y était dense et chaotique comme je m'y attendais maintenant, au Vietnam : des véhicules de toutes sortes étaient plus surchargés de passagers que j'aurais cru possible. Il y avait des animaux aussi — tirant des véhicules ou voyageant dedans, ou simplement les accompagnant, avec ou sans présence humaine. Des véhicules militaires, américains et vietnamiens, fonçaient à travers cette foule, comme s'ils étaient seuls sur la route, et ça m'a rappelé que nous avions eu plus de pertes par accident de la circulation que par l'activité ennemie jusqu'à présent, ce mois-ci.

À quelques kilomètres de Saigon, on était dans les collines, le terrain était onduleux et accidenté, plein de champs cultivés, sans une trace de la jungle et des rizières qu'on voyait tout le temps aux informations aux États-Unis. J'étais sidéré de voir pousser du maïs. Nous avons traversé des villages somnolents et nous sommes passés devant d'innombrables échoppes qui vendaient de la nourriture et des boissons gazeuses à l'air douteux, dans des bouteilles de récupération.

À un moment, une vision saisissante est apparue près de la route. Ça ressemblait à s'y méprendre à une petite école aux murs recouverts de bardage blanc, avec, monté sur un poteau qui dépassait du toit, un énorme svastika doré. J'ai montré du doigt ce spectacle. « Bon Dieu, qu'est-ce que c'est que ça ?

— Un temple bouddhiste, a répondu Gresham. Il y a plein de sectes bouddhistes en Asie du Sud-Est, et ça, c'en est une. » Il a levé une main pour retenir son chapeau et j'ai remarqué qu'il portait un certain nombre de ces bracelets de bronze et de cheveux tressés fabriqués par les tribus montagnardes. Après avoir donné ce renseignement, il s'est visiblement désintéressé du sujet.

À environ une heure de trajet de Saigon, on a quitté la route numéro 1, et on s'est dirigés vers l'entrée principale de Long Binh. C'était un peu après midi, le 30 janvier 1968.

Un groupe de marchands ambulants était accroupi devant le poste d'entrée ; quand nous nous sommes arrêtés, ils ont essayé de nous vendre des lunettes de soleil, de la bière, des singes, des perroquets et bien d'autres choses aux noms inconnus.

Pendant que Gresham présentait nos papiers, j'ai regardé le périmètre du camp. À des intervalles d'une centaine de mètres, des bunkers de terre émergeaient massivement du sol, leurs armes braquées au-dessus des écrans de barbelés et des accordéons du nouveau barbelé-rasoir brillant qui était terrifiant pour nous, mais que les sapeurs viêt-congs semblaient capables de traverser en valsant et sans une égratignure. Derrière la ligne de bunkers, des tours d'une trentaine de mètres de hauteur, aux sommets bordés de sacs de sable, et équipées d'énormes projecteurs, se dressaient comme des squelettes.

Le PM de l'entrée nous a fait signe de passer. Je m'étais attendu à un groupe serré et fortifié de bâtiments, mais Long Binh s'est révélé être principalement du terrain découvert, avec des zones pour des compagnies et des bataillons largement espacées, séparées par des étendues de sol sablonneux couvert d'herbe. Nous sommes passés à côté de zones de stockage pour toutes les sortes de *matériel*[1] imaginables : des bobines de cordages pour la boîte à couture d'un géant, de longues vessies noires de carburant d'aviation qui ressemblaient à des lits à eau de quinze mètres, des parkings et encore des parkings pour les Jeep, les camions, les bulldozers, les chargeuses, les grues, pour tout ce qui se déplace sur des roues ou des chenilles. Il y avait des pistes d'atterrissage pour les avions et des aires pour les hélicoptères, entourées de talus couverts de sacs de sable. Nous sommes passés près d'un hôpital tentaculaire où des hélicoptères avec de grandes croix rouges sur les flancs arrivaient, comme des reptiles volants préhistoriques blessés, avec du sang dégouttant de leurs fuselages. Le *whop-whop* des hélico était incessant, et on en voyait partout, atterrissant, décollant ou croisant au-dessus de nos têtes : les grands Chinook à double rotor, les Huey omniprésents, et des petits hélico de reconnaissance bourdonnants, ressemblant à des frelons, que je n'avais jamais vus auparavant.

Queen s'est arrêté devant un vaste terrain entouré d'une haute clôture. Il était rempli de ces containers Conex de tôle profilée qui étaient devenus le moyen standard de transport par cargo ou par voie ferrée. Ils formaient des piles de huit ou dix en hauteur et des carrés de la taille d'immeubles, séparés par des rues régulières. Les carrés s'étendaient à perte de vue.

« Il faut que tu voies ça, a dit Queen. C'est le dépôt de bière. Ces Conex contiennent uniquement de la bière et du soda : Coke, Pepsi, Seven-up, ce que tu veux. Je trouve que ça en dit long sur la culture américaine.

1. En français dans le texte.

— On ne fait pas du tourisme, sergent, a dit Gresham. Roulez. »

Finalement, on est arrivés à la prison de Long Binh. C'était encore une étendue de constructions, mais là, la clôture couronnée de barbelé-rasoir comportait des miradors aux angles. Elle ressemblait à n'importe quelle hideuse prison de n'importe quel endroit du monde. Gresham a parlementé pour nous faire franchir la barrière et on l'a conduit au bâtiment administratif.

« Ça va prendre un petit moment. » Il a regardé sa montre en inox. « Il est treize zéro zéro. Allez vous chercher quelque chose à manger et revenez à quinze zéro zéro. » Là-dessus, il a tourné les talons et a monté les marches.

« Foutue barbouze », a dit Queen. Je suis passé sur le siège avant.

« Il y a une caisse de rations-C à l'arrière, j'ai dit. Tu penses qu'on peut trouver de l'ombre par ici ?

— On emmerde les rats-C, a dit Queen en enclenchant la première. On va au Loon Foon. »

À trois kilomètres de la prison, on a trouvé un bâtiment biscornu qui ressemblait à une grange et qui abritait le restaurant chinois de la base. Ça avait l'air d'être le rendez-vous favori des bidasses revenant juste de la brousse. Une escouade d'hommes sales, mal rasés, est descendue de l'arrière d'un transport de troupes. Ils avaient l'air de visiteurs d'une autre planète, parés de perles et de colliers d'oreilles séchées et de lunettes de soleil aux verres en forme de cœur. Les Noirs arboraient des coiffures afro broussailleuses et des petits chapeaux de brousse perchés dessus. Un bidasse à l'air fatigué est resté pour surveiller leurs armes ; il a soigneusement posé son sac à dos à ses pieds. Quelque chose gigotait sous l'abattant d'une des poches de côté et un ocelot ou quelque chose d'approchant a sorti la tête et m'a fixé avec de féroces yeux verts.

« Bande de cinglés », a marmonné Queen en entrant. L'intérieur était d'un seul tenant et ressemblait à une caverne, où des centaines de GI et quelques soldats de l'armée vietnamienne étaient assis à des tables, pendant qu'à peu près une vingtaine de serveuses chinoises se démenaient en portant des plateaux fumants et en évitant adroitement les mains au panier quasi mécaniques des clients. On a trouvé des places et on a commandé des beignets frits, du porc au barbecue et des crevettes grillées.

« C'est grand comment, cet endroit ? j'ai demandé à Queen. On n'a même pas encore revu la ligne de bunkers depuis qu'on est arrivés. »

Il s'est adossé sur la minable chaise de bois. « J'ai entendu dire que c'est la plus grande base américaine du monde. C'est une base logistique, c'est pourquoi il y a tous ces dépôts et toutes ces montagnes de merdes partout. C'est le quartier général du Onzième de Cavalerie, mais ils sont en campagne la plupart du temps. Un peu plus loin sur la route, il y a Bien Hoa, qui est une base tactique. Tout autour d'ici, il y a des petites bases d'appui qui sont desservies par tous ces hélico qu'on voit.

— Alors, on contrôle bien cette zone ? » j'ai demandé avec espoir.

Il a approuvé de la tête. « Dans la journée, oui. Mais le soir, elle revient à ses propriétaires d'origine. »

Notre déjeuner est arrivé et j'ai essayé ma technique de maniement des baguettes. Une serveuse souriante m'a aidé, en repositionnant mes doigts et en débitant de façon ininterrompue ce qui devait être de cinglantes insultes en chinois. À la fin du repas, j'arrivais effectivement à attraper plus de morceaux que je n'en laissais tomber.

En sortant du Loon Foon, on a vu une autre Jeep s'arrêter près de la nôtre. Un capitaine en est sorti et est allé à l'intérieur, et son chauffeur est descendu et s'est étiré. Il portait une paire de bottes, un short taillé au ras de l'entrejambe dans un pantalon de treillis, un gilet pare-balles et rien d'autre, en dehors de son bronzage et de ses plaques d'identité. Sur la tête, il avait un drapeau nord-vietnamien roulé en bandana de pirate, et des lunettes réfléchissantes d'aviateur. Il avait à la main un fusil à pompe à la crosse sciée pour en faire une poignée-pistolet, et au canon raccourci d'environ trente centimètres, qui s'arrêtait au niveau du magasin tubulaire. Il n'avait pas du tout l'air impressionné par nos insignes de PM.

« Mec, a dit Queen en démarrant, y a des salopards qui rentrent de la brousse, auxquels il vaut mieux ne pas se frotter si on n'a pas les arrières bien assurés. »

On avait encore une heure devant nous, alors on s'est promenés autour de la base qui semblait s'étendre indéfiniment. La plupart des bâtiments étaient constitués des assemblages familiers de bois, d'écrans et de sacs de sable, recouverts de tôle, mais il y avait quelques grands bâtiments de quartier général en béton, qui avaient l'air aussi permanents que le Pentagone.

« Qu'est-ce qu'ils font là-dedans ? j'ai demandé à Queen.

— Je me le demande moi aussi, je suppose qu'ils s'écrivent des mémos qu'ils font circuler. »

Il régnait partout un mince voile de fumée graisseuse et nauséabonde. J'ai demandé à Queen ce que c'était. J'aurais pas dû.

« Ça vient des latrines. Tu vois, les chiottes ici sont un poil au-dessous du standard américain. C'est principalement quatre trous, avec un demi-bidon de pétrole sous chaque trou, et environ trois centimètres de gasoil au fond de chaque bidon. Une fois par jour, les Viêts sortent les bidons, les vident dans une tranchée derrière les latrines et y mettent le feu.

— Bon Dieu !

— Ouais, mais pense au trip nostalgique que ce sera pour ces gars plus tard. Pendant bien des années, chaque fois qu'ils sentiront l'arôme de la merde en train de brûler, ça les ramènera au bon vieux temps de Long Binh, République du Sud-Vietnam. »

On est arrivés à la prison de Long Binh pile à l'heure, et on a attendu. Au bout d'un moment, Queen est entré pour aller aux nouvelles ; il est ressorti en secouant la tête.

« Un bordel dans la paperasse. Ils peuvent rien faire tant que tous les papiers sont pas faits en trois exemplaires. » Il a tapoté ses poches. « T'as des cigarettes ? » J'en ai extrait une de mon paquet, déjà habitué à ce rituel. Queen préparait sa retraite avec l'argent qu'il économisait en n'achetant pas ses propres cigarettes.

L'attente s'est étirée lentement, sur tout l'après-midi. Mais à défaut d'autre chose, les soldats savent attendre, puisqu'ils le font souvent. On a passé le temps en faisant ce que les soldats font constamment : en fumant et en bavardant. Comme le jour baissait, Queen a jeté un coup d'œil nerveux vers l'ouest.

« Il va bientôt faire sombre. Il faudrait qu'on y aille.

— Quand est-ce qu'on doit être rentrés ?

— C'est pas le problème. On ne peut pas prendre la route de nuit, sauf en convoi, tous feux éteints. Où est passé ce bon Dieu de barbouze avec son gibier de potence ? »

Presque une heure plus tard, Gresham est réapparu, accompagné de deux grands gardiens de la prison militaire avec les fusils au port d'armes. Notre prisonnier était entre les deux ; il n'avait pas l'air effrayant qui aurait pu justifier toute cette attention et ces mesures de sécurité. Il était petit, environ vingt-cinq ans, des cheveux bruns et le visage fin, presque délicat. Les menottes et les fers qu'il avait aux pieds avaient l'air presque comiques sur ses membres minces.

Gresham était dans une fureur froide. « Sergent, menottez-le et foutons le camp d'ici. » Une épaisse enveloppe en kraft, marquée d'un grand cachet « Secret », était maintenant retenue par sa planche à pince.

« Et comment ! » a dit Queen en décrochant une paire de menottes de sa ceinture, pendant qu'un des gardiens détachait l'arnachement compliqué d'esclave du prisonnier. Il a efficacement menotté les mains du prisonnier derrière son dos, et nous l'avons fait monter à l'arrière près de moi.

« Ne perdez pas de temps pour aller à la sortie, a dit Gresham en fixant le ciel rouge à l'ouest, comme s'il pouvait faire remonter le soleil au-dessus de l'horizon par la force de sa volonté.

— Ciel rouge la nuit, délice de Charlie[1], a dit mon voisin.

— La ferme, Starr », a dit Gresham d'un ton monocorde.

Le prisonnier s'est tourné vers moi et m'a adressé un sourire timide, presque un sourire de petite fille. « Mon hôte ne veut pas que je communique. C'est non américain, vous ne trouvez pas ? » Il portait un treillis trop grand pour lui, sur le dos duquel un grand P majuscule avait été peint en blanc.

« Tu crois peut-être qu'on est frères d'armes, gibier de potence ? a dit Queen. Ôte-toi cette idée de la tête.

— Oh mon Dieu ! Vais-je être victime de brutalités policières ?

— Ce serait une violation de l'UCMJ, a dit Queen, en faisant référence au “Uniform Code of Military Justice”[2]. D'un autre côté, si on te descendait lors d'une tentative d'évasion, ce serait parfaitement réglementaire. Bon, moi, je suis du genre pacifique, mais mon collègue assis près de toi, le première classe Treloar, est un infâme psychopathe. Il ferait neuf gros trous avec du double-zéro à travers ton joli P blanc.

— Fermez-la tous les deux », a répété Gresham.

On a roulé dans un silence relatif, en dehors du grondement du moteur et du vrombissement des hélicoptères, qui était devenu si monotone que je ne l'entendais plus vraiment.

« Merde ! » a dit Gresham quand la sortie est arrivée en vue. Une demi-douzaine de véhicules étaient

1. Viêt-cong.
2. Code Unifié de Justice Militaire.

déjà là, arrêtés par la barrière amovible. Deux officiers étaient en train de parlementer avec l'officier de PM responsable, mais celui-ci avait l'air indifférent et inflexible. Son expression n'a pas changé quand Gresham a sauté de la Jeep et a essayé de passer en force.

« Lieutenant, je dois être à Saigon cette nuit ! Ça concerne les Affaires étrangères. »

Le jeune lieutenant a étudié les papiers d'identité que Gresham lui tenait sous les yeux, puis a secoué la tête. « Désolé, mon commandant, aucun véhicule ne peut franchir cette barrière après le coucher du soleil, s'il ne fait pas partie d'un convoi. Ce sont les ordres du général Weyand. Il y a un convoi qui part peu après minuit, et vous pourrez vous y joindre. Vous serez quand même à Saigon cette nuit. »

Gresham était furieux, mais ça n'y a rien changé.

« Il ne faut pas laisser tous ces véhicules groupés ici à l'entrée, a déclaré le lieutenant. Emmenez-les sur la route du périmètre et garez-les à intervalle réglementaire. On vous préviendra quand le convoi sera prêt à partir. »

Gresham est remonté dans la Jeep. « Avancez jusqu'au troisième bunker et garez-vous. Je vais essayer leur téléphone de campagne. »

Un large chemin de terre courait le long du périmètre du camp. Le bunker près duquel nous nous sommes arrêtés était identique aux autres : environ quinze mètres de long et peut-être deux mètres cinquante de haut : une colline artificielle faite au bulldozer et sur laquelle l'herbe poussait. Deux hommes étaient assis dessus, en train de fumer et un jeune sergent était debout près de l'entrée. Ils portaient tous le petit badge circulaire ressemblant au symbole astrologique de Mars, mais inversé : une courte flèche épaisse pointant de biais vers le centre d'un cercle. C'était l'insigne du Premier Commandement Logistique, connu de tout un chacun sous le nom de « Chiottes Penchées ».

Le sergent s'est approché et a salué. « Ils vous font attendre ? C'est comme ça toutes les nuits.

— Je dois utiliser votre téléphone de campagne, a dit Gresham.

— Désolé, mon commandant, notre commandant n'autorise aucune communication qui ne concerne pas le périmètre sur nos lignes téléphoniques.

— Rien à foutre ! » Gresham est sorti de la Jeep et a disparu à l'intérieur du bunker.

« Qui c'est, ce trou du cul ? a demandé le sergent.

— C'est le neveu de Lady Bird[1], a dit Queen. Il a plein de piston à Washington. T'as une cigarette, sergent ? »

Il a secoué son paquet pour en sortir une. « Fume-la vite. On passe en couvre-feu dans dix minutes. » Il faisait presque nuit.

« Vous êtes quelle unité ? j'ai demandé.

— 2077e Transport. On est chargés de dix de ces bunkers.

— Il y a des combats par ici ? »

Il a grogné. « Tu crois qu'on peut s'attaquer à une base de cette taille ? On reçoit quelques obus de mortier et quelques rockets de temps en temps, mais tirés par télécommande du haut des collines. Les hélico n'y trouvent jamais personne quand ils y vont. Ça ne veut pas dire qu'il n'y a jamais de fusillade. Les

1. Surnom affectueux de la femme de L.B. Johnson, alors président des États-Unis.

bleus croient qu'ils ont des Viêts dans les barbelés chaque fois qu'un singe pète. Le mois dernier, il y en a un qui a tué un buffle d'eau. Je vous dis pas la paperasse.

— Vous n'avez pas parfois l'impression d'être sortis de la réalité et d'être entrés dans une sorte d'univers parallèle où ce sont les règles de l'opéra comique qui s'appliquent ? » a dit notre prisonnier.

Queen s'est retourné et l'a regardé. « Nom de Dieu, on a un homme cultivé parmi nous. Comment tu t'appelles, taulard ?

— Martin Starr. Avec deux “r”. » Il a souri à nouveau timidement, révélant de petites dents parfaites. Il avait de longs cils et même des fossettes. Je me suis demandé comment un homme comme ça s'en sortait dans une prison militaire.

« Et qu'est-ce qui a attiré sur toi l'attention de notre cow-boy de Langley[1] ?

— Oh, un simple malentendu. Tout sera éclairci dès que je pourrai exposer mon cas.

— T'es parfaitement innocent, bien sûr. »

Il a eu un mouvement éloquent des épaules. « Est-ce que quiconque est vraiment innocent ? J'ai certainement ma part de péché originel. C'est évident que, en ce moment, mon mauvais karma l'emporte sur le bon. Mais la roue tourne. Mon triste cas est loin d'être le pire ratage de la politique américaine en Asie du Sud-Est.

— Bon sang, si on doit rester coincés ici, je suis content que ce soit avec quelqu'un qui dit des choses intéressantes. Le dernier gars que je suis venu ramas-

1. Siège de la CIA aux États-Unis.

ser ici n'a fait que brailler des slogans du Black Power pendant deux heures.

— Nos frères noirs ont leurs propres vues sur notre gouvernement, a observé Starr.

— Ce connard était un Blanc. Je me demande comment s'en tire le barbouze ?

— Éteignez les clopes », a crié le sergent. Les gars en haut du bunker ont écrasé leurs cigarettes et on a fait de même. Au loin, de brillantes lumières orange ont fleuri dans l'air et ont dérivé paresseusement : des charges éclairantes tirées par des mortiers lourds de 105. Les faisceaux des projecteurs de quelques-unes des tours du périmètre ont balayé le terrain, et des hélicoptères croisant à faible altitude ont dirigé leurs propres projecteurs vers le sol, le tout dans le silence, en dehors du bourdonnement lointain des hélico. C'était un spectacle sinistre. Le Vietnam était un monde différent la nuit, et je connaissais le dicton : « La nuit appartient à Charlie. »

« Pas mal, comme son et lumière, a commenté Queen. J'espère que quelqu'un va désigner une cible pour les hélico. Ils utilisent des minicanons : les balles traçantes sortent à une telle cadence que ça fait un faisceau de lumière ininterrompu. S'il y en a plusieurs qui tirent en même temps, on croit voir les vaisseaux martiens de *La Guerre des mondes*.

— C'est tellement étrange, tout ça, j'ai dit. Qu'est-ce qu'on essaye de faire ici, bon sang ?

— Tu sais ce que tu trouverais si tu sortais par là ? a dit Starr, en désignant du menton l'obscurité qui nous environnait. À moins de deux kilomètres d'ici, tu trouveras des vieux blockhaus massifs en béton, laissés derrière eux par les Français au début des années cinquante. Et à quelques mètres de là, des vieux abris souterrains que les Japonais ont creusés ici pendant la Seconde Guerre mondiale. Creuse encore sous ces abris, et tu trouveras les ossements de Chinois et de Cambodgiens. Nous ne sommes que les derniers d'une longue liste d'intrus ici. Il y a quelques années, nous n'étions pas ici. Dans quelques années nous n'y serons plus. Nous ne sommes que des ectoplasmes pour ces gens.

— Ça, c'est profond, a dit Queen. Ah, voilà notre bon commandant. »

Gresham n'avait pas l'air content. « Vous deux, gardez l'œil sur cet homme. Si vous voulez entrer dans le bunker pour fumer, emmenez-le avec vous. Et je veux qu'aucun d'entre vous n'aille dormir. »

Queen s'est retourné vivement et l'a regardé froidement. « Remballez vos conneries, commandant. Mon partenaire et moi, on ne dort *jamais* quand on est en service ! »

Pendant un instant, Gresham a presque eu l'air de se rendre compte qu'il était allé trop loin. « Veillez-y. » Il s'est retourné et a escaladé à grands pas l'arrière du bunker et s'est assis en tailleur au sommet, tourné vers le paysage éclairé par les fusées.

« Dommage que vous ne soyez pas en campagne, a dit tranquillement le jeune sergent. C'est pour des officiers comme ça que Dieu a créé les grenades à fragmentation.

— Les barbouzes viennent, et puis ils s'en vont, a grogné Queen. Pas beaucoup de différence entre un barbouze et un fantôme, hein, Starr ?

— L'illumination vient à celui qui médite, a affirmé Starr.

— Il a l'air d'être en train de méditer là-haut, j'ai dit, en hochant la tête vers Gresham. Tu crois qu'il va trouver l'illumination ?

— Espérons qu'il médite sur ses péchés, a dit Starr. Ça ne peut pas faire de mal. »

Au bout d'un moment, on est entrés dans le bunker pour fumer. Il faisait étonnamment frais à l'intérieur. Un soldat noir, au visage grêlé, était assis derrière une M-60. Deux autres soldats étaient allongés sur une banquette creusée dans la terre renforcée de sacs de sable du mur du fond. Leurs fusils étaient alignés sur le parapet près de la mitrailleuse. Sous le parapet, les dispositifs de mise à feu d'une demi-douzaine de mines Claymore pendaient au bout de leurs fils électriques. La fenêtre de tir faisait environ un mètre vingt de large sur vingt-cinq centimètres de haut.

On s'est baissés sous la fenêtre de tir pour allumer nos cigarettes, puis on s'est redressés. Je me suis appuyé au parapet et j'ai regardé dehors. Vu de cette façon, le monde extérieur paraissait encore plus menaçant. L'intérieur du bunker ne produisait guère de sentiment de sécurité, mais plutôt un sentiment de claustrophobie.

« T'as vu quelque chose sur quoi tirer ? a demandé Queen au mitrailleur.

— Je voudrais bien quelquefois. Ça pourrait m'aider à rester éveillé. » On a entendu une M-60 se mettre à tirer au loin. « Un petit con énervé qui a des visions. Il va le regretter. Quand on tire avec un de ces machins, il faut le nettoyer. Ça prend environ six heures pour le faire correctement. » Il s'est baissé et a allumé une cigarette en fermant bien les yeux, pour préserver sa vision nocturne. Il s'est redressé en soufflant de la fumée. « Au moins, il est encore tôt. Quand quelqu'un se met à tirer comme ça vers quatre heures du matin, tout le monde se réveille en sursaut et se met à tirer aussi. Très vite, toute la ligne de bunkers est en train de tirer pour rien. Il y a environ trente kilomètres de périmètre autour de Long Binh, avec des bunkers tous les cent mètres. Ça fait un vacarme infernal.

— Les Viêts nous embêteront pas pendant les prochains jours, a dit un des hommes allongés. Ils font une trêve pour leur nouvelle année ou un truc de ce genre.

— Y a pas de trêve dans cet endroit de merde », a dit le troisième homme. Il était allongé avec la tête appuyée sur son casque, le regard dans le vide.

Deux heures plus tard, le convoi est arrivé et nous nous sommes mis derrière lui, avec les autres orphelins. L'officier responsable a précisé à tout le monde qu'il n'assumait pas de responsabilité pour nous, et que nous l'accompagnions à nos risques et périls. Puis, on s'est mis en route.

Le ciel s'était couvert de nuages, et la nuit était incroyablement noire. C'était un supplice pour les nerfs de conduire dans l'obscurité, même à l'allure de corbillard du convoi. Le camion qui était devant nous n'était qu'une forme légèrement plus noire dans les ténèbres. Le seul éclairage venait des ridicules petits yeux-de-chat — ces très faibles feux rectangulaires de moins de trois centimètres de large montés sur les pare-chocs des véhicules.

« On t'a appris la procédure des convois pendant tes classes, non ? m'a demandé Queen.

— Ouais, ouais. » J'espérais qu'il n'allait pas me demander de conduire. Le rôle de passager me rendait déjà assez nerveux. Il n'y avait pas de marquage au milieu ni sur les côtés de la chaussée. C'était comme rouler sur de l'encre.

« Tu te rappelles comment on maintient l'intervalle ?

— On surveille les yeux-de-chat. Il faut faire en sorte que le véhicule devant toi en montre toujours deux. Si t'en vois trois, t'es trop près. Si t'en vois qu'un, t'es trop loin derrière.

— Exactement. Je finirai bien par faire de toi un PM. »

Le convoi avançait lourdement, une colonne d'âmes perdues essayant de trouver l'autre rive du Styx. Par rapport à la route, les villages que nous traversions étaient brillamment illuminés. Les Vietnamiens aimaient les lumières colorées, et les villages au loin ressemblaient à une succession de fêtes foraines. Les installations américaines étaient elles aussi des îles de lumière. Seuls les périmètres étaient obscurs à cause du black-out, mais, à l'intérieur, c'était éclairé par des projecteurs installés sur des pylônes. Dans cette guerre, l'ennemi n'avait pas d'aviation et la meilleure sécurité résidait dans le fait de pouvoir voir la nuit, à moins d'être à l'extérieur, en terrain d'embuscade.

De temps en temps, le convoi ralentissait et un véhicule ou deux en sortait pour se diriger vers une des bases américaines. Il n'y avait plus qu'une douzaine de camions et une ou deux Jeep dans le convoi quand on a vu finalement les lumières de Saigon devant nous.

« On est rentrés, on est rentrés, youpi, a dit Queen quand on a pénétré dans le bidonville lugubre. Y s'fait quelle heure, mon frère ? »

J'ai regardé ma montre de PX, mais son cadran n'était plus luminescent depuis longtemps, alors j'ai allumé la lampe à foyer orientable qui était accrochée à mon gilet pare-balles. Le filtre rouge de nuit colorait de la même façon mon bras et le cadran. Je l'ai éteinte et j'ai rendu compte : « Il est presque deux zéro zéro.

— Vingt minutes jusqu'à l'ambassade et vingt-cinq minutes jusqu'à la caserne et un pageot bien mérité. On ronflera à trois zéro zéro. Je te laisserai ramener la Jeep au dépôt des voitures, Treloar. Je sais que ça te dérangera pas… »

Il s'est interrompu quand le camion de tête s'est dressé de façon impossible, sur ses roues arrière, en équilibre au sommet d'une énorme boule de feu orange. J'ai ressenti la terrible détonation qui accompagnait ce spectacle dans mes globes oculaires, mes viscères et dans la moelle de mes os, plus que je ne l'ai entendue avec mes oreilles. Les explosions ne sont jamais bien rendues au cinéma.

Les M-60 montées sur le toit des autres camions ont commencé à faire entendre leur martèlement, et les soldats ont ouvert le feu avec leurs M-16. Le crépitement plus lent des AK-47 leur a répondu. Les fleuves de balles traçantes rouges des fusils américains rencontraient les arcs verts tirés par les Kalachnikov, et s'entrecroisaient comme des jets de pisse dans un concours d'enfants. Le fracas mat et l'éclair orange d'une grenade ont réduit au silence le tir de l'arrière d'un camion américain et j'ai cherché frénétiquement autour de moi un ennemi sur qui tirer.

« Bordel de Dieu ! a hurlé Queen. Ils sont pas supposés faire ça ici ! On est à Saigon, bon Dieu !

— Sortez-nous de là ! » a crié Gresham.

Mais Queen passait déjà la première et écrasait l'accélérateur. La petite Jeep a bondi en avant et a viré autour du camion qui nous précédait, puis autour du suivant qui était en feu, avec des corps qui pendaient. La fumée qui nous arrivait dessus était bien plus nauséabonde que les odeurs de Long Binh. Queen a pris un virage sur deux roues, et deux hommes avec des fusils ont jailli de derrière un gourbi de tôle pour nous barrer la route. Queen a donné un coup de volant à droite et en a attrapé un avec le pare-chocs. Le petit homme a été projeté contre la fragile cabane, dont les parois de métal mince se sont chiffonnées comme du papier d'aluminium. J'ai enlevé d'un coup de pouce ma sécurité et j'ai tiré sur l'autre, qui a disparu entre deux baraques.

Alors, on a roulé le long d'allées anonymes où les gens se terraient dans la sécurité illusoire de leurs pathétiques taudis. Après cette fusillade chaotique, le calme relatif était étourdissant. Je respirais lourdement, en pensant que je venais de tuer un homme pour la première fois. Ou peut-être pas. Il avait peut-être plongé au moment où je tirais. Comment savoir ?

« Dirigez-vous vers le pont Y », a crié Gresham. C'était un des points de repère les plus remarquables de Saigon, qui reliait Cholon au quartier administratif de la capitale.

« Foutaise, a dit Queen. Charlie ne plaisante pas cette nuit et c'est sûr qu'ils ont ce pont dans leur ligne de mire.

— Rien à foutre où on va, j'ai dit. Où est-ce qu'on *est*, bon Dieu ? » On parlait tous à tue-tête à cause de l'excitation et parce que les détonations et les tirs avaient fait résonner nos oreilles.

Brusquement, Queen a arrêté la Jeep et a coupé le moteur.

« Qu'est-ce que vous faites, sergent ? a aboyé Gresham. Remettez… »

Queen a levé un doigt. « Chut, écoutez. » Il avait retrouvé son sang-froid et ça nous a un peu calmés. Le son des tirs venait de toutes les directions, et on pouvait voir la lueur d'énormes incendies qui débutaient dans plusieurs quartiers de la ville, par-dessus les toits des taudis. En plus du crépitement des armes légères et des claquements mats des grenades, on entendait des explosions de mines comme celle qui avait détruit le camion, et les grondements sourds des obus de mortier et des rockets chinoises.

« Mon commandant, a dit Queen, on n'a pas affaire à quelques sapeurs qui font des bêtises pendant la nuit. C'est une bon Dieu d'offensive. C'est la puissance de feu d'une division qu'on entend. Ici, à la périphérie, ils se contentent de désorganiser la circulation pour bloquer les renforts et les contre-offensives. Vous savez très bien sur quoi ils se concentrent : la base aérienne de Tan Son Nhut, le quartier général du MACV, la station de radio, le palais présidentiel et la putain d'ambassade des États-Unis ! Vous êtes sûr que vous voulez aller là-bas ?

— Vous vous souvenez de ce que vous avez dit sur trois hommes dans une Jeep ? j'ai rappelé.

— Bon, alors, je *connais* Cholon, a dit Queen. C'est là que sont nos potes, et je sais qu'ils établiront un périmètre de sécurité autour du QG de la Police Militaire. »

Gresham est resté silencieux pendant une minute. « Très bien. Dirigez-vous vers Cholon. Conduisez lentement. » Queen a démarré la Jeep, a embrayé, et on est repartis au ralenti. Gresham a frappé son genou du poing. « Bon Dieu ! Ils ne peuvent pas attaquer ! C'est le Têt ! »

On est entrés dans une zone de bâtiments miteux, mais construits en dur. Alors que nous passions sous un réverbère, Starr s'est tourné vers moi et m'a souri, en arquant ses sourcils fins, comme dessinés au crayon. La lumière se reflétait sur ses dents parfaites.

« C'est la nouvelle année lunaire, il a dit. Amusement, mystère et magie. »

Il y avait quelque chose d'hallucinant là-dedans, et j'allais découvrir que c'était vrai de toute cette guerre. C'est probablement vrai pour toutes les guerres. C'est seulement des années après que les événements semblent prendre du sens rétrospectivement, filtrés à travers les livres, les films et les commentaires. On circulait dans des rues qui auraient pu être les rues de pratiquement n'importe quelle ville, la nuit. Les lampadaires étaient allumés, les enseignes au néon aussi. Les lumières ne vacillaient même pas. On patrouillait dans des rues comme celles-ci depuis que j'étais arrivé, mais, cette nuit, des groupes de combattants se précipitaient d'un carrefour à un autre. Certains nous repéraient, alors Queen prenait un brusque virage tandis que les balles des AK ricochaient sur la chaussée. J'ai tiré une ou deux fois, mais de trop loin pour le fusil à pompe. Par-dessus les toits, on voyait les gracieux arcs-en-ciel des balles traçantes des mitrailleuses lourdes et les fusées-parachutes qui faisaient un feu d'artifice criard.

À un moment, une équipe de sapeurs a traversé un carrefour à même pas vingt mètres de nous. Il y avait des hommes et des femmes, en vêtements de ville, pas en pyjama noir et chapeau de paille de la campagne. Ils avaient des armes légères et portaient de lourds sacs sur le dos, presque certainement des charges explosives. Ils nous ont jeté des coups d'œil circonspects en traversant la rue, mais n'ont rien fait d'autre. Ils étaient inexorablement déterminés à remplir leur mission, et nous n'en faisions pas partie. On les a regardés bouche bée, trop surpris et soulagés pour faire quoi que ce soit nous-mêmes. On a continué notre route.

Je commençais à penser qu'on allait y arriver sans combattre quand nous avons rencontré par hasard deux groupes en même temps, l'un devant et l'autre derrière nous. Queen a attrapé son M-16 et a tiré d'une main, et Gresham s'est levé et a fait *pan ! pan !* avec son ridicule petit revolver. Je manœuvrais la pompe de mon fusil quand quelque chose m'a frappé le mollet et a rebondi avec un bruit sourd sur le plancher de la Jeep. J'ai regardé vers le bas, j'ai vu la grenade qui roulait, j'ai pensé : « merde ».

Starr s'est contorsionné pour s'accroupir et il a ramassé la grenade à deux mains, alors qu'elles étaient menottées derrière son dos. Il s'est redressé, il a fait tomber la grenade et il l'a envoyée hors de la voiture en shootant dedans avec son talon, tout en riant comme un enfant qui découvre un nouveau jeu. Le truc a explosé et j'ai senti quelque chose poinçonner mon gilet pare-balles, mais j'étais trop occupé à tirer pour y faire attention. Les attaquants, Viêt-congs ou autres, étaient partout.

Queen essayait de nous sortir de là, mais quelque

chose a atteint un de nos pneus avant et la Jeep a fait une brusque embardée sur la gauche. Je suis tombé, quelque chose m'a sauté par-dessus et, en me redressant, j'ai vu Martin Starr qui courait vers une allée.

J'ai crié de façon inepte : « Halte ! » J'ai épaulé le fusil à pompe et le grand P blanc sur son dos s'est parfaitement stabilisé dans ma ligne de mire.

« Descendez-le ! a hurlé Gresham. Tuez ce fils de pute ! » Il s'embrouillait en rechargeant le barillet de son .38.

Mon index s'est resserré sur la détente, et j'ai pensé : « Je suis dans une zone de guerre dans un pays étranger au milieu d'une fusillade et je suis sur le point de tirer sur un compatriote. Pas question. » Et puis Starr a atteint l'allée et a été hors de vue.

« Espèce de connard ! a hurlé Gresham. Vous l'avez laissé s'enfuir !

— Désolé, mon commandant, mais on a besoin de toutes nos balles pour Charlie cette nuit. » J'ai regardé alentour. Le coin était devenu silencieux. Il y avait une paire de cadavres dans la rue. « Où sont-ils passés ? » j'ai demandé.

Queen a haussé les épaules. « Ils devaient avoir une affaire pressante ailleurs. »

Je n'arrivais pas à croire qu'il n'y avait que deux corps dans la rue. J'aurais juré qu'au moins une douzaine d'hommes avaient été tués dès les premières secondes, et j'étais sidéré qu'aucun d'entre nous n'ait été blessé. Puis j'ai réalisé que les Viêt-congs pensaient probablement qu'ils nous avaient tous tués. C'est très rare, un soldat qui peut suivre ce qui se passe vraiment au cours d'une fusillade.

Queen a braqué le volant carrément à droite pour

équilibrer notre pneu à plat et nous avons repris notre route tant bien que mal. Gresham a lancé des regards furieux et a marmonné tout le long du chemin, comme si son petit problème était l'événement le plus important de la nuit. Je savais qu'on allait avoir des problèmes, mais une peur mortelle balaie toutes les autres considérations.

« Voilà les copains ! » a crié joyeusement Queen. Juste au bout de la rue, il y avait un barrage. Derrière, on voyait les casques brillants des PM, si différents des casques de campagne couverts de camouflage des bidasses.

« C'est toi, Queen ? a crié un caporal dégingandé, Andrea. On pensait que toi et Gabe l'aviez dans le cul. » Ils ont tiré sur le côté une partie de leur barricade bricolée et on est passés. Queen a freiné et a sauté de la voiture. Je me suis senti soudain flageolant.

« Qu'est-ce qui se passe, bordel ? a demandé Queen. On s'est retrouvés dans cette fête sans invitation.

— J'en sais foutrement rien, a dit Andrea, en ramenant un rouleau de fil-rasoir à sa place. À environ une heure et demie, le QG a reçu un flash disant que l'ambassade américaine était attaquée. Mais comme elle est dans la zone du 716e, il nous a simplement mis en alerte. À peu près vingt minutes plus tard, la merde a commencé à voler, et ça n'a pas arrêté depuis.

— Je crois que l'Oncle Ho leur a dit d'y aller », a dit Sanders, un deuxième classe noir de Géorgie. Il tenait un lance-grenades M-79, une arme trapue qui ressemblait à un fusil de chasse à un seul canon. Elle avait l'air d'un jouet dans son énorme paluche. Ses yeux se sont rétrécis, et j'ai suivi son regard : il y avait un mouvement imperceptible sous le rebord d'un toit, à un demi-bloc de la barricade. Le lance-grenades a émis sa petite toux particulière, et deux secondes plus tard, la grenade a réduit en allumettes le garde-fou de bois. Quelque chose qui ressemblait à un épouvantail a été projeté en l'air par le bref éclair jaune.

« Un sniper ? » a demandé Queen.

Sanders a haussé les épaules. « Peut-être. C'est de la bouillie pour les chats maintenant.

— Où est votre commandant ? a demandé Gresham.

— Il arrive là-bas », a dit Sanders en montrant du menton une Jeep qui approchait le long de la rue.

La Jeep s'est arrêtée et le capitaine Crandall en est sorti. Il avait l'air harassé d'un homme qui devait être partout à la fois. Le sergent-chef conduisait la Jeep. Un mitrailleur et un radio étaient accroupis à l'arrière. Crandall a tendu la main et le radio lui a donné le combiné du gros poste de radio de campagne Prick-25 qui était boulonné sur son support à l'arrière de la Jeep. Sa longue antenne plate fouettait l'air stupidement d'avant en arrière.

« J'ai besoin de renforts ici ! a crié Crandall dans le micro. Cholon grouille de Viêt-congs ! J'ai un périmètre sûr ici, mais on a repéré des unités de Charlie dans tout le coin. Le centre de l'activité a l'air d'être le champ de courses de Can Tho. Je pense que c'est là qu'ils ont établi leur poste de commandement. Il nous faut de l'infanterie pour nettoyer ces nids dans les immeubles, et des blindés pour reprendre le terrain jusqu'au champ de courses. » Il a écouté un moment en s'assombrissant, puis il a dit : « Terminé. » Il a rendu le combiné à son radio et s'est dirigé vers nous.

« Je pensais qu'on vous avait perdus tous les deux. » Le sergent-chef est sorti de la Jeep derrière lui.

Queen a salué. « Sergent Queen et soldat de première classe Treloar, tous présents, mon capitaine. Désolé d'avoir à rendre compte d'un pneu crevé.

— Ces deux-là, a dit Gresham, furieux, ces deux-là ont laissé mon prisonnier s'échapper ! »

Crandall l'a regardé comme s'il était apparu par magie. « Vous pouvez répéter ?

— Le type a sauté de la voiture au milieu d'une fusillade et a détalé comme un lapin dans une allée, a dit Queen. On peut pas lui reprocher de manquer de couilles, bien que son bon sens laisse peut-être quelque peu à désirer.

— Vous lui avez enlevé les menottes quand la fusillade a commencé ? a demandé le sergent-chef Washington.

— Pas eu le temps, j'ai dit. Il est parti avec les mains menottées derrière le dos. » J'ai décidé de ne rien dire de l'exploit de Starr avec la grenade. Ils auraient mis ça sur le compte de l'hystérie de la bataille. Je commençais d'ailleurs moi-même à en douter.

« Cet homme, a dit Gresham en pointant son doigt vers ma figure, si en colère qu'il y avait un tremblement dans sa voix, avait son arme pointée sur mon prisonnier, et il n'a pas voulu tirer ! Il a refusé de le faire, même après que je lui en ai donné l'ordre exprès ! Je veux qu'il passe en cour martiale. »

Washington a sorti un cigare de sa poche de poitrine et l'a planté entre ses dents. « C'est pas croyable d'entendre des conneries pareilles.

— Commandant, a dit Crandall, si vous croyez que j'ai quelque chose à foutre de votre prisonnier, vous êtes encore plus cinglé que vous n'en avez l'air ! Je manque d'effectifs au milieu d'une offensive ennemie, et j'avais deux hommes et une Jeep en moins parce qu'il a fallu qu'ils vous baby-sittent pour faire l'aller et retour à la prison de Long Binh. Si votre prisonnier est là-dehors, seul et menotté, il sera mort ce matin, ou il se sera rendu aux premiers soldats qu'il aura vus, alors vous pouvez ramener votre pauvre petit cul de barbouze à Langley tout de suite, commandant. J'ai une guerre sur les bras !

— Capitaine, a dit Gresham sur un ton qu'il pensait probablement écrasant de mépris, c'est de l'insubordination et bien près de la mutinerie. Tout cela sera dans mon rapport.

— Commandant, a dit Washington, vous pouvez aller à notre quartier général et emprunter une machine à écrire pour faire votre rapport. » Il a agité son cigare dans la direction du QG. « Ensuite, vous pouvez l'apporter au général Westmoreland. C'est à lui que vous, les connards de la CIA, vous avez dit qu'il n'y aurait pas de combats pendant le Têt. Vous avez parlé d'une sorte de trêve. »

On s'est tous baissés car des obus de mortier ont commencé à tomber près de nous. Gresham a fait demi-tour et est reparti, le dos raide, d'où on était venus. J'ai pensé : « où est-ce qu'il croit aller, bon Dieu ? »

« Il y a des munitions qui vont arriver, a dit Crandall en montant dans sa Jeep. Ça va être une longue nuit. Demandez de l'aide si vous en avez besoin, mais pas de fausses alertes. Nos défenses sont assez dégarnies comme ça.

— Bien, mon capitaine », a dit Queen en saluant, comme si c'était lui qui était chargé de notre poste.

Les tirs de mortier se sont espacés et Andrea m'a pris par l'épaule et m'a fait me retourner en regardant mon dos. « Treloar, à moins que t'aies chié dans ton froc, je pense que tu ferais bien de voir le toubib.

— Hein ? » J'ai tâté de la main l'arrière de mon pantalon. Il était trempé et poisseux, et ma main s'est retrouvée pleine de sang. « J'ai senti quelque chose heurter mon gilet pare-balles quand cette grenade a explosé. Mais rien d'autre. » Ce n'était pas étonnant que je me sois senti flageolant en sortant de la Jeep.

Queen a souri et m'a pris par le bras. « Bon, les gars, vous changez la roue de cette Jeep, OK ? Il faut que j'emmène mon partenaire Treloar chez le toubib, pour son aspirine et sa Purple Heart[1].

— Y a des enculés qui feraient n'importe quoi pour échapper à une bonne petite bagarre, a grogné Sanders.

— En route, jeune fantassin », a dit Queen. Je me suis soudain senti très fatigué en me dirigeant vers le poste de soins. Je n'avais pas encore mal, mais je me sentais lessivé. Queen a secoué la tête en gloussant.

« Qu'est-ce qui te fait rire ? j'ai demandé.

— Ce type, Martin Starr.

— Et alors ?

— C'était pas un cinglé de fils de pute, ce mec ? »

1. Décoration pour blessure en temps de guerre.

CHAPITRE QUATRE

« C'est tout ? a dit Connie Armijo. Vous l'avez vu disparaître avec ses menottes dans les taudis de Saigon, la première nuit de l'offensive du Têt en 68, et vous ne l'avez plus jamais revu ? » Comme tout bon flic, elle s'assurait qu'elle avait bien enregistré les faits.

« Pas exactement, a dit Queen, mais c'est certainement l'incident qui a laissé la plus forte impression. Les premières impressions sont importantes, vous n'êtes pas d'accord ?

— Premières impressions, dernières impressions, c'est la même chose. » Elle l'a fixé de ses yeux noirs de Mexicaine. « Ma première impression de vous était que vous êtes un baratineur professionnel. C'est toujours mon impression.

— On l'a revu, j'ai dit. Tout au moins, je crois que je l'ai revu une autre fois. Mais surtout, on a entendu parler de lui. Après le Têt, son corps n'a pas été retrouvé et il ne s'est pas rendu. Mais au cours des mois suivants, l'activité des fantômes s'est intensifiée, elle est devenue plus organisée. On a entendu dire qu'il y avait un homme derrière ça, un déserteur américain qui était devenu le roi de la basse-cour underground de Saigon. Le nom de Martin Starr était souvent avancé.

— Comment a-t-il pu survivre dans de pareilles conditions ? a-t-elle demandé. Comment s'est-il débarrassé de ses menottes ?

— On ne s'est connus que brièvement, a dit Queen, mais ce n'était pas un homme ordinaire.

— Foutaise. Vous êtes allés le chercher en prison, même si c'était une prison militaire. Il doit avoir eu des contacts avec l'underground de Saigon. Il savait exactement où il allait quand il a sauté de votre Jeep. C'est la seule explication. Pourquoi était-il en prison au fait ? Pourquoi l'a-t-on transféré, et pourquoi à l'ambassade ?

— C'était une affaire de barbouzes, j'ai dit. Bien sûr, on était curieux, mais tous les dossiers étaient sur papier à l'époque, il n'y avait pas d'ordinateurs avec lesquels on pouvait s'amuser. Ni l'un ni l'autre n'avons eu accès à des dossiers confidentiels, sans parler des habilitations de très haut niveau nécessaires pour les dossiers d'espions. Et nous avions d'autres choses en tête. De toute façon, pendant les deux premiers mois, on a cru qu'il était mort.

— Vous avez dit que l'activité des fantômes s'est accrue. Quelle sorte d'activité ?

— Pour commencer, les vols simples ou à l'arraché qui se faisaient au hasard se sont transformés en attaques complexes, bien planifiées, a commencé Queen. Le racket sur les commerçants locaux s'est vraiment organisé. Ceux qui pratiquaient le marché noir ont eu de nouveaux paiements à faire, en plus de ce qu'ils payaient déjà au Viêt-cong et au gouvernement de Saigon.

— Vous devez comprendre, ai-je ajouté, que nous opérions dans un milieu si corrompu, avec tant d'éléments criminels différents, que ça nous a pris un moment avant de réaliser qu'un nouvel élément était entré en action.

— Et des criminels américains pouvaient intervenir là-bas ? » Elle a secoué la tête. « C'est un peu difficile à imaginer.

— Les fantômes opéraient principalement à partir de Cholon, j'ai expliqué. Cholon était le ghetto chinois de Saigon, presque une ville étrangère implantée dans la capitale. Cela leur donnait une couche supplémentaire de protection contre le gouvernement de Saigon et les gangs. En outre, ils avaient quelques avantages que les autres n'avaient pas. Pour commencer, ils pouvaient se faire passer pour des GI ordinaires pour trouver des boulots.

— Et ils avaient des contacts à l'intérieur des installations militaires américaines, a dit Queen. Souvenez-vous, c'était la guerre au Vietnam, et la plupart des hommes étaient des conscrits malheureux d'être là. La drogue commençait à devenir un gros problème. Les déserteurs et leurs copains restés dans les unités coopéraient pour l'acheter et la passer en contrebande aux États-Unis. Tous les films et les livres parlent des fantassins et des pilotes, alors, la plupart des gens pensent que c'était tout ce qu'il y avait au Vietnam. Mais c'était comme dans toute guerre moderne. Il y avait environ douze types qui faisaient du support logistique pour chaque pauvre mec qui se crevait dans la brousse. Les gars de la logistique disposaient de plein de temps et ils étaient assis sur un tas de marchandises qui valaient du fric au marché noir. Les fantômes faisaient beaucoup d'affaires avec eux. Leurs relations dans les bureaux pouvaient les prévenir à temps, en général, chaque fois que nous essayions de les coincer. Leur principal problème, c'était qu'ils ne pouvaient pas rentrer à la maison. Alors, ils restaient là, année après année.

— Alors, vous pensez que beaucoup de ces portés disparus pour lesquels on s'agite toujours au Congrès étaient en réalité des fantômes ?

— J'en ai bien peur, j'ai dit. L'armée ne pouvait pas admettre qu'une chose comme la désertion à l'intérieur du Vietnam existait. La plupart du temps, ils étaient portés manquants. Quelques-uns de ces déserteurs en ont eu tellement marre qu'ils se sont rendus ; ils sont passés discrètement en cour martiale.

— C'est encore une chose qui a changé après que Starr nous a joué la fille de l'air, a dit Mitch. Les fantômes renégats ont commencé à mourir peu après leur arrivée à la prison de Long Binh. Assez vite, il n'y a plus eu de redditions. »

Elle a hoché la tête. « Du vrai crime organisé. Je ne savais pas qu'il y en avait eu autant là-bas. Est-ce qu'ils se battaient beaucoup avec les autres gangs ?

— On a entendu des rumeurs, j'ai dit. Ils ont dû coopérer pour certaines choses — ils y étaient obligés, en réalité. Mais ils étaient dans la situation de n'importe quelle minorité ethnique qui met en place une activité de gang dans un nouvel endroit. Ils ont réussi en étant plus durs, plus méchants et plus violents que tous les autres. Et c'étaient les gangsters les mieux armés de toute l'histoire, au moins jusqu'à ce que les gangs d'ici se mettent à utiliser de la quincaillerie militaire, dans les années quatre-vingt. La plupart ont déserté avec leurs armes personnelles, et on pouvait obtenir n'importe quelle arme américaine au marché noir de Saigon.

— On a vu des chambres fortes qui avaient été soufflées avec des canons antichars, lui a dit Queen.

— Alors, qu'est-ce qu'il leur est arrivé après la guerre ?

— J'avais toujours supposé qu'ils avaient été raflés et exécutés quand le gouvernement de Hanoï a pris le pouvoir en 75, j'ai dit.

— C'est aussi ce que je pensais », a dit Mitch. Il a montré la lettre. « Jusqu'à ce que ça arrive.

— Mitch, ce truc-là est une menace de mort qui a l'air très sérieuse. Est-ce que tu as réfléchi à ta situation juridique ? Si c'est pour de vrai et que tu n'en parles pas aux gens concernés, et si, du coup, quelqu'un se retrouve blessé, tu es responsable. » J'ai vu Connie hocher vigoureusement la tête en entendant ça.

« Tu crois que je n'y ai pas pensé ? La question, c'est : est-ce que c'est pour de vrai ? Et c'est là que tu interviens, Gabe. Il faut que je sache si c'est une menace crédible. Tu te rappelles ce que j'ai dit sur les investisseurs ? Je ne veux pas qu'ils se sauvent comme des lapins pour rien. Même si Martin Starr a vraiment envoyé cette lettre, qu'est-ce qui nous fait croire qu'il peut mettre sa menace à exécution ? C'était un sale type il y a vingt-cinq ans, et alors ? C'est peut-être une vieille épave qui quémande à boire dans les bars maintenant, quelque part. Il pourrait avoir entendu parler du projet et ce serait une sorte de revanche pour des malheurs qu'il a subis autrefois. »

J'ai regardé Connie Armijo. « Quelle est la position de votre agence là-dessus ?

— Darlene a dit à Miss Gibson, avec insistance, qu'elle ne devrait rien avoir à faire avec ce projet. La menace semble sérieuse et elle ne ressemble pas à l'œuvre d'un type au cerveau conservé dans l'alcool. » Elle a regardé Queen d'une façon qui disait ce qu'elle pensait de sa théorie optimiste. « Je dois vous dire que tout ce que vous avez dit renforce ma propre opinion que ce projet ne vaut pas un tel risque pour elle. Bon sang, cette femme a des millions. Ce n'est pas comme si elle avait besoin de ce travail. Mais Mr Queen semble l'avoir accrochée avec son truc informatique. Elle veut désespérément apparaître à l'écran comme elle était il y a trente ans. » Sa voix était parfaitement calme, mais un très léger accent espagnol s'y était glissé, un signe certain qu'elle avait du ressentiment pour ça. Ou peut-être était-ce simplement qu'elle n'aimait pas Queen.

« La vanité incite les gens à des comportements extrêmes », a dit Queen. J'ai vu se serrer les lèvres généreuses de Connie. Il cherchait des noises.

« Restons sur le plan professionnel, a-t-elle dit. Le fait est que, quelles que soient nos recommandations, Miss Gibson nous a engagés pour veiller sur ses intérêts dans cette affaire, pour être sûre que l'enquête est correctement menée et pour s'assurer de la réalité d'une menace pour son bien-être.

— En d'autres termes, vous n'êtes pas disposée à faire confiance à un enquêteur embauché par moi.

— Pourquoi le devrait-elle ? ai-je dit. Regarde les choses en face, Mitch, avec ce que tu as en jeu dans cette affaire, ton objectivité est forcément sujette à caution. »

Il s'est frappé la poitrine du plat de la main. « *Et tu*[1], Gabe ? Très bien, Connie, est-ce que l'homme que j'ai engagé vous convient ? »

Elle a hoché la tête. « Pas de problème jusqu'à présent. Le fait qu'il soit un vieil ami à vous n'était pas une bonne recommandation, mais je vois qu'il connaît à la fois le suspect et le milieu. Et bien sûr, il a beaucoup d'expérience en tant qu'enquêteur. » Évidemment, elle savait tout de mes états de service dans le LAPD[2]. Ils étaient bons jusqu'à l'approche de mon départ de ce service. Elle a sorti un stylo en or et a écrit quelque chose sur un bloc-notes. Elle était gauchère et j'ai remarqué sa bague de fiançailles et son alliance, portées depuis si longtemps qu'elles s'étaient enfoncées dans la chair de son doigt.

« Super ! a dit Queen en se frottant les mains. Maintenant, on peut s'y mettre.

— Juste une minute, j'ai dit. Je n'ai pas dit que j'étais d'accord pour prendre cette affaire.

— Quel est le problème ? » Queen avait l'air sincèrement étonné.

« Pour commencer, je ne suis pas Philip Marlowe. Je travaille pour une agence, Mitch. Je vais devoir consulter mon patron, et il faudra qu'il soit d'accord avec la situation et avec l'affaire. Il va falloir aussi qu'il soit satisfait du côté honoraires. »

Il a agité une main en l'air. « Oh, bien sûr, je paierai ce que ça coûtera. » J'ai supposé qu'un homme qui pouvait réunir cent millions de dollars pour un projet

1. Toi aussi… version américaine de *Tu quoque, mi fili*.
2. Los Angeles Police Department : Police de LA.

de film ne se souciait guère de ce qu'une agence d'investigations privée pourrait lui coûter.

« J'imagine que vous souhaitez parler de vos arrangements en privé, a dit Connie. De mon côté, j'ai quelques coups de téléphone à donner. »

On a saisi la suggestion et on s'est levés. On est partis, Mitch et moi, en lui donnant rendez-vous pour le petit déjeuner du lendemain.

Mitch secouait la tête en marchant vers les ascenseurs. « J'ai déjà eu des stars qui me faisaient des coups de prima donna, mais c'est la première fois qu'on me lance aux fesses une agence de détectives féminins.

— Selene est la valeur sûre, tu l'as dit toi-même. Il faudra que tu t'accommodes de ce qu'elle veut.

— Tu crois que je ne le sais pas ? Le problème, c'est qu'elles feront *toutes* ça bientôt. »

On est restés un moment dans ma chambre à parler de prix, puis Mitch est parti, et j'ai appelé mon patron. Il était tard, mais il était veuf comme moi, et il prolongeait sa présence au bureau. Je lui ai résumé la situation et, pendant un moment, je n'ai entendu que sa respiration rauque sur la ligne.

« C'est l'histoire la plus étrange qui me soit passée entre les mains depuis *très* longtemps, il a dit finalement. Je veux dire, même pour le monde du cinéma, c'est très en dehors des normes.

— Il n'a pas discuté sur les cinquante pour cent d'avance, non remboursables, ai-je rappelé.

— Ouais, et c'est pas mal d'argent, mais, je ne sais pas… Quel est le risque que ce soit une variété extravagante de coup monté publicitaire ?

— J'y ai pensé, mais je ne peux pas croire que ce

soit ça. Pour commencer, je pense qu'ils attendent habituellement que le film soit près de sortir, avant de faire des coups de pub. Actuellement, cela ne pourrait que nuire à la production.

— Est-ce que tu veux t'occuper de cette affaire ? Tant pis pour le paquet de fric, mais si tu penses que c'est louche, ne la prends pas.

— Je dois avouer que je suis intrigué, puisque je suis impliqué dedans, même si ça remonte à loin. Je me suis souvent demandé ce qui était arrivé à ces déserteurs.

— Tu veux dire que tu prends l'affaire ? »

Je me suis décidé. « Oui.

— Alors, c'est d'accord. Je peux envoyer Mayhew pour couvrir le bureau de Knoxville si tu dois être absent pour un moment. Combien de temps penses-tu que va durer cette enquête ?

— Je n'en ai aucune idée pour le moment. Elle va demander quelques déplacements. Ce n'est pas une enquête que je pourrai traiter au téléphone.

— Où vas-tu aller ?

— D'abord à LA, j'ai dit sans enthousiasme. J'ai de mauvais souvenirs là-bas. Je vais devoir rencontrer des gens que je préférerais ne pas regarder dans les yeux…

— Arrête ça, m'a interrompu Randall. Bon Dieu, tu crois que t'es le seul mec à être jamais tombé dans la bouteille ?

— Murray est mort par ma faute, j'ai dit d'une voix accablée.

— C'était un flic, et les flics rencontrent des balles, quelquefois. T'as été un très bon flic pendant seize, dix-sept ans, et les gens se souviendront de ça. Tu as surmonté ce problème depuis un moment, tu te rappelles ? Tu parleras à qui il faudra. Bon, quel est ton plan ?

— Les gens du cinéma sont à LA. Il faut que je parle à Selene Gibson. Ce que m'ont dit Queen et Armijo sur sa part dans cette histoire ne me suffit pas, je veux une entrevue face à face. Il y a aussi ce gars, Jared Rhine. Je veux lui parler.

— Il a l'air d'un homme difficile à approcher.

— Quand les gens savent que leur argent est en jeu, ils coopèrent.

— Très juste.

— En plus, j'ai encore quelques contacts avec la communauté vietnamienne de la côte Ouest. Je veux voir ce que je peux découvrir chez eux.

— Tu es toujours dans le coup, avec eux ?

— Plus trop, depuis la mort de Rose. Nous n'avions plus guère de choses en commun. Ça aurait été différent si nous avions eu des enfants. Mais ils sont assez pointilleux sur des trucs comme les cartes de Noël et les invitations à des mariages, des obligations sociales de ce genre. J'ai leurs adresses et leurs numéros de téléphone. Rose et moi, nous avons parrainé son frère et sa famille quand ils ont dû fuir après la chute de Saigon. On les a retrouvés dans un village de réfugiés à Hong-kong. Je commencerai par lui. Il a peut-être gardé des relations avec ses amis d'autrefois.

— OK, tu la joues comme tu le sens. Mais, Gabe…

— Ouais ?

— Ne me fais pas le coup de la star… »

Le matin suivant, j'ai retrouvé Connie au restaurant de l'hôtel. Il y avait un énorme buffet de petit déjeuner, avec gruau de maïs et sauce de viande bien en évidence, pour rappeler qu'on était dans le Sud. J'ai chargé une assiette et je l'ai rejointe. Sur la table, en face d'elle, il y avait un énorme bol de muesli et une pile de fruits dans une assiette. Elle a regardé mon mélange d'œufs, de bacon, de saucisses et de gaufres avec une circonspection horrifiée, comme si tout ça pouvait sauter de mon assiette pour attaquer ses artères.

« Il y en a qui se suicident vite, elle a dit, d'autres qui préfèrent le faire lentement. Je suppose que c'est une méthode aussi bonne qu'une autre. »

J'ai laissé tomber ma serviette sur mes genoux. « J'ai eu une soudaine révélation hier : je vais mourir un jour, quoi que je fasse. Alors, pourquoi m'en faire ? »

Elle a avalé une bouchée de muesli. « Ça vous arrive souvent, ce genre de vision ?

— Tous les mois ou deux. »

On était assis près d'une fenêtre et la lumière du matin m'a permis de l'étudier mieux que je n'avais pu le faire le soir précédent. Connie avait autour de trente-cinq ans, peut-être quarante.

Elle mesurait environ un mètre soixante-cinq, et elle devait peser au moins soixante-cinq kilos, mais elle n'avait pas de kilos en trop. Son poids était bien réparti sur une ossature compacte, solide. Son visage n'avait pas de rides, à part deux, en forme de « C » qui encadraient sa bouche comme des parenthèses. Elles étaient visibles même quand elle ne souriait pas. En fait, je ne l'avais pas encore vue sourire.

La serveuse a rempli ma tasse de café et je l'ai siroté. « Vous n'aimez pas Mitch, hein ?

— Mince ! vous devez vraiment être détective après tout !

— C'est comme ça que je gagne ma vie. Percevoir ces délicates subtilités dans l'attitude et le langage corporel, c'est ce qui a fait ma réussite. »

Elle a enfin souri, révélant de belles dents extrêmement blanches. « D'accord, on a épuisé notre ration journalière de sarcasmes. Je suis désolée. Je sais que c'est votre ami, et que votre amitié remonte à loin, mais, non, je ne l'aime pas. Je n'aime pas les gens qui laissent l'argent remplacer la morale. Et le fait d'utiliser sa surprenante astuce informatique pour accrocher Selene, c'est un coup bas.

— Selene Gibson est une grande fille. Elle est certainement capable de prendre ses décisions toute seule. »

Elle a eu l'air pensif. « Si elle veut paraître trente ans plus jeune à l'écran, ça ne me dérange pas. Mais je ne crois pas qu'elle réalise dans quelle dangereuse situation elle pourrait se fourrer.

— Elle a été assez prudente pour vous engager. Est-ce qu'elle a des gardes du corps ?

— Deux, de l'agence. Jeanette et Holly. Elles sont bien. Holly a été dans la police de Detroit pendant dix ans. Jeanette a payé ses études en faisant de la lutte féminine.

— Elles sont probablement assez bonnes pour s'occuper du tout-venant des fans cinglés. Mais là, on a affaire à quelque chose de différent. »

Elle a haussé les épaules. « Je ne dis pas le contraire. Mais au moins, ça lui fait une certaine protection. » Connie m'a évalué d'un coup d'œil, comme elle l'avait fait la nuit précédente. « Alors vous avez été dans la police de LA ?

— Exact. Et vous ?

— Police de Houston. Je travaille pour Darlene depuis quatre ans. »

Je ne lui ai pas demandé pourquoi elle avait quitté la police de Houston, en me disant qu'elle me rendrait la politesse. On n'enquêtait pas l'un sur l'autre, après tout. Queen nous a rejoints quelques minutes plus tard. Il n'était pas adepte du petit déjeuner, et il s'est contenté d'un jus d'orange.

« T'as vu quelques-uns de nos vieux copains, Gabe ?

— Pas un jusqu'à présent.

— Comment pouvez-vous le savoir ? a demandé Connie. Ça fait un quart de siècle. Oubliez les têtes. Vous devez examiner les badges pour voir si vous reconnaissez des noms. »

Ça m'a fait grimacer. « Bon sang, merci pour cette observation. Quand on commence à calculer son âge en fractions de siècle non négligeables, on réalise qu'on avance dans la vie.

— Je crois que je n'ai pas la tête à bavarder avec ces gars de toute façon, a dit Mitch. L'idée m'a paru amusante au début, mais maintenant, quand je me rappelle cette époque, il y a peut-être une demi-douzaine de ces gars dont je me souviens clairement. J'ai déjà vérifié la liste des membres, et je n'ai vu aucun nom familier. Je veux dire, ce n'était pas comme la Seconde Guerre mondiale, où les unités étaient créées ici, aux États-Unis, entraînées ensemble et transportées ensemble. Ils ont combattu, sont rentrés et ont été démobilisés ensemble. Ces gars-là ont été comme cul et chemise pendant quatre ans ou plus. Le Vietnam n'a pas été ce qu'on pourrait appeler une expérience susceptible de créer des camaraderies. On arrivait, on s'appuyait notre année et on rentrait à la maison. Ce sont les événements qu'on se rappelle, pas les gens. »

J'ai regardé le programme. « En fait, je commence à trouver tout ce truc déprimant. L'aquarium qui est en haut de la rue est plus tentant.

— Je croyais que vous autres, vous aimiez tous aller au Mur du Vietnam à Washington, pour pleurer et pour laisser des petits souvenirs, a dit Connie.

— Ne croyez pas ça, lui a dit Mitch. Bon sang, la moitié des gars qu'on voit brailler à ce mur ne sont jamais allés au Vietnam. Il y a toute une petite sub-culture des presque-vétérans-du-Vietnam : des gars qui ont servi, mais qui ne sont jamais allés outre-mer, des gars qui n'ont jamais servi. Bon sang, les psy reçoivent des gens qui souffrent du stress de la guerre du Vietnam et qui n'étaient même pas encore nés quand on en est partis. La guerre du Vietnam a fourni aux fêlés une nouvelle façon d'être fêlés.

— Je vais aller en Californie, lui ai-je dit. Je dois m'entretenir avec Selene Gibson et je vais discuter avec mon beau-frère. Il est peut-être encore en contact avec des membres de sa famille à Saigon. Ils n'en sont pas tous partis. »

Connie m'a lancé un regard aigu, surprise.

« Ce vieux Duke, a dit Mitch. Je l'avais presque oublié. Comment va-t-il ces temps-ci ? Il doit posséder la moitié de l'Orange County[1] maintenant. Dis donc, je peux t'installer chez moi et faire économiser un peu d'argent à ton patron. J'ai une maison d'invités près de la piscine, avec son propre garage, elle bat à plate couture n'importe quel hôtel. Connie y vient

1. Comté d'Orange, qui est inclus dans la mégalopole de LA.

parfois depuis que Selene l'a engagée. Vous l'aimez bien, non, Connie ? »

Elle a haussé les épaules. « Elle est agréable. Et la piscine est bonne.

— Tu vois ? C'est pas des louanges, ça ? »

Je n'étais pas trop enthousiaste à cette idée, mais nous avions des instructions permanentes pour limiter les dépenses chaque fois que c'était possible. Carson était un homme strict avec les notes de frais. « OK, merci, Mitch.

— Mr Queen, a demandé Connie, pourquoi n'avez-vous pas simplement fait venir Mr Treloar à LA ? Pourquoi nous avez-vous tous traînés à Chattanooga ?

— Comme je l'ai dit, ça m'a semblé amusant sur le moment. »

Elle s'est levée. « Si vous voulez bien m'excuser, je dois préparer mon départ. » Elle est partie, le dos et les épaules raides, balançant des hanches.

Queen l'a suivie du regard en souriant. « Elle aime nager, a-t-il dit. Attends de la voir près de la piscine. Tu ne seras pas déçu.

— Qu'est-ce que tu veux dire ? »

Il a secoué la tête. « Je ne veux pas gâcher la surprise. »

Après le petit déjeuner, je suis resté pour réfléchir à la façon dont j'allais m'organiser, en buvant une dernière tasse, énervé par la caféine. J'ai décidé de rentrer à Knoxville, de mettre ma voiture et mon appartement dans la naphtaline et de prendre le premier avion pour LA. J'écoutais à moitié ce que disait un couple à la table voisine.

« Je ne comprends pas pourquoi vous les hommes

faites tant d'histoires à propos de ça, disait-elle d'un ton fatigué.

— C'était le Vietnam, pour l'amour de Dieu ! plaidait-il pour lui faire comprendre. C'est là que nous avons laissé notre jeunesse. »

Ça la laissait indifférente. « Tu l'aurais laissée ailleurs. Tu ne l'aurais plus de toute façon. »

Quand je suis rentré dans ma chambre, le voyant des messages clignotait sur mon téléphone. Le standardiste m'a dit que madame Armijo voulait que je la rappelle. J'ai composé le numéro de sa chambre.

« Oui ?

— Gabe à l'appareil.

— Ah, très bien. Pourriez-vous venir dans ma chambre quelques minutes ? Je voudrais vous parler de certaines choses. »

Quand elle a ouvert la porte, sa valise était sur son lit, prête. « Je prends l'avion cet après-midi, a-t-elle dit en refermant la porte derrière moi. Je voulais éclaircir certaines choses avec vous, en privé. »

Je me suis dirigé vers la fenêtre et j'ai regardé la Lookout Mountain, au-delà de la rivière. « Pas de problème.

— Très bien. Qu'est-ce que c'est que cette couillonnade de réunion ? J'ai vu dès le début que ça ne l'intéressait pas.

— C'est du renforcement.

— Je vous demande pardon ?

— Mitch en fait trop. Il l'a toujours fait. Il fait appel à un repère, pour me rappeler une vieille dette. Il a estimé que dans l'environnement de notre ancienne unité je serais plus réceptif, que ça renforcerait mon obligation envers lui. » J'ai sorti la lettre qu'il m'avait envoyée et je la lui ai tendue. « Tenez, lisez ça. »

Elle l'a lue, et me l'a rendue. « OK, il a peur. Je le savais. Je pouvais le sentir sur lui. Qu'est-ce que c'est, cette histoire de champ de courses ? »

Je lui ai parlé du champ de courses.

CHAPITRE CINQ

République du Sud-Vietnam, 1968

Tout le monde se souvient de l'offensive du Têt en 1968. Seuls ceux d'entre nous qui étaient là-bas, et peut-être quelques historiens, se rappellent que les Viêt-congs ont recommencé en mai.

J'avais rencontré Rose à cette époque. Elle travaillait comme secrétaire au QG du bataillon et j'utilisais tous les pistons que j'avais pour être affecté là, pour la voir plus souvent. Comme beaucoup de Saigonnais de la bonne bourgeoisie, elle était catholique, avait fait ses études en français et était trilingue, et c'était la plus belle femme que j'aie jamais vue. Ce qui n'est pas peu dire, parce que Saigon contient plus de belles femmes que n'importe quelle autre ville au monde.

J'étais devenu un ancien à Saigon à ce moment-là. J'étais passé caporal, et je ne craignais personne pour l'argot militaire local. « Lady Madonna » des Beatles commençait à baisser au hit-parade, et the Mamas and the Papas arrivaient très fort.

Je conduisais la Jeep, Mitch assis à côté de moi,

parlant sans arrêt de choses et d'autres. Il ne lui restait plus qu'environ deux mois à tirer avant de rentrer, et il devenait de plus en plus frénétique à mesure que le grand jour approchait. Nous étions dans une rue pleine de cow-boys sur leurs Honda, avec leurs copines en amazone derrière eux, de camions chargés de produits de ferme, de livreurs portant d'énormes charges sur leurs bicyclettes, de moines bouddhistes en robes safran marchant en groupes, leurs têtes rasées luisant au soleil. Le long de la rue, des temples antiques voisinaient avec des concessionnaires Toyota. Des gens assis à des petites tables sur le trottoir mangeaient une nourriture internationale. J'avais découvert qu'un repas typique à Saigon pouvait être constitué d'un bol de riz, d'un court épis de maïs grillé et d'un sandwich composé d'un morceau de pain fendu rempli de légumes et de crevettes et arrosé de *nuoc-mam* piquant. La vie continuait, bien que des secteurs non négligeables de Cholon aient été réduits en cendres pendant le Têt.

« Tourne ici », a dit Mitch, et j'ai pris à gauche, dans une rue étroite qui n'était guère plus qu'une allée. Les gens devaient se coller aux murs pour nous laisser passer, et ça ne leur plaisait pas. Nous sommes arrivés dans un cul-de-sac plus large et Mitch m'a dit de m'arrêter devant une échoppe de barbier ouverte sur la rue. Au-dessus de ses volets ouverts, il y avait une longue enseigne rouge portant des caractères chinois dorés. À l'intérieur, deux coiffeurs nous ont regardés d'un air blasé. Dans un des fauteuils, un vieux Chinois se faisait masser le crâne. L'autre fauteuil était inoccupé.

« Dis donc, tu n'as pas besoin de te faire couper les cheveux.

— C'est sûr, a dit Mitch en descendant de la Jeep. Tu m'attends là, pour qu'on nous vole pas la voiture.

— Merde, Queen ! Tu vas encore faire du trafic de dollars ? Tu vas te faire piquer et tu resteras au LBJ jusqu'à ce que le général Vo Nguyen Giap soit démobilisé et parte du Nord-Vietnam !

— Je ne suis qu'un exemple de plus de l'énergie et de l'initiative qui ont fait de l'Amérique une grande nation. Il va me falloir de la piastre pour arrondir mon pécule de GI quand je rentrerai. Prends ton mal en patience pour l'occasion, mec. Je reviens tout de suite. » Il est entré dans l'échoppe et a disparu par la porte du fond.

Je suis descendu de la Jeep en marmonnant des jurons et j'ai allumé une cigarette. J'avais découvert que Queen faisait le trafic de piastres peu après mon arrivée. Les personnels américains n'étaient pas supposés posséder d'argent américain et on nous avait prévenus de conséquences terribles si nous essayions d'en faire rentrer en contrebande. Nous étions payés en MPC — Military Pay Certificates[1] — ; c'étaient des titres payables dans les PX et certains commerces agréés. Pour nos dépenses en ville, on pouvait les convertir à la banque en piastres vietnamiennes, qu'on appelait les « P », et qui étaient soutenues à un taux de change invraisemblable par les États-Unis ; dans les banques nous n'obtenions que le cours officiel.

Au marché noir, les dollars rapportaient au moins cinq fois le nombre de P fixé par les États-Unis. On pouvait vendre des dollars et reconvertir les P à la banque, qui ne pouvait que les racheter au cours offi-

1. Certificats de Solde.

ciel. Ça rapportait un coquet bénéfice de cinq cents pour cent, à condition de ne pas se faire prendre.

Le risque me préoccupait, mais j'étais bien loin d'être choqué sur le plan moral. Il régnait une atmosphère de corruption si épaisse que la petite combine de Queen ne paraissait guère plus répréhensible qu'une frasque d'enfant. Les gars qui sortaient du Vietnam en permission prenaient des dollars américains dans des endroits comme Hongkong, Bangkok, Tokyo ou Sydney, et les passaient à Queen pour qu'il les échange avec ses contacts. Queen assumait tous les risques et prenait vingt pour cent. C'était une bonne affaire pour tout le monde.

Je me tenais là en train de fumer dans la chaleur détestable, quand un petit garçon, qui avait peut-être trois ans, est arrivé en se dandinant, et s'est accroupi à mes pieds et m'a souri en relevant la tête. J'avais acheté des lunettes d'aviateur, et je les ai enlevées pour lui rendre son sourire. Immédiatement, j'ai éprouvé ce sentiment d'avoir une cible entre les épaules. Lentement, je me suis retourné et j'ai passé en revue les fenêtres et les toits derrière moi. Il n'y avait pas de snipers.

Je me suis retourné à nouveau et je me suis demandé quel était ce nom de Dieu d'endroit, où on ne pouvait pas sourire à un enfant sans songer qu'il était en train de vous exposer à une balle dans le dos. Quelques minutes plus tard, Queen est reparu et a grimpé dans la Jeep.

« *Di di mau*[1], mon frère. On se casse d'ici.

— Tu t'en es bien tiré ? j'ai dit en embrayant.

1. Dépêche-toi (argot emprunté au vietnamien).

— Super. Je vais bientôt être le John D. Rockefeller du Sud-Est asiatique.

— Le grand ponte, hein ? » Je commençais à me sentir agacé, surtout à cause de ma frousse avec le gamin. « Alors, t'as gagné quoi ? Peut-être cinq cents billets contre quinze à vingt ans de prison militaire ? »

Il a souri derrière ses lunettes noires. « Merde, mec, ici, on est tous des condamnés à mort en sursis, et on se fait treize cents de l'heure. On peut bien prendre les cinq cents biftons pour rendre la situation supportable. »

On est rentrés au cantonnement. Cette nuit-là, on était assis dans la cantine des appelés, en train de boire une bière, quand le Viêt-cong nous a fait savoir qu'il était de retour en ville.

Le capitaine Crandall nous a rassemblés en hâte et nous a parlé au mégaphone : « Bien, messieurs, ce n'est pas comme si ça n'était jamais arrivé. Vous avez tous vos postes assignés. Vous les nouveaux qui avez raté le Têt, restez avec les vétérans, et faites comme eux. La Première Section reste au QG comme force mobile. »

La Première Section, c'était nous.

« Ça va être différent cette fois-ci, a dit Crandall. L'armée vietnamienne va s'occuper de l'essentiel des combats. Nous, nous contrôlons nos zones et nous fournissons de l'aide en cas de besoin.

— Ouais, a marmonné Andrea derrière moi. J'y crois, à ces foutaises. » Notre confiance en nos alliés n'était pas très grande.

Alors, on est restés assis dans nos Jeep en face de notre QG, en étreignant nos armes, en regardant le feu d'artifice et en écoutant le bruit de la bataille, pendant que quelqu'un faisait hurler *Eight Miles High* sur un magnéto japonais.

Vers minuit, un groupe de véhicules de PM vietnamiens s'est arrêté, et un jeune capitaine vietnamien est sorti de la Jeep de tête.

« Les Viêt-congs n'ont plus qu'à décrocher maintenant, les gars, a dit Queen avec sa voix de Walter Brennan. Le Duc Wayne est arrivé. » Le capitaine s'appelait Duc Nguyen, ce qui, prononcé en vietnamien, ressemble un peu à « Duc Wayne ». Queen trouvait ça follement drôle. Duc était aussi le frère de Rose. C'était lui qui s'était débrouillé pour lui trouver son boulot au QG du bataillon, selon la méthode habituelle à Saigon.

Quelques minutes plus tard, le sergent-chef Washington s'est montré à la porte du QG. « Première Section, tenez-vous prêts.

— Et merde ! a dit le malabar, Sanders, en jetant son mégot et en le piétinant. Ces mecs de l'ARVN se sont encore foutus dans la merde, et c'est nous qui allons devoir leur retirer le cul de la presse ! »

Crandall est apparu, accompagné de Duc Nguyen. « Les Viêt-congs ont encore établi un poste de commande au champ de courses. Vous accompagnerez le capitaine Nguyen et vous assisterez son unité pour les extirper de là. »

Notre chef de section, le sergent Overstreet, était un Texan dégingandé. « Pourquoi on vire pas ces enculés de là à coups d'obus, mon capitaine ?

— Il y a une complication cette fois-ci. Ils ont au moins trois prisonniers blancs. »

Ça nous a fait nous redresser. « Des PM ? » a demandé Overstreet. Il y avait une hiérarchie des

Blancs au Vietnam pour nous : les PM venaient en premier, puis le reste de l'armée, et après, il y avait tous les autres services. Si ces pauvres idiots étaient des gardes-côtes, ils n'auraient pas beaucoup de sympathie de notre part.

« Ce sont des civils, a dit Crandall. Deux employés de la PA & E et au moins un autre type, de statut inconnu. »

Il y a eu un murmure collectif d'indignation. On avait une échelle du mépris aussi. Tout en bas, plus bas même que le gouvernement de Saigon — il y avait les civils blancs, particulièrement les Américains. Ils n'avaient rien à faire ici, pensions-nous, et ils se faisaient beaucoup de fric grâce au danger et aux souffrances auxquels on s'exposait. La PA & E, c'était « Pacific Architects and Engineers », qui avec la société Vinell était le plus gros entrepreneur civil d'Asie du Sud. Pour autant qu'on pouvait en juger, ils ne recrutaient que des butors malappris et des grandes gueules, et ils étaient plus nocifs que les massacres de villageois pour les relations américano-vietnamiennes.

Overstreet était sidéré. « Vous voulez dire qu'on est supposés foutre nos culs en danger pour ces *gens-là* ? » Ce dernier mot était chargé de mépris.

« Non, a répondu froidement Crandall. Vous êtes supposés obéir aux ordres. »

Overstreet a soutenu son regard pendant quelques secondes, puis s'est tourné brusquement vers nous. Il a gueulé : « En route ! »

On est montés dans nos Jeep et on a fait ronfler les moteurs. Une minute plus tard, on fonçait bruyamment derrière le contingent de l'armée vietnamienne, avec Duc Nguyen en tête. Je conduisais avec Queen à côté de moi, et un bleu était derrière à la M-60. C'était la première fois qu'il entendait des coups de feu en opération, et il était tendu comme un arc.

« Voilà l'occasion de te faire valoir, mec, a dit Queen en souriant. Puisque tu convoites la belle Miss Rose, tu devrais être content d'avoir l'opportunité d'impressionner son frère. » Dans la lumière des lampadaires, ses yeux avaient un drôle d'air, que je n'avais jamais vu avant.

« Qu'est-ce qui te rend si joyeux ? j'ai demandé. Je ne savais pas que tu abritais une admiration secrète pour la PA & E.

— Ça me ferait chier ! Ils sont plus dégueulasses que les correspondants de presse du bar de l'hôtel Continental. Mais tu sais, il y a un mot chinois qui veut dire "danger" si on le lit d'une certaine façon, et "opportunité" si on le lit d'une autre. C'est exactement notre situation, en ce moment même. En arrivant au champ de courses, on reste près du Duc et on saisit la première occasion d'y aller, pour secourir nos compatriotes en détresse.

— Hé, les trous du cul, vous êtes cinglés ou quoi ? a crié le nouveau en surveillant les toits comme s'ils étaient envahis de snipers.

— T'es pas obligé de venir avec nous, jeune fantassin, l'a rassuré Queen. Tu pourras assurer ce que les bidasses appellent un "tir de barrage" et tu veilleras à ce que nos alliés estimés de l'ARVN ne nous piquent pas les roues de la Jeep. »

On est arrivés en vue du champ de courses. Les anciens colonisateurs avaient apporté à l'Asie les courses de chevaux à l'occidentale, et il y avait maintenant des champs de courses dans toutes les grandes villes. Le champ de courses de Saigon était à Cholon, sans doute parce que personne au monde n'aime autant le jeu que les Chinois.

C'était un grand bâtiment de béton armé, en forme de machine à écrire, pas très différent des tribunes de Santa Anita, de Hollywood Park, de Saratoga ou, pour ce que j'en sais, d'Ascot. On est arrivés par le côté opposé à la piste. C'était essentiellement un parking parsemé de gravats. Un feu nourri venait de différentes parties du bâtiment, mais l'essentiel des tirs était concentré dans une autre direction que la nôtre. Il devait y avoir un groupe d'assaut en train de se rassembler de l'autre côté. Pendant qu'on regardait, deux chars Sheridan se sont arrêtés de l'autre côté et ont lâché une salve dans les gradins.

On s'est arrêtés en ligne à la lisière du parking, on est descendus, et on s'est accroupis derrière nos Jeep, nos fusils pointés vers la masse du bâtiment.

« Viens, a dit Queen, on va se joindre à la réunion d'état-major. »

On a marché en canard le long de la ligne de Jeep, vers l'endroit où étaient accroupis en train de discuter Overstreet et Duc Nguyen.

« Eh bien, ça y est, disait Overstreet, visiblement soulagé. On va laisser les blindés s'occuper de ces enfoirés.

— Mes ordres sont de secourir ces civils s'il y a la moindre possibilité de le faire, sergent », a dit Duc. Son anglais était presque parfait, une rareté, même parmi les Vietnamiens de la grande bourgeoisie, qui parlaient tous parfaitement le français, mais rarement l'anglais.

« Mon cul ! a protesté Overstreet. On n'a que des

fusils, des fusils à pompe, des.45 et quelques mitrailleuses de calibre .30. Les gars des blindés, ils ont des mitrailleuses de .50, des canons et des lance-flammes. Laissons-les régler ça. Si on rentre là-dedans, on a autant de chances de se faire descendre par nos blindés que par Charlie.

— Allons, sergent, a dit Queen, en allant vers lui avec une démarche de cow-boy, tu sais parfaitement que le capitaine Nguyen est responsable de cette opération. Je considérerais comme un honneur que tu m'autorises à mener l'assaut. »

Overstreet l'a regardé comme s'il venait de descendre d'une soucoupe volante. « Qu'est-ce que t'as fumé, Queen ? Fais-moi voir tes yeux. »

Queen l'a ignoré et a regardé Nguyen droit dans les yeux. « Qu'est-ce qu'on fait, capitaine ? Vous et moi, on veut ces civils, pas vrai ? Moi et mon équipier, Treloar, on est avec vous. »

Le capitaine vietnamien a hésité un moment, évaluant la situation, puis il a fait un bref signe de tête. « Très bien. Vous entrez avec moi.

— Qu'est-ce que tu nous fais, Queen ? a demandé Overstreet. Si tu rentres là-dedans, t'es un homme mort, c'est sûr.

— Garde tes couilles au chaud, a dit Queen en souriant. Gabe et moi, on en a à revendre. »

Overstreet a hoché la tête, résigné. « C'est sûrement vrai. OK, allez-y, pauvres cons. Vous faites pas tuer, ça me ferait de la paperasse. »

On a donc préparé un plan d'attaque. Les mitrailleuses devaient arroser en grand le haut du bâtiment, et sous ce feu de couverture, on allait charger, Queen, Duc et moi, à travers le parking, à la tête du détachement de PM de Nguyen. Quand on serait à l'intérieur, le reste de la Première Section nous suivrait, sauf les gars des mitrailleuses qui continueraient leur tir de barrage et qui nous couvriraient en cas de retraite.

« Comment t'as su, pour les civils ? » a demandé Queen à voix basse. On était accroupis à l'abri d'une Jeep, pendant qu'Overstreet donnait ses instructions aux mitrailleurs.

« On a un homme dans cette cellule. Il nous a contactés il y a peu. »

Queen a levé les sourcils. « Vous avez infiltré le Viêt-cong ? C'est incroyable !

— L'offensive du Têt les a presque tous éliminés, a expliqué Duc. Ils sont désespérés, et ils recrutent plein de bleus. C'est facile d'infiltrer des agents chez eux, maintenant. »

Ça expliquait pourquoi la deuxième bataille de Saigon — bientôt connue sous le nom de « mini-Têt » — n'avait pas l'envergure de la précédente. Ils envoyaient contre nous des gamins qui n'avaient pas cinq mois d'entraînement. Bien plus tard, on s'est rendu compte que ça avait été un stratagème froidement calculé par le gouvernement de Hanoï pour liquider les restes de l'ancienne infrastructure viêt-cong. Ils n'avaient pas l'intention d'inclure les Vietnamiens du Sud dans leur gouvernement quand ils réuniraient le pays.

Mais à ce moment-là, je n'avais pas ces pensées réconfortantes. J'avais juste la bouche sèche, les mains moites, les intestins relâchés, et cette nausée que la plupart des hommes ressentent quand ils sont sur le point d'aller au combat. Je n'avais pas envisagé le travail de police de cette façon. Je savais parfaitement qu'un jeunot armé d'un vieux fusil français et d'une seule cartouche pouvait me tuer aussi bien que toute une division nord-vietnamienne.

« On y va maintenant », a dit Duc en se redressant. Comme la plupart des Vietnamiens, il était petit, mais il se tenait très droit et ça le faisait paraître plus grand. Il avait quand même l'air d'un garçon de dix ans entre nous deux. Les PM recrutaient des hommes grands. Comme tous les officiers vietnamiens, il était impeccable dans son uniforme si net et amidonné qu'on n'aurait jamais deviné qu'il avait passé les dernières heures à se battre dans tout Cholon.

On s'est mis en position comme pour le départ d'un cent mètres : c'était bien un sprint qu'on allait faire d'ailleurs. Overstreet a crié : « Allez ! » et les mitrailleuses ont commencé à balayer l'immeuble. On a entamé notre sprint.

On aurait dû se séparer, ou traverser un à la fois, ou tout au moins zigzaguer comme des coureurs sur un terrain accidenté, mais on n'a rien fait de tout ça. Notre meilleure chance résidait dans l'espoir que personne ne penserait qu'on ferait un truc aussi idiot. En plus, on se disait qu'ils seraient distraits par le feu nourri qui venait de l'autre côté du bâtiment. J'ai cru entendre des balles ricocher sur le macadam tout autour de nous, mais c'était probablement mon imagination.

On avait presque atteint une grande entrée qui conduisait sous les tribunes quand deux Vietnamiens en civil avec des carabines SKS sont apparus et nous ont regardés, bouche bée. Avant même d'avoir pu épauler leurs armes, ils ont été arrosés par pratiquement tous les membres de notre petit détachement.

On s'est retrouvés à l'intérieur, Duc aboyant des ordres à ses hommes. Il y avait un dédale de passages et de petites pièces sous les tribunes, et les PM sud-vietnamiens ont commencé à les nettoyer, en faisant d'abord rouler des grenades dedans, puis en chargeant après chaque explosion.

« Vous allez tuer ces civils de cette façon ! » j'ai hurlé. Mes oreilles résonnaient si fort que je pouvais à peine m'entendre.

« Ils ne sont pas dans cette zone, a dit Duc. Venez avec moi. » Il a crié quelque chose à ses hommes en poussant une porte métallique, puis il a descendu une volée de marches, avec Queen et moi sur ses talons. Curieusement, Queen a refermé la porte derrière nous.

Il régnait un silence de mort, après le vacarme d'en haut. L'escalier et le couloir qui le prolongeait étaient éclairés par des ampoules grillagées de faible puissance, placées à intervalles réguliers au plafond. On est arrivés à une porte au bout du corridor et Duc a levé la main pour nous arrêter.

Il y avait quatre corps sur le sol, repoussés le long des murs pour libérer le milieu du passage. Ils portaient des vêtements civils et, pour moi, c'étaient des Chinois. On a laissé nos traces dans le sang qui couvrait le sol en avançant ; il était si collant sous nos bottes que j'ai compris que ces hommes étaient morts depuis des heures.

Queen a levé un pied et a regardé Duc. Le capitaine a hoché la tête et Queen a donné un coup de pied. Un grande empreinte sanglante s'est imprimée au milieu de la porte, qui s'est ouverte violemment vers l'intérieur. Deux Vietnamiens se sont retournés brusquement quand nous sommes entrés. L'un d'eux a eu le temps de tirer une balle avec un pistolet chinois avant qu'on les descende.

Les trois civils étaient assis contre un des murs de la petite pièce, les mains liées derrière le dos, les jambes allongées devant eux, les chevilles attachées. Ils avaient les yeux agrandis sous l'effet de la surprise et de la peur, puis quand ils ont réalisé qui on était, leur soulagement a été presque gênant à voir. Il y en avait deux qui avaient la trentaine ; ils étaient bronzés, et ils avaient des ventres de buveurs de bière. L'un était blond, avec les cheveux en brosse, l'autre plus brun, avec une moustache à la Zapata. Le troisième homme était un peu plus vieux, mince, et avait les tempes grisonnantes.

« Oh doux Jésus ! a dit le blond. Qu'est-ce qu'on est heureux de vous voir. » De grosses larmes striaient sa figure.

« Tu m'étonnes », a dit Queen en enfonçant un nouveau chargeur dans son fusil. Puis, il a sorti sa baïonnette, s'est penché et a coupé les cordes liant leurs chevilles. « Bon, qui êtes-vous au juste les gars ? » il leur a demandé en les aidant à se lever. Ils exhalaient une odeur rance de peur.

« Tom et moi, on travaille pour la PA & E, a dit le gars à la moustache. Hé, vous pouvez nous détacher les mains ? Bon Dieu, qu'est-ce que je suis content de vous voir ! »

Queen l'a ignoré et s'est tourné vers l'autre homme. « Et toi ?

— James Quentin. Je suis pilote à la TWA. » Il était un peu plus calme que les deux autres, mais il transpirait.

« Deux ingénieurs et un pilote. Tiens, tiens. » Queen les a regardés l'un après l'autre en souriant. Duc ne souriait pas, et moi non plus. « Et comment se fait-il au juste que vous vous soyez trouvés ici, au champ de courses, quand les Viêt-congs sont arrivés pour prendre l'endroit ?

— Hé, qu'est-ce que ça veut dire, sergent ? » Blondinet a essayé de glousser, mais il n'a réussi qu'un croassement. Ils ont tous tressailli quand l'immeuble a été secoué par une explosion ; de la poussière de ciment est tombée du plafond et les lampes ont vacillé. « Qu'est-ce qu'ils font là-haut, ils envoient des obus ? Allez, sergent, libérez-nous et sortez-nous d'ici ! » Sa voix est devenue stridente sur les derniers mots.

« Ferme la porte, Gabe, a dit Queen tranquillement.

— Qu'est-ce que c'est que ce bordel, Queen ? » j'ai demandé. Mais j'ai quand même fermé la porte.

« Ouais, qu'est-ce que c'est que ce bordel, sergent ? » a demandé Zapata. Il s'est interrompu brusquement quand Queen lui a collé le canon de son fusil sous le nez, comme s'il essayait de lui faire rentrer le cache-flamme de force dans une narine. Il était brûlant après tous ces coups de feu et le type a glapi.

« Les gars, vous avez choisi le mauvais moment et le mauvais endroit pour rencontrer vos potes chinetoques qui sont là-dehors, pas vrai ? » Il m'a fait un clin d'œil et a souri. « Gabe, ces gars étaient là en train de dealer. La question est : c'est quoi qu'ils dealaient ? » Il s'est retourné vers Zapata et a aboyé : « C'était quoi, connard ? de l'argent ou de la dope ?

— Vous ne pouvez pas faire ça, sergent ! » a dit Blondinet, mais son regard a dévié vers un petit sac à côté d'une grande valise. Le pilote a eu l'air écœuré. Duc a ramassé les deux sacs, les a posés sur une table pliante et les a ouverts. Le sac contenait des dollars en liasses : des billets de cinquante et de cent. La valise était bourrée de piastres vietnamiennes.

« De l'argent, a dit Queen en hochant la tête. Bien, ça simplifie les choses. Capitaine, qu'est-ce que vous en dites : vous gardez toutes les P et moi et mon pote, on se partage les dollars ? Je ne pourrai jamais transporter autant de P. »

Duc a pris un air dur. « Je vais prendre les P et un tiers de la monnaie américaine. »

Queen a soupiré. « Bon, je suppose que vous méritez une prime de découverte. OK, faites le partage, on doit partir.

— Vous ne pouvez pas faire ça, sergent », a dit le pilote.

Queen l'a regardé froidement. « Ce serait dommage qu'on échoue dans notre mission de vous ramener vivants.

— Si vous avez des réclamations, j'ai dit, vous pouvez les présenter au général Westmoreland. J'ai entendu dire qu'il avait une oreille compatissante. » Je n'aimais pas cette affaire, mais je ne ressentais absolument aucune sympathie pour ces parasites.

« J'ai compris que mes prières étaient exaucées quand le troisième type a dit qu'il était pilote, a dit Queen en enfonçant le canon de son fusil dans le ventre du gars de la TWA. C'est ces enfoirés qui font rentrer la plupart des dollars dans ce pays. Vous avez compté l'argent, capitaine ? »

Il y avait trois piles égales sur la table. Duc en a fourré une dans son uniforme et a ramassé la valise. « Il est temps de partir, a-t-il dit.

— Vous trois, sortez de là », a ordonné Queen en ramassant une des piles. J'ai ouvert la porte.

« Au moins, détachez-nous les mains, a plaidé Zapata.

— Je vous aime exactement comme vous êtes, a dit Queen. Comme ça, vous n'aurez pas l'idée idiote de ramasser des armes. Allez, en route. Faites attention, c'est glissant là-dehors. »

Ils se sont bousculés vers la sortie. Duc est sorti derrière eux en trimbalant sa valise.

« Attrape ton fric et allons-y, mec.

— Je n'en veux pas. »

Il m'a regardé bouche bée. « T'en veux pas ? T'as des scrupules ou quoi ? C'est de l'argent trouvé, Treloar. C'est pas comme si on l'avait volé. Il allait financer l'Armée de Libération Populaire. Si on le rapportait, il se retrouverait tout bonnement dans des poches de militaires, il n'y a pas un cent qui arriverait jusqu'au Trésor Public. Te fais pas chier.

— Prends-le. J'ai déjà risqué ma vie pour ce fric, j'ai pas envie d'atterrir à Leavenworth[1] en passant par la prison de Long Binh. »

Queen a secoué la tête en bourrant le reste de l'argent dans sa chemise. « J'ai toujours considéré que tu étais un ange, Gabe ; maintenant, je sais que t'es un foutu saint.

— J'ai juste les jetons, comme n'importe qui de normalement constitué.

— Barrons-nous d'ici, mon pote. Il y a plus rien à tirer de cet endroit. »

Duc et les civils n'étaient plus là quand nous avons couru le long du corridor et dans l'escalier. Il y avait encore des tirs sporadiques en haut. L'air des couloirs

1. Fort Leavenworth : prison militaire aux États-Unis.

sentait la poudre et la fumée des grenades. Je savais que j'allais avoir une migraine infernale à cause de la fumée des explosifs. En cherchant notre chemin vers la sortie, je me suis mis à rire.

« Je savais que tu verrais l'humour de la situation, a dit Queen.

— C'est seulement que, depuis des mois, tu me répètes que tu veux être un financier à Hollywood. Je n'avais jamais pensé… » À ce moment, trois Viêt-congs qui avaient tenu bon se sont laissés tomber d'une sorte de trappe dans le plafond. En pointant maladroitement mon fusil dans leur direction, j'ai vu que ce n'étaient pas des gamins : c'étaient des hommes aux visages durs, avec des siècles de guerre dans les yeux.

Ma première balle s'est perdue, et trois balles d'AK ont touché le côté de mon gilet pare-balles, m'ont fait tournoyer et tomber et mon fusil m'a échappé. En regardant en l'air, j'ai vu la gueule de la Kalachnikov qui me regardait dans les yeux. J'ai eu juste le temps de comprendre que j'allais mourir, et le Viêt-cong a disparu dans la pluie de balles, la fumée et le vacarme d'un fusil en tir continu. Dans le silence soudain revenu, Queen est apparu au-dessus de moi.

« T'es gravement blessé ? » Il s'est agenouillé près de moi et a ouvert mon gilet pare-balles, l'inquiétude se voyait sur son visage pour la première fois.

« J'en sais foutrement rien. » J'étais engourdi, avec des picotements dans les mains et les pieds ; mes oreilles bourdonnaient. « Ils sont morts ?

— On est vivants, alors on peut en inférer qu'ils sont morts. Merde, mec, t'es juste un peu ensanglanté. Ton côté est un peu mâchouillé, mais je ne vois rien de vital en train de se répandre. T'as quelques entailles sur les jambes, mais ça ressemble à ce que les médecins appellent des missiles secondaires — des morceaux de béton ou autres, arrachés par toutes ces balles d'AK. Allez, on va te remettre debout et partir d'ici.

— Ils t'ont touché ?

— Ils n'auraient pas osé. »

Il m'a aidé à me relever et je me suis aperçu que je pouvais tenir debout. Queen a ramassé mon fusil ; j'ai regardé autour de nous. Les trois Viêts étaient allongés en tas. Le lendemain matin, on viendrait pour relever les corps et on compterait les douilles vides. Personne ne serait capable d'expliquer comment Queen s'en était sorti indemne. C'est là qu'il avait gagné son surnom de Gunslinger.

On a clopiné vers le parking ; j'avais passé un bras sur ses épaules, et lui m'avait passé un bras autour du dos.

« C'est tout bon pour toi, maintenant, Gabriel.

— Qu'est-ce que tu veux dire ? » J'étais à moitié dans les vapes. Blessé deux fois en moins de cinq mois. Je n'aimais vraiment pas cet endroit.

« Pour commencer, tu tires un moment au lit, à l'hôpital. Tu vas être le chouchou du capitaine Crandall maintenant, en supposant que ces connards de civils s'en sont sortis vivants. Il ne fera pas d'histoire si tu veux une mutation. Ensuite, l'adjudant O'Dell est le chef du personnel pour le bataillon. Dans six mois, il aura tiré ses vingt ans et il prend sa retraite. Il se prépare un petit coussin pour ce beau jour. Je vais lui glisser quelques-uns de ces billets verts, et il t'affectera dans le tiroir d'en bas à droite du bureau de Miss Rose, si tu veux. C'est comme si c'était fait. »

À ce moment-là, tout semblait bon, même le fait d'utiliser cet argent. J'avais failli mourir sans raison, dans une situation idiote, dans une guerre terriblement impopulaire, et ça me donnait un tout nouveau point de vue — au moins temporairement.

Et je savais que Queen m'avait sauvé la vie. Le fait qu'il l'avait d'abord mise en danger ne signifiait pas grand-chose puisque toute cette guerre était tellement absurde. L'épisode du champ de courses de Saigon n'était qu'un sketch tragi-comique de plus dans ce feuilleton interminable. Et il me donnait une vraie chance avec Rose. Je ne savais pas pourquoi, mais j'avais l'impression qu'il me réclamerait cette dette un jour.

Le parking grouillait de soldats sud-vietnamiens quand nous sommes sortis. Les tirs avaient cessé ici, alors qu'ils continuaient dans toute la ville. Duc était parti. Les civils étaient au milieu des Jeep américaines, avec les mains finalement détachées.

« Hé, Queen ?

— Hein ?

— Merci.

— Tu l'as dit. »

CHAPITRE SIX

Comme de juste, la maison de Queen était à Beverly Hills. C'était un édifice de trois étages de style pseudo-espagnol en stuc blanc, avec un toit de tuiles rouges. Elle semblait dater des années vingt, et elle avait sans doute fait la joie et la fierté d'une star du muet oubliée depuis longtemps, ou d'un réalisateur à porte-voix, en béret, bottes de cheval et jodhpurs.

J'ai garé ma voiture de location dans l'allée et j'ai gravi les marches recouvertes de carrelage espagnol, en grimaçant dans l'éclat du soleil de Californie sur la façade blanche. Ça ne faisait pas si longtemps que j'en étais parti, mais le soleil et les odeurs de LA et de la végétation californienne me paraissaient déjà étrangers. Mitch Queen avait ouvert la porte avant que j'atteigne le haut des marches. Il portait des vieux jeans, un T-shirt et des sandales de caoutchouc, ce qui m'a légèrement étonné.

« Gabe ! Tu as fait bon voyage ? Bof, ne me le dis pas. C'est toujours pareil, pas vrai ? Trois heures d'ennui dans un immeuble volant, et puis, on récupère des bagages. Entre. » Il avait sa façon bien à lui de faire tout le bavardage inutile pour deux. La porte d'entrée s'ouvrait sur un atrium qui s'élevait sur les trois étages. De larges escaliers jumeaux conduisaient aux étages supérieurs. Au milieu se dressait une fontaine à trois niveaux.

« Jolie maison, ai-je commenté.

— Ouais, a-t-il dit avec ravissement. C'est pas la merde la plus prétentieuse que t'aies jamais vue ? Ça a été construit à l'époque où on savait ce que *nouveau riche*[1] voulait dire. Les Trump sont des amateurs en comparaison. Bien entendu, la mode actuelle, c'est d'acheter un manoir en parfait état comme celui-ci, de le démolir, et d'en construire un nouveau à la place. C'est supposé démontrer quelque chose.

— Le potlatch. Une cérémonie des Indiens Kwakiult destinée à montrer qu'on est important en détruisant ou en donnant le plus possible de richesses.

— Je suppose que c'est ça. Eh bien, il y a des abîmes de vulgarité dans lesquels même moi je ne descendrai pas. Je vais t'épargner la visite puisque tu n'es pas là pour me donner de l'argent. Allons à la maison d'invités. »

On est ressortis et on est montés dans ma voiture. Mitch m'a dirigé sur une allée gravillonnée qui contournait la maison, passait près de l'abri du jardinier et d'une écurie inutilisée, et arrivait à une construction de plain-pied, avec un emplacement de stationnement à l'arrière. Une Toyota blanche était déjà garée là.

« C'est celle de Connie, a dit Mitch. Elle est arrivée ce matin. »

Il m'a aidé à sortir mes bagages du coffre et nous les avons portés à l'intérieur. Au contraire du manoir,

1. En français dans le texte.

la maison d'invités était agréablement moderne et de proportions modérées. Un salon-salle à manger spacieux, avec une baie vitrée ouvrant sur la piscine, était encadré par deux chambres. Mitch m'a conduit à la mienne. Connie n'était pas visible. J'ai supposé qu'elle était dans l'autre chambre dont la porte était fermée.

« Voyons… » Mitch a regardé sa montre. « Il est deux heures et demie. J'ai un rendez-vous dans une heure. On se retrouve pour dîner à sept heures ?

— Ça me paraît bien.

— Alors, repose-toi, rafraîchis-toi, nage un coup. Si tu n'as pas apporté de maillot, il doit y en avoir quelques-uns dans le placard. À plus tard. Si tu as besoin de quoi que ce soit, appelle la gouvernante par l'Interphone. » Il me l'a montré. « Elle s'appelle Julia. »

Après son départ, j'ai défait mes bagages, j'ai sorti un maillot de bain et je l'ai enfilé. Je ressentais un peu le décalage horaire. Il était cinq heures et demie à l'endroit d'où j'étais parti ce matin. J'avais faim, alors j'ai visité la petite cuisine et je me suis fait un sandwich avec de la charcuterie trouvée dans le frigo. Et j'ai découvert un peu de jus de fruits au milieu de rangées de bouteilles d'eau minérale.

En me dirigeant vers la piscine, je me suis arrêté près de la porte de Connie. Au moment de frapper, je l'ai entendue parler au téléphone. Son accent était devenu plus marqué.

« Tu crois que tu as besoin de sortir avec ce taré ? Il est trop vieux pour toi, et je pense qu'il est marié et qu'il te le cache… Ne me parle pas comme ça ! » Il y a eu une courte pause, puis elle a lâché une salve décapante de mots en espagnol.

J'ai continué mon chemin sans frapper et j'ai posé mon plateau sur une table près de la piscine. J'ai mangé lentement, en profitant de l'ambiance opulente, sybaritique, de la Californie du Sud des très riches : c'était une vie de rêve que la plupart d'entre nous n'ont jamais l'occasion de goûter. Je n'en profitais que par raccroc, mais je trouvais ça bien tentant. Je me suis demandé si c'était vraiment la réalité pour Mitch. Est-ce qu'il était vraiment propriétaire de cet endroit ou est-ce que tout ça n'était qu'une façade ?

Après avoir mangé, j'ai fait quelques longueurs de bassin en jouissant de la fraîcheur tonique de l'eau et du picotement du chlore dans mes narines, qui me rappelait toujours le début de mon adolescence sur la côte. Quand j'ai été essoufflé, je suis sorti, je me suis séché et je me suis réinstallé sur ma chaise. La porte vitrée de la maison a coulissé et Connie est sortie à ce moment-là, en bikini. J'ai tout de suite vu ce que Queen avait voulu dire.

Je n'avais jamais vu de femme culturiste avant. Ce n'était pas étonnant qu'elle porte si bien ses kilos. Sa musculature était étonnante : elle était importante pour une femme, et pourtant élégante. À part ses abdominaux bien dessinés, elle n'avait pas les muscles saillants, finement sculptés, que j'avais pu voir sur des photos de compétitions de culturisme. Au contraire, sa silhouette était pure et lisse comme celle d'un cheval de course. Elle s'est assise sur une chaise en face de moi.

« Je suis désolée, j'étais au téléphone avec ma fille. Je serais sortie plus tôt pour dire bonjour. » Elle a secoué la tête d'un air fatigué. « Les jeunes.

— Vous avez passé beaucoup de temps avec les

haltères. Qu'est-ce qui vous a poussée à faire du culturisme ?

— Au début, ça a été une thérapie, à la fois physique et mentale. Mon mari était flic à Houston, comme moi. » Elle a regardé les bagues à sa main gauche. « On a eu un accident de voiture un jour. Pas en service. C'était un dimanche matin, on allait à l'église. Un conducteur ivre a dévié sur la largeur de trois voies et nous a percutés de face. Mick a été tué. » Elle disait cela d'une voix neutre, comme si c'était une vieille histoire souvent racontée. « J'ai été gravement blessée aux jambes et au dos. Quand j'ai été suffisamment remise, l'orthopédiste m'a fait faire de la rééducation musculaire pour me faire récupérer mes muscles atrophiés. J'ai découvert que j'aimais ça. »

Elle m'a jeté un coup d'œil. « Je veux dire que j'aimais tout dans ces exercices : pas seulement la silhouette que ça me donnait, mais aussi l'effort, la transpiration, la fatigue, et même la douleur. » Elle a ajouté rapidement : « Ne vous méprenez pas. C'est le seul genre de douleur que j'apprécie. » Avec un ongle, elle a suivi une des lignes en forme de C qui encadraient sa bouche généreuse. « On appelle ça des rides de douleur. Elles viennent des horribles grimaces qu'on fait quand on arrive à la fin d'une série de levers.

— Vous avez fait de la compétition ?

— Pendant deux ans. J'ai été neuvième aux Olympiades du Muscle une année, mais ça m'a suffi. Ce n'est pas vraiment sain. À ce niveau de compétition, les femmes ne mangent plus et se tuent à moitié à force de faire de l'aérobic pour éliminer leurs dernières traces de graisse. Elles cherchent à obtenir la même définition musculaire que les champions masculins. Le problème, c'est que les femmes doivent avoir une plus forte proportion de graisse sous-cutanée que les hommes. Elles tombent sous le niveau minimum de graisse et certaines fonctions s'arrêtent parce que leur organisme croit qu'il est en train de mourir. Elles n'ont plus leurs règles, elles ont des éblouissements, elles sont faibles et elles ont beaucoup de mal à se concentrer.

« Aux Olympiades, en sortant de scène après mon numéro, je me suis évanouie. Ce n'est pas rare. J'ai décidé que ça suffisait et j'ai arrêté la compétition. Je m'entraîne toujours, mais je mange normalement. Je n'ai pas les muscles dessinés comme le copain de Queen, Aaaarnold, mais je me sens très bien dans ma peau.

— Depuis combien de temps vous faites ça ?

— Mick est mort il y a huit ans. On était mariés depuis douze ans. » Elle a de nouveau regardé ses bagues. « Je n'ai jamais pu me décider à les enlever, c'est pour ça qu'elles sont si incrustées. Je suis allée chez un bijoutier dernièrement pour voir si je pouvais les faire agrandir. Il m'a dit qu'il devrait d'abord les couper. Au moins elles m'aident à me débarrasser des gars qui me draguent dans les bars.

— Je sais ce qu'on ressent. » J'ai levé la main pour lui faire voir l'alliance que je n'avais pas enlevée depuis que Rose était morte.

« Alors, votre femme était vietnamienne ? » Elle semblait un peu mal à l'aise de savoir que nous avions au moins une chose en commun.

« Ouais, ouais. Je vais appeler ma belle-famille ce soir, quand je m'en sentirai le courage. »

Au bout d'un moment, elle s'est levée et a plongé dans la piscine, en ne faisant pratiquement aucune éclaboussure. Elle a fait des longueurs, aussi infatigable qu'un phoque. J'admirais l'énergie et la puissance avec lesquelles elle fendait l'eau. Nous avions plus en commun qu'elle ne croyait. Chacun devient fou à sa façon, quand il est confronté au chagrin et au désespoir. J'étais devenu alcoolique, elle s'était tournée vers les haltères, pour chasser une douleur par une autre. Elle, au moins, elle avait obtenu un résultat digne d'être montré.

Le soleil était descendu et je suis rentré pour rincer le chlore de la piscine sous la douche. Je n'étais pas pressé d'appeler Duc. Ce n'était pas que je pensais qu'il ne m'aiderait pas. Je savais qu'il possédait un fort sens de l'obligation ; j'avais été le mari de sa sœur et je m'étais porté garant pour lui et sa famille, quand ils avaient fui le Vietnam. Mais j'avais l'impression d'être grossier, comme si je rappelais une ancienne dette pour ce qui n'était, après tout, qu'une question d'affaires. Un peu à la façon dont Queen m'avait ficelé dans cette histoire.

J'avais son numéro dans mon carnet d'adresses, mais j'ai d'abord vérifié dans l'annuaire, pour m'assurer qu'il n'avait pas déménagé. Ça faisait aussi longtemps que ça. J'ai trouvé son nom, au milieu d'une centaine d'autres Duc Nguyen — ce nom est l'équivalent vietnamien de Jean Dupont. Il était toujours à la même adresse à Eagle Rock. Je savais qu'il avait aussi une agence immobilière dans Hollywood Ouest, mais j'ai considéré qu'il était assez tard pour qu'il soit rentré chez lui. J'ai composé rapidement son numéro et j'ai écouté la sonnerie. J'étais sur le point de considérer qu'il n'y avait personne chez lui quand on a décroché.

« Allô… oui ? » C'était la voix d'une jeune femme, un peu tremblante.

« Bonjour, Gabe Treloar à l'appareil. Je voudrais parler à Duc Nguyen. » Il y avait quelque chose d'éperdu dans la voix de la femme, et ça m'inquiétait. « Je suis de sa famille, j'ai ajouté maladroitement.

— Quoi ? Je veux dire… » Je me suis rendu compte qu'elle avait pleuré longtemps. « Je veux dire, excusez-moi. Je suis désolée. C'est Oncle Gabe ? C'est Margaret Calvin. On a essayé de te joindre la nuit dernière, mais on a eu ton répondeur. »

Margaret était la fille aînée de Duc ; elle avait environ cinq ans quand ils avaient immigré. La dernière fois que j'avais eu de ses nouvelles, elle enseignait dans une école de Glendale et était mariée à un architecte. Et là, je la retrouvais bouleversée, au bord de l'hystérie.

« Margaret ? Oui, c'est Gabe. J'ai atterri à LA ce matin pour affaires ; je suis chez un ami à Beverly Hills. C'est de là que j'appelle. Qu'est-ce qui ne va pas, Margaret ? Qu'est-ce qui se passe ?

— Oncle Gabe, Papa est mort ! Il a été tué ! » Sa voix s'est transformée en un cri aigu de petite fille sur les derniers mots. Je l'ai entendue sangloter sur la ligne jusqu'au moment où quelqu'un d'autre a pris le combiné, au milieu d'un murmure de voix.

« Mr Treloar ? » La voix était masculine, jeune, mais assurée. « Ici Greg Calvin, le mari de Marge. Je ne crois pas que nous nous soyons rencontrés.

— Non. Je ne suis plus en contact avec la famille depuis plusieurs années. Qu'est-ce qui s'est passé ?

— Mon beau-père a été tué hier à cinq heures dans la rue. C'était une attaque "en passant" et personne n'a aucune idée de qui a fait le coup ou pourquoi. » Il semblait amer, mais prosaïque. Quand on vit dans une grande ville américaine on ne peut guère être surpris par la violence aveugle.

Mes réactions de flic se sont enclenchées. « Une attaque en passant ? à Eagle Rock ?

— Non, pas ici. Il sortait de son bureau à Hollywood Ouest. Il n'a pas eu le temps d'aller jusqu'à sa voiture.

— Est-ce qu'il y avait quelqu'un d'autre avec lui ? Est-ce qu'il y a eu d'autres tués ou blessés ?

— Non, il était tout seul. Des employés qui étaient encore dans ses bureaux ont entendu les coups de feu et sont sortis en courant. Tout ce qu'ils ont vu, c'était une voiture qui partait.

— Écoutez, j'arrive. S'il n'y a pas trop de circulation, je devrais être là dans environ une heure.

— D'accord. Vous ne pourrez probablement pas vous garer très près. Il n'y a pas que la famille ici. À peu près la moitié de la communauté vietnamienne est venue présenter ses condoléances. »

Je l'ai remercié et j'ai raccroché. Je suis resté assis un moment, en essayant d'accorder mes rouages cérébraux à cet événement. En mettant tout à fait de côté l'aspect personnel, il n'y avait rien qui collait dans cette histoire. Le moment ne collait pas, et l'endroit ne collait pas. J'étais encore assis comme ça, la main toujours sur le téléphone, quand Connie est entrée en s'essuyant. Elle s'est arrêtée brusquement en voyant mon expression.

« Qu'est-ce qu'il y a ? » Elle n'a pas changé d'expression pendant que je lui racontais, et elle est restée parfaitement immobile, malgré son essoufflement, après toutes ses longueurs de piscine. Elle savait parfaitement concentrer son attention, un atout inestimable pour un flic.

« Je vais là-bas. Vous voulez venir ?

— Je viens. Donnez-moi quelques minutes pour me changer. »

J'ai gribouillé une note pour Mitch et je l'ai laissée à sa gouvernante. Dix minutes plus tard, nous roulions dans ma voiture de location sur Sunset Boulevard, en direction de l'autoroute. Connie avait mis un tailleur sombre ; ses cheveux étaient encore un peu humides et elle secouait la tête de temps en temps pour les aider à sécher. Entre-temps, on parlait.

« Je suppose qu'une coïncidence est exclue ? elle a dit.

— On ne peut pas l'exclure complètement. Le meurtre pour le plaisir est plus répandu que jamais. Mais le moment où c'est arrivé rend la coïncidence peu probable, avec ces menaces de mort qui se réfèrent à l'époque de notre séjour à Saigon. Et les bureaux de Duc sont à Hollywood Ouest, juste à côté de Beverly Boulevard. Toute cette zone est un quartier d'affaires. Les attaques "en passant" des gangs ont lieu en général dans les quartiers d'habitation pauvres. » Elle a de nouveau secoué légèrement la tête. Son capuchon serré de boucles retrouvait peu à peu sa forme. Ou bien elle avait une permanente diaboliquement résistante, ou bien ses cheveux poussaient naturellement comme ça. « Ce qui fait que ça ressemble plus à un coup délibéré. Mais ça ne veut pas dire que c'est lié à notre affaire. On l'a peut-être confondu avec quelqu'un d'autre. Ou peut-être qu'il a été mêlé à une histoire dont vous ne savez rien. Vous avez dit vous-même qu'il ne dédaignait pas d'améliorer sa situation par des moyens extralégaux.

— C'était au Vietnam. Escroquer des escrocs, c'était légitime là-bas. Ici, il était parfaitement réglo. » La façon dont elle m'a regardé montrait qu'elle ne pensait pas grand bien des sentiments en tant qu'outils logiques. « En plus, ai-je insisté, il est ici depuis presque vingt ans. Il aurait eu tout le temps d'avoir des ennuis, et on ne me fera pas croire que ça serait arrivé exactement maintenant.

— OK, admettons pour le moment. Qu'est-ce qu'on va chercher ?

— Je ne sais pas. Mais sa famille sait peut-être si quelque chose d'inhabituel s'est produit ces dernières semaines. Ça vaut le coup d'essayer. »

La circulation était dense sur l'autoroute de Glendale : c'était l'embouteillage habituel des sorties de bureaux, agrémenté de quelques accrochages. J'ai pris la sortie pour Eagle Rock avec soulagement. Cette petite ville résidentielle, au pied d'une colline, n'avait guère changé : elle rassemblait des constructions d'après-guerre principalement, pour les classes moyennes, et elle n'était pas tout à fait aussi posée et respectable que Pasadena à l'est. Quand je suis arrivé à proximité de chez les Nguyen, j'ai vu tout de suite que je n'arriverais pas à me garer près de chez eux. J'ai trouvé une place en face d'un magasin de vidéo dans la plus proche rue commerçante.

Nous sommes revenus vers la maison en escaladant la pente raide de la colline et j'ai envié la façon dont Connie montait sans effort. J'essayais de garder la forme, mais courir le long des rues horizontales de Knoxville était autre chose que cette randonnée alpestre. Elle a eu la délicatesse de ne pas remarquer que j'étais moins à l'aise qu'elle.

La maison était un petit pavillon préfabriqué d'après-guerre : très modeste pour quelqu'un qui avait les moyens de Duc, mais sa conception du rêve américain, c'était d'envoyer à peu près vingt petits-enfants à la faculté de médecine d'Harvard. Il y avait une petite foule dans le minuscule jardin devant la façade. La plupart des gens étaient asiatiques et tous parlaient à voix basse. Nous sommes montés sur un porche envahi de monde et nous avons pénétré dans le salon. J'entendais des sanglots, dont certains venaient d'autres pièces. Un homme blond d'une vingtaine d'années m'a repéré et s'est approché de moi à travers la foule.

« Gabe Treloar ? Greg Calvin. Je suis heureux que vous ayez pu venir. » On s'est serré la main.

« Je suis désolé qu'on se rencontre en de telles circonstances. Voici ma collègue, Connie Armijo. »

Il lui a serré la main et a examiné la foule. « Marge est quelque part par ici. Je crois que Duc appartenait à toutes les associations vietnamiennes de Californie du Sud. Sans compter ses relations d'affaires.

— Comment va Anne ? » Anne était la femme de Duc. Pour je ne sais quelle raison, les catholiques vietnamiens donnent souvent des prénoms chrétiens à leurs filles, mais pas aux garçons.

« Elle le prend mal. Le médecin lui a donné un sédatif cet après-midi. Elle dort maintenant, je pense. On pourrait peut-être sortir ? Il fait plus frais dehors. »

On est sortis sur le porche et on a trouvé un coin un

peu moins bondé où on a pu s'appuyer contre la balustrade.

« Est-ce que la police a trouvé quelque chose jusqu'à présent ? a demandé Connie.

— Pas à ma connaissance.

— Qui s'occupe de l'enquête ? j'ai demandé.

— Un shérif adjoint, Lowry ; attendez, il m'a donné une carte. » Il a fouillé dans ses poches et a sorti une carte de shérif adjoint du comté de LA ; elle indiquait qu'on pouvait joindre Lowry au bureau du shérif d'Hollywood Ouest.

Greg a hoché la tête pendant que je la regardais. « Le destin est vraiment ironique. Duc parlait parfois de ce que vous aviez vécu tous les deux jadis à Saigon. Bon sang ! survivre à tout ça et se faire descendre à LA.

— Il en avait vu bien plus que moi. Je n'y ai été qu'un an, lui, il avait vu toute la guerre. Bon Dieu, il est né quand les Vietnamiens combattaient les Japonais, et il a vu la guerre avec les Français quand il était enfant. Il n'y a qu'ici qu'il a connu quelque chose qui ressemblait à la paix.

— Oncle Gabe ? »

Je me suis retourné et j'ai vu une jolie jeune femme avec des yeux immenses mais très rouges, et un visage légèrement gonflé et barbouillé par les larmes. Je n'avais pas vu Margaret depuis qu'elle avait environ seize ans. Elle avait des cheveux courts maintenant, mais elle avait incroyablement peu changé à part ça. Nous nous sommes embrassés et j'ai présenté Connie.

« Margaret, j'ai dit, mal à l'aise, je déteste te parler comme un flic plutôt que comme un parent à un moment pareil, mais est-ce que tu sais s'il s'est passé quelque chose d'inhabituel pour ton père ces dernières semaines ? Des lettres de menaces ? Est-ce qu'il s'est comporté comme s'il se sentait en danger ? »

Elle a froncé les sourcils, étonnée. « Je ne… pourquoi ? »

Connie est intervenue avec une note dans la voix que je ne lui avais pas encore entendue : amicale, réconfortante, et en même temps pratique. « Je sais que ça a l'air incroyable, et ça nous a surpris nous aussi, mais Gabe et moi nous travaillons sur une affaire qui a un rapport avec des événements qui se sont passés à Saigon quand lui et votre père étaient soldats en même temps là-bas. Il peut n'y avoir aucun rapport avec ce qui s'est passé hier, mais nous devons le vérifier.

— Vous voulez dire que ça pourrait avoir été un attentat délibéré ? a dit Greg.

— C'est une hypothèse risquée. Connie et moi nous travaillons pour des sociétés différentes. Nous avons été engagés par des personnes qui veulent tourner un film au Vietnam. Le producteur était aussi avec nous au Vietnam en 68. Il a reçu des menaces de mort à cause du projet et veut qu'on enquête là-dessus. Je voulais parler avec Duc parce que je pensais qu'il avait peut-être encore des contacts à Saigon. Ses relations auraient peut-être su pourquoi quelqu'un ne veut pas qu'on tourne un film là-bas. Au lieu de ça, j'apprends que Duc a été assassiné. » Le résumé semblait brutal, mais les gens qui sont accablés de chagrin perdent facilement le fil.

Connie m'a lancé un regard désapprobateur. « Est-ce que vous pensez qu'il pourrait y avoir un lien, Mrs Calvin ? »

Margaret a fermé les yeux et a avalé sa salive. « Doux Jésus ! je ne m'attendais certainement pas à ça.

— C'est peut-être une simple coïncidence, a dit Connie, mais s'il y a un lien, nous devons l'examiner.

— Eh bien chérie, a demandé son mari. Est-ce que ton père t'a parlé de quelque chose ? »

Elle a froncé les sourcils. « Greg et moi, on vit à Glendale et je ne viens pas ici aussi souvent que je le voudrais, particulièrement pendant l'année scolaire. Mais Papa n'a jamais fait d'affaires directement dans le cinéma. Il n'a jamais laissé entendre qu'il avait des problèmes. Mais je ne l'ai pas beaucoup vu ces dernières semaines. La plupart du temps, quand je viens, je sors avec ma mère pour faire du shopping ou pour aller au restaurant. Papa passait beaucoup de temps au bureau.

— Qu'est-ce que vous voulez dire par "directement dans le cinéma" ? a insisté Connie.

— Le travail de Papa, c'est l'immobilier. Commercial, pas résidentiel. » Elle a haussé les épaules. « On est à LA. Je suppose qu'il faisait des affaires avec des gens du cinéma de temps en temps, mais seulement dans l'immobilier et la construction. Il n'aurait jamais investi dans la production cinématographique. »

Greg lui a passé un bras autour des épaules. « Duc me parlait souvent du danger de jouer avec les capitaux. Pour lui, le cinéma, ça aurait aussi bien pu être le craps ou la roulette.

— Et ta mère ? j'ai demandé. Est-ce qu'elle a donné des signes que quelque chose pouvait aller mal ?

— Non, et elle n'est pas en état d'être interrogée maintenant. Le médecin lui a donné un sédatif.

— Je comprends. Dis-lui que je suis passé et que je l'embrasse, et que si elle s'en sent capable dans les prochains jours, j'aimerais parler avec elle des problèmes éventuels de Duc.

— Bien sûr. S'il y a la moindre chance que cette horrible chose… » Elle a étouffé un sanglot en inspirant profondément et elle a poursuivi : « Je te téléphonerai quand je sentirai qu'elle peut te parler. Où est-ce que je peux te joindre ? »

On a échangé nos numéros de téléphone. Je l'ai encore serrée dans mes bras, puis elle s'est éloignée pour s'occuper de la foule qui était venue présenter ses condoléances. Il en arrivait encore constamment. Je ne m'étais pas douté que Duc était un personnage aussi important dans cette ville. Et les nouveaux arrivants n'étaient pas tous vietnamiens ou asiatiques, loin de là. L'immobilier et les associations professionnelles correspondantes sont assez multiculturels en Californie du Sud.

« Où et quand auront lieu les obsèques ? j'ai demandé à Greg.

— Le père Padilla doit être quelque part par ici. Il pourra vous donner les détails. »

Nous nous sommes serré la main et je l'ai remercié, et j'ai parcouru la foule du regard, à la recherche d'un col ecclésiastique. Je l'ai finalement repéré sur un homme de petite taille qui parlait gravement au milieu d'un petit groupe sur la pelouse.

« Voilà le prêtre, j'ai dit à Connie. Je dois lui parler. Je suppose qu'il va falloir que j'achète un costume sombre. »

J'ai descendu les marches et j'ai rejoint le petit groupe. Pendant que j'attendais l'occasion de parler au prêtre, une limousine Lincoln noire s'est arrêtée devant la maison. Elle n'avait pas de place pour se garer, mais le chauffeur a coupé le moteur et est sorti. C'était un grand Noir, très mince, avec des cheveux courts grisonnants qui se raréfiaient aux tempes. Il avait de profondes rides au front et une fine moustache poivre et sel entre un petit nez et une lèvre supérieure mince. Il a contourné la limousine par l'avant, en boitant légèrement, pour ouvrir la portière arrière, côté passager. Il a survolé du regard la foule sur la pelouse, puis son regard s'est fixé sur moi une fraction de seconde. Un souvenir très fugitif a effleuré mon cerveau.

Une jambe a émergé de la limousine. Elle était recouverte d'un pantalon anthracite à très fines rayures et d'une chaussette de soie qui disparaissait dans une chaussure italienne de grand luxe. Elle est restée visible un moment pendant que le chauffeur se penchait et disait quelque chose à l'intérieur. Puis elle s'est relevée, elle est rentrée à l'intérieur et la portière s'est refermée. Sans un regard dans ma direction, le chauffeur a repris sa place et a démarré en douceur. Personne n'a eu l'air de remarquer cette petite scène.

Le père Padilla paraissait incroyablement jeune. Il avait des cheveux sombres et les yeux bleus, et un visage de chérubin. Son oreille gauche ne portait pas d'anneau, mais visiblement elle avait été percée. Apparemment, le clergé catholique romain avait un peu changé depuis mon époque à Sainte-Anne, là-bas à Monticello, dans l'Ohio. Je me suis présenté, et nous avons échangé les condoléances de rigueur, lui pour la perte de mon beau-frère et moi pour celle de son paroissien. Il m'a dit que le service de médecine légale avait délivré le permis d'inhumer et que l'office aurait lieu le jeudi suivant, à deux heures de l'après-midi. Je l'ai remercié et je me suis retourné ; Connie était près de moi.

J'ai regardé vers l'ouest. Le soleil était déjà couché. « Il se fait tard. On pourrait peut-être rentrer ». Elle a approuvé, et on a entamé la descente le long du trottoir.

De retour à la voiture, pendant que je démarrais et que je m'insérais dans la circulation, elle s'est tournée vers moi et m'a dit : « Qu'est-ce qui s'est passé avec cette limousine ?

— Il n'y a pas grand-chose qui vous échappe, pas vrai ?

— J'ai l'air aveugle ? ou seulement retardée ?

— Bon sang, vous êtes susceptible !

— Exact. Souvent, on me sous-estime, on me prend de haut et on est condescendant avec moi. Je n'aime pas ça. Je suppose que ça ne vous arrive pas souvent à vous. »

J'ai réfléchi. « On me sous-estime parfois. On pense que je suis un gars sympa parce que j'ai une voix douce, je suis lent et je suis facile à vivre. » Je me suis tourné vers elle et je l'ai fusillée du regard. « Les gens ne réalisent pas quel dangereux psychopathe vindicatif et revanchard je suis. »

Les coins de sa bouche se sont tordus en un petit sourire contraint. Les petits « C » se sont creusés. « D'accord, alors qu'est-ce que c'était, cette limousine ?

— J'aimerais bien le savoir. Le chauffeur m'a vu, il n'a pas aimé ça, et il a dit quelque chose au gars à l'arrière, qui a préféré ne pas sortir pour présenter ses condoléances.

— Le chauffeur vous a reconnu ? Vous le connaissez ?

— Je me le demande. Je pense que je dois le connaître, mais je n'arrive pas à me le rappeler. C'est peut-être un type que j'ai arrêté il y a des années. Ça fait beaucoup de monde à examiner. Il vaut peut-être mieux que j'oublie le problème et que je laisse mon subconscient travailler dessus un moment.

— Ça marche parfois, a-t-elle dit d'un ton dubitatif. Mais qui était à l'intérieur ? Vous avez noté le numéro d'immatriculation ?

— Ouais.

— Moi aussi. »

CHAPITRE SEPT

La maison de Selene Gibson était à Malibu — une de ses maisons plus précisément. Il y en avait une aussi à Aspen, sans parler de celles de Gstaad et de Saint-Tropez. Comme disait Connie, ce n'était pas comme si Selene manquait d'argent. Malibu n'est pas loin de Beverly Hills, mais la dernière partie du parcours se fait sur la Route de la côte Pacifique. Pour s'isoler comme il convient, les habitants de Malibu ont bataillé ferme pour que leur ville reste inaccessible par l'autoroute. Je comprends leur attitude, malgré son côté snob. Cela dit, cette route me rappelle de mauvais souvenirs.

« Qu'est-ce qui ne va pas ? » a demandé Connie au moment où nous passions le long de falaises vertigineuses. Je ne m'étais pas rendu compte que mon expression avait changé, mais elle y a réagi.

« C'est un sale coin pour moi. » J'ai désigné un endroit dont nous approchions, où l'aplomb était de soixante-dix mètres, avec des rochers déchiquetés en bas. « Mon père est sorti de la route ici en 66. Il n'y avait pas ce mur de pierres à l'époque, seulement un fragile garde-fou. Ça ne l'a même pas ralenti.

— Un suicide ? » Elle ne faisait pas grand étalage

de sympathie. Après plus d'un quart de siècle, ça ne pouvait guère être une blessure à vif.

« Le rapport de police a dit un accident.

— Ouais, bien sûr. Ça veut dire qu'il n'a pas laissé de note. Je suis passée par ici très souvent. Même avec une barrière fragile, il a fallu qu'il accélère droit dessus pour basculer dans le vide.

— C'est ce qu'il a fait. Mais je n'ai découvert pourquoi que l'année dernière. Je vous en parlerai à l'occasion. »

Elle n'a pas répondu. Apparemment, elle ne sollicitait pas les confidences ce jour-là.

Quelques minutes plus tard, on est arrivés dans les quartiers chers. « Tournez ici », a dit Connie. La route n'avait rien de particulier, pas même un nom ou un numéro. Elle faisait des méandres au milieu de petites collines couvertes d'eucalyptus odorants. Puis on est arrivés soudain dans une petite crique à couper le souffle, où les vagues s'abattaient sur une digue basse de rochers grossiers. Au-dessus et juste derrière la digue, il y avait une maison de pierre, de béton et de verre, tout en plans et en angles, comme des millions d'autres maisons « modernistes » d'après-guerre, mais celle-ci s'accordait si parfaitement avec son environnement qu'on se rendait compte qu'elle avait été dessinée par un des rares architectes qui utilisaient ce style en pleine connaissance de cause.

On s'est garés sur une allée circulaire au pied d'un long escalier qui montait en courbe vers une véranda. Tout au moins, je suppose que ça s'appelait une véranda. C'était vraiment trop grandiose pour être un porche. Une femme a ouvert la porte d'entrée et s'est tenue là, appuyée contre le montant, bras croisés. Ce n'est qu'en arrivant au sommet des marches que j'ai réalisé qu'elle était très grande, au moins cinq centimètres de plus que moi. Elle avait un visage large et mobile et son nez cassé lui donnait un air canaille. Ça devait être Jeanette, la lutteuse.

« Jeanette, Gabe Treloar. Gabe, Jeanette, a dit succinctement Connie. Il y a du neuf ? »

Jeanette a hoché la tête dans ma direction mais ne m'a pas tendu la main. « Ravie de vous rencontrer. Non, rien d'inhabituel. Je n'arrive pas à la tenir éloignée des fenêtres, et la moitié des murs de cette maison sont en verre. Elle refuse de fermer les rideaux. » Jeanette a examiné le flanc de la colline derrière la maison comme un fantassin. « Elle dit que les tireurs isolés s'intéressent aux chefs d'État mais que les fêlés qui s'attaquent aux stars aiment tirer de près. Je lui dis qu'on n'a pas affaire à des fans dérangés, mais ça ne l'impressionne guère. À part ça, elle fait à peu près ce que je lui demande. »

Jeanette s'est écartée et nous sommes entrés. La femme assise sur le sofa lisait un magazine. Elle avait des grandes lunettes à la Gloria Steinem. Elle s'est levée, a enlevé ses lunettes et a posé son magazine sur la table de marbre devant elle. C'était *Architectural Digest*. Tous les magazines sur la table étaient des numéros d'*Architectural Digest*.

« Bonjour Connie, a dit Selene Gibson. Et vous devez être Mr Treloar. » Elle m'a tendu une main fine et je l'ai prise.

J'ai le problème habituel pour les Américains avec la royauté. Le nombre d'acteurs saouls ou drogués que j'ai traînés au poste n'y change rien : les vraies stars paraissent toujours appartenir à une espèce à part, particulièrement celles qui ont de la classe. Celle-ci en avait à revendre. À cinquante ans passés, Selene Gibson avait encore l'époustouflante beauté éthérée qui avait fait d'elle une star quand elle avait quatorze ans. La structure parfaite des os de son visage y était pour beaucoup. Quand la beauté est dans la chair, elle disparaît tôt ; quand elle est dans les os, elle dure toute la vie. J'ai remarqué des signes d'une chirurgie esthétique discrète et très minime. La célèbre couleur châtain de ses cheveux venait maintenant d'une teinture, ou d'une perruque incroyablement chère, mais même sans ces embellissements, elle aurait toujours gardé l'essentiel de sa beauté.

J'ai essayé de trouver quelque chose de pas trop stupide à dire ; je me suis décidé pour : « C'est un honneur de faire votre connaissance, Miss Gibson. » J'étais absurdement intimidé de me trouver en sa présence. J'ai pensé que le mot « glamour » voulait peut-être dire quelque chose après tout.

« Et c'est un grand plaisir pour moi aussi — de rencontrer de vrais détectives privés, après tous les faux auxquels j'ai eu affaire dans mes films. Je vous en prie, asseyez-vous. » Comme elle ne jouait pas un rôle, elle parlait avec un accent prononcé de l'Alabama. Je ne l'avais entendu que dans un de ses films, une histoire de Tennessee Williams, dans les années soixante. Ça faisait un choc d'entendre la reine du cinéma parler comme la fille de métayer qu'elle était, d'après son agent de publicité.

« Si vous voulez bien m'excuser, Miss Gibson, vous ne devriez pas vous réjouir. Vous devriez être effrayée.

— Pourquoi devrais-je vous excuser ? » a-t-elle demandé.

Je dois avoir eu l'air idiot, parce qu'elle a souri, exposant l'imperfection légendaire qui rehaussait sa beauté : des dents d'une blancheur éblouissante mais mal plantées. Elle m'a tapoté l'épaule. « Je plaisantais. Et appelez-moi Selene. Et, voyons, votre prénom c'est Gabriel, non ?

— Gabe.

— Très bien, alors, disons Gabe et Selene. Vous savez, lors de mon tout premier film, j'ai vu un acteur faire une chute de cheval et se briser les cervicales. Vic Morrow était un de mes bons amis, et il s'est tué dans un accident d'hélicoptère en tournant *The Twilight Zone*. Croyez-le ou non, le cinéma n'est pas sans risques.

— Vous me parlez d'accidents. Ici, on a affaire à des menaces de mort, j'ai dit.

— Alors, il ne faut pas que les assureurs en entendent parler, ou ils sauteraient au plafond. Votre travail peut mettre votre vie en danger aussi. Combien êtes-vous payé, *vous*, pour ça ? »

J'ai regardé la fabuleuse maison qui m'entourait. Et il y en avait trois autres. Elle n'avait pas tort.

« Frank Lloyd Wright, 1927, a-t-elle dit. Elle ne paraît pas si vieille, hein ? Je ne vous dirai pas combien je l'ai payée. Mais je peux vous dire que j'ai attendu vingt-cinq ans qu'elle soit mise en vente. J'ai gardé l'œil dessus pendant tout ce temps. » C'était détourné, mais j'ai senti que ce n'était pas un simple bavardage.

« Et vous voulez en venir à…

— Au fait que je voulais cette maison. Et je veux ce rôle dans *Rue Tu Do*.

— Bon sang, c'est Jared Rhine qui l'a écrit, ce scénario, ou bien est-ce qu'il l'a redescendu du mont Sinaï, gravé sur des tables de pierre ?

— Vous n'avez pas idée des tonnes de détritus dans lesquels il faut patauger avant de trouver un scénario correct. Et c'est dix fois plus difficile d'en trouver un avec un rôle de premier plan pour une femme. J'ai commencé dans ce métier quand j'étais enfant, et c'est le meilleur que j'aie jamais vu.

— Sans parler du procédé magique de Mr Queen », a commenté Connie.

Selene a souri de nouveau. « OK, je reconnais que ça m'a accrochée.

— Mitch dit que ça va révolutionner la distribution, j'ai dit.

— Mitch Queen raconte des foutaises, a dit Selene.

— Que voulez-vous dire ? j'ai dit, choqué.

— Je veux dire que, comme tous les activistes dans ce métier, il fait un battage hors de proportions sur ce procédé. Bien sûr, il va me donner l'air que j'avais quand j'avais vingt ans, et je serai la première à admettre qu'il n'y aura pas autant de travail pour moi que pour la plupart des femmes. Ils arrangeront ma figure et lisseront ça. » Elle a montré le dos de ses mains. Elles étaient ridées, le seul signe réel de son vieillissement. « Et ça marchera, parce que tout ce que j'aurai à faire, ce sera de dire mon texte, comme tous ceux qui subiront ce traitement de rajeunissement. Il y a une ou deux petites séquences d'action pour lesquelles on aura des doublures. C'est un procédé épatant, et il marchera merveilleusement pour ce film. Après, il sera dépassé. Il convient mieux aux films d'animation, aux trucs de pure imagination, pas à des acteurs vivants.

— Je n'y suis pas.

— Réfléchissez à ça : pour m'impressionner, ils ont projeté un morceau d'un des films récents de Sean Connery. Ensuite ils l'ont repassé, mais cette fois, son visage était celui du jeune Sean, d'il y a plus de trente ans. J'ai été impressionnée, bien sûr. Mais être acteur, c'est bien autre chose qu'avoir un visage. Sean a passé la soixantaine maintenant. Bon, on peut lui redonner la tête qu'il avait dans *James Bond contre Dr No*. Mais vous croyez qu'on peut le faire bouger comme le jeune acteur, mais aussi l'athlète, qu'il était ? Ce serait grotesque : des acteurs âgés qui trottineraient avec des visages de vingt ans !

— Je n'avais pas pensé à ça, j'ai admis.

— Vous auriez dû entendre ces gamins dans ce laboratoire ! » Elle a rejeté la tête en arrière et a ri à gorge déployée. C'était peut-être un truc de comédienne, mais ça avait de l'allure. « L'un d'entre eux, je jurerais qu'il n'avait pas vingt-cinq ans, m'a dit : "Ça va tout changer ! On pourra prendre n'importe quel acteur, lui donner le visage de Bogart, de Cagney, ou de n'importe qui. Toutes les actrices pourront être Jean Harlow !" Je ne plaisante pas, il m'a réellement dit ça. »

Elle a secoué la tête. « Est-ce que ces jeunots s'imaginent que Bogie n'était *qu'un visage* ? J'ai eu un petit rôle dans un film qu'il a tourné juste avant sa mort. J'ai plus appris sur le jeu de l'acteur rien qu'en parlant avec lui entre les prises, que je n'aurais appris en cinq ans avec Lee Strasberg. Cet homme flamboyait de talent. Il était unique. Cette magie avec l'ordinateur n'est rien de plus qu'un masque de caoutchouc sophistiqué.

— Mitch a réuni quelques gros investisseurs. Est-ce que vous avez déjà travaillé avec l'un d'entre eux ? »

Elle a secoué la tête. « La plupart des gens avec qui j'ai travaillé sont à la retraite, ou morts, ou irrémédiablement dépassés. La cuvée actuelle des génies du ciné est arrivée dans les années quatre-vingt. Goldfarb est le grand ponte de l'industrie actuellement, et je n'ai fait que trois films depuis qu'il a commencé. Jared Rhine est une sorte d'ermite et il ne travaille qu'avec un petit groupe fermé, sorti de l'école de cinéma USC ; je ne connais personne dans cette bande ; tous des copains de fac buveurs de bière. Il y a beaucoup de petits groupes de ce genre depuis que les anciens studios ont disparu. J'ai rencontré Lawrence McKay, mais seulement sur le plan amical. J'ai demandé Ed Nakajima comme directeur de la photo, mais Queen tourne autour du pot. Je pense qu'il veut encore un jeune crack sortant de l'école, si possible un favori de Goldfarb. On me laissera choisir ma costumière pour apaiser ma fierté blessée.

— Vous semblez un peu cynique », ai-je observé.

Elle a souri légèrement. « J'adore le cinéma. Mais l'industrie ? Après plus de quarante ans de métier, c'est un peu difficile de rester naïvement enthousiaste. Mais je ne regrette pas le bon vieux temps. Dans les années cinquante aussi, la profession était un coupe-gorge brutal, et les contrats avec les studios étaient *bien* pires. Non, je n'ai aucune raison de me plaindre. Je me ferai avoir de toutes les façons possibles, mais ça en vaudra la peine si ce film est fait. Ensuite, peut-être, je ferai mes adieux. » Elle s'est penchée en arrière et a de nouveau fait jaillir son grand rire. « Bon sang, je dis encore ça ! J'ai dit la même chose après chacun de mes six derniers films. Dans vingt ans, je préparerai mon come-back, comme Norma Desmond, avec un écrivain mort dans ma piscine.

— Vous avez la note maximale pour le courage, Selene. Je pense que vous êtes téméraire, bien que vous ayez fait preuve de jugement en prenant une agence pour assurer votre sécurité. Puis-je voir la lettre que vous avez reçue ? »

Elle s'est levée. « Je vais la chercher. » J'ai remarqué qu'elle était un peu raide en se levant et qu'il y avait une légère hésitation due à l'arthrite dans sa démarche. Elle avait raison : même en retrouvant son visage de jeune fille, elle aurait besoin d'une doublure pour tout ce qui serait un peu fatigant.

Après son départ, Connie et Jeanette ont discuté de l'organisation de la sécurité : le cuisinier, le jardinier, le chauffeur et ainsi de suite. Je connaissais trop bien cet aspect du travail. Personne n'échappait aux soupçons tant que le client était menacé, et il y avait de bonnes raisons pour ça. Quand on enquête sur un kidnapping, sur une extorsion ou un chantage, on découvre très souvent qu'un employé de confiance est impliqué. Le reste du temps, c'est habituellement un membre de la famille proche.

Au bout de quelques minutes, Selene est revenue avec une enveloppe. Quand elle me l'a tendue, je l'ai d'abord examinée. Je n'avais pas vu l'enveloppe qui contenait la lettre envoyée à Mitch. Celle-ci était une simple enveloppe blanche au format US 10, exactement semblable à des millions d'autres qui transitent par la poste tous les jours. L'adresse était tapée à la machine ou imprimée sur une bonne imprimante. Il n'y avait pas d'adresse de l'expéditeur — phénomène souvent observé avec les lettres de menace. Il n'y avait pas de timbre ni de cachet de la poste.

« Comment est-elle arrivée ?

— J'aimerais bien le savoir moi-même, a dit Selene. Mitch Queen a préparé le lancement de son projet en réunissant les principaux participants au ranch de San Isidro : moi, Jeff Goldfarb, Lawrence McKay et une demi-douzaine des grands investisseurs. Il avait loué des suites pour tout le monde. Vous connaissez l'endroit ?

— Je crains que non.

— C'est un beau petit hôtel de vacances dans les collines de Montecito. On y est tous restés pendant quatre ou cinq jours. J'y ai séjourné une semaine de plus parce que j'aime cet endroit et que j'avais des amis à rencontrer dans la région. Un soir, quatre jours après la fin de la réunion, je suis rentrée dans ma suite après être allée dîner chez un ami. J'ai trouvé la lettre sur mon oreiller. »

J'ai jeté un coup d'œil à Connie.

« J'ai visité l'endroit. Aucune sécurité digne de ce nom. Les suites s'ouvrent sur l'extérieur, pas sur des couloirs. N'importe quel jeunot avec un minimum de capacités pour les serrures a pu entrer.

— Je ne me suis pas sentie beaucoup mieux quand j'ai su ça. Il me disait qu'il pouvait m'approcher, et il l'a prouvé. » Selene essayait de paraître nonchalante et sereine, mais son langage corporel exprimait bien autre chose. Elle avait les coudes serrés contre son corps et ses mains étaient réunies dans son giron. Elle se sentait peut-être en confiance ici, dans son château construit par Frank Lloyd Wright, mais ça n'avait pas été le cas dans cet hôtel, dans des collines étrangères.

« Il n'y avait pas de note personnelle ?

— J'aurais pensé que tout ça était très personnel. Qu'est-ce que vous voulez dire ?

— Starr, ou l'auteur quel qu'il soit, a ajouté une note manuscrite au bas de la lettre adressée à Queen, a dit Connie. Vous nous l'auriez dit si vous en aviez eu une, non ?

— Bien sûr. » Son ton s'est durci. « Quelle sorte de note ? »

Connie lui a dit. « Il semble que les relations entre cet homme, Starr, et Queen — et Gabe ici, aussi — sont très anciennes.

— Je veux entendre ça », a dit Selene, avec l'air plus intrigué qu'alarmé. Je commençais à me poser des questions sur son sens des réalités. Jusqu'à présent, elle m'avait semblé avoir plus les pieds sur terre que la plupart des membres de sa profession ; peut-être parce qu'elle avait connu l'époque des grands studios, avant que la cocaïne ne devienne la deuxième monnaie de l'industrie du cinéma. Ou peut-être était-ce simplement une illusion de non-professionnel.

« Gabe, pourquoi ne pas lui raconter toute l'histoire ? a dit Connie. Moi, je la connais. Je veux vérifier la sécurité ici. » Elle s'est levée. « Jeanette, fais-moi faire le tour de la propriété. »

Les deux femmes sont sorties.

« On pourrait sortir sur la plate-forme ? a dit Selene. Il fait beau et j'en ai assez d'être cloîtrée. Si je veux sortir, Jeanette insiste pour sortir avec moi et elle n'a pas beaucoup de conversation. Je sais tout sur la Fédération féminine de lutte. La mère de Sly Stallone a été son entraîneur pendant un moment.

— On voit de tout dans ce métier, j'ai dit en me levant.

— Je vous prépare un verre ? Ma femme de ménage est de repos aujourd'hui, mais je sais vraiment faire quelques petites choses par moi-même. J'étais une "barman" assez compétente. Mes deux premiers maris étaient des buveurs sophistiqués.

— Si vous avez du thé glacé, j'en prendrai un peu. » Je ne voyais pas de raison de lui dire que j'avais cessé de boire. Il y a peu de choses plus ennuyeuses qu'un ex-ivrogne parlant de ça, et elle n'avait rien fait pour le mériter.

« Je peux arranger ça. » Elle a contourné un large comptoir qui délimitait une partie cuisine.

La plate-forme courait sur toute la largeur de la maison ; elle avait un porte-à-faux de plus de quinze mètres, soutenu par des supports cantilever, et elle surplombait la digue. La marée était encore haute, et les vagues soulevaient des embruns en s'abattant sur les gros rochers de grès. Un muret de pierre à hauteur de la taille entourait la plate-forme. Sur ce muret, il y avait une sorte de paire de jumelles géantes montée sur cardans. Par curiosité, j'ai relevé les capuchons qui couvraient les objectifs et j'ai regardé à travers les oculaires. J'ai visé un yacht, presque sur l'horizon, et j'ai été époustouflé par le grossissement et la luminosité de l'image. Je pouvais distinguer les silhouettes qui se déplaçaient sur le pont. En surimpression dans le champ de vision, il y avait une sorte de jauge, des lignes verticales et horizontales marquées de symboles et de nombres ésotériques.

« C'est un télémètre de la Marine. » J'ai abandonné mon examen et je me suis retourné. Selene posait un plateau sur une petite table près du mur. « Un de mes amis, retraité de la Marine, me l'a donné. Il l'a récupéré sur son vieux croiseur quand il est parti au chantier de démolition. »

Je l'ai rejointe à la table. Elle avait du vin blanc dans un verre de cristal devant elle. Il y avait un brin de menthe fraîche dans mon grand verre de thé. Je me suis demandé d'où il était venu en si peu de temps.

« Alors, cette histoire ? »

Je la lui ai racontée, sans précipitation, aussi attentif à obtenir une impression générale d'elle et de sa maison qu'à l'informer. Elle a écouté sans commentaire, le visage concentré mais absolument impavide. Je me demandais ce qu'elle entendait : était-ce le récit d'une expérience personnelle ou un script de film ?

« C'est une des histoires les plus folles que j'aie jamais entendues, a-t-elle dit quand j'ai fini. Vraiment, elle est imbattable pour l'intensité dramatique. Je veux dire — de mystérieux espions, une attaque surprise, des évasions qui tiennent à un cheveu, des combats… c'est superbe. Mais c'est la réalité, non ?

— Moi-même, je commence à me le demander. Je sais que c'est arrivé ; j'ai encore les cicatrices pour le prouver. Mais c'était il y a longtemps, dans un endroit étranger, et quelquefois, je pense que ça doit être arrivé à quelqu'un d'autre. Le fait que Starr refasse surface après tout ce temps ajoute encore à mon sentiment d'irréalité.

— Est-ce que vos blessures de guerre vous gênent encore ? » Pour une raison ou pour une autre, elle avait l'air intéressée.

« On n'a jamais retiré tous les éclats. Quand on est jeune, on guérit vite, et ils ne m'ont pas gêné pendant plus de vingt ans, mais ces deux dernières années, ils ont commencé à se rappeler à mon bon souvenir ; j'ai de brusques élancements au moment où je m'y attends le moins. »

Elle a hoché la tête avec conviction. « C'est un mythe, non ? Je veux dire qu'on guérit vraiment. On ne se remet jamais intégralement de ses blessures. Je me suis cassé la jambe à ski à vingt-deux ou vingt-trois ans. On m'a affirmé qu'elle était complètement guérie, mais parfois, maintenant, je me réveille vers trois heures du matin avec une douleur terrible dans cette jambe. C'est encore arrivé il y a un mois ou deux. »

Son regard s'est perdu sur l'horizon. Le yacht n'était plus en vue. « Vers 1920, Lillian Gish a tourné *À travers l'orage* avec D.W. Griffith. Il y a une scène célèbre à la fin, où elle dérive sur une rivière, inconsciente, sur un bloc de glace. Le héros doit la sauver avant qu'elle ne bascule dans une cascade. Ses cheveux et une de ses mains traînent dans l'eau. La scène ne dure que quelques minutes dans le film, mais il a fallu des jours pour la tourner, et Griffith était un forcené du réalisme. Il l'a tournée sur une vraie rivière pendant la débâcle. Lillian a dû s'allonger sur une vraie plaque de glace pendant des jours, avec la main dans une eau à zéro degré. Elle a attrapé une pneumonie, et plus de soixante-dix ans après, sa main la faisait encore souffrir. »

Elle a bu une gorgée de vin et est revenue au présent. « Je crois que je m'égare. Je ne sais pas pourquoi. C'est peut-être le choc de découvrir que cette affaire vient de si loin.

— Si c'est vraiment le cas.

— Que voulez-vous dire ?

— Je ne suis pas totalement persuadé que tout ça n'est pas une sorte de truc publicitaire super élaboré. C'est peu probable, mais je dois examiner toutes les possibilités.

— Ce serait la combine la plus stupide que j'aie jamais vue, et j'en ai vu des prodigieuses. Et Mitch Queen serait forcément derrière, a-t-elle remarqué. Lui et vous êtes probablement les seules personnes vivantes qui se rappellent ce Martin Starr. Ce n'est pas que je l'en croie incapable, mais je ne pense pas que ce projet ait besoin d'un tel battage.

— Je crois comprendre que vous n'aimez pas Mitch. »

Elle a eu l'air franchement étonnée. « J'ai dit ça ? Je n'ai pas voulu donner cette impression. Bien sûr, c'est un activiste, mais c'est son travail, et il le fait bien. Il faut étudier ce qu'il dit sous tous les angles, mais ça, ce n'est pas une mauvaise idée de le faire avec tout le monde. Dans ce métier, il y a quelques formes de vie reptilienne primitive auprès desquelles il est mère Teresa. Non, personnellement, je l'aime bien. Je n'ai jamais entendu dire qu'il avait maltraité ou escroqué quelqu'un, et quand il n'y a pas de rumeurs de ce genre sur quelqu'un, c'est un assez bon signe qu'il est correct en affaires. En plus, il est de bonne compagnie. Dans les fêtes, on n'a jamais à se soucier de ces silences embarrassants quand on invite Mitch. »

J'ai considéré que cette description constituait une référence de bon aloi dans sa profession. « Connie ne l'aime pas, et je pense que ça influence la façon dont elle traite cette affaire.

— Vous auriez dit ça à un client si elle appartenait

à votre agence ? » Selene pouvait être très incisive quand elle le voulait.

« Non. Mais je l'aurais dit à mon patron, et je lui aurais demandé de retirer l'affaire à l'un de nous, de préférence à elle. Mais elle va probablement dire la même chose à mon propos puisque Mitch est un vieil ami. Je pense simplement que vous devriez connaître tous les facteurs.

— Je comprends.

— Une grande part du travail de Mitch semble concerner la recherche des investisseurs. Quelle sorte de gens a-t-il réunis pour ce projet ?

— Je ne les connais pas tous, pour différentes raisons : Queen préfère probablement garder pour lui certaines de ses sources de financement, et avec raison, puisque on navigue dans des eaux infestées de requins ; d'autre part, certains investisseurs exigent l'anonymat, habituellement à cause des impôts ou à cause d'associés qui n'aiment pas les placements aussi hasardeux, ou encore pour éviter d'être empoisonnés par un tas d'autres producteurs avec des projets à financer.

— Et ceux que vous avez vus au ranch de San Isidro ?

— Voyons... Il y avait trois types de la Paramount. Ils ont amélioré le financement de ses projets précédemment, mais jamais pour des montants aussi élevés. Il y avait Bert Schuster. Sa mère était une des plus grandes stars des années quarante. Il a essayé de jouer pendant un moment quand il était plus jeune, mais il n'avait guère de talent, et il a considéré qu'il avait plus d'avenir dans la production. Il aime risquer de l'argent sur des projets excentriques, originaux, de temps en temps. Ce sont ceux dont je sais qu'ils sont déjà liés à la profession.

— Et les autres ?

— Il y avait un nommé Morris, de New York, un financier qui a gagné un paquet en spéculant sur les monnaies étrangères, à la recherche d'endroits où investir son argent fraîchement gagné. Je le considère comme un type qui pense qu'il est malin alors qu'il a simplement eu de la chance. Le type même de la proie naturelle d'un homme comme Queen. L'autre était un type mystérieux appelé Armitage. Il cherchait à donner l'impression qu'il était une sorte de banquier, mais si c'est le cas, c'est probablement dans une de ces sociétés off shore spécialisées dans le blanchiment d'argent — très lisse et inspirant la confiance — mais il n'a pas dit grand-chose de lui-même.

— Est-ce que Mitch a réellement trouvé son financement de cent millions pour son projet, ou est-ce que c'est encore du battage publicitaire ?

— Je ne vois pas comment il pourrait faire ce film avec beaucoup moins d'argent. Oh, je sais ce que vous pensez : de nos jours, les agents de publicité en rajoutent toujours, comme si une série de zéros équivalait à un bon film. Naguère, des sommes comme celle-ci signifiaient qu'on avait désastreusement dépassé le budget, mais maintenant, il y a vraiment des films budgetés pour cent millions. Mais qu'est-ce que ça signifie ? Si on paye vingt millions pour une valeur sûre et quarante millions pour la publicité, alors, il reste peut-être quarante millions qui vont sur l'écran, s'ils sont dépensés intelligemment. Ce qui n'est pas le cas généralement, et on ne comprend pas pourquoi le public est déçu après tout ce battage.

— Mais vous ne pensez pas que c'est ce genre de projet ?

— Queen a réuni quelques très grands talents, et à moins qu'il y ait des dessous-de-table, personne ne touchera ces montants obscènes qui sont devenus si courants. Il a l'air vraiment décidé à mettre tout le budget dans le film. Je ne peux pas affirmer qu'il n'y aura pas un peu de coulage au cours du tournage, mais je ne pense pas que ce sera au point d'affecter sérieusement le produit fini. Après tout, le montant du *prochain* chèque de chacun d'entre nous montera en flèche si ce film réussit comme nous l'espérons.

— Je vois ce que vous voulez dire. » Il semblait n'y avoir aucun motif pour qui que ce soit de vouloir saboter le projet. Mais je ne pouvais encore rien en conclure. Je n'en savais toujours pas beaucoup sur cette profession et ses membres. Et n'importe quelle industrie où les gens lancent d'aussi gigantesques sommes d'argent aussi facilement me semble aussi étrangère que le programme spatial.

Connie est rentrée avec Jeanette. Pendant un moment, elles ont toutes les deux examiné l'horizon, comme si elles s'attendaient à voir un sous-marin faire surface et ouvrir le feu sur nous avec son canon de pont. Il y a des gens qui poussent le souci de la sécurité un peu trop loin.

« Le dispositif n'est pas mauvais, a rendu compte Connie. Mais il est encore trop lâche pour mon goût. Je vous conseillerais vraiment d'aller à l'hôtel tant que l'affaire n'est pas réglée.

— Pas question, ma chère. Les hôtels sont faits pour les tournages en extérieur et pour les voyages. J'ai acheté des maisons dans mes endroits favoris parce que j'ai trop vécu à l'hôtel. Oubliez ça. » Poli, mais ferme.

« Vous nous avez engagés pour veiller à votre sécurité, a dit Connie à Selene, avec Jeanette approuvant de la tête derrière elle. Vous nous rendez la tâche difficile.

— En réalité, j'ai engagé votre société pour établir si je suis vraiment en danger ou pas. Cela n'a pas encore été déterminé.

— Notre pratique habituelle est de considérer que le danger est réel jusqu'à preuve du contraire. » Connie commençait à s'échauffer un peu ; son léger accent hispanique s'insinuait dans ses voyelles et ses consonnes. « La preuve du danger pourrait arriver d'une façon assez peu équivoque : sous la forme d'une balle dans la tête par exemple. Il serait alors trop tard pour commencer à prendre les menaces au sérieux, non ?

— Disposez plus de gardes s'il le faut. J'en ai les moyens. Mais je reste ici.

— C'est comme vous voulez. » La bouche de Connie a formé une ligne serrée, ce qui n'était pas un mince exploit avec ses lèvres généreuses. Elle a regardé dans ma direction. « Gabe, y a-t-il autre chose que vous vouliez voir ou dont vous vouliez parler ? »

Je me suis levé. « Je ne crois pas. Miss Gibson, ça a été un plaisir. » J'ai pris sa main gracieusement tendue. « C'est dommage que nous ayons dû nous rencontrer dans de telles circonstances. » J'ai vu Connie grimacer. Je me suis senti minable, de me rabattre sur des formules aussi éculées. En présence d'une femme qui incarnait la fascination exceptionnelle d'Hollywood, je devenais incapable de m'exprimer.

Elle a souri avec bienveillance. « Oui, mais nous ne

nous serions sans doute jamais rencontrés sans une situation de ce genre. Même les menaces de mort peuvent occasionner d'heureuses rencontres. Je suis ravie que vous travailliez sur cette affaire, Gabe. » Elle avait de la classe jusqu'au bout des ongles.

On est sortis avant que je ne puisse faire encore plus mauvaise impression.

On est restés silencieux tous les deux en sortant de Malibu. J'avais beaucoup de sujets de réflexion et je me demandais ce que Connie pensait de tout ça. Elle me lançait des coups d'œil de côté, comme si elle attendait que je dise quelque chose, probablement une stupidité.

« Bon, elle a dit finalement. Qu'en pensez-vous ?

— Je pense que je meurs de faim. Et vous ?

— Ouais, je suppose que ça ne me ferait pas de mal de déjeuner.

— Il y a un petit restaurant chinois pas loin d'ici. En tout cas, il y en avait un. » On ne savait jamais en Californie. Parfois, des immeubles entiers disparaissaient tout simplement.

« Ça me paraît bien. »

Il était encore là : une petite affaire tenue par papa-maman, coincée entre une blanchisserie et une galerie de jeux électroniques. Murray, mon partenaire au LAPD, m'avait branché sur le *dim sum* et les nouilles chinoises, vingt ans avant que ça ne devienne la mode chic en Amérique. L'endroit faisait surtout de la vente à emporter, mais il y avait aussi une demi-douzaine de tables minuscules. On s'est installés et on a commandé. La serveuse nous a servi du thé aromatique et on a bu le breuvage brûlant à petites gorgées.

« Alors, que pensez-vous de la grande star de cinéma ? a demandé Connie.

— Je pense qu'elle a le problème habituel des professionnels du cinéma : la difficulté à percevoir le monde réel comme tel. Elle est riche et célèbre, et habituée à obtenir ce qu'elle veut. À part ça, je l'aime bien. Pourtant, on n'a pas besoin d'aimer nos clients.

— Je suis d'accord. C'est une dame formidable, et une emmerdeuse de première à protéger. On menace sa vie, mais pour elle, rien ne peut être plus important que son grand rôle de come-back. Sa vie est en jeu, et elle considère ça comme une menace pour la *production*, bordel !

— Les gens du cinéma ont parfois une vue restreinte des choses. Mais ils ne sont pas les seuls.

— À quoi pensez-vous ?

— Je ne réfléchis pas bien quand j'ai faim », j'ai dit. Elle s'est retenue de me balancer la réplique évidente. Quelques minutes plus tard, la serveuse est revenue avec nos commandes : pour moi, une assiette mélangée de rouleaux de printemps, de beignets de porc cuits à la vapeur et de boulettes grillées ; pour Connie, un énorme bol de nouilles surmontées de poisson et de légumes. Nous n'avons pas parlé en mangeant. J'ai remarqué avec plaisir que Connie mangeait les nouilles à la mode orientale, en les aspirant, sans considération pour le décorum. Après avoir terminé la nourriture solide, elle a pris le bol à deux mains et a bu ce qui restait.

Elle a reposé son bol au moment où j'épongeais ma sauce au gingembre avec le dernier beignet. « Alors, Treloar, on passe à côté de quoi ?

— Je pense que notre attention a été distraite par

l'étrangeté de cette affaire. Nous avons le faste d'Hollywood associé à la guerre et aux barbouzes, et peut-être un maître criminel sorti tout droit des aventures de Dick Tracy, avec une rancune vieille d'un quart de siècle à assouvir.

— Effectivement, ça paraît assez alambiqué, exposé comme ça.

— Mais il y a une chose qui revient tout le temps, bien plus simple et bien plus fondamentale ; le genre de choses qui habituellement pousse les gens à la fraude, au vol et au meurtre. Elle a en quelque sorte été enterrée sous les à-côtés pittoresques. » Je me suis resservi une tasse de thé vert.

« Et c'est ?

— Cent millions de dollars. Je pense qu'on devrait oublier un moment les personnages extravagants, et se concentrer sur l'argent. »

Elle m'a regardé quelques secondes, ses grands yeux bruns fixés sur moi. « Treloar, c'est la première chose vraiment intelligente que je vous ai entendu dire. »

Bon, c'était pas grand-chose, mais c'était un début.

CHAPITRE HUIT

C'est un vieux principe d'enquêteur et je ne sais pas pourquoi ça m'a pris tant de temps pour m'en apercevoir. Une fois, Murray et moi nous avons été affectés à l'assistance d'agents fédéraux qui enquêtaient sur une affaire de corruption massive chez des entrepreneurs travaillant pour l'État en Californie du Sud. Un vieil agent fédéral, qui avait une tête de banquier et des yeux de flic, nous l'avait expliqué succinctement : « Ne tenez pas compte des personnalités et ignorez le bavardage. Suivez simplement l'argent. Trouvez d'où il vient, où il aboutit, et le chemin qu'il emprunte. C'est comme ça que vous découvrirez qui a fait quoi et pourquoi. »

C'est une idée fondamentale, qui reste vraie que vous enquêtiez sur des dealers, sur des grandes sociétés, sur la mafia ou sur des gouvernements nationaux. En fait, plus l'organisation est grande et complexe, moins les autres facteurs s'appliquent. Au niveau de la grande industrie ou d'un gouvernement, les crimes passionnels sont rares, mais on rencontre une quantité accablante de crimes causés par la cupidité. On m'a dit un jour que, à partir d'un certain niveau, on ne peut pratiquement plus différencier la grande industrie, le crime organisé et les hautes sphères gouvernementales. C'était peut-être une exagération cynique, mais on ne sait jamais.

Je pensais à ça, et à beaucoup d'autres choses, en me dirigeant vers le poste du shérif d'Hollywood Ouest. Connie n'était pas avec moi cette fois-ci. Jusqu'à présent, il n'y avait pas de lien défini entre le meurtre de Duc et notre enquête commune. Connie était partie faire des recherches de son côté. C'était peut-être aussi pour faire preuve de tact, à sa façon : c'était ma première incursion sur le territoire de la police locale, depuis que je l'avais quittée si peu glorieusement quelques années auparavant.

Je connaissais le bâtiment, bien que je n'aie jamais travaillé dans Hollywood Ouest, qui dépend de la police du comté. À la seconde où j'ai franchi le seuil, j'ai été frappé par un mélange de nostalgie et de crainte. Tout était si familier : les sons, les odeurs, l'atmosphère, qui combinait, un peu comme dans l'armée, l'affairement et la léthargie. Même les visages me paraissaient familiers, alors que je n'en reconnaissais aucun. Mais les policiers ont un air particulier, partagé, à un degré moindre, par les autres employés. Et souvent, les gens qu'ils ramassent dans les rues se ressemblent aussi.

Mais il y avait un mur entre moi et cette sensation de familiarité. Je n'étais plus à ma place ici. Je ne méritais plus d'être ici. J'avais l'impression que tout le monde me jaugeait, m'évaluait, que tout le monde se rendait compte que j'avais été flic et qu'on se demandait ce que j'avais fait pour échouer si lamentablement, si on ne le savait pas déjà.

C'était ridicule, bien sûr. Le nombre de policiers à LA, en comptant la ville et le comté, est plus important que la population de beaucoup de villes. On peut y faire une carrière longue et variée et ne jamais rencontrer quatre-vingt-dix pour cent de ses collègues. Et ces gars avaient bien autre chose en tête. C'était absurde de penser que les malheurs passés de Gabe Treloar les préoccupaient beaucoup. Ma sensation n'en était pas moins réelle pour autant.

J'ai demandé au sergent réceptionniste où je pouvais trouver l'adjoint Lowry et il m'a conduit au service des homicides. J'aurais pu le trouver tout seul, mais il ne voulait visiblement pas qu'un abruti de civil se balade, paumé, dans son quartier général, et lui crée des problèmes.

Vernon Lowry m'a paru incroyablement jeune pour son poste élevé ; un signe certain que je prenais moi-même de l'âge. J'étais détective à peu près au même âge que lui, à l'époque où j'étais un jeune hyperactif, qui récoltait des recommandations et montait vite en grade. Il s'est levé de derrière son bureau et nous nous sommes serré la main quand je suis entré dans son box. C'était un homme au corps tendu comme un ressort, aux cheveux blonds coupés à la tondeuse. Il m'a parcouru de la tête aux pieds en un clin d'œil, à la manière traditionnelle des flics. Je lui ai tendu ma carte et il m'a donné une des siennes. Il m'a fait signe de m'asseoir sur une chaise qui était si près de la sienne que nos genoux se touchaient presque.

« Que puis-je faire pour vous, Mr Treloar ?

— Le mari de Margaret Calvin m'a dit que vous êtes chargé du meurtre de Duc Nguyen. Margaret est la fille de Duc. C'est ma nièce. »

Ses sourcils blonds se sont soulevés imperceptiblement. « Je sais qui elle est. C'est votre nièce ?

— Duc était le frère de ma femme, qui est décédée.

— Alors, il ne s'agit pas d'une question professionnelle ? » Il a pris ma carte. Au moins, il ne montrait pas le mépris que les flics éprouvent souvent à l'égard des détectives privés.

« Eh bien, en réalité, si. Ou tout au moins, ça pourrait l'être. »

Lowry s'est renversé sur sa chaise et a froncé les sourcils. « Je veux entendre ça. Que diriez-vous d'un café ? »

Le café était plutôt bon. Il a griffonné sur un bloc-notes pendant que je lui donnais une version fortement abrégée de mon enquête actuelle et de ses liens possibles avec le meurtre de Duc.

« J'ai l'impression que vos liens avec Mr Nguyen sont anciens », a-t-il dit quand j'ai eu fini. Au moins, il prononçait correctement son nom ; la plupart des gens disent Nooyen.

« Comme je l'ai dit, nous nous sommes perdus de vue. Mais l'enquête que je fais et son assassinat à ce moment précis... je n'aime pas ça. Je n'aime pas cette coïncidence.

— C'est raisonnable. Vous êtes sûr que vous ne pouvez pas m'en dire plus sur ce projet de film ?

— Mon client est inflexible : il faut garder cette production sous le boisseau, et c'est compréhensible quand on pense aux sommes en jeu. Et le lien est assez mince de toute façon.

— Ça, c'est sûr. Mais si, plus tard, j'en décide autrement, vous pourrez vous retrouver avec une assignation.

— Pas de problème. Je ne vais pas risquer des ennuis pour une bande d'investisseurs snobs, même si ça doit leur faire perdre beaucoup d'argent.

— OK. Qu'est-ce que vous voulez savoir ?

— Qu'avez-vous appris sur cette fusillade jusqu'à présent ? »

Il a pris un dossier sur son bureau et l'a ouvert. Il n'y avait que quelques feuillets dedans. « Vendredi, à 17 h 07, le 911 a reçu un appel à propos de coups de feu sur l'avenue de Charleston, près du carrefour entre Western et Beverly. La première unité est arrivée sur les lieux à 17 h 19. On y a trouvé Duc Nguyen mort. Il a été identifié par des collègues comme un homme d'affaires du quartier, dont l'agence immobilière se trouvait seulement à quelques mètres du lieu du crime. Des témoins ont signalé qu'ils avaient entendu des coups de feu, puis le bruit d'une voiture qui partait rapidement. » Il m'a jeté un coup d'œil. « Vous voulez lire les dépositions des témoins ?

— Je préférerais leur parler directement. Est-ce que quelqu'un a vraiment vu quelque chose ?

— Ça peut arriver, ça ? » Lowry a haussé les épaules. « Un jeune homme, Thomas Kim, a dit qu'il avait vu une voiture sombre d'un modèle récent qui prenait un virage en fonçant, mais il était trop bouleversé pour en voir plus. À part ça, les collègues de la victime ont dit qu'il a quitté son bureau comme il le fait tous les jours, et qu'il n'a pas eu le temps d'aller jusqu'à sa voiture. Ils ont entendu des coups de feu, ils ont regardé dehors, ils l'ont vu sur le trottoir, et quelqu'un a appelé le 911. »

C'était classique. La plupart des gens ne sont pas très observateurs dans les circonstances les plus favorables. Mettez-les dans une situation qui est totalement en dehors de leur expérience, et ils ont rarement quelque chose d'utile à raconter. Dans ces moments-là, les impressions sont si subjectives que des témoins du même événement donnent des comptes-rendus ridiculement différents. Mais les flics doivent prendre quand même leurs dépositions. On ne sait jamais. La voiture sombre d'un modèle récent pourrait bien s'avérer être une camionnette de livraison grise. Le jeune regardait peut-être dans la mauvaise direction. La voiture du tireur était peut-être derrière lui, ou déjà partie.

« Est-ce que vous aviez déjà eu des fusillades "en passant" dans ce quartier ?

— Pas jusqu'à présent, mais les gangs inventent sans arrêt de nouvelles façons de rendre notre travail intéressant. Personne n'avait entendu parler de fusillades sur autoroute jusqu'à ce qu'un cinglé quelconque en fasse l'essai. On n'a pas le temps de faire "ouf" que c'est déjà la grande mode. Les meurtres "en passant" dans les quartiers d'affaires sont peut-être la dernière marotte. Peut-être qu'on va en voir plein à partir de maintenant. » Il n'avait pas l'air particulièrement amer, mais plus rien ne le surprenait. On devient comme ça au bout d'un certain temps dans le métier.

« À quoi ressemble le lieu du crime ? »

Il a terminé son café. « Vous voulez y jeter un coup d'œil ? »

J'ai terminé le mien. « Allons-y. »

Les bureaux de Duc n'étaient pas loin du commissariat. On a pris ma voiture et on a tué le temps en bavardant de choses et d'autres. Lowry n'a pas posé beaucoup de questions sur mon passé dans le LAPD.

Je savais qu'il vérifierait mon dossier dès son retour au quartier général.

L'avenue de Charleston était une rue comme beaucoup d'autres dans la vaste étendue de LA. Elle était plus prospère que la plupart, mais pas dans la même catégorie que Rodeo Drive. Mais bon, Rodeo Drive est unique. Par un après-midi ensoleillé de LA, elle n'avait pas l'air d'une rue où la violence pouvait se déchaîner tout à coup. Tout était gai et bien entretenu ; il n'y avait pas de grilles amovibles devant les fenêtres, pas de graffiti de gangs bombés sur les murs. C'était le genre de rue où les gens qui ont de l'argent à investir ou des revenus disponibles à dépenser pouvaient espérer faire des affaires dans une parfaite tranquillité d'esprit. C'est vous dire.

La société de Duc était au milieu d'un bloc, flanquée d'une agence de banque et d'une boutique plutôt élégante. De l'autre côté de la rue, il y avait une boutique d'ordinateurs, un restaurant thaïlandais, et un cinéma avec trois salles et un parking. Il n'y avait pas de place libre le long de la rue, alors je me suis garé sur le parking du cinéma et on a traversé la rue.

Le lieu du crime était encore entouré d'une bande de plastique jaune de la police. Il se trouvait à une douzaine de pas de la porte de l'agence immobilière. Quelques passants s'arrêtaient et s'ébahissaient devant la silhouette dessinée à la craie sur le sol, mais la plupart passaient en détournant les yeux.

On a franchi la barrière et je me suis accroupi près de la silhouette dessinée, en essayant de la relier à l'homme que j'avais connu. Mais je n'arrivais pas à l'associer à un être humain. Elle restait une abstraction terriblement évocatrice, comme ces ombres fantomatiques sur les murs et les trottoirs d'Hiroshima, où les corps d'êtres humains avaient fait écran, un instant avant d'être vaporisés, entre la brique ou le béton et la fournaise de l'explosion.

Duc était apparemment tombé sur le dos. Les jambes étaient serrées et légèrement pliées. Les bras étaient près du corps. Il était probablement encore vivant quelques secondes après sa chute, peut-être même conscient. Une inconscience instantanée, suivie immédiatement par la mort, se serait traduite par une posture désarticulée. Il y avait une large tache sombre sur le trottoir.

Je me suis relevé, et mon genou droit a légèrement protesté. « Comment ça s'est passé ?

— Sa voiture était garée là, a dit Lowry en désignant une place à deux pas d'une Toyota. La voiture du tireur s'est arrêtée là. » Il a désigné dans la rue un endroit à mi-chemin de la Toyota et de la voiture en face d'elle. « On le sait d'après l'angle de tir et les marques de pneus qu'a faites la voiture du tireur en se taillant.

— Que dit le rapport du médecin légiste sur la cause de la mort ?

— Il a été atteint six fois près du milieu de la poitrine, par des balles de calibre moyen, en plein dans le cœur et les poumons. La mort a été quasi instantanée.

— Et l'arme ?

— On a tiré en rafale, alors c'était probablement une mitraillette, Uzi, Mac 10, ce genre-là. On a retrouvé six douilles dans la rue. Des munitions de guerre européennes, venant d'un arsenal portugais, avec des marques des années soixante-dix. Toutes les balles l'ont traversé et ont touché le mur là-bas. On en a récupéré trois, toutes des balles blindées militaires standard.

Les autres ont dû ricocher tout autour ; elles ont peut-être fini leur course dans le siège arrière d'une voiture qui est partie depuis, en emportant les indices. »

Je suis allé jusqu'au mur. Les marques étaient là, juste au-dessous de ma poitrine : six petits creux dans la brique, formant un groupe irrégulier que je pouvais recouvrir de la paume de la main. Le blindage de cuivre des balles avait laissé de légères marques, et il y avait quelques mouchetures brunâtres de sang. Au cinéma, on aurait vu d'énormes éclaboussures de sang séché sur tout le mur. Il y a quelques années, les gars des effets spéciaux se sont laissé un peu emporter, et ils ont commencé à montrer du sang, de la chair et des os volant dans toutes les directions, même quand l'arme était un pistolet de petit calibre. Actuellement, quand c'est une mitraillette, ils deviennent réellement extravagants.

La réalité est légèrement différente. Les mitraillettes tirent des munitions de pistolet ; la plupart utilisent la cartouche de 9 mm, créée vers le début du siècle pour le vieux pistolet allemand Luger. Sa puissance est marginale, et les balles militaires, chemisées de cuivre, ne sont absolument pas expansives. Elles font juste des trous. Elles ne soulèvent pas les corps pour les projeter en arrière, et les hémorragies qu'elles provoquent sont surtout internes, bien que beaucoup de sang puisse s'écouler sous les corps, suivant la façon dont ils sont tombés. Les munitions exotiques sont aussi une vue de l'esprit du cinéma. Il n'y a que des imbéciles pour utiliser des balles à pointes creuses, avec des armes qui ont besoin de munitions de qualité constante pour simplement fonctionner. Les munitions militaires modernes, elles, sont constamment fiables, même si elles manquent de panache pour le cinéma.

« Qu'est-ce que vous en pensez, Treloar ?

— Un travail de professionnel. Six balles tirées, six impacts dans une zone vitale. De nos jours, tout le monde possède une de ces mitraillettes, mais pratiquement personne ne sait s'en servir.

— C'est aussi ce que je pense. Un tireur de gang aurait arrosé tout le voisinage et peut-être tué quelques passants dans la foulée.

— Le tireur est sorti de la voiture. Un pro n'aurait pas essayé de tirer à partir de la place avant. C'est trop hasardeux de cette façon. Si bien qu'ils étaient probablement deux : le tireur et un chauffeur.

— Encore exact.

— Voilà pour le comment, j'ai dit. Reste à savoir le pourquoi.

— Il a pu y avoir erreur sur la personne.

— C'est une possibilité. Mais quelqu'un s'est donné beaucoup de mal pour organiser un meurtre de professionnel. Ça, ce serait une erreur d'amateur. Tout de même, ce n'est pas impossible. Est-ce que vous savez s'il y avait d'autres Vietnamiens dans le voisinage ?

— Dans les bureaux de votre beau-frère, là-bas, bien sûr. Mais combien de gens savent distinguer les différences entre Asiatiques ? Ce restaurant de l'autre côté de la rue est tenu par des Thaïlandais ; le jeune qui pense avoir vu la voiture est coréen. À LA, il y a des Cambodgiens, des Laotiens, des Hmongs, et je ne parle que des exotiques. En plus, il y a les variétés locales de Chinois et de Japonais, ceux qui sont ici depuis toujours. Tout cela augmente la probabilité d'une erreur.

— C'est vrai.

— Est-ce que votre beau-frère avait des relations d'affaires indésirables ?

— Comme je vous l'ai dit, nous ne nous étions pas vus depuis longtemps. C'est une chose que j'ai l'intention de vérifier.

— Bonne idée. J'en ferai autant. C'est pas le genre de choses que j'ai l'habitude de voir dans mon secteur. À d'autres endroits, oui. Mais pas dans Hollywood Ouest, bon sang. C'est… quel est le mot ?

— Une anomalie ?

— C'est ça. C'est une anomalie. Je n'aime pas les anomalies chez moi. Bon Dieu, je n'aime aucune des merdes qui se produisent par ici. Mais tant que je sais ce qui se passe, je peux faire face. Je n'ai pas besoin d'anomalies. »

On a retraversé les barrières de police et on est entrés dans les bureaux de Duc. Il y avait écrit « GOLDEN STATE PROPERTIES[1] » sur la vitrine. Je me suis rappelé l'avoir aidé à choisir ce nom des années auparavant. Il voulait quelque chose qui ait l'air grandiose et solide, mais en même temps implanté localement. Le fait que l'or soit une couleur bénéfique en Asie était un bonus.

Il y avait trois postes de travail dans le bureau de devant. Derrière le premier il y avait une femme asiatique d'âge moyen, aux cheveux grisonnants tirés en arrière pour former un chignon démodé. Les deux autres bureaux étaient occupés par un homme et une femme plus jeunes. L'homme avait l'air vietnamien,

1. « Immobilière de l'État Doré ». « Golden State » est un des surnoms de la Californie.

la femme était une Blanche. Ils avaient les traits tirés de gens qui avaient subi un choc et qui étaient anxieux.

La femme grisonnante s'est levée pour nous accueillir. « Bonjour, Shérif Lowry. On ne s'attendait pas à vous voir aujourd'hui. Est-ce qu'il y a du nouveau ? » Elle parlait sans accent, sauf si on considère que les Californiens ont un accent.

« Je crains que non, mais on y travaille. Je vous présente Mr Treloar. Il est détective privé et c'était le beau-frère de Mr Nguyen. Je voulais simplement lui montrer le lieu du crime et le mettre au courant de ce qui s'est passé. »

La femme m'a tendu une main fine. « Sarah Cho, secrétaire particulière de Mr Nguyen. Je n'ai jamais rencontré sa sœur. J'ai commencé à travailler pour lui juste après son décès.

— La société de Mr Treloar fait une enquête ici à LA, et il est possible que cette enquête ait un rapport avec le meurtre de Mr Nguyen. La probabilité n'est pas grande, mais nous devons suivre toutes les pistes. » Lowry connaissait la musique pour rassurer les citoyens. « J'espère que vous serez aussi coopérative avec lui que vous l'avez été avec moi.

— Certainement. Sur quoi enquêtez-vous ?

— Ça concerne la production d'un film. Les détails sont confidentiels, mais j'aimerais savoir si Duc avait eu des contacts avec le milieu du cinéma récemment. »

Elle a réfléchi. « Voyons… Certainement rien avec les grands studios. Depuis quelques années, ils se débarrassent de propriétés à Los Angeles, ils n'en achètent pas. On a travaillé occasionnellement avec des entreprises qui évoluent en marge de l'industrie du cinéma : des sociétés d'optique, des titreurs et ainsi de suite. Pour la plupart elles sont indépendantes, et elles ont besoin de locaux commerciaux comme n'importe quelles sociétés. Je peux vérifier, mais je suis pratiquement certaine qu'on n'a traité avec aucune d'entre elles pendant l'année écoulée. »

Ça ne paraissait pas très prometteur. « Est-ce qu'il faisait des affaires avec des Vietnamiens ? Je ne parle pas de la communauté immigrée. Avait-il fait récemment des affaires avec des personnes résidant actuellement au Vietnam ?

— Pas que je sache. Bien sûr, il avait d'innombrables contacts avec la communauté vietnamienne d'ici. »

Je surveillais du coin de l'œil les deux autres. La femme faisait de son mieux pour écouter ce qu'on disait. Le Vietnamien était tout aussi concentré, mais sur son travail, et nous ignorait totalement, ostensiblement.

« Est-ce que certaines de ses relations avec les Vietnamiens, d'ici ou d'ailleurs, étaient difficiles ou hostiles ? » j'ai demandé. Le Vietnamien était plongé dans son travail avec encore plus d'intensité, ne s'occupant absolument pas de nous.

« Je ne dirais pas ça. Le ton montait parfois, mais les conversations étaient habituellement en vietnamien, et je ne connais pas cette langue. Mais je ne pense pas avoir entendu de vraies disputes. Tout le monde était toujours souriant en sortant du bureau de Mr Nguyen. Pourquoi vous intéressez-vous aux Vietnamiens ?

— Oh, je suis simplement une intuition. » Les civils aiment toujours qu'on leur parle d'« intuition » ou d'« indices ». Ça leur donne l'impression de vivre un vrai film policier. « Vendredi, quand il est parti du bureau, est-ce qu'il semblait perturbé d'une façon quelconque ?

— Eh bien, il était préoccupé, mais il était souvent comme ça. Il ne semblait pas effrayé ou inquiet, si c'est ce que vous voulez dire. »

J'ai sorti une carte de visite et j'y ai gribouillé le numéro de la maison d'invités de Mitch. « Je suis ici à LA, et on peut me joindre à ce numéro. Appelez-moi si vous pensez à quelque chose qui pourrait être utile. N'hésitez pas, même si ça semble évident ou trivial. On ne sait jamais ce qui peut être important. »

Elle a pris la carte. « Certainement. Je suis désolée de ne pas pouvoir plus vous aider. Tout ça a été si inattendu. Je pensais que c'était une de ces agressions insensées, au petit bonheur, qu'on voit tout le temps — quelqu'un qui doit tuer pour être admis dans un gang, ce genre de choses. Il se passe tant de choses monstrueuses depuis quelques années.

— Ce n'est peut-être que cela. Mais nous devons suivre toutes les pistes que nous avons.

— Acceptez mes condoléances, Mr Treloar. Nous pensions tous beaucoup de bien de Mr Nguyen. » Elle avait certainement été beaucoup plus proche de lui que moi, mais j'ai accepté ses condoléances de bonne grâce. Elle n'avait pas l'air sur le point d'éclater en sanglots, mais elle avait peut-être beaucoup de self-control.

De retour sur le trottoir, Lowry a souri. « On suit des intuitions, hein ? T'es enfouraillé ? parce que ces rues sont dangereuses.

— C'est un truc qui marche. Admettez-le : vous débitez les mêmes stupidités aux civils.

— Ouais, on le fait tous, il a reconnu. Je parle de mes “informateurs” et de mes “contacts”. Je recherche toujours des “indices”. Pourquoi leur fendre le cœur en leur disant que la plupart du temps on attrape les salopards parce qu'ils sont incroyablement stupides ou que leurs copains les ont balancés, ou les deux ?

— Je ne vois pas de raison. Le monde a besoin de baratin. Les gens avec qui je travaille en ce moment vivent dedans vingt-quatre heures sur vingt-quatre.

— Est-ce que vous voulez voir quelqu'un d'autre par ici ?

— Juste le jeune qui a vu la voiture.

— Qui a peut-être vu la voiture, il a corrigé. Il travaille de l'autre côté de la rue. Allons-y. »

C'était le magasin d'ordinateurs. La boutique était pleine de tous ces machins mystérieux que je n'ai jamais appris à utiliser, ce qui est un péché capital dans mon métier. Les ordinateurs me font peur parce que j'ai grandi à l'époque où seulement les gouvernements, les banques et les grandes entreprises en avaient, et on savait qu'ils étaient capables du pire. Les ordinateurs, c'était *1984* : on allait les utiliser pour étiqueter les gens, les contrôler et les opprimer. Bon, je me trompais, mais la crainte est toujours là. Dans ma génération, on n'aurait jamais imaginé que ce seraient des gamins qui utiliseraient ces machins pour espionner le gouvernement et les grandes entreprises, et pas l'inverse. Quand on y pense, ça fout à peu près autant la frousse.

Thomas Kim était derrière le comptoir. Il portait l'uniforme du jour : une casquette de base-ball à l'envers, un T-shirt de Metallica, un short en forme de sac et des baskets trop grandes, sans chaussettes ni lacets. Il devait avoir environ seize ans. Il vendait probablement pour un demi-million de dollars d'ordinateurs et d'accessoires par mois. Lowry a fait les présentations et le jeune a pris ma carte.

« Que puis-je faire pour vous, Mr Treloar ? » Son accent était du pur accent de LA. S'il était arrivé ici par bateau, c'était avant d'avoir appris à parler.

« Pourriez-vous sortir avec moi et me décrire ce que vous avez vu quand Duc Nguyen a été tué ?

— Eh bien, pour commencer, j'étais ici quand j'ai entendu les coups de feu. » Il est sorti de derrière le comptoir. « Ensuite j'ai entendu claquer une portière de voiture et des pneus qui brûlaient l'asphalte. J'ai couru vers la porte... » Il l'a ouverte. « ... et j'ai vu cette voiture sombre tourner le coin là, avec le feu au cul. » Il a montré l'angle du parking du cinéma.

« Est-ce que vous avez pu voir combien il y avait de gens dans la voiture ? » j'ai demandé.

Il a secoué la tête. « Non, non. Elle avait des vitres fumées. Je n'ai rien pu voir. Et elle allait si vite que je n'ai pas pu regarder la plaque d'immatriculation, sauf que les couleurs étaient celles de la Californie.

— Qu'est-ce que vous avez fait alors ? l'ai-je encouragé.

— Eh bien, j'ai regardé de l'autre côté de la rue et j'ai vu Mr Nguyen allongé là. En fait, je ne connaissais pas son nom à ce moment-là, je savais seulement que c'était quelqu'un qui était souvent dans le quartier. Je savais qu'il travaillait dans ce bureau. En tout cas, je me suis retourné pour crier à Penny ou à Antonio d'appeler le 911, et j'ai traversé la rue en courant. J'ai vu tout de suite que je ne pouvais rien faire. On ne peut pas faire de massage cardiaque à quelqu'un qui n'a pratiquement plus de système cardio-respiratoire. » Il essayait de paraître décontracté, mais sa figure avait des petits tics. « Je veux dire, peut-être que j'aurais dû essayer le bouche-à-bouche, mais il y avait tout ce sang qui sortait…

— Ça n'aurait servi à rien. Vous avez compris que c'étaient des coups de feu que vous entendiez ?

— Bien sûr. J'avais déjà entendu tirer des armes automatiques auparavant, seulement, jamais d'aussi près. » Sa suffisance lui revenait en même temps que ses pensées se détournaient du sang.

« Ça a été courageux de votre part de sortir en courant comme ça », j'ai dit.

Il a haussé les épaules, mais il était content quand même. « Je serais resté tranquille si je n'avais pas entendu la voiture démarrer. J'ai pensé qu'ils n'allaient pas s'attarder.

— Quel était le tempo des tirs ? »

Il a froncé les sourcils. « Qu'est-ce que vous voulez dire, "tempo" ?

— Je veux dire, est-ce que c'était lent, comme *boum-boum-boum-boum*, assez pour qu'on puisse compter les coups ? ou était-ce plus rapide ?

— C'était très rapide, comme du tissu qu'on déchire. J'ai entendu plus tard qu'il y avait eu six coups de tirés, mais il aurait pu aussi bien y en avoir trois ou dix.

— Vous m'avez beaucoup aidé, Thomas. Si vous vous souvenez de quoi que ce soit d'autre, appelez-moi à ce numéro que je vous ai donné.

— OK. Tenez, si vous avez besoin d'un matériel quelconque, je peux vous faire un bon prix. Dans votre métier, vous avez vraiment besoin d'un bon système.

Ça ferait quatre-vingt-dix pour cent de votre travail à votre place. Vous seriez épaté. » Il avait bien noté mon numéro.

« Je penserai à vous. »

Il est rentré dans sa boutique.

« Il est temps pour moi de rentrer au bureau, a dit Lowry.

— Il n'y a plus rien qui me retient ici, j'ai dit. Allons-y. »

En m'installant derrière le volant, j'ai ressenti une violente douleur soudaine dans les reins. Ce n'était pas la pire douleur que j'aie jamais ressentie, mais c'était si inattendu que j'en ai eu le souffle coupé, comme si j'avais posé la main par inadvertance sur une plaque de cuisson allumée.

« Que se passe-t-il ? » a demandé Lowry, inquiet.

Pendant un moment je n'ai pas compris ce que ça pouvait être. J'aurais pensé que quelqu'un m'avait tiré dessus, si ce n'est que je n'avais jamais rien senti les fois où j'avais été touché. J'ai alors compris ce que ça devait être : les éclats de grenade qui étaient toujours dans mon dos, de la première nuit du Têt. Il y en avait qui étaient trop près de ma colonne vertébrale pour être extraits, et ils n'avaient pas l'air dangereux à l'époque. Les médecins m'avaient prévenu qu'ils pourraient me faire souffrir avec le temps. J'en avais parlé la veille avec Selene Gibson. J'avais ressenti de petites douleurs auparavant, mais rien de comparable à ça.

« Ce n'est rien. Juste un vieil ami qui m'a rendu visite.

— Vous êtes sûr ? Vous êtes devenu blanc comme un lavabo. Vous voulez faire un saut à l'hôpital ? Cedars-Sinaï est juste en bas de la rue.

— Je sais où c'est. Non. C'est juste un vieux problème de dos. Ce n'est rien. »

Non, ce n'était pas rien. En conduisant, j'ai repensé à ce que m'avait dit Selene Gibson : qu'on ne se remettait jamais vraiment de ses blessures. C'était vrai. Tous les coups reçus jadis, toutes les anciennes coupures et blessures, ils ne s'en vont jamais vraiment. Un jour ou l'autre, ils ressortent toujours de nulle part pour vous atteindre à nouveau.

Quand je suis rentré chez Queen, je l'ai trouvé près de la piscine. Il m'a souri et m'a fait signe de m'asseoir sur une des chaises près de la petite table de la piscine. « Tu as appris quelque chose du LAPD ? » Je me suis assis et je lui ai raconté les grandes lignes. Il a secoué la tête. « C'est difficile à croire, qu'une chose pareille puisse arriver au vieux Duc. »

Quand j'avais parlé à Queen du meurtre, il avait été choqué et intrigué, mais ce n'était pour lui qu'un autre événement irréel, à la lisière de son univers irréel. « C'est comme ça, j'ai dit. Mais je n'exclus pas un lien possible entre ce meurtre et les menaces.

— Je ne vois pas comment il pourrait y en avoir un. » Il a bu une gorgée d'un liquide incolore dans un verre givré. « Il n'était pas impliqué dans la production.

— Il était à Saigon en même temps que toi, moi, et Martin Starr. »

Queen a grogné par-dessus la rondelle de citron qui décorait le bord de son verre. « Est-ce que tu as regardé un annuaire de LA récemment ? C'est plein de gens qui étaient à Saigon et dans ses environs à cette époque. Tu parles, c'est pas étonnant que le gouvernement vietnamien recherche désespérément des investisseurs étrangers. Il ne reste probablement plus personne là-bas. Tout le monde est venu en Californie. Tu fais l'erreur que nous tous, anciens du Vietnam, nous avons tendance à faire.

— Quelle erreur ?

— Nous faisons comme si cette guerre n'avait impliqué personne d'autre que nous. Qu'est-ce que c'est, ce mot qui veut dire qu'on voit le monde comme si on est la seule chose réelle ? Soli… ttise — quelque chose ?

— Solipsisme.

— C'est ça, solipsisme. On était des petits jeunes centrés sur nous-mêmes à l'époque, et on considérait la conscription, l'armée, la guerre et tout ce bon Dieu de pays, comme s'ils n'avaient été créés que pour nous emmerder. On voyait des photos dans les magazines, tous ces hippies aux cheveux longs et ces filles aux nichons à l'air qui s'ébattaient, se droguaient et qui y allaient carrément, et nous, on était là, et on ratait tout ça, et on pensait que c'était la pire des choses qui puisse arriver. Mais tout ça, c'était du solipsisme, tu vois. On n'était même pas des squatters importuns, dans l'Histoire avec un grand H, Gabe. On n'était qu'une petite anomalie passagère dans la longue, longue histoire du Vietnam, rien qu'une autre bande de connards d'étrangers qui arrivaient pour les emmerder. Bon Dieu, on n'avait pas plutôt le dos tourné qu'ils partaient envahir le Cambodge. Les conflits, c'est la vie pour eux. »

Il s'est penché en avant et il a appliqué son index sur son front. « Il n'y a qu'ici, dans nos têtes, qu'on était importants, ou que cette guerre comptait pour quelque chose. Solipsisme.

— T'es devenu un philosophe sur tes vieux jours, Mitch. »

Il s'est renfoncé sur son dossier. « En fait, ce que je dis là, je l'ai pris en partie dans le scénario de Jared Rhine pour *Rue Tu Do* ; ça m'a fait réfléchir. Tu te rends compte qu'il y a des gens qui ont voté aux dernières élections qui n'étaient pas nés quand les États-Unis sont partis du Vietnam ? Et ça, c'était près de cinq ans après que toi et moi y étions. Tu crois que tout ça signifie quelque chose pour cette génération X ? Ils ne font pas la différence entre l'offensive du Têt de 68 et la bataille de Gettysburg. Tiens, j'ai un neveu de quinze ans qui m'a demandé un jour ce que j'avais fait pendant la Seconde Guerre mondiale ! J'ai répondu à ce petit con que je n'étais pas né à l'époque et il m'a dit : "Je veux dire, tu sais, cette guerre à l'époque…" Tu vois, Gabe, ils croient qu'il y a eu une guerre générique quelque part, avant l'invention des CD : le Vietnam, la Corée, la Seconde ou la Première Guerre mondiale, tout ça, c'est la même chose.

— Ils n'ont pas notre sagesse, ai-je approuvé.

— Et comment ! Rhine examine de près cette question. Tu vois, on est la dernière génération qui a le sentiment de participer à l'Histoire, d'être portée par une longue série d'événements et qui essaye d'influencer le cours des événements à venir. Maintenant, tout est numérique.

— Numérique ?

— Ouais, numérique. Regarde ces montres. » Il a désigné sa Rolex en or. « La mienne est plus chic que la merde de PX que tu portes, mais elles ont toutes les deux des cadrans, hein ? Des cadrans avec des aiguilles. Maintenant, les aiguilles indiquent 3 h 22, mais on peut voir tout le cadran, on peut voir que les aiguilles étaient sur 3 h 15 il y a juste un petit moment, et qu'avant ça elles indiquaient midi. On peut voir aussi qu'il y a un futur, que ces aiguilles se déplacent et vont quelque part — passé, présent et avenir, tout est là, dans un petit cadre de référence circulaire. »

Il s'est penché en avant et a parlé avec véhémence. « Les montres digitales n'ont pas ça, Gabe ! Elles n'indiquent que l'instant présent, sans référence au passé ou à l'avenir. Bon sang, il ne faut pas s'étonner que ces petits cons sans cervelle n'aient aucune notion de la durée. C'est pas la faute de MTV ! C'est ce bon Dieu de numérique !

— C'est drôlement profond, ça, Mitch. »

Il s'est renfoncé dans sa chaise. « Et comment ! C'est ça, le sujet du scénario de Rhine. C'est sur notre bref passage dans ce qui a peut-être été le dernier moment de vraie Histoire. Et ça ne concerne pas que l'histoire occidentale, Gabe. L'histoire de l'Occident est linéaire. L'histoire de l'Asie est cyclique. Rhine traite les deux.

— Ça a l'air ambitieux, ai-je concédé.

— Ça l'est. C'est la guerre du Vietnam en tant que point culminant de deux mille ans de domination, de colonialisme et de chauvinisme missionnaire des Occidentaux. C'est le chant du cygne de la culture WASP[1]. Alors, c'est pas une histoire, ça ?

— Sûrement, mais de quoi es-tu en train de parler, bon sang ?

— Fais un tour en voiture dans LA, Gabe. Bon Dieu, tu vis ici depuis le lycée, peut-être que tu ne t'en rends

1. « Anglo-Saxon blanc et protestant ».

même plus compte. Mets-toi dans la peau d'un gars qui débarque de sa ville natale de purs Blancs du Middle West, qui n'a jamais quitté le sein confortable du cœur de l'Amérique des classes moyennes, blanche et protestante. Plante-le brusquement à LA, fais-lui faire un grand tour au niveau du bitume, sans oublier de traîner dans les ghettos noirs, hispaniques et asiatiques qui forment une si grande partie de la communauté. Qu'est-ce qu'il va voir, ton bouffeur de mayonnaise luthérien et anglo-saxon ? »

J'ai réfléchi. Je n'étais pas tout à fait ignorant de ce à quoi il voulait en venir. « À peu près la même chose que ce qu'il verrait à New York ou à Miami, avec un mélange de races légèrement différent. Il verrait un pandémonium, une sorte de faubourg de l'enfer. »

Il a souri comme un professeur qui a fait comprendre un point particulier à un étudiant obtus. « Il ne s'en rendrait peut-être pas compte, mais il verrait l'avenir, Gabe. Il a vécu toute sa vie dans un musée, en croyant que c'était le monde réel. Il y a cinquante cultures différentes qui mijotent rien que dans cette ville, et, pour la plupart, elles ne voient pas le monde ou l'histoire de la façon qu'on nous a apprise, et elles ne cultivent pas toujours les valeurs dans lesquelles nous avons été élevés. C'est une nouvelle Amérique qui se fait, et ce n'est pas celle qu'a peinte Norman Rockwell et sur laquelle Frank Capra a fait des films.

— Bon sang ! Cette Amérique-là n'existait pas même à *cette* époque ! Tout ça n'était que mythe et propagande.

— Tu crois que je ne le sais pas ? Les mythes, c'est la substance même de l'industrie du film. Mais c'est comme ça qu'on se définit. Cette foule qui a envahi le

Congrès y croit et elle veut revenir à cette époque mythique, nom de Dieu ! Tu l'as bien vu, Gabe. L'hostilité aux immigrants tient une grande place dans la vie américaine depuis presque deux siècles. Ces cent dernières années, on devenait tous hystériques parce qu'on pensait qu'on allait être inondés par d'autres sortes *d'Européens* ! On pensait que les Irlandais et les Italiens allaient nous faire adorer le pape et manger du flet le vendredi et que sais-je encore. Mais maintenant, les gens sont vraiment différents et en nombre beaucoup, beaucoup plus important.

— Et ils provoquent ainsi la fin de l'histoire telle que nous la connaissons ?

— Ouais, en quelque sorte. En tout cas, c'est comme ça que Rhine voit la situation. D'accord, c'est assez sophistiqué, c'est pas ce qu'on considère habituellement comme cinématographique, mais il y a bien d'autres choses dans ce scénario.

— J'imagine qu'il doit y en avoir. Il faut que je voie ce script, Mitch. Il faut que je voie ce qui a mis Starr — ou d'autres personnes — dans une telle fureur. »

Il s'est légèrement rembruni, son corps se mettant sur la défensive. « Je ne sais pas, Gabe. Mon contrat est extrêmement brutal sur qui peut voir ce scénario. De plus, les menaces n'ont rien à voir avec le scénario lui-même.

— Comment le sais-tu ?

— Évidemment que je le sais ! Il n'y a que trois exemplaires complets de ce scénario, et ils sont protégés comme tu n'imagines pas. La Déclaration d'Indépendance est traitée avec négligence à côté de la *Rue Tu Do* ! »

Ça a été mon tour de grogner avec mépris. « Même toi, tu ne crois pas à ça.

— Bon, d'accord. Mais je ne vois pas comment le scénario aurait quelque chose à y voir. Ou bien tout ce truc n'est qu'un canular, ou bien quelqu'un ne veut pas qu'on tourne un film au Vietnam. Point.

— Est-ce que je peux le lire ? j'ai insisté.

— Il faut que je demande. Peut-être que Rhine sera un peu accommodant.

— Dis-lui qu'il ferait mieux, ou bien tu ne fais que gaspiller ton argent en engageant des détectives. »

Un des principaux problèmes dans cette profession, c'est le client qui refuse de donner à l'enquêteur tout ce dont il a besoin pour travailler. Ils sont incroyablement nombreux, peut-être même la majorité. Ils ont tendance à penser qu'ils savent mieux que l'enquêteur — qui n'est qu'un larbin — comment mener l'enquête. Je me demande parfois pourquoi ils se donnent la peine de nous engager. Dans l'armée, on nous appelait « doit savoir ». Il ne faut pas dire à ce crétin plus que ce qu'il a absolument besoin de savoir.

Pour ces clients, on peut tirer une conclusion : ils ont tous, sans exception, quelque chose à cacher.

CHAPITRE NEUF

Ce soir-là, Connie est arrivée avec l'air de bonne humeur, alors je lui ai parlé de la fin de l'histoire telle que nous la connaissons.

« Quand vous et Queen étiez au Vietnam, elle a dit, est-ce que vous avez été exposés à ce truc, l'agent orange ?

— On n'a jamais eu besoin de défolier Saigon. De toute façon, je pense qu'il a tiré l'essentiel de ça du scénario de Jared Rhine. Ce type doit être un vrai cas. » On était assis à la petite table près de la porte-fenêtre donnant sur la piscine. J'avais devant moi les restes abandonnés d'un sandwich au bœuf fumé dans une assiette. « Je pense qu'il voit juste sur un point, quand même. Une grande ville américaine actuelle doit avoir l'air plutôt choquante pour John Blanc, Américain moyen.

— Ouais, et alors ? C'est juste un gars de la campagne dans la grande ville malfaisante. C'est comme ça depuis la Bible. Vous saviez que le mot hébreux pour "putain" est le même que celui pour "femme étrangère" ?

— Je crois qu'on ne nous a jamais appris ça à Sainte-Anne. » Décidément, la journée s'avérait instructive.

« Je pense que ce Rhine présente un Syndrome de peur du mâle blanc américain. On a dû lui préférer une Asiatique un jour pour un boulot, et il rumine là-dessus depuis. » Elle a tendu la main vers son sac à main par terre à côté d'elle et en a sorti une balle de caoutchouc qu'elle s'est mise à serrer en cadence. Pendant un instant, j'ai pensé aux billes d'acier du Capitaine Queeg[1], mais j'ai réalisé qu'elle avait simplement besoin d'entretenir sa poigne pour soulever ses haltères.

« Non, elle a continué, en réalité c'est l'inverse qui se passe. Les cultures originelles reculent partout. Les gens craignent que l'immigration mexicaine transforme les États-Unis en un pays catholique ? Mon père et mon oncle sont des pasteurs baptistes. Dans toute l'Amérique latine, les missionnaires évangéliques convertissent les gens par troupeaux !

— Oui, mais…

— Il n'y a pas de mais ! elle a dit, passant outre à mon objection, en serrant sa balle si fort et si vite que je m'attendais à la voir fluer entre ses doigts. Vous pensez que l'Asie est différente ? Ils ne s'intéressent peut-être pas à la religion occidentale, mais c'est sûr qu'ils aiment la culture matérialiste occidentale. Et s'ils veulent cette sorte d'économie, il semble bien que seules les institutions politiques occidentales y soient adaptées. Et si c'est vrai en Asie, c'est dix fois plus vrai ici. Bien sûr, certains immigrants de la première génération s'accrochent aux habitudes de leur ancien pays. Ils l'ont toujours fait. Dans les années vingt, il y avait toute une organisation yiddish pour le

1. Référence à *Ouragan sur le Caine* de E. Omytryk avec H. Bogart.

théâtre en Amérique. Il y avait des douzaines de journaux yiddish. Plus maintenant. Cette génération a disparu. Il se passera la même chose avec la dernière vague d'immigrants. Sortez d'ici, et allez parler à une gamine de dix-sept ans dont les parents sont arrivés du Laos dans les années soixante-dix, et qui travaille chez McDonald. Vous entendrez du pur langage de Californienne.

— On dirait que je suis le seul qui ne réfléchit pas à ça », j'ai dit, un peu agacé. Après tout, c'était moi qui avais toute une belle-famille vietnamienne.

« On dirait bien, a-t-elle dit, se calmant un peu, et en passant la balle dans l'autre main. Écoutez, je me rends compte que vous, les hommes blancs du pays profond, vous vous inquiétez du fait que vous ne serez peut-être bientôt plus les maîtres…

— Moi ? C'est ce type, Rhine…

— …mais vous n'avez aucun souci à vous faire. Enfin, pas beaucoup. La culture occidentale est toujours le moteur le plus puissant de l'histoire, et les États-Unis en sont la locomotive. Vous vous rappelez, il y a quelques années, quand tous ces gens dansaient sur le mur de Berlin ?

— Bien sûr.

— Vous n'avez pas remarqué que ça ressemblait à une pub pour Levis ? Il n'y avait pas un derrière sur cinquante qui ne portait pas une version quelconque de blue-jeans ! Je veux dire, si vous voulez voir un symbole du triomphe de l'Occident, qu'est-ce qu'il vous faut de plus ?

— Vous marquez un point. »

Elle a hoché la tête avec la conviction d'un ivrogne. « Et comment ! Vous savez ce qui va arriver quand Queen aura fait son film ? S'il le fait, je veux dire.

— Dites-le-moi.

— Il sera projeté ici, où il fera de l'argent ou un bide — je n'en sais rien. Mais quoi qu'il arrive, il continuera sa carrière dans tous les cinémas d'Europe, d'Asie, d'Afrique, du Moyen-Orient, de ce qui était l'Union soviétique, et d'Amérique du Sud, puis il passera sur les télévisions, et les cassettes vidéo seront vendues à Bangkok, à Kinshasa et à Buenos Aires. En fait, il sera vu partout où les lois n'interdisent pas les films américains. Et même là, il sera vu par quiconque aura une antenne satellite, et on en fera des copies qu'on se repassera. Quand est-ce que vous avez vu pour la dernière fois un film indien, ou chinois, ou égyptien ?

— Ça fait un moment, ai-je admis.

— Eh oui, a-t-elle dit triomphalement. Pour la plupart des Américains, c'est plutôt jamais. Alors que Le Caire, Bombay, Hongkong et Taiwan produisent cent fois plus de films que Hollywood. Les seuls qui arrivent jusqu'ici sont les films de kung-fu. Est-ce que ça, ça ne vous dit rien sur où va la culture dans ce monde ?

— Vous avez l'air bien convaincue sur ce sujet.

— Ouais. » Elle a relancé la balle dans l'autre main et a continué à la serrer comme une brute. « Vous savez, quand les Goths ont envahi l'Empire romain, ils n'essayaient pas de le détruire. Ils voulaient simplement en faire partie, et ils en avaient marre que les Romains les maintiennent dehors et refusent de partager. Pendant des centaines d'années, tout ce qui était beau, désirable et attirant dans leur monde, était romain, et ils voulaient être romains eux-mêmes. Les Romains ne voulaient pas les laisser entrer, mais ils sont venus quand même. J'ai appris ça en cours de civilisation occidentale. »

Elle a laissé tomber sa balle, proprement étranglée, dans son sac. « Alors, vous voyez, vous n'avez aucun souci à vous faire.

— Moi ? Mais il ne s'agit pas de moi !

— Si, a-t-elle insisté en me regardant d'un œil noir.

— De toute façon, ces barbares ont fini par détruire Rome, ai-je fait remarquer.

— Ouais, eh bien, les Romains ont merdé, pas vrai ?

— Autant pour la situation mondiale. Qu'est-ce que vous avez pu dénicher ?

— OK, les petits trucs d'abord — à propos de films de kung-fu, devinez où notre ami Rhine a fait ses débuts ?

— Dites-moi. C'est vous le détective.

— J'ai vérifié auprès de quelqu'un qui me doit une faveur et qui travaille pour l'Association des Scénaristes. Il s'avère qu'il a écrit une cinquantaine de westerns Chop-Suey à Hongkong et à Singapour dans les années soixante-dix. Notre grand ponte de haut vol débitait des séries-Z comme un écrivaillon pour les frères Shaw et pour d'autres, encore moins bons.

— Je suppose que même les dieux d'Hollywood doivent bien commencer quelque part. Jack Nicholson a débuté dans les minables films d'horreur de Roger Corman. Pourquoi est-ce qu'un écrivain devrait être différent ?

— Vous pourriez y réfléchir avant d'accorder trop de poids à sa philosophie de l'histoire.

— Je n'oublierai pas. Quoi d'autre sur lui ?

— Juste qu'il a débarqué ici au début des années quatre-vingt, avec son portfolio de films d'arts martiaux, et qu'il a trouvé du travail comme réviseur de scripts — il éliminait les défauts des scénarios d'autres auteurs, et il a acquis une certaine réputation pour transformer des ratages en succès. Vers le milieu des années quatre-vingt, il vendait ses propres œuvres, et il s'est révélé un génie du nouveau genre à la mode : action-suspense-thriller. Il est difficile à vivre, et c'est une sorte d'ermite, ou tout au moins, c'est l'attitude qu'il affecte.

— Très bien, mais je m'intéresse plus aux financiers. Est-ce que vous avez trouvé quelque chose sur eux ?

— Les gars de la Paramount et le fils de la star sont d'honnêtes financiers du cinéma et on n'avait pas besoin d'en savoir plus sur eux, une fois que c'était établi, elle a dit, maintenant uniquement concentrée sur son travail. Le projet de Queen n'est qu'un projet parmi d'autres dans lesquels ils sont engagés en ce moment. Morris, le spéculateur, que Selene considère comme médiocre mais chanceux, semble se résumer exactement à ça. Il y a deux ans, il a transformé un petit paquet de fric en un gros, en achetant des devises européennes avec des dollars, au moment où le dollar a grimpé pendant quelques jours à cause de ces types à Moscou qui ont essayé de renverser Eltsine. Il les a revendues quand les choses se sont calmées, et il est revenu à des spéculations plus prudentes. Quand le NAFTA[1] est passé, il a investi dans des pesos mexicains, puis il les a bazardés juste avant que le marché ne s'effondre.

1. North Atlantic Free-Trade Area : zone de libre-échange de l'Atlantique Nord *(note de l'auteur)*.

— Ça ne me paraît pas stupide, à moi.

— Notre enquêtrice spécialisée en finance dit qu'il est le genre d'hommes qui croit avoir un grand instinct naturel et des sources d'information privilégiées. Il prend les conseils d'experts de très haut niveau pour les ignorer et pour suivre ses propres intuitions. Il a eu raison deux fois, et, du coup, il croit qu'il en sait plus que les experts. Vous savez, comme Hitler : il n'a pas tenu compte des avis de ses généraux et il a envahi les Sudètes, la Tchécoslovaquie et la France, et il s'en est tiré. Ça l'a convaincu qu'il était doué naturellement d'un grand génie militaire. Par la suite, il s'est trompé régulièrement, mais il n'a jamais perdu la foi en son instinct.

— Eh bien, on est branchés histoire, aujourd'hui. Bon, voilà pour Morris, pour le moment. Mais il faut le garder à l'œil quand même. Et le dernier — Armitage ?

— C'est un petit malin. Il se présente comme banquier d'investissements, il a des sociétés dans les îles Caïmans, aux Bermudes, à la Grenade, des endroits comme ça. Il a toujours l'air d'avoir beaucoup d'argent à investir et il en donne très peu au fisc ; et — tenez-vous bien — il n'a jamais été inculpé et il n'a même jamais fait l'objet d'une enquête, d'après nos informations.

— *Jamais d'enquête ?*

— C'est ce qu'il semble. Vous pensez qu'il est lié à notre affaire ? Que c'est un de ces gars dont le dossier fiscal est marqué d'une façon mystérieuse ?

— Peut-être. Mais le Trésor peut garder une très grande discrétion sur une enquête en cours. Ça peut leur prendre des années, et ils ne fourniront jamais de rapports sur les progrès de l'enquête au premier venu. Mais ça a l'air prometteur. On va s'occuper de lui. Je veux en savoir plus sur ce type. »

Ce soir-là, j'ai reçu un coup de téléphone auquel je m'attendais à moitié. Connie faisait des exercices d'assouplissement sur le sol près du téléphone et elle a décroché à la deuxième sonnerie. « C'est pour vous », elle a dit en me tendant le combiné.

Je l'ai pris, en regardant automatiquement ma montre : 10 h 15.

« Mr Treloar, c'est Ngia Van Minh. » La voix avait un fort accent. « Vous m'avez vu aujourd'hui chez "Golden State Properties". Je travaillais pour Mr Nguyen.

— Oui, je me souviens de vous.

— J'ai entendu votre conversation avec Mrs. Cho. Elle vous a dit la vérité, mais il y a des choses qu'elle ne sait pas parce qu'elle ne comprend pas le vietnamien. Ce sont des choses qui me tracassent. » Son élocution était nette, mais j'entendais de la détresse dans sa voix. Je pouvais la repérer grâce à mes années de mariage avec Rose. La plupart des gens ne l'auraient pas entendue, car ils n'ont pas l'habitude des cadences de la langue vietnamienne.

« Alors, vous devriez peut-être m'en parler.

— Je crois, oui, mais pas au téléphone.

— Où voulez-vous qu'on se voie ? » C'est un vieux jeu. Les gens regardent trop la télévision. Ils se sentent beaucoup mieux si on les laisse choisir l'endroit. J'espérais que ce ne serait pas un parking souterrain ou l'observatoire du Griffith Park. Non seulement trop de télé, mais ils regardent tous les mêmes films.

« Il y a un terrain de jeux au coin de la rue de Charleston et de la rue Lamar, à peu près à deux blocs de notre bureau. Vous le connaissez ?

— Je ne connais pas très bien le coin, mais ça devrait être assez simple à trouver.

— Vous pourriez m'y rencontrer dans une heure ?

— Bien sûr. Il y aura quelqu'un avec moi, une collègue qui travaille sur la même affaire. »

Il s'est tu un instant. « Eh bien… très bien. Dans une heure alors. »

Il a raccroché et moi aussi. « Qu'est-ce que vous diriez d'une petite excursion, Connie ?

— Pourquoi pas ? » Elle s'est levée. « Laissez-moi me changer et mettre des chaussures. » Elle était en justaucorps et en collants, et elle avait l'air aussi solide qu'un roc, mais en beaucoup moins anguleuse.

« Vous m'avez dit qu'il avait l'air bizarre, elle a dit en s'installant sur le siège du passager.

— Ce n'est pas mon instinct qui déraillait, j'ai dit avec une discrète satisfaction. Mais je pensais que j'allais m'occuper de lui en tête à tête et lui mettre la pression. Ça va s'avérer plus facile que je ne pensais. » On ne devrait jamais dire ce genre de choses.

« Je me demande pourquoi il n'a pas voulu qu'on se voie chez lui, elle a dit d'un ton songeur. Habituellement, ils se sentent plus en confiance comme ça, ils contrôlent mieux la situation.

— Il ne veut pas impliquer sa famille, je suppose. Ce n'est pas trop la peine de spéculer là-dessus.

— Un terrain de jeux au milieu de la nuit. On pourra peut-être s'asseoir sur les balançoires. Je n'ai pas fait ça depuis des années. »

La circulation a été fluide pendant tout le trajet. Elle l'est généralement à cette heure-ci. On n'a pas eu de difficulté à trouver le terrain de jeux. Quelques gamins étaient en train de terminer un match de basket tardif quand on est arrivés. À part ça, tout le quartier était pratiquement désert. En dehors du terrain de basket, il y avait les habituels jeux de bascule, une cage à écureuils et quelques balançoires. Les balançoires étaient plongées dans une profonde obscurité, près du bâtiment de l'école. Ce n'était pas un bon endroit pour un rendez-vous ; on est allés au-delà et on s'est installés près d'un manège construit en plaques et en tubes de fer, plus près du trottoir et d'un lampadaire.

« Vous avez remarqué que les gens choisissent en général des endroits où la visibilité est bonne ? a dit Connie. Comme si quelqu'un risquait de se cacher quelque part à proximité ? Je suppose qu'on a trouvé ce qui se rapproche le plus d'un parc public.

— Les bancs de parc sont difficiles à trouver dans cette partie de la ville. »

On était là depuis environ dix minutes quand un homme de petite taille et mince s'est approché, les mains dans les poches, les épaules légèrement courbées, l'air mal à l'aise.

« Mr Treloar ?

— Oui, c'est ça. » Je lui ai serré la main, et j'ai senti qu'il était tendu. « Voici Connie Armijo. Elle est détective aussi.

— Oui… Eh bien, bonjour. Je suis désolé de vous faire venir dans un endroit pareil à cette heure, mais…

— Aucun problème, a dit Connie. Nous sommes impatients d'entendre ce que vous avez à nous dire. Nous voulons découvrir qui a tué Mr Nguyen.

— Oui. Mr Nguyen était un homme bon, un homme

très bon. Je ne veux pas que ces gens s'en tirent comme ça. Ce ne serait pas juste. On n'est plus au Vietnam. »

Apparemment, on arrivait enfin à quelque chose. J'allais commencer à parler, mais Connie a de nouveau pris la parole. « On va s'asseoir ici et vous allez nous parler de tout ça. » Elle s'est assise sur le manège et Ngia Van Minh s'est assis à côté d'elle. Elle semblait avoir décidé qu'elle était meilleure que moi pour mettre les gens à l'aise et pour les faire parler. Eh bien, elle avait peut-être raison. Je me suis assis de l'autre côté.

« Je vous aurais bien fait venir à la maison, mais j'ai peur d'impliquer ma famille. »

Connie a soulevé les sourcils en me regardant. « Vous pensez qu'elle courrait un danger ?

— Vous avez vu ce qui est arrivé à Duc Nguyen.

— Qu'est-ce que Mrs. Cho n'a pas remarqué ? j'ai demandé.

— Duc Nguyen fait… faisait beaucoup d'affaires avec la communauté vietnamienne. La plupart étaient des opérations ordinaires sur des propriétés commerciales. Mais dernièrement, des hommes avec qui il ne veut pas traiter ont pris contact avec lui. Certains d'entre eux sont… je veux dire étaient des hauts fonctionnaires et des militaires de l'ancien régime. Ils se comportent comme si c'était toujours la guerre et qu'ils pouvaient faire ce qu'ils veulent, parce qu'ils ont du pouvoir.

— Vous voulez dire qu'ils sont devenus des chefs de gangs ici ?

— Eh bien, oui, je suppose que c'est comme ça que vous les appelleriez. Ce sont des hommes mauvais.

— Et Mr Nguyen ne voulait rien avoir à faire avec eux ? a insisté doucement Connie.

— Évidemment non. Mais… » Ses mains ont voleté, à la recherche des mots appropriés. «… mais la situation est très compliquée. Duc Nguyen était un homme de poids et d'une position élevée parmi les Vietnamiens ; précédemment officier de l'armée, et d'une excellente famille. C'était un homme très respecté. Mais ici, on n'est pas au Vietnam, et les positions ne sont pas aussi solides. Il ne voulait pas provoquer une terrible discorde dans la communauté.

— Alors, il a traité avec eux, j'ai dit.

— Seulement pour leur permettre d'acheter les propriétés qu'ils voulaient, a-t-il ajouté vivement. C'étaient principalement des entrepôts et quelques magasins de détail. Il ne voulait rien avoir à faire avec leurs activités.

— Alors, qu'est-ce qui les a incités à le tuer ? a demandé Connie. Il doit y avoir autre chose.

— Je ne sais pas tout, bien sûr. Mais il y a environ un mois, quelques-uns de ces hommes dont j'ai parlé sont venus dans nos bureaux. Il y avait deux autres hommes avec eux, des Vietnamiens aussi, mais ceux-là n'étaient pas des immigrants. Ils venaient de Saigon.

— Vous en êtes sûr ? a demandé Connie.

— Je l'ai vu à leur façon de parler. Et je leur ai apporté du thé du restaurant d'en face, et l'un d'entre eux a sorti un paquet de cigarettes de sa poche. » Il a mimé le geste. « Il a sorti en même temps un passeport et un portefeuille. Le passeport était vietnamien.

— Très bien, ai-je dit. De quoi ont-ils parlé ?

— Ce n'était pas tant une conversation qu'une dispute. Ces hommes voulaient que Duc Nguyen s'associe avec eux pour une affaire. Vous comprenez, je ne pouvais pas tout entendre, seulement des bribes, quand ils élevaient la voix. Ils parlaient vietnamien, pour que Mrs. Cho ne puisse rien comprendre. Vers midi, elle est sortie pour déjeuner, et c'est à ce moment que la dispute a été la plus violente. Ils ont crié pendant un moment.

— Où était l'autre femme que j'ai vue au bureau ? lui ai-je demandé.

— C'est Jerry Batchelor. Elle n'était pas là ce jour-là, elle faisait visiter une propriété à des clients. Elle n'a pas été là du tout pendant que ces hommes étaient dans l'agence.

— Est-ce que vous vous êtes fait une idée de ce qu'était cette affaire ? a demandé Connie.

— Je pense que ce devait être de la contrebande. Vous savez, ces gens-là ne parlent jamais directement, même quand ils sont entre eux. Ils utilisaient des mots… un langage qui masquait ce qu'ils voulaient vraiment dire.

— Je vois ce que vous voulez dire, lui ai-je assuré. Quels mots ont-ils utilisés ?

— Ils ont parlé de "sel" et de "fleurs", et je pense que, par là, ils voulaient dire drogue. Pour les autres choses, je ne sais pas : "tigres", "serpents", "fantômes". Je n'ai aucune idée de ce qu'ils signifiaient, mais Duc Nguyen n'aimait pas ça du tout. »

Nous nous sommes regardés, Connie et moi, en entendant ce dernier mot étrange. « Fantômes ? elle a dit.

— Oui. Ils ont utilisé ce mot plusieurs fois ; ils avaient l'air de parler de gens. Je pense que c'étaient peut-être des immigrants clandestins. » Il a réfléchi un moment. « Mais peut-être que c'est le nom d'un gang là-bas au Vietnam. Ils ont parlé de "Le Fantôme". Ils ont utilisé une forme du mot… comment ça s'appelle quand on parle du "plus grand" ?

— Le superlatif ? a dit Connie.

— C'est ça. Ils ont utilisé le superlatif, quelque chose comme "Le Grand Fantôme".

— Est-ce que vous connaissez les noms de ces hommes ? » j'ai demandé.

Il a de nouveau regardé autour de lui. Il ne tremblait pas vraiment et ne se tordait pas réellement les mains, mais il n'était pas loin d'être terrifié. « Un d'entre eux était Ngo Pham. Il est propriétaire d'une boutique de primeurs, mais tout le monde sait que c'est un trafiquant d'immigrés clandestins d'Asie du Sud-Est, pas seulement du Vietnam. Il y avait aussi Tran Van Loan. C'est un marchand de voitures. Là aussi, c'est une couverture pour quelque chose d'autre, mais je ne sais pas quoi. Les autres immigrés, je ne les connais pas. Je les avais juste déjà vus une fois ou deux auparavant. Les deux qui arrivaient du Vietnam ne m'ont pas été présentés. Je n'ai entendu tout ça que dans la mesure où ils élevaient la voix, ce qui arrivait souvent. Ils étaient en colère contre Duc Nguyen. J'ai entendu ce que vous a dit Mrs. Cho. Mais cette fois, quand ils sont partis, ils ne souriaient pas.

— Comment s'est comporté Duc après leur départ ? lui a demandé Connie.

— Comme d'habitude. Ce n'était pas un homme facile à effrayer. Il avait beaucoup connu la guerre autrefois.

— Est-ce qu'il vous a dit quelque chose sur cette réunion ? j'ai demandé.

— Simplement que c'était une affaire qui n'avait

pas abouti et que je pouvais l'oublier. Il a dit qu'on ne les verrait plus.

— Est-ce qu'un de ces hommes est revenu par la suite ? a dit Connie.

— Pas que je sache. S'ils sont revenus, je n'étais pas là.

— Pourquoi n'avez-vous pas raconté ça à la police ? a demandé Connie.

— Qu'est-ce que j'ai ? a-t-il dit amèrement. Quelques bribes de conversations écoutées aux portes ? La police doit les connaître, ceux d'ici. Ils auraient dû être arrêtés depuis longtemps. Mais la police n'a rien contre eux, ou alors les autorités ont été achetées. Ce n'est pas facile de prouver quelque chose contre quelqu'un par ici. La police n'aurait rien fait. Mais ces hommes auraient su que je les avais accusés. Ils m'auraient fait payer. Et ensuite ils auraient fait payer ma famille. »

Je comprenais ce qu'il voulait dire. Il venait d'un endroit où les autorités étaient toujours l'ennemi. Et la police n'était que leur bras armé, quel que soit le gouvernement. Si on était malin, on se taisait.

« Mais vous avez voulu nous en parler, a dit Connie.

— Il fallait que j'en parle à quelqu'un. » Il m'a regardé. « Vous étiez de la famille de Duc Nguyen. Vous étiez le mari de sa sœur. J'ai pensé que vous aviez le droit de savoir ça, et que, peut-être, vous sauriez quoi faire.

— Vous croyez que je peux vous garder en dehors de tout ça ? »

Il s'est levé. « J'espère que oui. Je veux vivre longtemps et avoir des petits-enfants. Je… » Il a tourné brusquement la tête quand une voiture noire a viré au carrefour, en faisant hurler ses pneus. La fenêtre côté passager était baissée et quelque chose en dépassait.

« À terre ! » Connie et moi, on a crié en même temps, et on a saisi Minh chacun par un bras pour le projeter au sol. C'est un miracle qu'on ne l'ait pas désossé comme un poulet. On a roulé sous le manège, juste au moment où le tir commençait ; on a entendu le bruit de déchirement bégayant d'une mitraillette, pas le lent halètement d'un fusil d'assaut. Les ricochets des petites balles chemisées de cuivre ont fait un bruit assourdissant mais rassurant sur le solide plancher du manège. Dans un grincement, celui-ci s'est mis à tourner paresseusement. Connie a sorti un énorme revolver et a commencé à tirer. Les départs de son arme m'ont presque assourdi et j'ai senti des particules de poudre non brûlées me piquer la joue.

La voiture ne s'était pas tout à fait arrêtée. Brusquement, elle a accéléré et a disparu au croisement suivant. Nous sommes ressortis en rampant et nous nous sommes époussetés en tremblant.

« Pourquoi vous n'avez pas tiré ? m'a demandé Ngia Van Minh sur un ton indigné.

— Pas d'arme », j'ai répondu. Les gens ont des idées bizarres sur la façon dont fonctionnent les permis de port d'arme.

« Mr Minh, a dit Connie, en vidant rapidement son barillet dans son sac et en le rechargeant d'un seul coup avec un chargeur, je pense que vous feriez bien de rassembler votre famille et de l'emmener en vacances. Vous avez peut-être de la famille au Texas ou en Floride ou un endroit que vous aimeriez visiter. »

Il était devenu d'une pâleur mortelle. « J'espère que vous trouverez celui qui a tué Duc Nguyen, mais pour moi, cette histoire est terminée. Au revoir. » Il est parti à grands pas.

« Est-ce qu'on ne devrait pas faire un rapport là-dessus ? » a dit Connie en désignant le manège de la tête. Il était décoré de longues traînées brillantes.

« Ce n'est que du vandalisme sur du mobilier urbain. Vous pouvez en parler aux flics si vous voulez, mais on vous arrêtera probablement pour avoir tiré des coups de feu en ville. Je pense que je vais faire un petit tour en voiture.

— Je viens avec vous. Au diable le rapport. »

On est retournés à la voiture.

« Vous pensez avoir touché quelqu'un ? j'ai demandé.

— J'ai probablement blessé leur voiture. Je n'essayais pas vraiment de viser. Je voulais simplement les empêcher de s'attarder.

— C'est ce qu'il y avait de mieux à faire. »

Elle respirait fort et ses yeux étaient agrandis par la peur. J'avais probablement le même air.

« On vous avait déjà tiré dessus ?

— Des sacs-à-merde qui ont fait *pan ! pan !* une fois ou deux pendant que je les poursuivais. Rien de comparable à ça. »

J'ai secoué la tête, mais mon oreille gauche persistait à résonner bruyamment. « Ce canon que vous utilisez, il est rude pour les oreilles.

— Pauvre chéri. Si ce salopard avait tiré quelques centimètres plus bas, il nous aurait hachés. Je ne suis pas encore mûre pour une étiquette à l'orteil. J'ai toujours entendu dire que les gens ont tendance à tirer trop haut sous le stress. Je me suis juste arrangée pour maintenir le stress du tireur à un niveau élevé.

— Je ne me plaignais pas. »

Je ne suis pas allé en direction de chez Queen. Au lieu de ça, je me suis dirigé vers Mulholland et je me suis arrêté à l'un de ces points de vue d'où on a une vision de carte postale des lumières de la ville ; de là, elle apparaît comme un pays de contes de fées — pas du tout comme ce qu'elle est réellement. J'ai coupé le moteur.

On avait tous les deux cessé de trembler ; chacun ne songeait qu'à montrer à l'autre qu'il était parfaitement calme.

« Comment nous ont-ils repérés ? elle a dit.

— Ils ont peut-être filé le train à Minh, ou il y a peut-être un espion sur notre téléphone. Je m'étonne qu'ils aient raté un coup aussi facile que ça, après le travail très professionnel qu'ils ont fait avec Duc.

— Une équipe différente peut-être, des amateurs. L'équipe qui a descendu Duc a peut-être quitté la ville dès que le travail a été fait. C'est ce qu'auraient fait des pro. » Elle a frappé du poing le tableau de bord. « Bon sang ! Tout ce que nous savons, c'est que votre ex-beau-frère s'est retrouvé embringué avec des gangsters vietnamiens. C'est pas là-dessus que je suis censée travailler !

— Ils ont parlé de fantômes.

— Ils utilisaient un argot de gangsters. Il ne signifie sans doute plus la même chose qu'il y a vingt-cinq ans. Minh avait peut-être raison. Peut-être qu'actuellement les fantômes sont des immigrants clandestins.

— Ils ont parlé d'un "Grand Fantôme", au superlatif. C'est peut-être ce qu'est devenu Martin Starr maintenant. »

Elle n'a rien dit pendant un moment, et je n'ai pas insisté. Elle a ouvert sa portière et elle est sortie. La voiture s'est légèrement abaissée quand elle s'est assise sur l'aile avant, les pieds sur le pare-chocs. Je suis sorti et je l'ai rejointe. On est restés assis là un moment, à regarder les lumières et à écouter les faibles bruits de la ville à nos pieds ; on voyait les hélicoptères de la police darder les rayons surnaturels de leurs projecteurs dans des zones obscures, et, partout, les lumières stroboscopiques des véhicules d'urgence.

« Vous avez dit que vous aviez revu Martin Starr une fois, elle a dit enfin. Ou que vous pensiez l'avoir revu. Parlez-moi de ça. »

Alors je lui ai raconté.

CHAPITRE DIX

République du Sud-Vietnam, novembre 1968

En finissant mon service, j'ai coché un nouveau jour sur mon calendrier de quille. Je l'avais acheté au PX quand j'avais atteint mes six mois de présence au Vietnam. Les calendriers de quille faisaient l'objet d'une révérence superstitieuse et d'un rituel chez les GI. J'avais ricané devant les rituels élaborés quotidiens, destinés à amadouer les dieux du destin et de la chance, que pratiquaient les autres gars, à l'époque où j'avais la plus grande partie d'une longue, longue année à effectuer devant moi. Maintenant, mon année presque terminée, j'étais aussi attaché aux rites que le plus abject d'entre eux. Je ne voulais pas rendre mon gilet pare-balles déchiqueté parce qu'il m'avait probablement sauvé la vie deux fois, et qu'il pourrait encore le faire. Je portais toujours les lunettes de soleil noires de Queen, parce qu'il était rentré au pays sans une égratignure, et qu'il me les avait solennellement offertes quand il était parti pour Tan Son Nhut, pour prendre son oiseau de la liberté.

« J'en aurai plus besoin, mec, m'avait-il dit quatre

mois auparavant. Le soleil est plus bienveillant là où je vais. Viens me voir en rentrant à la maison. » Je portais ces sacrées lunettes même la nuit.

Quand j'avais acheté ce calendrier, j'avais superstitieusement rayé tous les jours depuis mon arrivée, puis j'avais coché chaque jour suivant à la fin de mon service, généralement dans les premières heures de la matinée. Certains gars ne cochaient une journée qu'après le lever du soleil de la journée suivante, en prétendant que ça augmentait les chances de rentrer vivant au pays. Ils n'auraient pas compris le mot « hubris » s'ils l'avaient entendu, mais ils savaient que les dieux n'aiment pas qu'on soit présomptueux ou qu'on ait une attitude de je-sais-tout.

J'ai compté les croix — il y en avait plus de trois cents. Certains gars vous mettaient en garde contre le fait de compter les jours cochés. Ils disaient que c'était comme compter son argent pendant une partie de poker, ça provoquait à coup sûr une mauvaise passe. Je le faisais quand même, avec le sentiment que certains défis — strictement limités — au destin aidaient en fait le processus ; que le fait d'être totalement esclave des rituels d'apaisement ne convenait pas, particulièrement pour un Américain.

Je devenais nerveux aussi : je sursautais quand j'entendais des bruits forts, j'aboyais sur les gens, et d'une façon générale, je me comportais comme un emmerdeur. Ce n'était pas seulement le fait que j'étais bientôt quillard qui me rendait comme ça. C'est que, soudain, j'avais plein de raisons de vivre. Rose et moi, on allait se marier un jour propice, juste après Noël, et quelques jours après, on retrouverait les États-Unis, le Monde, le Pays du Grand PX. J'avais tiré des ficelles au service du personnel, et mon avenir était fixé : je passerais quinze mois dans une planque à Fort Ord, puis je pourrais partir trois mois avant mon terme, pour entrer à l'académie de police du LAPD. À la simple condition que je survive jusque-là.

Le sergent de notre peloton est entré. C'était un appelé de Dallas, nommé McKay. « Tout le monde au pieu pendant que vous pouvez en profiter. La compagnie du quartier général est exemptée de ses fonctions habituelles pour la journée. Nous avons une mission spéciale la nuit prochaine. Il y aura un rassemblement spécial à vingt et une heures, mais ça ne veut pas dire que vous n'assistez pas aux autres. Je veux voir mes chefs de section dans ma carrée tout de suite. »

J'ai fermé mon placard et j'ai suivi McKay dans la minuscule pièce au bout du dortoir, qu'il partageait avec le sergent du deuxième peloton. J'étais maintenant sergent, chef de section. La promotion était rapide au Vietnam. Je dirigeais la première section du premier peloton de la compagnie « Tête et Tête », c'est-à-dire Quartier Général, compagnie du Quartier Général. La « Tête et Tête » fournissait le personnel pour les quartiers généraux de bataillons ; elle était rattachée au QG du bataillon, et elle comportait un peloton supplémentaire qui regroupait les cuisiniers, les employés et tout ce qui s'ensuit. À part ça, on faisait un travail normal de PM. Pour nous, une mission spéciale signifiait habituellement l'escorte d'un VIP en visite. Au moins, ça changeait de la routine.

On s'est entassés dans la petite pièce avec les trois autres chefs de section et le sergent du peloton.

« Qui est-ce qui nous rend visite ? j'ai demandé. Notre nouveau commandant en chef ? » Richard Nixon venait d'être élu quelques jours auparavant. On spéculait ferme sur la question de savoir s'il se montrerait aussi désastreux pour la conduite de la guerre que Johnson. Les optimistes étaient peu nombreux.

« C'est pas des VIP cette fois-ci », nous a dit McKay. Tout le monde fumait et l'atmosphère dans cet espace confiné devenait épaisse. McKay m'a regardé à travers le brouillard. « Ton futur beau-frère a été en réunion toute la journée avec le colonel Tapia. »

Oh ! Oh ! Duc Nguyen était parfois un peu voleur, mais c'était de notoriété publique un officier de police efficace et consciencieux. Un pow-wow comme celui-là signifiait qu'une sérieuse opération se préparait.

« Charlie revient ? a demandé quelqu'un. Je croyais qu'on les avait tous tués la dernière fois.

— Personne n'ouvre la bouche en sortant d'ici, nous a prévenus McKay, mais ça se pourrait qu'on aille à la chasse aux fantômes. »

Mon estomac s'est noué. « Oh merde, McKay, il faut que tu me sortes de ce coup-là ! Je suis trop près de la quille et je vais me marier dans moins d'un mois. Je peux pas me permettre maintenant de me frotter à une bande de déserteurs dopés jusqu'aux yeux ! Je veux pas que ma fiancée soit veuve. Allez, sors-moi de ce bordel. Je m'appuierai toutes tes permanences supplémentaires jusqu'à ma DERO. » C'était encore un de ces acronymes militaires : Date Estimée de Retour d'Outre-mer. À l'armée, on a l'impression que les acronymes sont plus nombreux que les mots normaux.

« Tu peux toujours courir, a dit McKay en secouant la tête. Je me fous de savoir si ta DERO est après-demain ou si tu vas te marier avec Lucy Baynes Johnson à Tan Son Nhut, en attendant ton avion. Tant que t'es dans ce peloton, tu prends les mêmes risques que tout le monde. »

J'ai regardé autour de moi et je n'ai vu aucun regard compatissant. Bande de salopards sans cœur. « Et merde », j'ai commenté.

J'aurais préféré qu'il ne nous dise rien à l'avance. Au moins, j'aurais pu dormir. Je n'arrivais à penser qu'à une chose : j'allais me faire descendre cette fois-ci. J'ai brièvement songé à devenir fantôme moi-même. Seulement, Rose ne viendrait jamais avec moi. Elle avait la calme certitude que tout allait bien se passer, qu'on allait se marier, aller aux États-Unis et réaliser le Rêve Américain. Évidemment, elle avait vécu toute sa vie dans ce cloaque ravagé par la guerre, et elle avait une attitude plus philosophique que moi.

Le moral passait par trois phases au Vietnam : quand on arrivait, on était totalement terrifié, on était sûr qu'on allait se faire tuer à la première occasion. Ensuite, on entrait dans une période de résignation, on comprenait qu'on était là pour un long moment, et que se faire du souci n'avançait à rien. Pour finir, quand on approchait de la quille, la peur revenait en force, de façon irrationnelle. Votre nom était gravé sur chaque balle et sur chaque fragment de grenade. C'était vrai même pour ceux qui faisaient leur service à l'arrière comme moi. C'était bien pire pour les bidasses qui combattaient dans la brousse, mais personne au Vietnam n'aurait jamais admis que quelqu'un d'autre était plus mal loti que lui-même.

Quelques mois plus tôt, j'aurais bien accueilli une chasse aux fantômes. Ces derniers temps, les fantômes avaient remplacé les Viêt-congs et les civils américains en haut de notre échelle de la haine. On les imaginait tous, vivant bien, à la colle avec leurs gonzesses, et avec leur came et leur fric volé. Mais maintenant, je n'arrivais plus beaucoup à m'indigner. Moi, j'allais quitter ce pays, et pas eux, et ça, ça me semblait une punition suffisante.

J'ai traîné nerveusement toute la journée, en essayant de trouver un moyen de me retirer le cul de la presse. L'appel des malades a eu lieu sans que j'arrive à imaginer des symptômes crédibles. Je me suis torturé les méninges à la recherche de services qu'on me devait, mais j'avais déjà épuisé tout mon crédit pour organiser la merveilleuse affaire que j'avais si peur de rater. L'armée n'osait pas interdire le mariage de GI avec des Vietnamiennes, par crainte d'offenser nos estimés alliés. Mais elle ne l'encourageait certainement pas. Le fait d'être posté à Fort Ord n'avait pas été facile à obtenir non plus. Ce n'était pas Hawaii, mais n'importe quel endroit en Californie était forcément mieux que les postes marécageux et isolés du Sud, qui constituaient pratiquement les trois quarts des terrains de l'armée aux États-Unis.

Je ne pouvais même pas raconter mes soucis à Rose. Duc lui avait vanté mes mérites après l'épisode du champs de courses, et je ne voulais pas qu'elle me voie me comporter comme un bleu effrayé. Alors, quand ma Seiko a indiqué neuf heures, ce qui, en jargon militaire se lit vingt et un zéro zéro, j'étais rassemblé avec le reste de mon peloton et les trois autres pelotons opérationnels. Le cinquième peloton, celui qui regroupait tous ces cuisiniers et ces employés, était excusé.

Après l'attente habituelle, les huiles sont arrivées. Le colonel Tapia, commandant du bataillon, était là, avec son commandant en second, le major Moore. Le commandant de la compagnie du QG, le capitaine Schultz, est arrivé avec Duc Nguyen. L'adjudant-chef Posezny, le sous-officier le plus élevé en grade du bataillon, est arrivé avec le sergent-chef de la compagnie, tout ça dans l'ordre hiérarchique formel qui restait un mystère pour les appelés d'un grade inférieur. Le sergent-chef nous a fait mettre au garde-à-vous. Ensuite, ils se sont tous reculés, laissant le commandant du bataillon seul en face de nous.

« Repos, Messieurs, a dit Tapia. Cette nuit, on sort pour nettoyer un grand nid de déserteurs, et ce n'est pas trop tôt. Ils font une réunion dans un entrepôt près de la rivière. La plupart d'entre vous connaissent le quartier. Les hommes du capitaine Nguyen vous guideront, mais ils n'entreront pas. C'est notre merde, et c'est à nous, Américains, de la nettoyer. » Il nous a survolés du regard, l'œil dur. « Ceci est une mission d'un genre particulier. Ce n'est pas des soldats à qui nous aurons affaire ; pas même à des Viêt-congs, que nous pouvons au moins respecter en tant que combattants. Ce sont des déserteurs. Ce sont des traîtres et des criminels. Je ne veux pas que nous perdions des hommes parce que quelqu'un aura été trop lent pour tirer. Alors ne prenez aucun risque. Il n'y aura aucune commission d'enquête sur l'action de ce soir. Prenez toutes les mesures nécessaires pour vous défendre, et je vous soutiendrai à cent pour cent. On part à vingt-trois zéro zéro.

— Gaaaarde à vous ! » a crié Posezny. Et les huiles sont parties au pas. Ne sont restés que le capitaine Schultz et le sergent-chef, un ancien très maigre, nommé Woodruff.

« Repos, a dit Woodruff. Quand vous reformerez les rangs, je veux tout le monde en tenue de combat complète : casque lourd, gilet pare-balles, bottes de jungle, tout le bazar. Vous fixerez avec du ruban adhésif tout ce qui peut se balader, pour que ça ne fasse aucun bruit. Dans les armes et munitions, vous inclurez les grenades et les baïonnettes. Ces enculés éteindront les lumières dès qu'on arrivera, alors l'intendance a préparé des lampes-torches pour tout le monde. Les chefs de section et leurs assistants lanceront des grenades éclairantes en plus. Il faut qu'on voie ces salopards pour pouvoir leur tirer dessus. Des questions ?

— Chef, a dit McKay, ces entrepôts près de la rivière, c'est rien que du bois et de la tôle. Les grenades éclairantes vont y foutre le feu. »

Woodruff a écarquillé les yeux. « Oh ! excusez-moi, sergent McKay. Vous êtes dans les assurances maintenant ; vous vous faites du souci pour cette foutaise ? Qu'ils crament, ces enculés ! » Tout le monde a rigolé et McKay a pris un air penaud.

« Si y a plus d'autres questions à la con, a dit Woodruff, alors rassemblez votre bordel. Garde à vous ! Rompez ! »

McKay et les autres sergents de peloton ont fait un demi-tour. « Rompez ! »

On a changé de vêtements et d'équipement et on est allés à l'armurerie. En faisant la queue pour prendre nos armes, on bavardait tous nerveusement. Maintenant, j'étais plus ancien que la plupart d'entre eux. J'étais considéré comme un vétéran endurci. Mon assistant, un caporal qui s'appelait Russel, avait un air émerveillé, et ça ne venait pas de la simple perspective d'un combat.

« Est-ce que j'ai bien entendu ? Est-ce qu'on a bien reçu l'ordre de tuer ces trous du cul à vue ?

— Non, t'as pas bien entendu, j'ai dit. Et tu ferais bien de t'en souvenir. T'occupe pas de ce qu'a dit le colon. Il n'est pas le ministère de la Défense. Bien sûr, l'armée préfère garder cette merde planquée sous le tapis, mais s'il y a un journaliste à jeun cette nuit au Continental, ça pourrait être publié. Et alors, on aurait des cours martiales au cul s'il y avait une seule exécution sommaire. Et Tapia pourrait témoigner en toute innocence que, vraiment, non, il n'a jamais dit : "Tuez ces enculés", il a seulement dit d'être extrêmement, spécialement prudents. Si t'as écouté attentivement, tu auras remarqué que, effectivement, c'est tout ce qu'il a dit.

— Oh merde, a dit quelqu'un. Et moi qui pensais qu'on venait d'obtenir une licence 007 pour tuer.

— C'est ce qu'il voulait qu'on croie, j'ai dit. Mais je suis dans l'armée depuis assez longtemps pour savoir écouter ce qu'on me dit. » Je suis arrivé à la fenêtre de l'armurerie et j'ai pris mon .45, mon fusil à pompe, et la baïonnette incongrue qui se fixait au tenon sous sa gueule. « D'un autre côté, si un d'entre eux pointe effectivement un fusil dans ta direction, tu ferais bien de le nettoyer vite fait. Je suis allé à la prison de Long Binh, et c'est certain que je te tuerais pour ne pas être enfermé là-dedans. »

Au bunker renforcé du dépôt de munitions, on a pris les balles pour les fusils et les pistolets, les cartouches pour les fusils à pompe, les grenades à fragmentation, et pour moi et mon assistant, les grenades éclairantes. On a chargé nos armes, et on a accroché le reste de tout cet attirail guerrier de façon variée sur nos harnais. On a fait passer des bâtons de camouflage, et on a noirci nos figures et nos mains, exactement comme si on allait dans la brousse. En fait, Saigon était aussi dangereuse que n'importe quelle jungle.

À l'intendance, on a pris de grandes lampes en aluminium épais, contenant cinq piles, et j'ai montré aux nouveaux comment les scotcher aux M-16, pour qu'elles éclairent dans la direction où était pointée l'arme. On a fourni à ceux d'entre nous qui avaient des fusils à pompe des lampes standard, à têtes orientables. Solidement scotchées aux harnais, elles éclairaient la zone qui nous faisait face. Évidemment, elles attiraient aussi les tirs adverses, mais on ne peut pas tout avoir.

Quand on a formé les rangs, j'ai vu qu'on avait équipé les Jeep avec des projecteurs orientables. Woodruff nous a fait mettre au garde-à-vous et le capitaine Schultz nous a détaillé l'opération.

« À vingt-trois zéro zéro, tout le monde doit être dans les Jeep et les transports de troupes. Le capitaine Nguyen nous conduira jusqu'à deux rues de l'entrepôt ; là on descendra et on continuera à pied. Les deuxième, troisième et quatrième pelotons formeront un cordon autour de l'entrepôt et établiront un périmètre. Le premier peloton rentrera et les chassera dehors. À ce moment-là, toutes les Jeep se seront approchées avec leurs projecteurs, et on prendra ces salopards dans la nasse quand ils tenteront de s'échapper. La patrouille fluviale amènera des bateaux pour attraper ceux qui essaieront de s'échapper par la rivière. Et vous avez entendu le colonel : ces salopards ne manqueront à personne, alors évitons à l'armée le coût de quelques cours martiales, OK ? Pas de questions ? » Il n'y en a pas eu.

On a traîné un moment, en attendant que les choses se mettent en route. Quelques-uns d'entre nous bavardaient, mais la plupart étaient occupés par leurs propres pensées, et j'aurais parié que les plus songeurs se demandaient pourquoi, au milieu d'une guerre, ils allaient se battre contre d'autres Américains. Personnellement, j'avais cessé de me poser des questions sur cette folie. Je voulais simplement rentrer au pays. Il m'est soudain apparu que cette bande de fantômes se dressait entre moi et Rose et notre oiseau de la liberté. Malgré ce que j'avais dit à ma section, j'ai réalisé que je n'allais pas tolérer beaucoup de résistance de la part de quiconque. J'avais trop à y perdre.

Juste avant minuit, on a reçu l'ordre d'embarquer. Des équipes pour les projecteurs avaient été affectées aux Jeep, et j'ai voyagé à l'arrière d'un camion avec ma section. Les camions avaient été débâchés, et presque personne n'accordait un regard à notre petit convoi, pendant qu'on roulait lentement dans les rues sombres. Il n'y avait pas grand monde pour regarder quoi que ce soit de toute façon. Je me tenais à l'avant de la plate-forme, appuyé sur le toit de la cabine. J'aurais bien aimé pouvoir fumer ; je me demandais si j'allais encore prendre une balle cette fois-ci, et dans une zone vitale, qui sait.

On était loin des lumières brillantes de la rue Tu Do. Des logements délabrés s'étalaient le long de la rivière, empestant les détritus et la fumée. On n'entendait aucun bruit en dehors du grondement de nos véhicules, et rien ne bougeait à part, au loin, de sombres hélicoptères ; je pouvais voir aussi, très loin, des boules orange qui dérivaient paresseusement dans le ciel : des obus éclairants de 42, suspendus à leurs parachutes. Une base se faisait attaquer.

Le convoi s'est arrêté en grinçant et en chuintant. « Sortez vos culs des camions », a dit doucement McKay. On est descendus avec précaution, maladroitement, dans notre équipement de bataille inaccoutumé. Tout le monde transpirait abondamment, à cause de la tension et de la façon dont la chaleur s'accumule sous les lourds gilets pare-balles.

« Verrouillez et chargez », j'ai dit. Le cliquetis des armes qu'on chargeait a paru beaucoup trop bruyant dans le silence de la nuit, mais on n'y pouvait rien. On a entendu les *clic* des sécurités qu'on enclenchait, puis à nouveau le silence. J'ai rajouté une cartouche dans le magasin de mon fusil à pompe et j'ai attendu.

Duc est apparu. « Premier peloton, avec moi. » Il portait un simple treillis, pas de gilet pare-balles, et un foulard noir au lieu d'un casque ou d'une casquette. Il n'avait pas de fusil, mais il avait un .45 à la main, percuteur relevé et sécurité en place.

On a suivi Duc dans une allée, et on a entendu derrière nous les autres pelotons qui se déplaçaient pour prendre position, guidés par l'équipe de Duc. Je me demandais si on avait la moindre chance de les prendre par surprise. Quelqu'un les avait certainement prévenus. Avec de la chance, il n'y aurait personne. Les fantômes n'essaieraient pas de s'en sortir en tirant, contre toute une compagnie de PM. Mais ils pourraient avoir piégé leur repaire. À la pensée de ce que pourrait nous faire une seule mine Claymore, mon estomac s'est retourné. Un homme est très seul avec ses pensées, dans ce genre de situation.

On est sortis de l'allée, on est passés entre deux

hangars à bateaux, et on s'est retrouvés sur une rive boueuse. La puissante odeur de la rivière empuantissait l'atmosphère. J'ai parcouru la surface de l'eau du regard, pour repérer la patrouille fluviale. J'ai vu les lumières de quelques bateaux de bonne taille, et l'eau reflétait le scintillement des lumières de l'autre rive, mais si les bateaux étaient là, ils avaient éteint tous leurs feux, dans l'attente du signal.

Nous avons longé la rive, nos bottes ne faisant aucun bruit dans la boue. Mon intérêt professionnel était encore assez grand pour que je me sente fier de mes hommes. Même les bleus s'en sortaient comme des vétérans. Puis, Duc a levé la main, et nous nous sommes arrêtés.

Nous nous tenions sous les piliers d'un petit quai. Il s'étendait sur vingt mètres dans la rivière, ajoutant son odeur de créosote à toutes les autres. Son autre extrémité était reliée à la masse d'un entrepôt qui semblait avoir été vieux avant même l'arrivée des Français. Très lentement, Duc a escaladé la rive glissante, en restant dans l'ombre du quai, tenant son pistolet près de la hanche. McKay l'a suivi, puis moi et les autres, en gardant un intervalle de quelques mètres entre nous afin d'éviter de nous bousculer les uns les autres, et pour diminuer les pertes éventuelles au cas où on se mettrait à nous tirer dessus par surprise. Le silence et la tension magnifiaient les moindres bruits que nous faisions — les bruissements inévitables de nos vêtements, et les frottements de nos semelles sur la terre molle.

Nous nous sommes encore arrêtés. Nous étions en haut de la pente. Il y avait une étroite allée entre l'entrepôt et un bâtiment similaire à côté. J'ai rejoint

Duc et McKay, écarquillant les yeux pour voir ce qui nous avait arrêtés. Alors, j'ai remarqué une très faible lueur orange à mi-chemin de l'allée. Quelqu'un fumait une cigarette. Ils avaient posté un veilleur. Pour la première fois, j'ai pensé qu'on avait vraiment une chance de les avoir par surprise.

Duc a commencé à s'avancer dans l'allée, aussi précautionneusement et silencieusement qu'un chat. Nous avons fait de notre mieux pour l'imiter. J'étais certain que le veilleur allait nous voir ou nous entendre. Il n'était pas en train de dormir après tout. J'ai commencé à distinguer une vague silhouette à la lueur de la cigarette, et j'ai vu qu'il faisait face à l'extrémité de l'allée opposée à celle d'où nous venions. Évidemment. Personne ne s'attendait à des problèmes venant du côté de la rivière.

Duc était à moins d'un mètre de lui, quand le veilleur a senti quelque chose et s'est vivement retourné. Ses yeux se sont presque croisés en voyant la gueule du pistolet de Duc à moins de trois centimètres de sa figure, juste au-dessus de l'arête de son nez. On a entendu un léger *clic* quand Duc a retiré la sécurité d'un coup de pouce. C'était un jeune Vietnamien, de peut-être treize ou quatorze ans. Ses doigts ont laissé sa cigarette s'échapper, et j'ai pensé qu'il allait s'évanouir. Duc a avancé et le gamin s'est reculé d'un pas.

« À vous de jouer, a murmuré Duc en faisant marcher l'enfant à reculons, jusqu'à l'autre extrémité de l'allée.

— On y est », a dit brièvement McKay. On se tenait devant une entrée qui s'ouvrait sur l'allée. Il n'y avait pas de porte, seulement un lourd rideau qui ne laissait passer aucune lumière. Il n'y avait pas de fenêtres sur ce côté du bâtiment, aucune fente entre les planches des murs. Tout était noir.

S'il y avait une Claymore à l'intérieur, on était tous morts. Une Claymore est un bloc de plastic de la taille d'un livre relié, légèrement courbé. Dans la face convexe sont incrustées des centaines de billes d'acier, et quand ce truc explose, les billes réduisent en lambeaux tous ceux qui se trouvent dans un rayon de vingt-cinq mètres. On peut la faire exploser par télécommande, ou elle peut être reliée à un fil tendu à hauteur de pieds ou à un système quelconque de piège. Subir une explosion de Claymore, c'est comme se trouver à l'intérieur du canon d'un fusil de chasse au moment où quelqu'un presse la détente.

Je ne pensais pas que le gamin aurait été posté ici si l'endroit avait été piégé avec une Claymore, mais ici, la folie était monnaie courante.

« Allons-y », a chuchoté McKay. Il a repoussé de côté le rideau précautionneusement, avec le canon de son M-16. Toujours pas de lumière. Nous nous sommes glissés à l'intérieur à la façon des Indiens, en levant les pieds haut et en les reposant sur les côtés des semelles, puis en les déroulant vers l'intérieur. Ça a l'air absurde, mais c'est silencieux.

Quand tout le monde a été à l'intérieur, on a fait une pause. Il faisait sombre, mais on pouvait entendre une lourde respiration ronflante. « Qu'est-ce que c'est que ce bordel ? a chuchoté quelqu'un.

— Shhh ! » McKay s'est dirigé sur la pointe des pieds vers la source du bruit. La pièce semblait remplie de ballots de marchandises, emballées dans des sacs de toile. J'ai allumé ma lampe avec précaution, juste un instant. Un homme était allongé sur une pile de ballots, inconscient. Près de sa main flasque, il y avait une seringue, une cuiller pliée et un Zippo cabossé. J'ai éteint ma lampe.

« Venez », a dit McKay. En s'éclairant de brefs éclairs de nos lampes, on a trouvé un escalier qui conduisait à une sorte de cave. Du haut des marches, on pouvait entendre le son fortement atténué de voix braillardes.

« Jackpot », a dit McKay. J'ai entendu son sourire dans sa voix. « OK, les mecs. C'est l'heure de la fête. »

Il y avait encore trois rideaux de black-out dans les escaliers ; au fur et à mesure qu'on les franchissait, le son devenait plus fort. Quand on a écarté le dernier, de la lumière est apparue. Elle n'était pas forte, mais après l'obscurité qu'on avait traversée, ça surprenait. On a fait une pause de quelques secondes, pour laisser nos yeux s'accoutumer et pour étudier la scène.

Le passage s'ouvrait sur un palier d'environ deux mètres de profondeur et de quatre mètres de large. Le palier surplombait d'environ trois mètres le sol d'une sorte de fosse, dans laquelle on pouvait descendre par des marches de chaque côté. La pièce principale faisait au moins treize mètres de long, avec de gros poteaux supportant le plancher au-dessus. Des pièces plus petites donnaient sur la pièce principale. Celle-ci était éclairée par des suspensions avec des ampoules de faible puissance, mais un éclairage plus brillant venait des pièces sur les côtés, où des lanternes Coleman brûlaient en sifflant. C'était bon pour nous, parce que les Coleman seraient plus difficiles à éteindre que les lampes électriques.

Il y avait quarante ou cinquante hommes en vue, la plupart groupés autour de tables. Les tables et le sol étaient couverts de bouteilles de bière et d'alcool. La fumée de marijuana était si épaisse qu'il suffisait de respirer pour être défoncé. La plupart des hommes étaient des Blancs, mais il y avait aussi quelques Asiatiques. Il y avait des femmes aussi, évidemment toutes asiatiques. Il y avait des paquets de came étalés sur les tables, et les gars se piquaient aussi simplement que s'ils allumaient une cigarette. Il y avait des parties de cartes, et des partages de butin en cours. Des piles de billets changeaient de mains, des marchandises étaient vendues ou échangées. Les vociférations des marchandages, à la manière asiatique, étaient assourdissantes. Les hommes portaient des uniformes ou des parties d'uniformes et des vêtements civils, avec une faveur marquée pour les chemises hawaiiennes ou des Philippines. Personne ne regardait de notre côté.

À une extrémité de la salle, contre un mur, j'ai vu un homme grand, grisonnant, qui était debout et me tournait le dos ; il était appuyé sur une table et il hurlait quelque chose à quelqu'un de l'autre côté de la table. Quelque chose dans cette petite scène a attiré mon attention, mais, juste à ce moment-là, McKay a foncé. Je l'ai suivi sur le palier, et les autres se sont répandus derrière nous et dans les escaliers pour descendre.

« Les mains en l'air, trous du cul ! Vous êtes coincés ! »

Pendant un moment, la scène s'est figée, les fantômes et leurs associés incapables de comprendre ce qui leur tombait dessus. Et puis, un junkie qui planait dans la stratosphère a éclaté d'un rire hystérique, et l'enfer s'est déchaîné, comme il faut. Les femmes ont hurlé, les hommes ont crié, tout le monde a commencé à foncer dans tous les sens. Je supposais qu'ils avaient plein d'issues pour s'échapper, et ça me convenait parfaitement. Que les gars à l'extérieur fassent leur coup de filet. Je ne courais pas après la gloire.

On hurlait, nous aussi. Les habituels « mains en l'air ! », « pas un geste ! » et « lâche ça, connard ! » et plein d'autres cris incohérents et de gestes avec les fusils, pour les maintenir dans la confusion et la peur.

Et puis, les lumières se sont éteintes, et le premier coup de feu a été tiré. Par un pistolet, donc pas par l'un d'entre nous. La salle s'est assombrie, mais le violent éclairage des lampes Coleman venait de tous les côtés, la lumière tressautant dans toutes les directions, car les gens qui couraient en tous sens devant les portes faisaient se balancer les lanternes. Les lampes fixées aux canons des fusils ajoutaient à ça leur effet stroboscopique, et nos lampes de poitrine, allumées à leur tour, nous faisaient ressembler à des robots extraterrestres, avec leurs faisceaux révélés par l'épaisse fumée.

Je me tenais toujours sur le palier, serré contre le garde-fou à hauteur de la taille. Dans cette lumière fantasmagorique, j'ai vu l'homme aux cheveux gris sauter de côté ; la lumière s'est reflétée sur quelque chose — peut-être une arme —, qu'il tenait dans la main droite. J'ai épaulé mon fusil à pompe, et je me suis figé en voyant l'homme assis de l'autre côté de la table. C'était Martin Starr, qui me regardait droit dans les yeux, souriant de la même façon que pendant l'accrochage du Têt. Puis, sa main s'est levée avec un gros revolver, et j'ai tiré par-dessus les têtes de la foule frénétique ; j'ai vu des éclats de bois jaillir de la table. Un grand homme noir en jeans et chemise des

Philippines a attrapé l'épaule de Starr et l'a tiré brusquement vers une des pièces latérales.

Les lampes Coleman s'éteignaient une à une. J'ai entendu une balle frapper un gilet pare-balles avec le bruit d'un gant de boxe s'écrasant sur un sac de sable. Le gars à côté de moi a juré et s'est effondré. J'ai dégoupillé une grenade éclairante et je l'ai lancée au milieu de la pièce. Elle a sauté et bouillonné en plein air, et le brusque éclairage aveuglant du magnésium a encore augmenté le chaos. McKay en a lancé une autre, puis encore une autre dans les coins de la pièce. Les balles partaient dans toutes les directions. J'entendais crier des hommes et des femmes quand ils étaient touchés.

J'ai vu un cinglé, drogué jusqu'aux yeux, sauter sur le dos d'un PM et essayer de lui trancher la gorge, mais le col relevé de son gilet pare-balles l'a protégé assez longtemps pour qu'un copain pulvérise le dingue d'une cartouche de .12. Deux PM sont tombés quand des tirs sont partis d'une des petites pièces. Immédiatement, les autres membres de leur section ont arrosé la pièce au tir automatique. Il y a eu une explosion et un sifflement quand du combustible pour les Coleman a explosé, et des flammes ont jailli de la pièce, en même temps que des cris. Des hommes et peut-être quelques femmes sont sortis en courant, leurs vêtements en feu. Les grenades éclairantes allumaient d'autres incendies dans d'autres endroits.

« Ramassez les blessés et taillez-vous ! » a crié McKay. Ceux d'entre nous qui étaient encore sur le palier se sont précipités en bas pour ramasser les copains. Il n'y avait plus beaucoup de fantômes et de leurs amis dans la salle. Ceux qui restaient étaient pour la plupart au sol, ils se tordaient et ils hurlaient, certains d'entre eux brûlaient. Les plus chanceux étaient déjà morts. Le sang, les bouteilles et les douilles des balles rendaient le sol traître. J'ai constaté que tous nos blessés étaient en train d'être évacués, et je me suis dirigé vers une des portes.

« Taillez-vous ! McKay a hurlé à nouveau. C'est l'heure du rôti ici ! Laissez les gars à l'extérieur attraper les autres. Sortez votre cul de là tout de suite ! *Didi mau ! Didi mau !* » Il m'a aperçu. « Treloar ! Qu'est-ce que tu fous, nom de Dieu ? »

Je ne me suis pas retourné. « J'ai deux mots à dire à un type ici. Je vous rejoins dans une minute.

— Reviens ici, connard ! »

Je ne l'écoutais pas. Après ces moments de fureur et de brutalité insensées, j'étais envahi d'une soudaine sérénité inexplicable. J'avais l'impression que rien ne pouvait m'atteindre, comme Queen au champ de courses. Je me sentais formidablement bien et vivant, comme si j'étais exactement au bon endroit au bon moment, en train de faire exactement ce que j'avais à faire. Je pense que c'était une sorte d'état de grâce.

La chaleur des flammes traversait mon maquillage et tendait la peau de ma figure. Le feu brûlait rapidement l'oxygène de l'air et rendait la respiration difficile. J'ai franchi la porte ; l'endroit était parsemé de cadavres. J'ai vu un vieux Chinois aux poches bourrées de billets verts avec une balle dans le cœur. Quelques pas plus loin, un belle jeune femme, dans une *ao dai* de soie verte, tuée par quelque chose qui n'avait pas laissé de blessure visible. Un jeune homme aux cheveux blonds taillés en brosse était assis à une table de jeu, avec un couteau de boucher planté dans la poitrine. Quelqu'un avait profité de la confusion pour régler une affaire personnelle. Une autre porte conduisait à un couloir, à l'extrémité duquel j'ai vu deux hommes de grande taille qui soutenaient un homme plus petit entre eux. L'un d'entre eux a senti ma présence et a fait franchir une porte aux deux autres en se retournant ; un .45 est apparu dans sa main en un éclair.

J'ai tiré et il a pivoté sur lui-même, avec une blessure énorme et sanglante à la cuisse. Il a quand même réussi à tirer, mais la balle a tapé dans une poutre au-dessus de ma tête. J'ai couru jusqu'à lui, en pompant une nouvelle cartouche dans la chambre. C'était un Noir, mince ; il a laissé tomber son pistolet et il a écarté ses doigts maigres et pâles devant lui, comme s'ils pouvaient arrêter des chevrotines.

« J'abandonne ! je me rends, mec ! » Je devais avoir l'air sinistre, parce que, maintenant, il avait vraiment l'air terrorisé. L'énorme bouche de mon fusil était pointée droit sur sa figure, et mon index était crispé sur la détente. « Hé, j'ai dit que je me rendais ! *Chieu hoi*, enculé, *Chieu hoi !* »

Je l'ai enjambé, obsédé par Starr. Il a hurlé quand une grande flamme a jailli dans le couloir. Je me suis arrêté, puis j'ai fait demi-tour ; je l'ai attrapé par le col, et j'ai commencé à le traîner le long du couloir. J'ai entendu des fusils tirer quelque part ; on s'est retrouvés près d'une porte basse qui donnait sur une plate-forme de chargement pour les camions. Au-dehors, c'était un zoo grouillant, presque aussi sauvage que la mêlée de la grande salle.

Des projecteurs baladaient leurs faisceaux dans tous les sens, comme pour la première d'un film en enfer.

Des types couraient pour s'échapper, ils tiraient et se faisaient tirer dessus ; on les assommait, on leur passait les menottes, et on les entassait les uns contre les autres en les gardant en joue. Des flammes jaillissaient du vieil entrepôt, et le quai devenait chaud sous mes pieds. De l'autre côté, le lent halètement des mitrailleuses lourdes a commencé à se faire entendre. Sans doute les bateaux qui surveillaient la rivière. Ils devaient tirer sur des types qui étaient dans l'eau, ou qui essayaient de s'échapper par bateau.

Un groupe de PM s'est précipité vers moi, en se frayant un chemin à coups de crosse à travers la foule terrorisée des prisonniers. La fusillade s'était amenuisée, mais pas les hurlements, les cris et les pleurs. Les PM étaient ce qui restait de mon peloton.

« Sors de là, fouille-merde ! » a appelé McKay. Je me suis approché de lui et il a désigné du doigt l'homme que je traînais. « T'es resté en bas pour ça ? »

J'ai regardé. Le type était sur le point de s'évanouir, mais il était encore assez conscient pour garder les mains serrées autour de sa cuisse maigre déchiquetée. On peut se vider de son sang rapidement, avec une artère fémorale sectionnée. Un toubib est arrivé et s'est mis à fixer un garrot sur la jambe fracassée.

« Oh, j'ai dit, à moitié abruti, je l'avais presque oublié celui-là. Non, je pourchassais Martin Starr. Je l'ai vu en bas. Je crois que je l'ai blessé. »

Quelqu'un m'a collé une cigarette entre les lèvres et l'a allumée. « Tu parles ! a dit un des bleus. Y a pas de Martin Starr. C't'enculé, c'est juste une légende. »

Moi-même, je commençais à me poser la question. L'éclairage avait été incertain. J'étais surexcité, la distance était limite pour bien voir. Est-ce que c'était bien

Starr ? Je ne supportais pas l'idée de l'avoir laissé échapper deux fois.

« Ouais. Peut-être bien que c'est ça. »

On s'est traînés au milieu des prisonniers regroupés ; ceux qui étaient encore vivants et indemnes étaient tous à genoux, les mains sur la tête. Un groupe d'officiers se tenait autour d'une Jeep ; ils n'avaient pas l'air contents.

« Tous mes hommes sont sortis maintenant », a signalé McKay.

Le commandant de la compagnie a fait un bref signe de tête et s'est retourné vers le colonel Tapia. « Bon Dieu, j'ai une douzaine de blessés, dont certains ne s'en sortiront peut-être pas ! On aurait dû encercler cet endroit et y foutre le feu ! On les aurait descendus quand ils seraient sortis.

— Je suis d'accord, a dit Tapia. C'était pas nécessaire d'envoyer un peloton à l'intérieur. » Il a soupiré. « C'est trop tard pour changer de tactique maintenant. Je n'aurais pas obtenu de permission pour une opération de ce genre de toute façon.

— Colonel, a dit son commandant en second, qu'est-ce qu'on va bien pouvoir faire de tous ces civils ?

— Donnez-les au capitaine Nguyen. Qu'il les tue ou qu'il les libère, j'en ai rien à foutre. Je veux juste les Américains.

— Les pompiers arrivent, a signalé un radio.

— Ces bon Dieu de journalistes vont pas être loin derrière. Faites monter tout le monde dans les camions et faites-les partir. » Tapia s'est tourné vers Schultz : « Capitaine, bien que ce soit une opération secrète, vous et vos hommes recevrez des recommandations pour le travail de cette nuit. Félicitations, vous avez bien fait votre boulot. » Tapia s'est éloigné avec ses larbins et Schultz s'est tourné vers nous.

« C'est pas lui qui écrira les lettres aux proches. Vous avez fait du bon boulot, les gars. Embarquez, et foutons le camp d'ici. »

Bien plus tard, j'ai su qu'on avait présenté l'opération comme un raid sur le QG viêt-cong de Saigon. On a distribué tellement de recommandations et de décorations qu'on aurait pu croire qu'on avait conquis le Nord-Vietnam à nous tout seuls. Je n'ai jamais appris ce qu'il était advenu des fantômes qu'on avait capturés vivants. Des civils non plus, d'ailleurs. On n'a jamais attrapé Starr.

Et je m'en foutais. À ce moment-là, j'étais marié, et Rose et moi partions aux États-Unis. Mon année était terminée et je laissais le Vietnam et Martin Starr derrière moi pour de bon.

Du moins, c'est ce que je pensais.

CHAPITRE ONZE

Les funérailles de Duc ont eu lieu dans une église paroissiale de la taille d'une petite cathédrale. Elle était pleine d'amis du défunt, pour la plupart vietnamiens. J'ai examiné la foule, en me demandant si j'allais y voir Tran Van Loan et Ngo Pham, et les autres chefs de gangs. Ce n'était pas impossible. Ce n'aurait même pas été forcément hypocrite de leur part, étant donné les traditions de leur culture. Même s'ils étaient bouddhistes, confucéens ou caodaïstes, comme la majorité de la population, il était possible qu'ils viennent lui rendre hommage. Dans le Sud-Est asiatique, les esprits et les ancêtres ont souvent plus d'importance que les vivants.

J'étais dans les bancs réservés à la famille, qui était largement représentée. Duc et Rose étaient les seuls de leur fratrie à avoir survécu à la guerre. Rose et moi n'avions jamais eu d'enfants, mais Duc et Anne avaient fait leur devoir envers leurs ancêtres. Leurs deux garçons et leurs quatre filles étaient là, avec une foule de petits-enfants. Il y avait aussi divers oncles, tantes et cousins, qui avaient réussi à s'échapper de Saigon après la chute du régime. Une fois établi ici, Duc avait écumé

Hongkong, Taiwan, Singapour et bien d'autres endroits, avec l'aide de ses anciennes relations, pour les localiser et pour les faire venir aux États-Unis.

J'étais touché qu'ils me considèrent tous comme un membre à part entière de la famille, bien qu'ils ne m'aient pas beaucoup vu ces dernières années. Au départ, j'avais servi de caution pour l'entrée de Duc et d'Anne et de leurs enfants aux États-Unis, et, à ce titre, j'étais considéré comme une sorte de protecteur, à qui on devait un respect particulier.

Le service funèbre a procuré le réconfort attendu à la famille du disparu. Le père Padilla a parlé avec éloquence de la tragédie d'une vie brutalement écourtée par une violence insensée. L'odeur des fleurs embaumait l'air. Comme toujours, j'ai ressenti comme un manque pendant l'office, un sentiment d'inachevé. C'est parce que j'ai été élevé dans une école paroissiale catholique à l'époque d'avant Vatican II. D'une certaine façon, un service religieux catholique ne me paraît jamais tout à fait correct sans l'ancienne liturgie en latin.

Après ça, le cortège de voitures a sinué vers le cimetière, magnifiquement situé sur les collines de San Rafael, où Duc a été enterré près de sa sœur. Il était le deuxième de sa famille à être enterré en terre américaine, et sûrement pas le dernier.

Après une brève cérémonie près de la tombe, je me suis recueilli un moment sur la tombe de Rose. Je lui ai parlé en silence des nombreux détours étranges que ma vie avait pris ces dernières années, bien que je fusse certain qu'elle les connaissait déjà. Je savais parfaitement que Rose n'était pas là, sous la pierre tombale. Une tombe n'est pas un endroit de repos pour les morts. C'est un lieu de pèlerinage où les vivants peuvent venir de temps en temps pour reprendre contact. J'ai toujours aimé la façon dont les Asiatiques vont au cimetière pour faire des rapports périodiques sur la famille à leurs ancêtres, et la façon dont les Mexicains font des festivals dans les cimetières le jour des Morts, pour que les vivants et les morts puissent faire la fête ensemble.

Je me tenais là, complètement oublieux de mon entourage, quand j'ai senti un très léger effleurement sur mon bras. J'ai baissé les yeux, et j'ai vu que c'était Anne, la veuve de Duc. C'était une femme toute petite, vêtue d'une robe et d'un chapeau noirs. Au Vietnam, elle aurait porté du blanc, mais elle et les autres avaient adopté les mœurs locales de deuil.

« Je suis désolée de te déranger, Gabriel, mais je dois m'en aller maintenant. Plus tard, quand les autres seront partis, il faut que nous parlions. »

J'ai pris ses deux mains dans les miennes. « Certainement. Mais je ne veux pas t'accabler dans un moment comme celui-ci. Peut-être plus tard.

— Non, a-t-elle dit fermement. Ce soir, quand les autres seront partis.

— Je viendrai. »

Elle a hoché la tête, puis elle l'a inclinée vers la tombe de Rose et a dit quelques mots. Elle a parlé en vietnamien d'une voix si basse que je l'ai à peine entendue, et tout ce que j'ai saisi, c'était le mot « sœur ».

Dans la soirée, je suis retourné à la maison d'Eagle Rock. Il y avait encore quelques invités, alors j'ai bavardé un moment avec les enfants de Duc, avec les femmes et les maris. J'étais devenu un personnage exotique pour eux, d'une certaine façon : l'ex-flic ivrogne qui avait cessé de boire et qui était devenu un privé. Ils regardaient tous trop la télévision, eux aussi.

Au bout d'un moment, Margaret est venue me voir. « Maman voudrait te parler. »

Je l'ai suivie jusqu'à une petite terrasse qui débordait de l'arrière de la maison, surplombant un petit arroyo envahi d'une végétation touffue. On était dans un de ces quartiers où les ratons laveurs et les coyotes descendent des collines pour faire des raids sur les poubelles. La plupart des gens ne se rendent pas compte que l'agglomération de LA est à la lisière d'une région sauvage. La terrasse était encadrée sur deux côtés par un treillis de bois envahi de belles-de-jour et de vigne vierge. Des pots de bégonias flamboyaient le long des marches descendant au garage. Le soleil était presque couché. Au loin, j'arrivais tout juste à distinguer la ligne des toits du centre-ville à travers la brume.

Anne était assise à une petite table, avec une tasse de thé devant elle. Une autre tasse fumait sur une soucoupe délicate, et je me suis assis sur l'unique autre chaise. Pendant un moment, nous n'avons rien dit.

« C'était son endroit favori, a-t-elle dit enfin. Le soir, quand il rentrait du travail, Duc et moi on s'asseyait ici et on regardait se coucher le soleil. L'atmosphère est magnifique ici, le soir.

— Anne, je suis désolé, j'ai dit, la gorge nouée. J'ai cru que je vous avais emmenés loin de la guerre. »

Elle m'a regardé durement. « Ne parle pas comme un idiot, Gabriel. J'ai entendu des condoléances pendant des jours. Certaines étaient sincères, d'autres pas. Mais personne n'a suggéré que nous avions fait une erreur en venant ici. Si on était restés au pays, Duc aurait probablement été exécuté par les communistes. Le mieux que nous aurions pu espérer, ç'aurait été un camp de "rééducation". D'après ce que j'ai entendu dire, ce n'étaient que des camps de la mort. Si nous étions allés à Hongkong, aux Philippines ou ailleurs en Asie ? Nous aurions été des réfugiés, pas mieux que des mendiants. Je me rappelle trop bien les camps de réfugiés. Nous aurions vu nos enfants mourir de faim et de maladie. »

Elle a posé sa petite main sur la mienne. « Nous avons vécu vingt merveilleuses années ici. Duc a créé une affaire qui marchait. Nos enfants ont bénéficié d'une très bonne éducation. Autrefois, il aurait fallu qu'ils aillent en France pour ça, et nous n'aurions jamais pu nous le permettre. Non, nous ne serons jamais assez reconnaissants pour ce que Rose et toi avez fait pour nous. »

Je n'ai pas su quoi répondre à ça, alors j'ai pris une gorgée de thé pour cacher mon embarras.

« Mais je ne t'ai pas demandé de venir ici pour parler de ça. Je voulais te dire que le meurtre de Duc n'a pas été commis par hasard. C'était délibéré, et on ne doit pas laisser ceux qui ont assassiné mon mari s'en tirer libres et profiter de leurs crimes. »

Je savais déjà ça, mais il ne faut pas encombrer un informateur de ce qu'on sait et de ce qu'on soupçonne. Ça ne fait que déformer ce qu'il a à dire. Il faut le laisser raconter son histoire à sa façon.

« Raconte-moi ça, Anne. » J'ai bu une autre gorgée de thé. Il n'y avait pas d'urgence.

Elle a regardé au-delà de l'arroyo, en direction de la vaste ville qui s'étendait à nos pieds, en évoquant le passé.

« Quand on est arrivés de Hongkong, pour vivre avec Rose et toi, il n'y avait qu'une poignée de Vietnamiens ici. Mais le filet de réfugiés s'est transformé en fleuve, au fur et à mesure que ceux qui étaient installés ici travaillaient pour faire venir leurs familles. On s'entraidait, et c'était bien. Mais certaines choses étaient moins bien. Il n'y avait pas que des gens honnêtes qui venaient ici. Il y avait aussi des criminels, et ils n'ont pas changé en changeant de pays. Et parmi les jeunes, ceux qui sont arrivés ici quand ils étaient enfants, ou qui sont nés ici, certains ont commencé à imiter les gangs qu'ils voyaient tout autour d'eux. Une honte. Mais bien sûr, tu as connu tout ça quand tu étais dans la police.

— Oui. Mais c'est ce qu'on voit toujours dans les grands groupes d'immigrés. C'était la même chose avec les Chinois de Cholon. »

Elle a baissé les yeux vers ses mains. « Il n'y a pas que les plus pauvres qui peuvent devenir criminels. J'ai honte de l'admettre, mais certains des pires sont d'anciens officiers de l'armée de la République du Vietnam. Ce sont des hommes violents, brutaux. Pendant la guerre, ils se sont habitués à traiter les gens comme du bétail, pire que du bétail. Ils n'hésitaient pas à battre et à tuer des villageois comme si ce n'étaient même pas des êtres humains.

— Je me rappelle comment c'était.

— Quand ils sont arrivés ici, ces hommes ont bien profité du fait qu'ils étaient des héros de guerre. Ils ont créé leurs propres affaires et leurs propres associations de défense. Ils ont découvert que le fait d'être des "héros" leur permettait d'obtenir plus facilement des prêts et des avantages de la part du gouvernement.

Bientôt, ils ont commencé à s'attaquer à notre communauté — extorsion, protection ; ils ont de nombreux moyens pour donner à ça une apparence légale. Ils appellent ça des contributions à leurs associations fraternelles et ils ont de nombreuses couvertures, mais ce n'est que… comment appelle-t-on ça quand des criminels font marcher et pillent des affaires honnêtes pour leur profit personnel ?

— Du racket ?

— C'est ça. Au début, certains d'entre eux ont essayé de convaincre Duc de se joindre à eux, mais il ne voulait rien avoir à faire avec eux. Tu comprends, il appartenait bien à d'autres associations de vétérans et d'hommes d'affaires, mais pas à celles de ces gangsters. »

Elle s'est interrompue quand Margaret est arrivée de la cuisine avec une nouvelle théière pleine. Elle a rempli les tasses et est repartie sans un mot. Anne est restée silencieuse pendant un moment. Je ne l'ai pas bousculée.

« Duc ne parlait jamais de ces choses aux enfants. Il voulait qu'ils aient une nouvelle vie ici, pas qu'ils revivent le passé et ses échecs. Mais il m'en parlait à moi, ainsi que de ses autres préoccupations. Il m'en parlait ici même, le soir, comme je t'en parle maintenant. Il n'est jamais allé à la police parce qu'il savait que ça n'arrangerait rien. Ces mauvais hommes sont subtils, et la police a des problèmes plus graves à régler tous les jours. »

Ça ressemblait beaucoup à ce que le jeune Ngia Van Minh m'avait dit, bien qu'Anne n'aurait jamais voulu m'offenser en admettant qu'elle était aussi peu confiante dans les autorités américaines que les autres immigrants venus de pays despotiques.

« Il y a quelques mois, les choses se sont sérieusement aggravées, et Duc est devenu vraiment soucieux. Il me disait que de nouveaux hommes arrivaient d'Asie : de Hongkong, de Taiwan, de Singapour, et d'autres endroits encore ; il y avait quelques Saigonnais parmi eux. Ils faisaient du trafic avec les gangs d'immigrants. Le gouvernement de Hanoï a fait la paix avec l'Amérique et le commerce commence à se développer. Ces Saigonnais veulent trafiquer avec des immigrants installés ici et ils veulent des biens immobiliers au milieu des quartiers vietnamiens, où ils seront isolés des autorités. Duc savait que ces gens allaient s'engager dans des trafics bien pires que l'extorsion et le racket.

— On peut le parier.

— Eh bien... » Elle s'est frotté les mains l'une contre l'autre, comme embarrassée par la suite. « Eh bien, il y a environ deux ans, Duc a vendu des biens à un nommé Tran Van Loan. Deux de ces endroits étaient destinés à un usage normal, simplement des parkings. Tran Van Loan est marchand de voitures. Tran voulait aussi acheter un garage pour camions, et Duc a accepté. Et puis, il y a quelques mois, Tran et un autre homme, Ngo Pham, se sont adressés à lui pour un autre endroit qu'il avait acquis, un grand dépôt de stockage et d'expédition à San Pedro, près des docks. Je pense que je n'ai pas besoin de te dire ce que ça signifiait.

— De la contrebande. Sur une grande échelle.

— Exactement. Pendant un moment, Duc a traîné, il a essayé de gagner du temps. Mais ils sont devenus impatients, plus exigeants. Ils ont commencé à menacer. Puis ils ont amené deux hommes venus de Saigon pour augmenter la pression. Mon mari a vu qui étaient ces hommes et les endroits d'où ils venaient, et il a compris que la moitié de la drogue venue d'Asie passerait par cet entrepôt. Et les immigrants clandestins aussi. Tu as vu comment on les transporte jusqu'ici ?

— J'ai vu des images aux informations », j'ai répondu.

Elle a reniflé délicatement. « C'étaient les plus chanceux, je pense. Ce n'est pas mieux que du trafic d'esclaves. Les gens empruntent sur leur vie entière et sur celles de leurs enfants pour embarquer sur un bateau de l'horreur et pour mener une vie de fugitifs une fois arrivés ici. »

Elle s'est à nouveau interrompue et j'ai songé au désespoir des gens qui pouvaient ne serait-ce qu'envisager de faire ça. « Est-ce qu'il l'a vendu, cet entrepôt ?

— Il était sur le point de le faire. Rien que d'y penser le rendait malade, mais ces hommes représentaient une très grande menace. Tu vois, tant qu'il ne s'agissait que des gangsters vietnamiens d'ici, mon mari se disait qu'il pouvait se protéger, lui et sa famille. Il n'a jamais cessé de se considérer comme un soldat, un guerrier. Je lui disais qu'il était idiot. Ils avaient des fusils et beaucoup d'hommes. Il disait qu'il avait aussi un fusil, et qu'il valait tous leurs hommes réunis. »

Des larmes ont coulé sur ses joues, mais ses lèvres se sont relevées aux coins. « C'était un homme, mais quel idiot !

— Je suis d'accord avec le début de ta phrase. Mais pourquoi n'a-t-il pas simplement vendu cette propriété pour en finir ? Personne n'aurait pu le lui reprocher. Il n'était pas responsable de l'usage qu'on ferait de cet entrepôt. Ça concernait les gardes-côtes, la douane, l'immigration, et une demi-douzaine d'autres administrations.

— Cette fois-ci, c'était très différent. Ils ne voulaient pas seulement qu'il leur vende un bien. Ils voulaient qu'il s'associe avec eux. Et il savait ce que serait l'étape suivante. Ils voudraient probablement entrer dans son affaire d'immobilier. » Les larmes avaient cessé, et elle m'a regardé droit dans les yeux. « Tu vois, ces gens ne voulaient pas simplement faire des affaires avec lui. Ils voulaient le posséder, exactement comme ils veulent posséder tous ceux avec qui ils sont en contact. Il aurait été incorporé dans ce gang, et il savait qu'il aurait été un des premiers à mourir quand la guerre aurait commencé.

— La guerre ?

— Il savait qu'il y en aurait une. Forcément. Des criminels venus de Hongkong, de Singapour, de Taiwan, peut-être de Corée, du Cambodge, de Thaïlande, de Chine, et même de Malaisie ? Tous ces gens coopérant ? Il savait que ça ne durerait qu'un temps, jusqu'à ce que chacun ait consolidé sa position ici, en profitant de la libéralisation du commerce et de la réduction des barrières. Alors, ils commenceraient à se battre entre eux, en formant des alliances et en les défaisant, jusqu'à ce qu'un seul domine ou même contrôle tout. Et tu sais qui meurt dans ces guerres. Ce ne sont jamais les grands chefs. Ce sont des gens comme Duc Nguyen. Et en plus, les familles ne sont pas épargnées.

— Alors qu'est-ce qu'il a fait ?

— Il a refusé de faire affaire avec eux. Il montrait un visage impassible autour de lui, mais il avait vraiment peur. Il s'est renseigné pour vendre son affaire ;

il a étudié des endroits où on pourrait déménager, loin de la côte Ouest. Mais ils ne lui en ont pas laissé le temps. Il aurait dû faire semblant de coopérer, pour gagner du temps. Mais ils l'ont mis en colère, avec leurs exigences et leur arrogance, et il les a foutus à la porte de son bureau. »

Elle a cligné des yeux pour retenir ses larmes et a regardé au loin. « Ils ne pouvaient pas autoriser une telle rébellion, ils auraient perdu la face. Ils l'ont tué.

— Il n'y avait personne à qui il pouvait demander de l'aide ?

— Il aurait pu, s'il avait eu du temps. Pas ici, plus maintenant. »

Une secousse glacée m'a parcouru la colonne vertébrale.

« Mais Duc avait encore des amis au Vietnam. D'une façon ou d'une autre, au cours des années, il était resté en contact avec eux, ceux qui avaient survécu aux camps de rééducation. Ils doivent garder profil bas, face au gouvernement, mais ils ont un certain pouvoir à Saigon. Duc pensait qu'il avait une possibilité de couper la tête de ce serpent, et que la queue mourrait, ici, en Californie.

— Tu crois que ça aurait marché ?

— Je pense que ce n'était pas très réaliste. » Elle m'a de nouveau regardé droit dans les yeux. « Mais les soldats des guerres perdues sont des rêveurs. »

J'ai soupiré. Je sentais que ça m'arrivait dessus. « C'est qui, ces hommes à Saigon ? »

Elle a hoché la tête, sachant qu'elle avait obtenu ce qu'elle voulait. « Il y en a un qui compte : Nguyen Chi Than. Tu te rappelles ce nom ? » À la façon vietnamienne, elle avait d'abord donné le nom de famille.

« Il était chef de la police de Cholon quand j'étais là-bas. J'ai appris qu'il était devenu chef de toute la police de Saigon juste avant la chute. C'est un parent ?

— Si on remonte à mille ans, peut-être. Il y a au moins un million de Nguyen au Vietnam. Nguyen Chi Than a un café qui s'appelle "Apple Orchard". C'est près du centre-ville. C'est un chef de… je suppose que tu appellerais ça "la résistance" ; un groupe d'hommes qui ont survécu aux changements et qui n'ont pas abandonné l'espoir. » Pendant un instant, son presque sourire est réapparu sur ses lèvres. « C'est étrange. Là-bas, ce sont eux les criminels, plus dangereux pour le gouvernement que de simples contrebandiers ou des gangsters.

— Anne, est-ce que Duc t'a jamais parlé de "fantômes" ? Ou de quelqu'un qui s'appellerait "le Grand Fantôme" ou quelque chose d'approchant ?

— Je me souviens qu'il a dit qu'il y avait un gang à Saigon qui se faisait appeler les "fantômes". Je ne me souviens pas d'un "Grand Fantôme".

— Est-ce qu'il a dit si ces fantômes étaient américains ? des déserteurs de l'époque de la guerre ? »

Elle a eu l'air surpris. « Non. Certainement aucun de ces hommes ne peut avoir survécu.

— C'est bien ce que je pensais. »

Connie m'a trouvé près de la piscine. J'étais parti courir, sans grande conviction, mais j'étais dans un tel trouble mental que j'avais failli me faire renverser deux fois. Avec un peu de retard, mon instinct de conservation m'avait fait retourner à la maison, et je m'étais assis pour broyer du noir.

« C'était une limousine de location, a-t-elle dit d'un ton dégoûté. Elle appartient à "Elite Wheels". Le conducteur était un chauffeur qualifié appelé Archie Dupre. Ça vous rappelle quelque chose ? »

J'y ai réfléchi, ou tout au moins j'ai essayé. « Que dalle. »

Elle s'est assise. Sa peau luisait légèrement, et elle avait l'air plus vidée que d'habitude ; visiblement elle sortait d'un entraînement. « En tout cas, ce type, Archie, a rendu la limousine et a réglé avec une carte de crédit appartenant à la société "Investisseurs du Sud-Est". Ça vous paraît assez vague ? »

J'ai haussé les épaules.

Elle a claqué des doigts sous mon nez. « Hé, Treloar ! Y a quelqu'un ? Je parle aux murs ? »

J'ai secoué la tête. « Désolé. J'ai juste… "Investisseurs du Sud-Est" hein ? Ça peut être n'importe quoi. Ça pourrait… » Je n'ai pas terminé ma phrase.

Elle avait l'air inquiète, maintenant. « Bon, Gabe, je sais que vous avez passé la journée à un enterrement, mais vous avez dit vous-même que vous n'aviez pas vu cette famille depuis des années.

— Ce n'est pas ça. Pas seulement en tout cas. Je ne veux pas en parler.

— Oh, mais si. » Elle s'est levée et m'a attrapé la main. « En route, on va faire une petite promenade. »

Je suis resté où j'étais. « Je n'ai pas envie.

— Foutaises. Qu'est-ce que vous avez à faire ici ? Rester assis, ruminer, et songer à replonger dans l'alcool ?

— La ferme !

— Vous croyez que je ne reconnais pas les symptômes ? Allez, Treloar. Je vais vous faire aller beaucoup mieux. »

Je l'ai laissée me traîner, pas parce que j'acceptais de l'accompagner, mais parce que je n'avais même pas la volonté de résister. Elle m'a remorqué jusqu'à sa voiture et m'a poussé sur le siège.

« Où allons-nous ? » j'ai demandé. On roulait vers le centre-ville.

« Au seul et unique endroit qui convient pour quelqu'un dans votre état. Je veux dire, à ce stade, c'est soit la bouteille, soit le canon du fusil dans la bouche, soit cet endroit. Vous aimerez mieux ma solution, je vous le garantis.

— Où est-ce que vous avez dit que vous aviez eu votre diplôme de psychologie ? C'était à la Sorbonne ou à Heidelberg ?

— À la police de Houston. Vous avez déjà essayé de vous saouler à mort, hein ? »

J'ai senti tout mon corps se crisper comme un poing. « Vous avez étudié mon dossier. Vous savez que j'ai essayé. »

Elle m'a regardé, sans pitié ni sympathie, ce qui était une bonne chose, parce qu'autrement je lui aurais envoyé mon poing dans la figure, et on aurait probablement fini comme des accidentés de la route. « En fait, non, je ne l'ai pas étudié. C'est simplement facile de vous comprendre. Vous avez essayé d'autres méthodes ? Si oui, vous devez avoir raté votre coup.

— J'y ai beaucoup pensé. J'ai essayé d'autres techniques, habituellement en voiture, comme mon père. Je me suis toujours dégonflé. De toute façon, j'ai surmonté ça. Je ne suis pas suicidaire en ce moment, j'en ai juste marre.

— Ça, je m'en était rendu compte.

— Ma belle-sœur vient de m'imposer une obligation terrible.

— Comment ça ?

— Un truc asiatique. Vous ne comprendriez pas.

— Merde, a-t-elle marmonné. Treloar, n'essayez pas de me dire ce que je peux et ce que je ne peux pas comprendre. On est arrivés. » On s'est arrêtés devant une grande salle de gym à la façade de verre. L'intérieur était brillamment éclairé et on voyait ce qui s'y passait, comme dans un film sans le son.

« Une salle de gym ? C'est la vôtre ? Qu'est-ce que vous voulez que j'y fasse, soulever des poids ?

— Mais non. Venez, je vais vous faire voir. » Elle s'est glissée hors de la voiture et j'en ai fait autant, interloqué.

La femme qui se tenait derrière le petit comptoir près de l'entrée a eu l'air surpris. Elle avait des cheveux décolorés blancs, qui se dressaient sur son crâne comme une crête de cacatoès, et une musculature qui faisait paraître Connie anorexique. Elle portait des lunettes avec des montures en pointe, dans le style des années cinquante, et il y avait un livre de Proust ouvert sur la table en face d'elle.

« Tu reviens déjà ? Tu viens de partir.

— Mon ami a besoin d'un entraînement. Sur mon compte.

— Entendu.

— Venez, Gabe. »

Je l'ai suivie à travers une longue salle qui résonnait de sons métalliques. Il était plus de onze heures du soir, et l'endroit était plein de monde. Il y a des salles de gym à LA qui restent ouvertes vingt-quatre heures sur vingt-quatre. La foule était assez représentative de la clientèle : quelques narcissiques confirmés qui faisaient des compétitions de culturisme ; quelques dingues qui approchaient la cinquantaine qui essayaient de retrouver leur jeunesse perdue et qui souffraient drôlement. La plupart semblaient être comme Connie : des mordus de la transpiration modérément obsédés.

À l'arrière de la salle il y avait une zone couverte d'épais tapis. Le mur du fond était tapissé de miroirs, et quelques professionnels se tenaient en face, en strings, hommes et femmes, en train de s'entraîner pour leurs séries de poses. Ils n'avaient pas l'air tout à fait humains, mais après tout, ils obtenaient leur musculature en renonçant à pratiquement toutes les autres activités humaines.

D'autres personnes étaient sur les tapis et faisaient des exercices d'assouplissement avant d'aller se colleter avec les haltères, ou reprenaient leur souffle après leur entraînement.

Dans un coin, il y avait deux vieux appareils d'entraînement pour la boxe : un punching-ball et un sac de sable. Connie s'est approchée du sac de sable et lui a envoyé un coup de poing. C'était un bon coup de poing, parti de la hanche droite, et qui concentrait toute la puissance de sa jambe arrière ; son poing avait tourné au dernier moment et ses phalanges avaient touché le sac à hauteur de sa taille. Elle aurait pu casser les côtes d'un homme avec un coup comme ça.

« Vous avez déjà travaillé avec le sac de sable ? elle a demandé.

— Il y a longtemps. » Quand j'étais flic débutant, je m'étais essayé à la boxe ; j'avais représenté mon service lors de quelques matchs, comme lourd-léger. Je m'étais rapidement rendu compte que je n'avais pas d'avenir dans la boxe. J'avais la taille, la vitesse et la technique, mais il me manquait l'instinct sauvage du tueur indispensable au champion. Par-dessus tout, je n'aimais pas encaisser les coups.

Elle a frappé à nouveau le sac. L'impact de son poing a retenti dans la salle, mais le sac a à peine bougé. Il faisait environ un mètre vingt de haut sur quarante centimètres de diamètre.

« Il y a environ cent kilos de déchets de cuir là-dedans, elle a dit. Ça peut encaisser un maximum de coups, et en rendre quelques-uns, aussi. » Elle est allée à une étagère pour prendre une paire de gants et elle me l'a lancée. « Alors, corrigez-le. »

J'ai soupesé les gants. Ce n'étaient pas des gants de boxe, ils ressemblaient plutôt à des gants de travail, aux doigts coupés, en cuir très épais. Je les ai enfilés et j'ai serré les lanières de poignet. Ils étaient raides de sueur.

« OK. Si ça peut vous faire plaisir. »

Je me suis approché du sac et j'ai donné un coup, pour voir. Il a à peine bougé sur sa chaîne. J'ai essayé encore quelques coups, des deux poings ; mes poignets commençaient à s'échauffer et j'ai commencé à frapper plus fort. À mesure que la circulation s'activait dans mes bras et mes épaules, j'ai commencé à exercer mon jeu de jambes pour accompagner le travail des bras. Les gestes me sont revenus assez vite, et j'ai ajouté des combinaisons de coups, en frappant de plus en plus fort ; les claquements rythmés de mes poings gantés sur le vinyle épais me secouaient jusqu'aux épaules et j'éprouvais une étrange satisfaction.

J'ai commencé à respirer fort et à transpirer, mon attention s'est concentrée, je ne voyais plus que le sac.

Je me concentrais intensément sur le point que je frappais, essayant de traverser le sac avec mes poings. J'ai senti la frustration et la colère en ébullition dans mon ventre, et j'ai frappé encore plus fort ; je voyais le sac se courber littéralement à chacun de mes coups. J'ai commencé à avoir mal à la taille, à force de tourner le torse à partir des hanches pour envoyer encore plus de puissance dans mes coups.

Ma respiration sifflait dans mes narines, et mes épaules me brûlaient. Je ne voyais plus que le point d'impact sur le sac, entouré d'un cercle vibrant de lumière. J'étais en train d'emprunter à mes réserves d'oxygène, à un taux d'intérêt élevé, mais tout ce qui m'intéressait, c'était de frapper ce sac, de déverser la rage que j'avais en moi sans le savoir, de le punir comme si c'était lui qui m'avait envoyé tous mes démons. Bon Dieu, ça faisait du bien.

Puis je n'ai plus rien entendu qu'une puissante sonnerie dans mes oreilles. Il n'y avait plus de sac en face de moi, mais seulement des taches noires et des lumières clignotantes. J'avais l'impression de ne plus avoir de corps. Lentement, ma vision s'est éclaircie et la sonnerie s'est transformée en un murmure de voix. J'étais assis sur le tapis, complètement vidé, trop faible pour faire un mouvement. La femme aux cheveux de cacatoès a dérivé dans mon champ visuel, en train de palper le sac.

« Je crois qu'il l'a tué », a-t-elle annoncé. J'étais au milieu d'un cercle de gens à l'air inquiet.

« Il va bien, a dit Connie, quelque part en dehors de mon champ de vision. Il avait juste des trucs à évacuer. » Les gens sont repartis vers leurs poids et leurs appareils. Elle s'est retrouvée près de moi, en train de m'enlever les gants trempés. Mes mains étaient si enflées qu'elle a dû tirer fort pour les retirer. Une fois ôtés, mes phalanges sont apparues, pleines de sang.

« Comme je le disais, le sac rend les coups aussi. » Elle s'est retournée. « Aide-moi à le remettre sur pied, Megan. »

La femme cacatoès s'est penchée et m'a attrapé sous un bras. « Tu es sûre que ça va aller ? Il n'est pas sous poudre d'ange ou un truc de ce genre ?

— Non, seulement un peu fatigué, c'est tout », a dit Connie en me prenant par l'autre bras. Elles m'ont hissé facilement sur mes pieds ; pourtant j'ai été surpris de constater à quel point mes jambes flageolaient.

« Je dois être un peu hors de forme. » Même ma voix était tremblante. « Je ne m'étais jamais évanoui après dix minutes de sac. »

La femme nommée Megan a ri, d'un grand rire de fille de la campagne. « Connie, tu es sûre qu'il ne s'est pas drogué ? » et s'adressant à moi : « Mon pote, t'as martelé à mort ce sac pendant quarante-cinq minutes d'affilée, en grognant et en soufflant comme un taureau dans un pré plein de génisses. J'étais sur le point d'appeler les flics, mais Connie m'a dit que t'allais t'écrouler bientôt.

— Aide-moi à l'amener jusqu'à ma voiture », a dit Connie. Arrivés à l'entrée, j'aurais pu marcher tout seul, mais ça faisait longtemps que je n'avais pas passé mes bras autour de deux femmes en même temps, même si celles-ci étaient des spécimens plutôt étranges. Je me suis rendu compte à ce moment-là que mon humeur s'était améliorée. Elles ont réussi à m'installer sur le siège passager.

« Il va foutre du sang et de la sueur partout dans

ta voiture, a dit Megan. Est-ce que tu veux des serviettes ?

— Non, c'est une voiture de société. Ma patronne pourra toujours en acheter une neuve. Merci, Megan.

— Bonne nuit, chérie. » Elle a fait demi-tour vers la salle de gym ; son dos ressemblait au capuchon d'un cobra en colère.

J'ai ri faiblement. « Vous avez des amies peu communes. »

Elle a enclenché la marche arrière et a reculé dans la rue. « La ménagère qui papote autour d'une tasse de thé, ça n'a jamais été mon style. »

Je me suis presque assoupi pendant le trajet du retour vers la propriété de Queen. En arrivant, j'ai repoussé l'aide de Connie et j'ai réussi à sortir de la voiture par mes propres moyens.

« Je vais prendre une douche, a-t-elle dit. Allez nager et tâchez de ne pas vous noyer. Ensuite, on pourra parler. »

Fatigué comme je l'étais, la piscine me paraissait terriblement tentante. Je me suis déshabillé et j'ai plongé. L'eau fraîche était merveilleusement roborative, même si la peau déchirée de mes mains me piquait affreusement. J'ai fait quelques longueurs, puis j'ai fait la planche un moment. J'espérais vaguement que Connie allait sortir et me rejoindre, mais non.

Je suis sorti et je me suis essuyé, puis je suis rentré dans la maison, je me suis douché et je me suis habillé. Quand je suis retourné au living, Connie était assise sur un canapé en face d'une table basse, vêtue d'une combinaison floconneuse. Elle avait préparé une carafe d'un liquide incolore plein de petits glaçons. Elle en a rempli un grand verre qu'elle m'a tendu.

« Tenez, vous devez être déshydraté. Ça ira mieux avec ça. »

Je l'ai pris et j'ai goûté une gorgée. C'était de l'eau minérale avec du jus de citron. J'ai avalé la moitié du verre et je me suis assis en face d'elle.

« Comment vous sentez-vous ? elle a demandé.

— Endolori. J'ai très mal aux mains. »

Elle a hoché la tête. « Ce n'est rien à côté de ce que vous ressentirez demain. Vous voulez me parler de cette histoire maintenant ?

— Je vais essayer. Je ne sais pas si vous y comprendrez grand-chose.

— Faites un essai. »

Je lui ai raconté l'enterrement et ma conversation de ce soir avec Anne. « Vous comprenez, elle demande vengeance pour ce qui est arrivé à son mari. Et je suis celui qui doit exercer cette vengeance parce que, en un sens, elle me tient pour partiellement responsable de la mort de Duc.

— OK, là je suis larguée. »

J'ai fait tourner la glace dans mon verre. « Je ne vais pas étaler toute ma vie d'un coup devant vous. Si ça vous intéresse, je vous donnerai les détails un jour. En gros, il s'est passé ceci : j'étais un jeune flic brillant, qui obtenait des félicitations et des promotions rapidement. Et puis, Rose est morte d'un cancer des ovaires. Je suis devenu un flic ivrogne. Mon partenaire, Murray, s'est fait descendre à cause de ça. J'ai été viré de la police. Je résume des années, mais ce sont les faits de base.

— Jusque-là, je vous suis.

— Pour Anne, j'ai trahi la famille de ma femme quand je suis devenu ivrogne et que j'ai perdu mon poste. Actuellement, j'aurais presque vingt-cinq ans de service et je serais probablement lieutenant, peut-être capitaine. Je serais même peut-être à un niveau plus élevé encore. J'étais bon dans ce travail, et je continuais à accumuler des certificats universitaires ; j'étais qualifié pour les plus hauts postes.

— Et alors, quel rapport ?

— Vous ne voyez pas ? Ces salauds n'auraient jamais osé s'attaquer à Duc s'il avait eu des relations de ce calibre. Pour Anne, j'ai abandonné la famille sans protection.

— Mais votre femme serait morte, aussi bien, depuis des années.

— Ça n'aurait aucune différence pour eux. Même si je m'étais remarié.

— Je croyais que les Asiatiques croyaient au destin, au karma, au kismet, cette sorte de choses.

— C'est vrai pour les hindous et les musulmans. Pas pour les bouddhistes, les confucéens et les caodaïstes, et pas pour les catholiques vietnamiens non plus. » Je me suis affaissé dans ma chaise, engourdi par la lassitude qui s'infiltrait en moi.

« Gabe, vous n'êtes plus lié avec eux depuis des années, quoi qu'ils en pensent. Ils n'ont aucun droit réel sur vous, sûrement pas au point d'exiger une vengeance de sang. On est en Amérique.

— C'est peut-être un autre symptôme de la fin de l'histoire telle que nous la connaissons. En tout cas, je me sens responsable, que ce soit sensé ou pas. Mes parents sont morts depuis des années, j'étais fils unique et on était une famille nucléaire, là-bas dans l'Ohio. Je pense que les Nguyen sont ce qui ressemble le plus à ce qui me reste de famille. Je ne peux pas m'empêcher de penser que je les ai laissé tomber, et Anne sait faire jouer la corde sensible.

— Elle sait que vous souffrez d'un sens des responsabilités trop développé. Rose et elle ont dû avoir beaucoup de petites conversations à cœur ouvert à votre sujet.

— De toute façon, je ne suis toujours pas convaincu que la mort de Duc et le problème de Queen ne sont pas reliés d'une façon ou d'une autre. On a les racketteurs de Saigon et les fantômes…

— On n'en est pas sûrs. C'est tentant, je l'admets, mais de ce fait même, c'est encore plus suspect, pour moi. Mais ce n'est pas ça qui importe. Ce qui me préoccupe, c'est l'aspect personnel dans cette affaire. C'est le genre de choses qui peut embrouiller votre réflexion ; vous faire tirer des conclusions qui n'en sont pas.

— Vous croyez que je ne le sais pas ? »

CHAPITRE DOUZE

Le lendemain matin au réveil, j'ai eu l'impression que j'étais passé sous un camion, mais la sensation est passée dès que je me suis levé. Là, ça a été comme si tout un train de marchandises m'avait roulé dessus. Habituellement je ne suis pas masochiste, mais je ne sais pas pourquoi, je me sentais bien. Après quelques longueurs de bassin pour éliminer la raideur de mes muscles, et une douche chaude pour les relaxer un peu plus, je me suis senti presque prêt à affronter la journée. Au premier essai, j'ai laissé tomber un verre de jus d'orange parce que ma main refusait de se fermer correctement, mais j'ai fini par y arriver.

Pendant que je le buvais, Connie m'a dit qu'elle avait vérifié toute la ligne téléphonique. « J'ai même escaladé le poteau. Pas trace d'un micro, mais ça ne veut pas dire qu'il n'y en avait pas un avant-hier.

— Du moment qu'elle est sûre maintenant. » J'ai pris le combiné et j'ai composé maladroitement le numéro de Lowry.

« Lowry à l'appareil.

— Gabe Treloar. Je me demande si vous pourriez faire une vérification sur quelqu'un pour moi. C'est un chauffeur professionnel nommé Archie Dupre, D-U-P-R-E. » Je lui ai donné le numéro de la licence que Connie m'avait passé.

« Ça concerne le cas Duc Nguyen ? »

Je lui ai raconté la petite scène qui s'était déroulée devant la maison de Duc. « Ce n'est peut-être rien, c'est peut-être un type que j'ai coincé il y a des années, mais ça me paraît bizarre. Pouvez-vous vérifier s'il a un casier ?

— OK. J'ai quelques autres choses à faire avant, mais je vous rappellerai cet après-midi. »

Je l'ai remercié et j'ai raccroché.

« Qu'est-ce que vous faites maintenant, Connie ?

— Je vais enquêter sur ces "Investisseurs du Sud-Est". Je soupçonne que ça va être une des sociétés amiboïdes qui vous glissent entre les doigts quand on essaye de les attraper, mais je peux toujours essayer. Et vous ?

— Je vais cuisiner Mitch. C'est dur de tirer de lui des réponses précises, mais après tout ce sont ses cent millions et son avenir professionnel qui sont en jeu.

— Je pense que je vais avoir la tâche la plus facile. »

On s'est entendus pour se retrouver pour déjeuner et elle est partie avec sa voiture de société. Moi, je suis parti à la recherche de Mitchell Queen. Je ne l'ai pas trouvé dans la maison, et la gouvernante m'a dit qu'il était quelque part dans le parc. Je l'ai finalement trouvé sur son green, en train de s'entraîner.

« Tu t'es levé de bon matin, il m'a dit en réussissant un putt. Bon sang, Gabe, qu'est-ce qui est arrivé à tes mains ?

— Je songe à me remettre à la boxe. Parle-moi de ton ami Armitage, Mitch. »

Il s'est penché pour récupérer sa balle dans le trou. « Comment tu connais ce nom-là ?

— Selene Gibson m'en a parlé.

— C'est quelque chose, cette Selene, hein ? » Il a secoué la tête et il a posé sa balle à deux mètres du trou. « Kelly, Bacall, Bergman, elles n'avaient pas plus de classe qu'elle, même si elle a commencé comme emballeuse de crevettes à Biloxi.

— Je croyais que c'était dans la cabane d'un métayer.

— Ça, c'était encore plus tôt. D'après ce qu'on dit, elle a été promue de sa cabane au sol en terre battue à l'usine de crevettes quand elle a eu treize ans, de façon illégale et habituelle dans le Sud gothique, au mépris des lois sur le travail des enfants, qui étaient en vigueur déjà quand elle était petite ; elle a été découverte par DeMille quand il était là-bas pour faire les repérages des *Naufrageurs des mers du Sud.* »

Il a réussi son putt. « Non, bon sang, ça c'est trop tôt, même pour Selene. En tout cas, c'était quelque chose comme ça.

— OK, j'ai dit patiemment, mais en ce qui concerne Armitage ?

— Quoi, Armitage ? C'est un type qui a de l'argent à investir.

— Quelle sorte d'argent ?

— C'est un banquier. Une de ces banques off shore.

— Tu veux dire qu'il blanchit de l'argent ? »

Il a préparé un nouveau putt. « C'est ce que font la plupart de ces banques, je crois. » Il a remarqué mon expression. « Oh, bon sang, Gabe ! Tu crois qu'on se soucie vraiment de l'origine de l'argent dans cette ville et dans ce métier, ou dans n'importe quel métier d'ailleurs ? La moitié des banques de Floride s'effondreraient sans l'argent de la drogue. Même chose pour les armes et, ces derniers temps, pour les logiciels piratés. Ce sont les marchandises qui sont illégales. Une fois qu'elles sont transformées en argent, tout ce qui importe c'est que les impôts soient payés, et ça, pour moi, c'est l'affaire d'Armitage et de l'administration. Qui c'était, cet empereur romain qui voulait récupérer du blé en taxant les urinoirs publics ? Son fils lui disait que ce serait déshonorant, et le vieux lui avait mis une pièce sous le nez et lui avait dit que l'argent n'avait pas d'odeur ? C'était pas Hadrien ? »

J'ai pensé à mes cours de latin d'antan. « *Pecunia non olet*. Je crois que c'était Vespasien.

— Bon. Alors Armitage a de l'argent à investir, il veut un gros morceau de la *Rue Tu Do*, et ça, c'est mon affaire : je réunis des gens qui ont de l'argent sur des projets qui les tentent. J'ai reniflé son argent, et il sent bon. » Il a froncé les sourcils en regardant sa balle, l'a frappée trop fort et a raté son putt. « Merde. Tu n'as pas toujours été aussi délicat sur l'origine de l'argent. » Encore le champ de courses.

« C'était il y a longtemps, et c'était la guerre.

— Ouais, j'ai l'impression qu'on en revient toujours à ça, hein ? Parfois, c'est comme si toi et moi on n'était jamais partis de ce foutu endroit. C'est comme si tout le pays avait appuyé sur la touche pause en 75, et se demandait toujours "qu'est-ce qu'on fait maintenant ?". Chaque fois qu'un président veut faire une petite guerre facile pour se retirer le cul de la presse, tout le monde hurle que ça va être un "nouveau Vietnam". Ces politiciens républicains qui me demandent de l'argent pour leurs campagnes, ils se figurent que le pays est toujours menacé par des hippies aux cheveux longs, vêtus de perles et de sandales et arborant des badges "Peace and Love". Tu te rappelles la dernière fois que tu as *vu* un symbole de la paix ? Des connards de première, tous autant qu'ils sont. Et on dit que ma profession est pleine d'excentriques. » Il a fait un putt, et l'a encore raté. « Gabe, t'es en train de pourrir mon jeu.

— Tu as vraiment la technique pour les *non sequitur*, Mitch. Je ne te parle pas de politique maintenant. Je ne te parle pas du Vietnam ni de guerre, ou de militants conservateurs purs et durs, à l'esprit bloqué à l'ère d'Eisenhower. Je te parle d'argent, Mitch. Je te parle de cent millions de dollars. Je n'arrive pas à croire que tu peux mettre ensemble cent millions de dollars et des gens douteux, sans te retrouver avec une entreprise criminelle sur les bras. Je commence à me demander si ce vieux Martin Starr est toujours dans les parages, mais je me pose vraiment des questions sur ces cent millions et sur ton pote Armitage. »

Il était penché en avant, en train de faire ce petit mouvement comique des golfeurs avant un putt : une contorsion du derrière en agitant son club. Il s'est redressé. « T'as déjeuné ?

— Juste du jus d'orange. »

Il s'est retourné et a commencé à marcher vers la maison. « Il te faut plus que ça si tu dois passer une longue journée à traquer les méchants. Surtout si tu t'entraînes en même temps pour les Gants d'Or. Viens, Gabe, mec. Je vais demander à Julia de nous préparer un petit déjeuner, et on va parler d'argent. »

Julia avait déjà préparé un petit buffet sur la terrasse, et il y avait un couvert pour moi. J'ai négligé les *huevos rancheros* et j'ai pris de la salade de fruits et du café. Ma brève aventure avec la cuisine-suicide était terminée. J'étais de retour en Californie.

« Alors, parlons un peu d'argent. » Mitch a repris sa gestuelle, avec sa fourchette-baguette de chef d'orchestre. « On parle de grosses sommes d'argent, celles que les gens se représentent en liasses de billets entourées de bandes, empilées dans une valise comme l'argent d'une rançon. La réalité est un peu différente, du moins dans mon métier. D'abord, ce n'est pas une seule personne ou une seule société qui vont financer à elles seules un film à gros budget ; pas avec ce que ça coûte de nos jours. Bien sûr, les grands financiers ont l'argent, mais ils ne mettent pas tout sur un seul projet. Ils le répartissent pour minimiser les risques, pour le cas où une production trop coûteuse se révélerait aussi populaire que des déchets toxiques au box-office.

— C'est sensé, j'ai dit en piquant une boule de cantaloup.

— Et comment. Bon, alors quand les investisseurs s'engagent sur un projet, on forme une société de production pour ce film particulier, et ils versent un pourcentage spécifié de leur argent sur un compte, où leurs comptables le surveillent comme des vautours. Il leur faut des états périodiques qui détaillent les dépenses jusqu'au moindre cent, et ils envoient des gens sur le plateau et en extérieurs, pour vérifier que mon équipe et moi on ne fait pas danser l'anse du panier, qu'il n'y a pas un beau-frère quelque part, qui double le montant de ses factures, qu'on n'achète pas de la coke en la faisant passer sur la note du traiteur, ce genre de trucs.

— C'est pas des gens très confiants, hein ?

— On parle de gros fric ici, Gabe. Les gros billets

et la confiance ne font pas bon ménage. Et ils ont raison d'être soupçonneux, parce que c'est exactement ce qui arrivera s'ils laissent faire. Et moi aussi, il faut que je surveille tout le monde. C'est moi qui mène la barque, et je ne veux pas de coulage, Gabe. Je fais partie des producteurs qui ont l'œil à tout. Parfois, ça me rend impopulaire dans la production, mais je m'assure que personne ne me fait les poches et que mes investisseurs en ont pour leur argent.

— À moins que le film ne fasse un flop. »

Il a agité sa fourchette avec philosophie. « Ça, c'est le facteur de risque, comme dans toute profession. On s'adresse toujours à un marché, et le marché peut changer. Mais tous les autres facteurs peuvent être contrôlés. Quand un rigolo d'auteur-réalisateur mène une production largement au-delà de son budget, tu peux être sûr que le producteur est en train de laisser filer l'affaire, ou qu'il n'a simplement pas les couilles pour forcer cette andouille à marcher droit. Il faut être capable de manier le fouet quand c'est nécessaire. Et on ne fait pas le con avec des gens comme Armitage ou Bert Schuster, qui est dans le métier depuis qu'il est môme, ou ces gestionnaires de la Paramount. Ils versent leur fric au compte-gouttes et surveillent les autres pour être sûrs qu'ils en font autant. Il n'est pas impossible de réaliser une grosse arnaque dans ce métier — c'est déjà arrivé — mais si t'es assez malin pour ça, tu devrais piquer le fric dans des branches où les sommes en jeu sont vraiment importantes, comme les banques d'investissement ou l'État.

— C'est plutôt rassurant, ce que tu dis, Mitch. » Je réservais pourtant mon jugement. Ce n'est pas difficile, pour quelqu'un qui connaît intimement les arcanes d'une profession, de blouser quelqu'un qui ne les connaît pas.

« Les idées fausses sur la façon dont fonctionne l'industrie du film sont tellement répandues, Gabe, il a dit d'un ton de martyr. J'aimerais que ces journalistes et ces présentateurs d'émissions de plateau s'adressent à des producteurs pour changer : nous, on sait ce qui se passe. Ils veulent toujours interviewer les acteurs et les réalisateurs, qui n'y connaissent que dalle, et qui bafouillent par-dessus le marché.

— Tu n'as pas ce handicap, toi, j'ai commenté en sirotant un café français somptueux.

— Ça me ferait mal. Mais est-ce qu'on m'invite jamais à ces émissions ? Non. Bon sang, un soir, il y a quelques années, j'ai vu Cimino à une de ces émissions de nuit ; on le mettait sur le gril à propos des *Portes du paradis*, qui était un vrai navet et un flop, mais il aurait pu baratiner bien mieux qu'il ne l'a fait. Son hôte — j'ai oublié qui c'était, mais c'était un vicieux — demande à Cimino comment il a fait pour perdre cent vingt millions ou je ne sais quel montant, et cet idiot regarde le bout de ses chaussures comme un enfant grondé par l'instituteur, et marmonne quelque chose qu'on n'entend même pas. Tu te rends compte ! Ces réalisateurs ! Ils peuvent communiquer magnifiquement avec des images, mais il ne faut pas s'attendre à ce qu'ils s'expriment mieux qu'un élève de troisième moyen. J'aurais pu parer toutes ces questions mieux que toute l'Association des Réalisateurs réunie.

— Comment tu aurais répondu ? j'ai demandé, puisqu'il n'attendait que ça.

— Pour commencer, je lui aurais dit ce que je viens de te dire : que l'argent ne se présente pas sous forme de piles de billets ; principalement, c'est sous forme de chèques de salaires. Quand une grosse production perd de l'argent, les gens font comme si quelqu'un avait répandu de l'essence à briquet dessus et y avait jeté une allumette.

« Tiens, ce type de l'émission a sorti une comparaison pour *Les Portes du paradis* qui m'a suffoqué. Un économiste quelconque avait fait des calculs et avait dit que, avec l'argent foutu en l'air avec ce film, on aurait pu nourrir onze familles pendant cent ans ! Je veux dire, où est-ce qu'ils vont chercher des gens comme ça ? Comment il est arrivé à ce calcul raffiné ? Est-ce qu'il parle de papa, maman et un bébé, ou d'une famille chinoise élargie où on vit à cinquante dans la même maison ? Est-ce qu'il sait vraiment quel sera le revenu médian d'une famille en 2095 ? On paye des supposés experts qui ne sont pas foutus de dire combien coûtera un litre d'essence l'année prochaine.

— Ça semble assez arbitraire, j'ai admis.

— C'est le moins qu'on puisse dire. Tu sais ce que j'aurais dit à ce type ? J'aurais dit : "Écoutez, quand on reçoit de l'argent pour faire un film, on ne part pas dans le désert pour faire un trou et pour l'enterrer, bon sang ! on le *dépense* ! On engage des gens." Les films n'apparaissent pas sur l'écran par magie, tu sais. En plus d'un réalisateur, des auteurs, des acteurs, on paye des cameramen, des costumiers, des électriciens, des éclairagistes, des ingénieurs du son, des perchmen, des cascadeurs, des techniciens de plateau, des opérateurs de grue, des assistants et Dieu sait quoi encore. Tu sais, cette liste interminable de gens qui défile à la fin d'un film ? On les paie, tous ces gens. Si on tourne en extérieurs, on paye des hôtels, des traiteurs et des extra, et on loue des terrains et des maisons, et on dépense de l'argent dans les restaurants et les bars et dans la galerie marchande locale. En plus, il y a les gens de la publicité et de la distribution. Bon sang ! Même moi, je me paie ! On ne le détruit pas, cet argent. La plus grande partie circule normalement dans l'économie en ce moment. »

Il a fait une pause pour reprendre son souffle. « Je ne sais pas si *Les Portes du paradis* aurait pu nourrir onze familles pendant cent ans, mais je suis prêt à parier qu'il a nourri onze cents familles pendant un an ! Gabe, tu sais ce qui se passe quand un film fait un flop ?

— Non, quoi ?

— Ce qui se passe, c'est que quelques grands investisseurs prennent ce qu'on appelle dans le cinéma mexicain *el batho*. Et maintenant, je te demande : est-ce que ça t'embête vraiment ? Est-ce que ce journaliste de plateau est vraiment embêté ? Est-ce que quelqu'un verse des larmes sur le sort de gens qui vont se contenter de déduire leurs pertes de leurs impôts de l'année ? » Il a avalé d'un coup, rageusement, son verre de jus d'ananas. « Les gens qui se ruinent en investissant dans un film ne méritaient pas d'avoir de l'argent pour commencer. Mais qu'un film perde un paquet de fric, et les gens font comme si c'était la fin du monde. Bande d'abrutis.

— Tu m'as convaincu, j'ai assuré.

— Bon, je suis content d'entendre ça. Tu crois que tu peux penser maintenant à autre chose qu'à ces éblouissantes piles de biftons et revenir à la recherche de Martin Starr pour moi ?

— Je travaille dessus.

— Ça avance ?

— J'ai entendu des choses troublantes sur les gangs vietnamiens. Pas les bandes de jeunes, les grands chefs. Duc aurait pu m'aider là-dessus, mais le destin en a décidé autrement. Toutes les grandes villes de la côte Ouest ont leur petit Saigon actuellement. En ce moment, les gangs d'Asie arrivent et essaient de prendre le pouvoir. J'ai pensé que ce serait logique pour Starr de s'installer dans ces ghettos, en supposant qu'il ne s'est pas amendé. Pendant la guerre, quand il dirigeait les fantômes, il coopérait avec les gangs locaux. C'est peut-être maintenant un homme qui peut évoluer dans deux mondes. »

Queen s'est renversé dans sa chaise, qui a grincé faiblement. « Je ne sais pas, Gabe. Starr opérait à Cholon, et Cholon est principalement chinois. D'après ce que j'ai entendu, la plupart des Chinois ont été virés du Vietnam quand le gouvernement de Hanoï est arrivé. La plupart des boat people étaient chinois.

— Tu te rappelles comment c'était à l'époque. Les gangsters qui opéraient à Saigon coopéraient avec les gangs de Saigon et payaient l'administration en place. Je dirais que Starr avait des contacts dans tous les camps. Il peut les avoir conservés même s'il a été obligé de fuir le pays. On a l'impression que tous les gangs asiatiques sont un peu saisis de vertige devant le nouvel ordre mondial, Mitch. Ils sont très partisans de la libre concurrence. Ils coopèrent entre eux pour s'implanter aux États-Unis.

— Ces salopards se sont toujours entr'égorgés à la moindre occasion.

— Et ils recommenceront, mais en attendant, ils sont là, et ils traitent plein d'affaires. J'ai l'impression que c'est une affaire de ce genre qui a mal tourné qui a provoqué le meurtre de Duc. Je n'ai pas encore trouvé le lien, mais je ne peux pas m'empêcher de penser que le meurtre de Duc et ton problème avec Starr sont liés d'une façon ou d'une autre.

— Diable ! il va falloir que je mette une équipe de recherche là-dessus, que j'engage un bon auteur et qu'on se réunisse pour une séance de brainstorming. Les films sur les gangs asiatiques pourraient bien être la prochaine mode, Gabe. Ces idiots de Russes nous ont laissés en plan pour les scénarios, quand le marxisme s'est retrouvé le ventre à l'air. Peut-être que le péril jaune est sur le point de faire un come-back. On pourrait peut-être rajeunir le personnage de Fu-Manchu. Je me demande qui possède les droits.

— Alors, qui est-ce qui oublie l'affaire en cours maintenant ? Je sais bien que ta vie c'est le cinéma, mais c'est justement pour ça que tu m'as engagé : pour pouvoir continuer à vivre.

— OK, vieux pote. Qu'est-ce que tu fais maintenant ? J'ai des choses en route en ce moment, et je ne peux pas les laisser traîner. On va bientôt s'occuper des prises de vues, et on ne pourra plus faire marche arrière. Il faut que je sache si je suis confronté à un vrai problème.

— Je vais peut-être devoir faire un petit voyage. Je n'en suis pas encore sûr — je n'en ai pas envie, mais ce sera peut-être nécessaire.

— Fais ce qu'il faut. » Il a fait un grand geste. « Fais simplement en sorte que ça ne prenne pas trop de temps. Parce que ça, je n'en ai pas beaucoup. »

Il était près de trois heures quand Connie est rentrée. Elle s'est débarrassée de ses chaussures et s'est assise sur le canapé en posant sa serviette sur la table basse.

« Vous avez trouvé quelque chose ? » j'ai demandé en sortant de ma chambre. J'ai aperçu mon reflet dans la glace au-dessus du petit comptoir. Je commençais à bronzer. Ça revient vite.

« À peu près ce à quoi on s'attendait. » Elle a ouvert sa serviette et elle en a extrait un dossier. « Les "Investisseurs du Sud-Est" sont très actifs depuis quelques mois. Apparemment, ils sont en train d'abandonner le blanchiment d'argent à petite échelle dans les Caraïbes et de s'installer sur le continent, en investissant dans des entreprises et des propriétés, principalement le long de la côte du golfe du Mexique.

— Où ça, par exemple ? j'ai demandé en m'asseyant et en faisant bouger mes doigts douloureux.

— Des villes comme Corpus Christi, Galveston, La Nouvelle-Orléans, Gulfport-Biloxi, Saint Petersburg, ce genre d'endroits.

— Toutes avec des communautés vietnamiennes importantes.

— Ouais. J'ai une vieille copine à la police de Galveston. Elle m'a dit qu'il y a beaucoup d'agitation chez les Vietnamiens, depuis quelque temps. Le problème, c'est que les frictions entre les pêcheurs immigrés et les pêcheurs du cru qui cherchent à maintenir leurs positions masquaient un peu les choses. On pensait que tous les problèmes étaient d'origine raciale. Ils en étaient à échanger des coups de feu au large, sur les crevettiers, vous savez.

— J'en ai entendu parler.

— Bon, mais il y avait une bande là-bas, les "Dragons d'Or". Original, hein ? »

J'ai haussé les épaules. « Eux aussi, ils ont tous vu les films de Fu-Manchu.

— Pardon ?

— Non, rien. Qu'est-ce que votre amie vous a dit d'autre ?

— Ces Dragons d'Or faisaient les trucs habituels : ils rackettaient les épiciers et les restaurants, prenaient un pourcentage sur les pêcheurs de crevettes, s'occupaient des jeux et de la drogue, mais limitaient leurs activités essentiellement à la communauté vietnamienne. Ils se bagarraient un peu avec les Chinois, mais ils ne se sont jamais attaqués à la mafia blanche du golfe. La mafia de La Nouvelle-Orléans est puissante et très, très méchante.

— C'est ce que j'ai entendu dire.

— En tout cas, des nouveaux ont commencé à s'installer depuis un petit moment : ils sont très tranquilles, très bien organisés et ils disposent de beaucoup d'argent. Ils n'ont même pas de nom ou de tatouage particuliers, ni aucun de ces trucs enfantins de gang. Ils ont simplement annoncé qu'ils prenaient les affaires en main et ils ont commencé à acheter des immeubles sur le front de mer et des sociétés de transport. Les Dragons d'Or ont essayé de faire valoir leur droit d'antériorité et on en a retrouvé quelques-uns flottant dans la baie ou la gorge tranchée dans des impasses ; on n'avait pas essayé de dissimuler les cadavres. Depuis, les Dragons survivants se sont ralliés aux nouveaux.

— Et les autres gangs ?

— Les Chinois ont été bizarrement accommodants, mais mon amie n'a pas entendu parler de coopération active entre eux et les nouveaux. On n'a pas encore entendu parler de la mafia blanche. Et voilà la surprise : il y a une équipe de fédéraux des narcotiques qui surveille cette bande, sans grand succès. Ma copine sert d'agent de liaison entre ces fédéraux et la police locale et elle va de temps en temps boire un pot avec eux, après le travail. Ils lui ont dit que ce nouveau gang est financé par des banques qui font du blanchiment d'argent à la Grenade et dans les Caïmans.

— Est-ce qu'ils ont cité les "Investisseurs du Sud-Est" ?

— Non, mais les propriétés qu'ils ont achetées à Galveston sont pour la plupart mitoyennes de celles que la nouvelle bande a choisies. Vous connaissez déjà mon opinion sur les coïncidences.

— Bon travail, Armijo. » Et je le pensais.

« Ça m'arrive parfois. »

Le téléphone a sonné et j'ai décroché. « Gabe Treloar à l'appareil.

— Lowry. J'ai vérifié le dossier de votre Archie Dupre.

— Juste une seconde. Ma partenaire doit entendre ça. Elle va prendre l'autre poste. » Connie s'est levée et est allée dans sa chambre. Quand il a entendu le *clic* de son combiné, Lowry a continué.

« Bon, alors votre gars a fait de la tôle, mais apparemment, ce n'est pas vous qui l'avez arrêté.

— Comment ça ?

— C'était un prisonnier fédéral. Il a fait sa peine à Leavenworth. Il a été libéré en 80, et il s'est tenu tranquille depuis. Il ne s'est pas fait prendre, en tout cas. Il vit à Culver City depuis mai dernier. Au 445 West Briarwood, appartement 79a.

— Il était en prison pour quoi ?

— Écoutez bien, c'est la première fois que je vois

ça. Il était bidasse au Vietnam en 67, et il a déserté ! Je crois que j'avais tout vu, sauf ça. Quoi qu'il en soit, quand Jimmy Carter a quitté la présidence, il a eu un grand élan de compassion et il a signé un paquet d'amnisties cette année-là. Archie a été un des heureux bénéficiaires. »

Clic. Une nouvelle pièce du puzzle se mettait en place. En tout cas, elle se mettait quelque part. C'était un nouveau lien. « Vous dites qu'il a déserté en 67. Est-ce que vous savez quand il s'est fait piquer ?

— Non. Tout ce que je sais, c'est qu'il était à Leavenworth à la mi-72. Est-ce que c'est d'une aide quelconque ?

— Plus que vous ne pouvez l'imaginer. Je vous suis redevable, Lowry.

— Et comment ! Tenez-moi au courant. » Il a raccroché et moi aussi.

Quand Connie est revenue dans la pièce, je me tenais près de la porte-fenêtre, en train de regarder le soleil jouer sur la surface de la piscine. Il envoyait des vaguelettes d'argent sur le plafond de la pièce.

« Alors, Archie était un fantôme, elle a dit.

— On dirait. Je voudrais bien savoir quand il s'est fait piquer.

— Vous voulez aller lui parler ?

— Je doute qu'on le trouverait chez lui. Il m'a reconnu, donc il doit se dire que je l'ai reconnu aussi. Et même s'il est encore là, il ne nous dira rien. C'est l'homme qui est resté dans la limousine à qui je veux parler de toute façon.

— Alors, qu'allez-vous faire ? »

Je savais ce que j'allais faire depuis que j'avais parlé avec Anne après l'enterrement, mais j'avais repoussé cette décision le plus possible. Plus moyen d'y échapper maintenant.

« Il faut que je parle à un homme qui s'appelle Nguyen Chi Than. Je vais retourner au Vietnam. Vous voulez venir ? »

Elle a cligné des yeux deux fois, lentement, a ouvert la bouche pour parler, l'a refermée. Puis elle a pris une profonde inspiration et a eu l'air de prendre une décision. « Je ne voudrais manquer ça pour rien au monde. »

LIVRE 2

TROP TARD, MES FRÈRES

CHAPITRE TREIZE

À l'intérieur, l'aéroport était un dépotoir. On avait l'impression que rien n'avait changé depuis le départ des Américains, et que le temps avait inexorablement prélevé son tribut. Au milieu de la foule des arrivants, j'ai regardé autour de moi, mais malgré mes efforts cet endroit ne me rappelait aucun souvenir. Je n'étais venu ici que deux fois. Quand j'étais arrivé la première fois, j'avais été emmené par car directement de la piste d'atterrissage. Le jour de mon départ, j'avais été trop excité pour remarquer mon environnement ; avec des centaines d'autres GI, Marines et aviateurs j'attendais l'avion légendaire : l'Oiseau de la Liberté. Pendant des heures, j'avais tenu la petite main de Rose, en avançant centimètre par centimètre, au milieu des marmonnements, des bavardages bruyants et des rires à demi hystériques.

À un moment, nous étions à quelques minutes de nous embarquer, deux bus remplis d'officiers de l'armée vietnamienne étaient arrivés sur la piste et nous avaient repoussés à coups de pare-chocs. Ces officiers allaient suivre un entraînement spécial quelque part aux États-Unis. J'avais étouffé de rage devant cette injustice et cette audace. J'avais été sûr, absolument *certain*, qu'il allait y avoir une attaque au mortier lourd dans les minutes suivantes, et que nous allions être tués en attendant l'avion suivant. J'avais tout autant été embarrassé et ulcéré par les cris indignés qui fusaient tout autour de moi : « Ces salopards de trous du cul de gniacs ont pris nos places ! », « Virez ces têtes de nœuds de cet avion ! »

Un sergent de PM chargé de la sécurité avait distribué quelques coups. « Vos gueules ! Vous appartenez toujours à l'Oncle Sam, bande de minables connards, l'oubliez pas ! Y a encore plein de place plus loin sur la route, à la prison de Long Binh, si vous préférez y être plutôt qu'ici. »

J'étais devenu rouge, mais Rose m'avait juste serré la main. « Ça ne fait rien, Gabe. On est aux États-Unis bientôt. »

Bientôt, un autre avion s'était arrêté et tout le monde avait retrouvé sa bonne humeur. On avait embarqué sur celui-là. C'était un 707 de la TWA. Tout le monde avait retenu son souffle pendant qu'il avait roulé vers la piste, et quand il avait accéléré, chacun essayant inconsciemment d'alléger l'avion, de lui donner plus de puissance, de le faire décoller par un effort de volonté. Un énorme cri de joie avait explosé quand le train d'atterrissage n'avait plus été en contact avec la piste et qu'on s'était retrouvés en l'air. Mais moi, j'étais resté silencieux. Je n'avais fait que pétrir les mains de Rose jusqu'à ce que j'aie été sûr que nous étions hors de portée de missiles. Alors j'avais poussé un hourra, j'avais serré Rose dans mes bras et j'avais pleuré.

« Hé, Treloar. Avancez. » Connie m'a poussé du coude. La file d'attente pour la douane avait avancé devant moi. Rien à faire, je ne me rappelais strictement rien de l'aéroport de Tan Son Nhut.

Il s'était avéré étonnamment facile d'organiser le voyage pour le Vietnam. Un coup de téléphone à une agence de voyages, quelques vaccinations vite fait, quelques vêtements dans une valise, et on était partis. La nouvelle situation mondiale me laissait toujours en décalage horaire culturel. Il y avait quelque chose de carrément contre nature dans le fait d'aller facilement dans un pays qui se disait toujours communiste, bien que ça ne veuille plus dire grand-chose de nos jours. Ça, plus le sentiment désagréable que la guerre ne s'était pas vraiment terminée. Il n'y avait pas eu de reddition, de cérémonie ou de rituel proclamant que l'état de guerre était terminé et qu'on ne devait plus s'entre-tuer. J'avais la sensation persistante que quelque chose restait inachevé, et c'était exaspérant, comme la douleur fantôme d'un membre amputé.

Je m'étais attendu à un tas de paperasserie bureaucratique et à de l'obstruction, mais il n'y en a pas eu trace. Les autorités américaines ne voyaient pas de raisons de faire obstacle au voyage, et les Vietnamiens recherchaient désespérément, presque pathétiquement, les voyageurs étrangers, qui avaient de bonnes devises à dépenser.

Puisque c'était Queen qui payait, on avait fait le trajet en première classe, avec un voyage organisé de vétérans accompagnés de leurs femmes, et un groupe d'hommes d'affaires japonais qui avaient embarqué à Tokyo. En classe économique, il y avait plein de Vietnamiens américains qui retournaient au pays en toute sécurité pour la première fois depuis de nombreuses années, pour rendre visite à leurs familles. Les restrictions s'étaient bien assouplies, mais je n'aurais pas parié que c'était facile pour les Vietnamiens du Vietnam de voyager dans l'autre sens. De toute façon, il n'y en avait pas beaucoup qui en avaient les moyens.

La douane n'a pas pris longtemps. On voyageait avec un minimum de bagages. On n'allait pas rester longtemps, et on n'avait pas l'intention d'aller visiter ces champs de bataille si nostalgiques et pittoresques. Da Nang et la vallée d'Ah Shau pouvaient tranquillement retourner à la jungle en ce qui me concernait.

On avait réservé des chambres au Continental, et dès qu'on a passé la douane, on a pris un taxi vers le centre-ville, vers le quartier qui avait été le cœur de l'État quand Saigon était la capitale d'une nation.

« Ça vous rappelle le passé ? m'a demandé Connie, pendant qu'on avançait lentement dans la circulation dense.

— Un peu. » En réalité, c'était un mélange déroutant de similitude et de différence. Il y avait bien les cyclo-pousses, les jolies femmes en *ao dai*, les foules de piétons, les enseignes avec leur mélange de langues. Mais il y avait quelque chose de discordant, et il m'a fallu quelques minutes pour réaliser que c'était l'absence presque totale de véhicules militaires. Il n'y avait pas de camions remplis de GI ou de soldats de l'armée vietnamienne, pas de Jeep de la police militaire patrouillant sans arrêt. Les quelques uniformes en vue étaient ceux de ce qui avait été l'Armée de Libération du Peuple du Nord-Vietnam ; je suppose que c'était simplement l'Armée du Vietnam maintenant ; ces uniformes avaient l'air étrangement archaïques dans cette dernière décennie du siècle. Et les militaires vietnamiens n'avaient pas la prodigalité de leurs homologues américains en matière de véhicules et d'essence. Les motos semblaient plus nombreuses que tout le reste.

L'odorat est le sens le plus puissamment évocateur, et l'odeur de Saigon était exactement telle que je me la rappelais : c'était un mélange d'odeurs et de parfums de cuisine, de système d'égouts inefficace, d'encens venant des temples, et de gaz d'échappement ; la proportion de ces derniers n'était peut-être pas tout à fait aussi importante qu'il y a un quart de siècle. Pendant des millions d'années, nos ancêtres ont beaucoup plus compté sur l'odorat que sur la vue ou l'ouïe. La partie primitive, animale, de notre cerveau enregistre la moindre odeur et ne l'oublie jamais. Quand on sent une odeur pour la première fois depuis cinquante ans, on se rappelle exactement où on l'avait sentie auparavant.

La chaleur oppressante n'avait pas changé. Elle était même encore plus déplaisante maintenant, parce que j'étais plus vieux. Connie n'avait pas l'air d'en être gênée. Elle portait une sorte d'ensemble pour safari, et elle avait l'air tranquille et maîtresse d'elle-même malgré la chaleur, après ce long voyage. Bon, elle avait vécu à Houston, qui n'est pas loin de Saigon sur l'échelle des températures et de l'humidité. Elle regardait par la fenêtre du taxi avec intérêt, mais sans se dévisser la tête dans tous les sens, malgré l'exotisme de cet environnement. Celui-ci était étonnamment cosmopolite. Même quand on connaît la bizarrerie de LA, on ne reste pas blasé devant l'Orient mystérieux.

« Qu'est-ce que vous trouvez de plus changé ? » elle a demandé comme si elle lisait mes pensées. Ce qui, en l'occurrence, n'était pas difficile.

« On peut être à peu près sûr qu'un gamin à vélo ne va pas passer et balancer une grenade par la fenêtre. »

En disant cela, je me suis rendu compte que c'était exactement pour ça que j'examinais nerveusement les alentours. Cette vieille sensation de la "cible entre les épaules" était revenue, comme si elle ne m'avait jamais quitté.

L'hôtel avait commencé à se décrépir à l'époque où il était le quartier général des journalistes américains et européens qui couvraient la guerre. Maintenant, il était plus décrépit que jamais, malgré quelques couches de peinture et de timides rénovations. J'avais réservé des chambres ici, dans un accès de nostalgie, parce qu'aller dans un hôtel neuf, de première classe, pour touristes, m'aurait paru un sacrilège à Saigon. En outre, l'agent de voyages m'avait prévenu que la plupart des nouveaux hôtels étaient encore en construction, quoi qu'en disaient les brochures.

Le personnel travaillait dur pour conserver la vieille ambiance coloniale française en tout cas, et le portier nous a guidés, le long des tapis usés jusqu'à la corde, vers nos chambres, comme s'il nous conduisait dans les salons du *Normandie*. Nos chambres étaient mitoyennes, et chacune avait sa propre salle de bains et un petit balcon, et un ventilateur tout simple tournant paresseusement au plafond — pas le genre de ceux qu'on peut acheter maintenant dans les magasins de décoration, mais un ventilateur qui était probablement déjà là dans les années trente.

J'étais ankylosé et crasseux à cause de ce long voyage, et j'ai pris une douche dans la petite cabine ; j'ai enfilé des vêtements propres et je suis sorti sur le balcon. Connie était déjà sur le sien, assise sur une chaise de fer forgé et sirotant dans un verre quelque chose qui ressemblait à du Coca-Cola.

« Comment trouvez-vous votre chambre ? j'ai demandé.

— Elle est acceptable. J'ai passé assez de temps dans des hôtels mexicains pour ne pas m'attendre aux standards du Hilton dans les pays du tiers-monde. Je n'en voudrais même pas d'ailleurs. Je me sentirais comme un sahib jouant les grands seigneurs avec les gens du cru. Ça, c'est bien. »

J'ai hoché la tête. « Ça me plaît bien, moi aussi. » On était au deuxième étage, et on surplombait un carrefour à la circulation animée. « Vous savez, ça, c'est le Saigon que j'ai toujours voulu voir, et je n'en avais jamais eu l'occasion : le Saigon de Graham Greene. Si je buvais encore, je prendrais un grand gin tonic. »

Elle a souri, exposant ses grandes dents blanches au soleil. « Eh bien voilà. On va chercher une boutique de vêtements et vous trouver un costume blanc. Je pourrai peut-être trouver une ombrelle. »

J'ai secoué la tête. « Les ombrelles, c'était avant l'époque de Greene. Du temps de Conrad peut-être.

— Vous voulez aller le voir quand, ce Mr Than ?

— Mr Nguyen, j'ai corrigé. Les noms de famille sont placés en premier ici. Chi est son prénom. On ira le voir plus tard, quand je serai en forme. Je n'ai jamais pu dormir en avion.

— Je vois ce que vous voulez dire. Je ressens le décalage horaire. Et je sais que je ne pourrai pas dormir. En plus, on n'est qu'à la fin de l'après-midi ici, quoi qu'en dise notre horloge interne. On pourrait aller se promener ?

— Pourquoi pas ? Je voudrais bien voir cette ville de près. »

On est descendus dans le vestibule ; on a écarté les

nombreux guides et porteurs qui voulaient nous amener voir la grande ville. Je perdais peu à peu mes peurs ataviques, à force de me donner des coups de pied mentalement pour mon attitude viscéralement égocentrique. J'en ai même parlé à Connie en marchant le long d'une rue qui était exactement comme quand je l'avais vue autrefois, sauf pour les *bip* et les couinements odieux des jeux vidéo qui s'échappaient des nombreux petits commerces.

Connie m'a fait la faveur de l'un de ses rares rires. « Vous êtes tombé dans le solipsisme de votre copain Queen, Gabe. Dans le fond, vous vous attendiez à ce que cet endroit soit resté exactement comme quand vous êtes parti. Le temps était censé s'être figé ici pendant que vous n'y étiez pas, et reprendre son cours à votre retour, avec des Viêt-congs démangés par l'idée de vous zigouiller, et une population ne pensant à rien d'autre qu'à la guerre. Mais ces gens ont continué à vivre. Ça fait vingt ans qu'on est partis. » Elle s'est arrêtée et a regardé du haut en bas de la rue. « On est partis, et eux, ils sont restés. Tenez ! La moitié des gens dans cette rue n'étaient pas nés quand vous êtes rentré à la maison. L'âge moyen ici doit être aux alentours de dix-neuf ans. » Elle m'a regardé de ses yeux bruns sardoniques. « Vous êtes de l'histoire ancienne pour eux, mon vieux.

— Bon sang, vous savez y faire pour mettre les gens à l'aise. »

On a trouvé un petit café et on a pris une merveilleuse soupe aux nouilles, aux crevettes et aux arachides. Personne au monde ne fait des soupes comme les Vietnamiens.

« Je continue à m'interroger sur Cholon, j'ai dit, pendant qu'on traînait sur le thé.

— On peut prendre un taxi et y aller.

— J'ai peur d'y aller. Ce qui est arrivé là-bas après la chute du Sud, c'est ce que les journalistes d'aujourd'hui aiment appeler "nettoyage ethnique". Je ne me sens pas prêt pour une expérience aussi déprimante.

— C'est un voyage sacrément sentimental, hein ?

— On n'est pas en vacances, lui ai-je rappelé. On est là pour le travail. On s'en va. »

On s'est promenés sans but, en essayant d'accumuler assez de vraie fatigue pour bien dormir. Personne ne faisait beaucoup attention à nous, à part les enfants qui voulaient nous servir de guides ou nous vendre des trucs. Ils n'étaient pas particulièrement collants, parce qu'il y avait plein d'autres cibles tout autour. On était loin d'être les seuls Américains sur les trottoirs. Il y avait pas mal de vétérans, qui avaient souvent l'air à moitié égarés, irrésolus. J'espérais que je ne leur ressemblais pas.

À un moment, on a tourné dans une rue, et on a écarquillé les yeux : de l'autre côté, il y avait une grande enseigne au-dessus d'une entrée de bar. Ça s'appelait : APOCALYPSE NOW.

« Il faut que je voie ça », j'ai dit.

On a traversé la rue, on est entrés, et on est restés plantés là, abasourdis. L'intérieur était vaste, et le décor entièrement constitué de souvenirs de guerre : des bandes de mitrailleuses qui entouraient les murs comme des guirlandes, des photos de GI et de batailles, des caisses marquées des incontournables pochoirs militaires, des imitations de grenades et de rockets, des armoiries d'unités, des casques de pilotes d'hélicoptère. Au milieu, il y avait une Jeep complète, avec une grande étoile blanche sur le capot. Les enceintes crachaient les voix et la musique de Jim Morrison et des Doors dans « The End ».

Il y avait partout des filles vietnamiennes habillées comme les entraîneuses de l'époque. Les clients étaient habillés pour la plupart dans un mélange de treillis de combat avec des dessins de camouflage variés, beaucoup avec des chemises aux manches arrachées, pour faire admirer les muscles bronzés et bien nourris. D'après les conversations bruyantes, on voyait qu'ils n'étaient pas tous américains. Apparemment, il y avait aussi des mordus de la guerre européens. Je n'en ai pas vu un seul qui ait l'air assez vieux pour avoir été là pendant la guerre.

À notre arrivée, des types près de l'entrée se sont retournés et nous ont examinés dédaigneusement. J'ai repéré une Rolex qui ne venait pas d'un PX, et une paire de bottes de combat qui venait de chez L.L. Bean.

« Allez, viens, a dit Connie sur un ton fatigué. On est trop vieux jeu pour un endroit branché, à la mode, comme ça. » On est retournés dans la rue. Derrière nous j'ai entendu les premières notes de « Light my Fire ».

« Bon Dieu, c'est déprimant », j'ai dit, mais je parlais aux murs. Connie était partie d'un pas rapide, en se serrant les épaules entre les mains, comme si elle avait froid. Au premier carrefour, elle a pris à gauche sans hésitation. Au suivant, elle a tourné à droite, comme si elle savait exactement où elle allait. Un soupçon s'est insinué dans mon esprit.

Je n'ai eu à la suivre que quelques minutes. Elle s'est arrêtée et elle a regardé, de l'autre côté d'un large boulevard à la française, un grand bâtiment hideux qui ressemblait à un garage de dix-douze étages. Je n'étais pas beaucoup allé dans cette partie de la ville, mais j'ai reconnu cet endroit. Pendant quelques jours, en 75, ça avait été l'immeuble le plus célèbre du monde. Celui qu'on voyait dans tous les films d'actualités en tout cas : l'ambassade des États-Unis, la scène de l'acte final du retrait des États-Unis du Vietnam.

Je me suis arrêté derrière elle et j'ai posé doucement mes mains sur ses épaules. « Dites-moi ce qui se passe, Connie. »

Pendant un long moment, elle n'a rien dit, mais j'ai senti un tremblement subliminal qui secouait tout son corps. Le soleil se couchait, et le sommet de la haute bâtisse s'est illuminé.

« Ils sont arrivés de cette direction, elle a dit enfin, en hochant brusquement la tête vers le boulevard, se tenant toujours les épaules. Bon Dieu, il y en avait au moins un million. Ils remplissaient le boulevard sur toute sa largeur. Ils s'entassaient sur la place, là, et ils essayaient de passer par-dessus les grilles pour entrer. Les Marines qui étaient de garde les repoussaient à coups de crosse de fusil. Vous avez vu des images de la place Saint-Pierre à Pâques, quand le pape dit la messe et parle à la foule ? Cette place est déserte en comparaison de ce que c'était ici le 29 avril. »

Elle a levé les yeux vers le toit de l'ambassade. Le fameux toit. « J'étais là-haut au début. J'étais infirmière dans la marine, et on m'avait amenée ici en hélicoptère de l'USS *Mercy*, avec un groupe de personnel médical. On a commencé immédiatement à évacuer des gens du toit, puis des hélicoptères se sont posés en bas sur le parking et près de la caserne de pompiers de l'ambassade. J'étais là-haut, et je pansais les blessés au milieu des hélico ; je n'arrivais pas à croire qu'il y avait tant de gens sur terre ! Ils s'entassaient sur le boulevard et les rues adjacentes à perte de vue. Au loin, on voyait les incendies et les explosions à Tan Son Nhut, des incendies dans toute la ville, et des rockets qui tombaient partout. Quelques minutes après mon arrivée ici, quelqu'un a crié, on a tous regardé, et on a vu un gros C-119 qui passait au-dessus de nous. Il était en flammes et il s'est écrasé à la limite de la ville. L'explosion a été énorme, mais on ne l'a même pas entendue au milieu de tout ce vacarme. »

Elle s'est interrompue un instant et elle a inspiré profondément en frissonnant. « Dans l'après-midi, on m'a envoyée en bas, près de la grille principale. On laissait passer des gens, quelques-uns à la fois, ceux qui avaient des laissez-passer d'évacuation. Ces laissez-passer n'avaient pas de prix ce jour-là, et la moitié des habitants de Saigon semblaient en avoir un. Vous savez ce qu'on me faisait faire ? Au diable les soins pour les blessés, il fallait que j'écarte les *morts* ! Les gens arrivaient en portant des vieux, des enfants, des bébés, et ils ne voulaient pas les abandonner, même ceux qui ne respiraient plus depuis des heures.

« On a essayé de remplir les hélicoptères au maximum et de maintenir l'ordre, mais c'était essayer d'arrêter la marée avec un seau de plastique. Les gens étaient fous de terreur. Quand les hélico décollaient, ils s'accrochaient aux patins, parfois des enfants de dix ou douze ans. Les hélico ne pouvaient pas voler comme ça, et ceux qui étaient à l'intérieur essayaient de repousser ceux qui s'accrochaient. Parfois, ils étaient à une cinquantaine de mètres du sol quand les derniers tombaient. »

Elle s'est retournée et m'a regardé férocement. « J'avais dix-neuf ans, nom de Dieu, Gabe ! »

Elle s'est retournée à nouveau et a regardé le bâtiment. « Je suis restée près de la porte presque jusqu'à l'aube du 30. Il y avait encore des gens qui essayaient d'entrer, des gens qui avaient fait l'erreur de croire en nous. Deux Marines m'ont prise sous les bras et m'ont traînée à l'intérieur de l'ambassade et le long des marches. J'essayais de leur échapper et de m'occuper des blessés. C'était plein de la fumée des documents qu'on brûlait. Bon Dieu, on brûlait des millions de dollars de monnaie américaine sur le toit. On ne pouvait pas les ramener, et on ne voulait pas que les vainqueurs les prennent.

« Les Marines m'ont balancée dans un Huey, quelqu'un m'a sanglée sur un siège et on a décollé. Il faisait encore sombre, et on pouvait voir au loin de grands incendies. J'ai entendu quelqu'un dire : "C'est Bien Hoa". Et puis le pilote a désigné quelques incendies vraiment énormes, comme si toute une ville brûlait. Il avait cette voix traînante du pilote macho. "C'est Long Binh", il a dit. "J'étais dans le 91e Medevac[1] ici en 70. Ils sont en train de brûler ma paillote en ce moment." » Elle a réussi à faire un faible sourire. « Vous savez, ces casques avec les lunettes qui faisaient ressembler les pilotes à des insectes venus d'une autre planète ? Eh bien, ça a été la première fois que je voyais des larmes couler de sous ces lunettes. »

Elle a serré ses bras autour d'elle comme si elle

1. Unité spécialisée dans l'évacuation sanitaire.

était vraiment frigorifiée maintenant. « Vous et votre ami Queen, et tous ces autres vétérans, vous faites comme si vous étiez les seuls à être jamais venus ici. Vous y êtes restés un an, et moi un jour. Mais vous, vous avez connu la bonne période. Moi, j'ai vu la honte. »

Elle s'est retournée et s'est dirigée d'un pas fatigué vers l'hôtel. J'ai mis mon bras sur ses épaules et elle n'a pas protesté.

« Voilà, c'est mon titre de gloire, Gabe. J'étais sur un des tout derniers hélicoptères qui ont quitté Saigon en avril 75.

— Vous essayez de vous voir dans ces rétrospectives qui passent à la télé ?

— Je ne les regarde jamais. Je ne suis jamais allée voir un film sur le Vietnam et je n'ai jamais lu un livre sur le Vietnam. Et je n'aime pas écouter les conneries des vétérans sur la guerre. J'ai raconté ça à Mick, et c'est tout. Même mes enfants ne savent pas que j'étais là-bas.

— Combien de gens on a laissés derrière nous ?

— Des centaines, peut-être des milliers. Oh, et encore une chose : ces laissez-passer d'évacuation que j'ai mentionnés…

— Eh bien ?

— Il y en avait plein qui étaient faux. J'ai vu plein de gens qui en avaient et qui n'avaient jamais travaillé pour nous. Des gros richards avec des costumes luxueux et des femmes avec des valises bourrées de bijoux. Les réfugiés légitimes étaient très en colère à ce propos. Et j'entendais constamment un nom associé à ces faux papiers : Martin Starr. »

CHAPITRE QUATORZE

Nous avons dormi tard le matin suivant. Comme toujours, quand j'étais en décalage horaire, je m'étais réveillé trois ou quatre fois pendant la nuit, désorienté. Il y avait un restaurant ouvert toute la nuit à proximité, et, une fois, c'est un arôme qui m'a réveillé ; il ressemblait tellement à celui d'un des plats favoris de Rose, que pendant un instant je l'ai cherchée à côté de moi dans le lit. Il m'a fallu du temps pour me rendormir après ça.

J'ai retrouvé Connie en bas pour le petit déjeuner : café et croissants. Il y avait même de la confiture d'orange.

« Alors, qu'est-ce qu'il y a sur l'agenda ? » Est-ce que vous vous sentez en mesure d'affronter notre Mr Nguyen Chi Than ?

— Son restaurant n'ouvrira probablement pas avant un moment, j'ai dit.

— Je ne pense pas qu'il serait d'une quelconque utilité d'aller voir la police et de leur poser des questions sur les fantômes ?

— Mais si, bien sûr. Ils font tout ce qu'ils peuvent pour encourager le tourisme et les investissements étrangers. Ils seront très désireux de tout nous dire sur leurs problèmes de crime organisé.

— C'était juste une idée en passant. Alors, qu'est-ce qu'on fait ?

— On est des touristes, pas vrai ? On va faire des trucs de touristes ce matin : visiter, louer un cyclo-pousse, peut-être faire une promenade sur la rivière. Ensuite, on ira voir notre homme.

— Super. C'est vraiment épanouissant de voyager. Et on pourra revoir les sites où on a tant de merveilleux souvenirs.

— Je suis désolé, Connie. Je sais que la gym vous manque. Si on apprend ce qu'on cherche ce soir, on peut être partis d'ici demain.

— Ne vous en faites pas pour la gym. J'ai apporté quelques haltères. »

C'était peut-être vrai. Le portier avait donné de la bande en portant sa valise.

Nous avons emprunté un cyclo-pousse en face de l'hôtel. Comme la plupart des Américains, je déteste me faire trimballer par un autre être humain ; c'est comme si on le changeait en bête de somme. Mais il gagnait son bol de riz comme ça, et je voulais pouvoir parler sans crier. La plupart des véhicules à moteur de la ville étaient vieux, et les Vietnamiens n'avaient toujours pas entendu parler des silencieux d'échappement.

Le « chauffeur » nous a demandé où on voulait aller et je lui ai dit de se diriger vers les faubourgs, en suivant l'ancienne route principale, en direction de la frontière cambodgienne. Ça a eu l'air de le surprendre, mais il a poussé sur les pédales, en criant aux gens de s'écarter de son chemin.

« Où est-ce qu'on va ? a demandé Connie.

— Sur les lieux du crime. »

Le taxi s'est retourné et nous a souri, ses dents ébréchées serrées sur un antique fume-cigarette couleur d'ambre, où brûlait une Gauloise pestilentielle. « Vous, vétéran américain, non ? » À sa tête, il avait environ soixante-dix ans, mais le corps qui propulsait le cyclo-pousse était beaucoup plus jeune. J'ai supposé qu'il avait à peu près mon âge. La plupart des sales coups de la vie lui avaient atterri dans la figure.

« Dix-huitième PM, j'ai dit, 1968.

— Ici, à Saigon ?

— Exact.

— Vous ici pendant le Têt ?

— J'y étais. Et vous ? »

Il a rejeté la tête en arrière et il a ri sans lâcher son fume-cigarette. « J'étais capitaine dans 40e Groupe de Combat du Peuple. Peut-être on se tire dessus. Je commande une compagnie de mortiers, on tire sur Tan Son Nhut.

— Alors, on s'est manqué. J'étais à Cholon.

— Plein de durs combats là-bas. » Il s'est interrompu pour invectiver un fermier dont le char à bœufs au chargement vertigineux bloquait la rue étroite. Après avoir contourné l'obstacle, il a repris. « Plein de vétérans américains comme vous maintenant. Comme autrefois.

— Mais vous avez gagné la guerre », a dit Connie.

Il a encore souri et a secoué la tête. « Pas nous. Le Nord gagne la guerre. »

Les groupes de bâtiments se sont espacés et ont finalement disparu. Il n'y avait pas de banlieue à l'américaine. La transition de la ville à la campagne était abrupte. « Arrêtez-vous ici », j'ai dit.

Connie a regardé aux alentours en fronçant les sourcils, perplexe. « Où est-ce qu'on est ? »

Je suis descendu du taxi. « Starr s'est échappé quelque part dans ce coin.

— Vous êtes sûr que vous vous rappelez bien ?

— À peu près. » Je savais pourquoi elle était perplexe. Le vaste bidonville de bambou, de carton et de canettes métalliques déroulées avait disparu. Il s'était autrefois étendu jusqu'à l'horizon dans toutes les directions, une étendue proprement stupéfiante de pauvreté et de misère. Il avait été entièrement nettoyé. Le sol était maintenant partagé en parcelles cultivées. La terre arable n'est jamais laissée en friche en Asie.

« Qu'est-ce qui est arrivé aux gens qui s'étaient installés là ? » j'ai demandé au taxi.

Il a haussé les épaules. « La plupart sont repartis. Vers les villages.

— Mais toute une génération a grandi ici, a dit Connie. On ne peut pas simplement partir à la campagne et cultiver le sol si on ne l'a jamais fait avant. Il doit y avoir beaucoup de gens qui sont morts de faim ? »

Il a coincé une autre Gauloise dans son fume-cigarette et l'a allumée avec un Zippo. « Quelques-uns peut-être. » Cette idée n'avait pas l'air de beaucoup l'émouvoir.

« Qu'est-ce que vous vouliez dire quand vous avez dit que le Nord avait gagné la guerre ? » a demandé Connie.

Cette fois, son sourire a été triste. « J'étais Viêt-cong. On se bat pour faire un Vietnam. Hanoï dit on est frères. On vire les chiens de Saigon et leurs alliés yankees, et on dirige le pays ensemble pour bien de tous. En premier, ils font tuer la plupart d'entre nous pendant le Têt. Ils font le plan, on combat, on meurt. Quand Ky et les derniers chiens courent, on est dans les rues, tout le monde crie *Giai Phong !* La guerre est finie et maintenant le peuple va commander. »

Il a shooté distraitement dans quelque chose qui traînait dans la poussière. C'était une douille, noircie par l'âge, sans doute du calibre .50. « Bientôt, il y a un grand défilé de la victoire, mais on ne défile pas. Pas de Viêt-congs dans le défilé. On ne doit pas prendre part dans le nouveau gouvernement. On est juste des Sudistes. Je suis colonel à la fin de la guerre. Maintenant je fais le taxi en pédalant. Mon officier commandant fuit en France, il écrit des grands livres depuis vingt ans.

— Vous vous êtes fait avoir », j'ai dit, pas exactement bouleversé de compassion.

Son sourire est resté en place et il a encore haussé les épaules. Ce gars souriait beaucoup et haussait beaucoup les épaules. « Je suis encore vivant. Pas beaucoup de mes amis encore vivants. Je vis pour voir les Nordistes mendier auprès des Yankees. Ça me fait du bien. »

Nous sommes remontés dans le cyclo-pousse et il nous a ramenés dans la ville. « Rue Tu Do », j'ai dit.

C'était le cœur de la ville. Il y a longtemps, dans une autre vie, ça avait été une longue rangée de bars sordides et de bordels qui voisinaient avec des boutiques chères, des night-clubs chics, et des bureaux de presse ; elle abritait aussi divers quartiers généraux pour les innombrables opérations de barbouzes menées par les États-Unis, les Européens, les Soviétiques et — selon certains d'entre nous — les Martiens.

En comparaison avec ce qu'elle avait été, la rue Tu Do était franchement tranquille. Il y avait encore des bars, mais ils ressemblaient au genre d'endroit où, quand on est trop saoul, on vous ramène à votre hôtel, au lieu de vous jeter dans la ruelle de derrière, sans votre portefeuille, et peut-être avec la gorge tranchée. Il y avait surtout des boutiques, des cabinets de professions libérales, et des sièges d'entreprises ; celles-ci arboraient souvent des noms américains sur des enseignes si récentes qu'on sentait encore la peinture fraîche.

« Je pense que vous aviez raison, chez Queen, Connie. Ça ne sera pas long avant qu'un McDonald ouvre dans la rue Tu Do. Et Wal-Mart[1] suivra sans doute de près.

— Bon sang, Gabe, a-t-elle dit, en désignant quelque chose au bout de la large rue bordée d'arbres. Vous n'avez jamais parlé de *ça* ! » Au bout de la rue, on voyait les flèches jumelles de la cathédrale.

« Saigon a toujours été une ville de contrastes. Si on arrivait à se débrouiller pour obtenir une perm pour le week-end, on pouvait commencer le vendredi soir par les bouges du bord de la rivière, à l'extrémité sud de la rue Tu Do », j'ai fait un signe du pouce vers l'arrière, par-dessus mon épaule, « boire tout le long du chemin en remontant vers le nord, et, le dimanche matin, on pouvait obtenir l'absolution et avoir sa gueule de bois en même temps dans la cathédrale.

— Un sacré paradis pour les machos. Je me demande bien pourquoi vous êtes partis.

1. Chaîne de supermarchés.

— Certains sont restés », j'ai rappelé.

C'est en pensant à ça que j'ai échangé encore quelques mots avec notre taxi quand il nous a ramenés à l'hôtel. On lui a payé le double du tarif normal. Je suppose que c'était l'argent de la culpabilité, mais il l'a empoché sans commentaire.

« Vous êtes ici à Saigon depuis la fin de la guerre ? je lui ai demandé.

— La plupart du temps, oui.

— Qu'est-ce qui est arrivé aux déserteurs américains qu'on a abandonnés derrière nous ? Est-ce qu'il y en a encore par ici ? »

Pour la première fois, il s'est renfrogné, arborant une expression de dégoût et de mépris. « Morts. Tous morts depuis longtemps. »

On s'est reposés pendant la féroce chaleur de l'après-midi. Il y a eu un bref et violent orage, et pendant quelques minutes après ça, la température a été plus fraîche, mais ça n'a pas duré. La chaleur n'est devenue tolérable que quand le soleil a été presque couché.

L'« Apple Orchard » n'a pas été difficile à trouver. Il n'était qu'à quelques rues de notre hôtel. C'était un petit bâtiment à la façade blanche, à quelques mètres en retrait de la rue ; ce retrait formait une courette où quelques tables étaient installées sous un auvent et entourées de caoutchoucs en pot. Elles avaient l'air accueillant dans la brise du soir, mais nous sommes entrés.

Il y avait un bar le long d'un mur, avec une demi-douzaine de tabourets dont deux étaient occupés. Des tables couvertes de nappes à fleurs, avec des chandelles brûlant dans de vieilles bouteilles de vin, étaient installées sur un sol carrelé de bleu et de vert. Une double rangée de ventilateurs brassait l'air au-dessus de nos têtes. Les notes nasillardes d'un opéra traditionnel vietnamien s'échappaient de haut-parleurs invisibles. Des couples ou des petits groupes étaient installés aux tables.

Un serveur s'est approché de nous. « Il n'y a pas de table libre maintenant. Vous attendez ? » Il nous a indiqué le bar d'un geste de la main.

« Nous devons parler avec le propriétaire. Mr Nguyen Chi Than. » Il a eu l'air d'hésiter sur la réponse à donner, alors j'ai ajouté : « C'est à propos de Nguyen Duc. »

Il a souri. « Je comprends ! Joe vous envoie à moi, oui ?

— Transmettez simplement à Mr Than.

— Vous attendez ?

— Nous attendons. » On s'est assis au bar et on a commandé des boissons. Connie a pris un blanc, et j'ai commandé une bière que je n'avais pas l'intention de boire ; bizarrement, il me semblait impensable de commander de l'eau minérale ou des boissons non alcoolisées dans cette ville.

« Vous croyez qu'il a seulement compris ce que vous lui disiez ? m'a demandé Connie.

— Oh oui. Quand j'ai parlé de Chi Than, il a été surpris. Quand j'ai mentionné Duc, il a été choqué.

— Comment avez-vous… ah oui, j'oubliais. »

Il y avait un autre client au bar : un Blanc, à la figure très bronzée et couverte de profondes rides, aux cheveux blancs coupés en brosse. Il était habillé de façon disparate mais pratique : une chemise des Philippines par-dessus un pantalon chinois kaki, et des sandales mexicaines portées sans chaussettes. Il avait une bière Aussie Black Swan devant lui.

« Vous arrivez juste des États-Unis ? Je suis Pat Hacker. » Il a tendu une large main, qui avait travaillé dur. Il avait un sourire de pirate sympathique. Visiblement, il avait roulé sa bosse en Asie.

On s'est présentés. « On est arrivés hier, j'ai dit. On se remet juste du voyage. Et vous ? »

Il a fait tourner sa bouteille embuée de condensation entre ses paumes. « Je suis ici par intermittence depuis presque un an. Je fais principalement du travail de consultant. Il y a plein de nouvelles sociétés qui s'installent ici : import-export, informatique, banques, hôtels, en veux-tu, en voilà. Il y a plein de travail pour quelqu'un qui connaît le pays et la langue.

— Vous êtes déjà venu ici, alors ?

— Exact. J'ai fait trois voyages ici, dans le corps des Marines. L'endroit m'a séduit. J'ai été démobilisé ici après mon dernier séjour, en 72. Depuis, je n'ai jamais passé plus de deux ou trois mois d'affilée aux États-Unis.

— Où est-ce que vous avez vécu pendant tout ce temps ? a demandé Connie. Sûrement pas ici ?

— Dans plein d'endroits : à Port Moresby, à la construction d'équipements de quai, correspondant de presse à Hongkong, à la direction d'une ligne de transport par camion pendant un moment à Singapour, à la sécurité dans un hôtel de Séoul. L'Asie, on a ça dans le sang. Mais c'est bon d'être de retour ici, sans personne pour vous tirer dessus. Le Vietnam est le plus beau pays du monde. Je travaille maintenant avec des investisseurs qui veulent lancer une résidence quatre étoiles près de la baie de Cam Ranh. Vous verrez, dans cinq ans, ça surclassera n'importe quoi à Acapulco ou aux Bahamas.

— Le climat des affaires est si bon que ça ici ? j'ai demandé.

— Oh, bon sang, oui. Au Nord, ils ont pas mal laissé tomber la connerie coco, et ici, au Sud, ça n'a jamais pris. Les types de Hanoï sont une bande d'idéologues puritains, mais ils n'ont jamais eu de prise sur les Saigonnais. Regardez autour de vous. C'est une ville de débrouillards, et ça l'a toujours été. Vous êtes un vétéran ?

— Tous les deux. Mais on n'est pas venus pour faire du tourisme.

— Pour affaires ?

— En fait, on s'occupe de ce qu'on pourrait appeler une reconnaissance de sécurité pour une équipe de cinéma qui va tourner un film ici cette année. » Connie m'a lancé un regard aigu, mais a décidé de ne pas interférer. « Vous en avez entendu parler ? »

Il est devenu plus attentif. « J'ai entendu parler d'une demi-douzaine de projets de télé et de cinéma : deux du Japon, un ou deux des États-Unis, un documentaire allemand sur la nature. Vous vous occupez duquel ?

— On garde ça plutôt secret, mais c'est un film qui concerne la période de la guerre. »

Il a sorti une carte et me l'a tendue. « Si vos employeurs ont besoin d'un type expérimenté quand ils commenceront à tourner, je peux m'occuper de tout : location, traduction, coordination des transports, liaison avec l'administration, direction d'équipes, tout le bazar. »

J'ai glissé sa carte dans une poche. « Vous avez déjà travaillé dans le cinéma ?

— Bien sûr. J'ai travaillé sur *L'Année de tous les dangers* quand ils ont tourné en Indonésie et aux Philippines. Demandez à Mel et à Sigourney. On est des vieux potes. »

Le titre m'a remémoré un vieil article de magazine. « Il n'y a pas eu des problèmes avec cette production ? Des menaces d'extrémistes politiques ? »

Il a reniflé avec mépris. « Ouais, une bande de gauchistes menaçait de tuer les acteurs et de faire sauter les lieux de tournage. C'était de la foutaise, mais les producteurs se sont dégonflés, et c'est pour ça qu'on a déplacé tout le truc aux Philippines.

— Il se passe des trucs comme ça, ici ?

— Qu'est-ce que vous voulez dire ?

— Eh bien, on enquête sur des menaces qui ont été envoyées à certains membres de l'équipe. N'essayez pas de filmer dans la République Populaire, ou vous serez massacrés, ce genre de choses. Est-ce qu'il y a des groupes ici qui pourraient faire ce qu'ont fait ces types en Indonésie ? »

Il a secoué la tête. « Ça n'a aucun sens. Si vous avez de bons et solides dollars américains à dépenser, le gouvernement et les milieux d'affaires d'ici vous dérouleront le tapis rouge d'ici jusqu'à Hanoï et retour. Ils voudront peut-être des preuves que vous ne montrerez pas l'Oncle Ho sous un trop mauvais jour, mais en dehors de ça, ils seront des modèles de coopération. » Il a contemplé un moment sa bouteille de bière. « Non, ce que je dirais, c'est que vous avez affaire à un artiste de l'extorsion qui cherche à se faire du fric. Ça, c'est un truc auquel vous pouvez vous attendre ici. Je parierais que vous serez bientôt contactés et qu'on vous indiquera un prix. Vous voulez que j'étudie ça ? Je m'y connais dans ce genre de choses, et mes tarifs sont raisonnables.

— Non, pas pour le moment. Vous avez probablement raison, ce n'est rien. On a des investisseurs nerveux, c'est tout.

— Ils sont pas tous comme ça ?

— Si ce sont des maîtres chanteurs, a dit Connie, est-ce qu'on aurait intérêt à payer ? Est-ce qu'ils sont sérieux ?

— Ça dépend de vos investisseurs, mais moi, je montrerais ces menaces à votre intermédiaire avec l'administration. La police est plutôt efficace ici. Ils trouveront probablement vos gars, ils les traîneront dans la rue et ils les abattront si ça vous fait plaisir. » Il a jeté un coup d'œil à sa montre et a avalé le reste de sa bière. « Il faut que j'aille à un rendez-vous, il a dit en se levant. Souvenez-vous de moi pour la préparation de votre tournage ici. Quand on ne sait pas comment conduire les affaires dans cette partie du monde, on peut perdre beaucoup de temps et d'argent à apprendre les ficelles. »

Je lui ai dit qu'on n'oublierait pas.

Une table s'est bientôt libérée et on s'est assis. Je ne voyais plus le serveur à qui j'avais parlé, et on a examiné tranquillement le menu. Notre serveuse ne connaissait qu'un anglais rudimentaire.

« J'ai remarqué que vous ne lui avez pas posé de questions sur les fantômes, a dit Connie quand la commande a été passée.

— Peut-être que moins on en parle et mieux ça vaut. On ne sait rien sur ce type, et il pouvait nous raconter des histoires sur son expertise. On est ici pour parler à Nguyen Chi Than.

— Où est-ce qu'il est, lui, au fait ? »

Au bout de quelques minutes, notre premier plat est arrivé. Le dîner était excellent et on n'a pas beaucoup parlé. J'étais absorbé dans mes réflexions sur cette ville fantastique qui avait — je cherchais le mot qui la caractérisait le mieux — cette attitude si *dérangeante*. Elle semblait avoir totalement oublié cette guerre qui obsédait toujours les Américains. Ils pouvaient tolérer ce « bar de l'apocalypse » avec son thème de parodie guerrière télévisuelle, et même notre taxi viêt-cong avait l'air de considérer son étrange destin comme une sorte de plaisanterie. Mais ils n'avaient pas oublié. On voyait trop de gens estropiés dans les rues pour ça.

Ce n'était pas simplement le Vietnam qui était comme ça. C'était Saigon. Dans la plus grande partie du pays, c'était l'Asie rurale type : des paysans et des rizières, des petits villages et des buffles, des chaumières pittoresques et une vie d'épreuves, et des vieilles femmes en pyjamas noirs et chapeaux de paille, accroupies et fumant le long des routes. Hanoï était la ville sévère de Marx et de Ho. Mais Saigon était différente. Avec son mélange cosmopolite d'énergie asiatique et de décadence européenne, Saigon résistait à tous les défis de l'Histoire.

Je suppose que Connie pensait à des choses du même genre. Ça devait être un voyage aussi étrange pour elle que pour moi. J'étais sur le point de lui poser la question quand notre serveur est réapparu.

« Si vous avez fini, Mr Nguyen Chi Than vous voit derrière. »

Les pieds de nos chaises ont légèrement raclé le sol

quand on les a repoussées pour se lever. La serveuse nettoyait déjà les restes de notre dîner. On a suivi le jeune homme à travers un rideau de perles qui a cliqueté doucement et de façon évocatrice à notre passage.

Le couloir était faiblement éclairé par une seule ampoule. Mon estomac s'est contracté parce que, dans un film, c'est là qu'on serait attaqués. Mais on n'était pas dans un film, et le serveur a ouvert une porte à travers laquelle une lumière plus vive s'est répandue. On est entrés et la porte a été refermée derrière nous. À travers un voile épais de fumée de cigarette qui flottait dans l'air, j'ai vu un homme assis derrière une table, le seul occupant de la pièce.

« Veuillez m'excuser de ne pas me lever, a-t-il dit avec un très léger accent. Je crains de ne plus pouvoir le faire. »

J'avais vu Nguyen Chi Than plusieurs fois, quand il était venu conférer avec mon commandant de bataillon, mais je n'aurais pas reconnu l'homme assis derrière la table. Il avait énormément vieilli, un côté de sa figure était légèrement affaissé, et l'œil de ce côté était manifestement aveugle. Il a porté une cigarette à ses lèvres, d'une main aux doigts qui avaient été brisés et réparés de travers. Son corps squelettique était vêtu d'une robe traditionnelle, alors que la plupart des Vietnamiens préfèrent les vêtements occidentaux. Apparemment, les camps de rééducation étaient aussi durs qu'on le disait.

« Asseyez-vous, s'il vous plaît. » Il a agité les griffes de son autre main et on s'est assis sur deux des chaises qui lui faisaient face. Le siège de ma chaise était tiède.

« Mr Nguyen, je m'appelle Treloar. Voici Consuelo Armijo. Nous ne voulons pas vous compromettre en aucune façon, mais nous avons besoin de renseignements.

— Comment pourriez-vous me compromettre ?

— On m'a dit que vous preniez le pouls de la résistance de Saigon, que le gouvernement vous considérerait comme un ennemi si… »

Il a souri légèrement et un petit rire a sifflé et gargouillé dans sa poitrine. « Mr Treloar, il y a quelque chose que vous ne comprenez pas bien. Le gouvernement ici est dans une grande confusion. C'est à peu près la même situation qu'en Chine : un groupe de vieillards qui essaient désespérément de se débarrasser du marxisme pendant qu'ils ont encore le pouvoir. Je vous assure qu'ils ont des problèmes bien plus pressants que le pauvre vieux débris Nguyen Chi Than. Bon, vous avez dit à mon neveu que vous vouliez me parler à propos de Nguyen Duc ? » Visiblement, il n'avait pas l'intention de perdre du temps en politesses. C'est vrai qu'à le voir il n'avait pas beaucoup de temps à gaspiller.

« Pour commencer, ma femme était la sœur de Duc.

— Je sais qui vous êtes, Mr Treloar. Vous avez épousé Miss Rose quand vous étiez un jeune soldat ici en 68. Plus tard, vous avez aidé sa famille à immigrer aux États-Unis, quand ils se sont échappés à la chute de Saigon. Faire ça, c'était très responsable de votre part. On souhaiterait que votre gouvernement ait été aussi respectueux de ses obligations.

— Il y a quelques jours, à Los Angeles, Duc a été tué. Il a été abattu en pleine rue. »

Ses paupières se sont imperceptiblement abaissées.

« Ça m'attriste d'apprendre que mon vieil ami Nguyen Duc est mort. C'était un homme brave et un bon soldat. »

Ça t'attriste peut-être, j'ai pensé, mais c'est sûr et certain que ça ne te surprend pas. « J'ai appris par sa femme qu'il était fortement menacé par des bandes de criminels de Californie — des bandes vietnamiennes. Juste avant d'être tué, deux hommes venant de Saigon lui ont rendu visite. Ils étaient en train d'organiser une coalition internationale de gangs vietnamiens, avec des opérateurs venus de toute l'Asie. J'ai besoin des noms de ces deux hommes.

— Vous pensez qu'ils ont tué Nguyen Duc ?

— Quels que soient ceux qui ont appuyé sur la détente, c'est eux les responsables.

— Mr Treloar, quand les gouvernements s'affaiblissent, quand les empires s'effondrent et que les nations sombrent dans l'anarchie, les criminels et les parasites se mettent à proliférer. C'est ce qui se passe dans une grande partie de l'Asie, mais vous n'avez qu'à voir la Russie pour comprendre ce que je veux dire. Les communistes étaient stupides, mais ils étaient forts. Maintenant, il n'y a ni gouvernement capable, ni police efficace, et la vermine opère à peu près comme elle l'entend. Vous en verrez bien d'autres exemples en Amérique.

— Je ne m'intéresse pas à la situation internationale. C'est une affaire personnelle. »

À nouveau, le léger sourire. « Ça, je le respecte. Je vous trouverai ces noms. »

Connie a parlé pour la première fois. « Mr Nguyen, il y a autre chose que nous devons savoir. » Ses yeux étaient un peu rougis par la fumée, mais elle a continué malgré tout. « Pendant la guerre, il y avait une population de déserteurs américains qui se cachaient. On les appelait les “fantômes”. Est-ce qu’il y en a encore ici ?

— Quand la plus grande partie des troupes américaines a quitté le Vietnam, beaucoup de déserteurs américains ont été laissés sur place. Ils étaient très gênants, mais notre ennemi était Hanoï, et on ne pouvait pas leur accorder beaucoup d’attention. Après la chute de Saigon, j’ai été… absent pendant un certain nombre d’années. Quand je suis revenu, beaucoup de choses avaient changé. Le nouveau gouvernement ne tolérait pas les mécontents et les étrangers. La plupart de ceux qui n’ont pas pu fuir à l’étranger ont été arrêtés et exécutés immédiatement, sans procès. Pour une police décidée à prendre les mesures appropriées, ils n’étaient pas difficiles à localiser. À Saigon, un non-Asiatique ne pouvait pas manquer de se faire remarquer et il y avait beaucoup d’incitations à la délation.

— Vous avez dit “la plupart”, a fait remarquer Connie. Et les autres ?

— Oh, il y a eu quelques types qui avaient acquis suffisamment d’envergure pour avoir une certaine valeur pour les communistes. Même des marxistes à la mentalité d’ermites ont besoin de gens qui peuvent mener des affaires officieuses avec le monde extérieur. Les communistes chinois ont été assez malins pour laisser Hongkong tranquille, alors qu’ils auraient pu facilement la prendre. Hanoï a fait de même. Certains des chefs des fantômes avaient des relations utiles avec le monde extérieur et leurs activités pouvaient être tolérées. Mais il n’y en a eu que trois ou quatre.

Les autres n'étaient que de simples gangsters et ils ont été tués. Pourquoi me posez-vous cette question ?

— Ça concerne une de nos enquêtes qui pourrait avoir un rapport avec le meurtre de Duc, j'ai dit. On a entendu parler d'un "Grand Fantôme", et de fantômes toujours en activité ici. »

Nguyen a secoué la tête. « Les gangs aiment prendre des noms effrayants. Il y a une bande qui s'appelle comme ça ici à Saigon, mais elle est purement vietnamienne, je vous assure. Et en ce qui concerne ces déserteurs survivants, aucun d'entre eux ne réside actuellement à Saigon. J'ai entendu parler d'un "Grand Fantôme". On le voit ici de temps en temps, mais c'est maintenant un homme d'affaires à peu près honnête. Il y a des gens qui se souviennent qu'il était le chef de tous les déserteurs américains, et c'est pour ça qu'on l'appelle ainsi. »

Enfin. Un frisson m'a parcouru l'échine. Je sentais que je m'approchais. « Est-ce qu'il ne s'appellerait pas Martin Starr ? »

Il a fait la moue et ses sourcils se sont légèrement soulevés. « J'ai entendu ce nom autrefois. Je ne l'ai jamais vu, et je n'ai jamais vu le "Grand Fantôme". Je ne peux pas dire s'ils sont un seul et même homme.

— Est-ce que vous pourriez le découvrir ?

— Je ferai des recherches.

— On est au Continental, j'ai dit, mais pas pour longtemps.

— Ça va peut-être prendre un peu de temps. Souvenez-vous qu'il n'utilise certainement plus son ancien nom. Ces gens-là ont beaucoup de passeports. Je vous donnerai des nouvelles aux États-Unis. Je ne suis pas sans ressources.

— Encore une chose, a dit Connie. Il y a une société cinématographique qui va bientôt venir ici pour tourner un film sur la guerre. On les a menacés, on leur a dit de ne pas venir ici. Est-ce que vous sauriez quelque chose là-dessus ? »

Pour la première fois, il a exprimé une légère surprise. « Un film ? Hollywood qui viendrait ici pour faire un film ? Je ne conçois pas que ça puisse concerner quelqu'un, sinon pour faire des affaires. »

On s'est levés. « Merci pour votre coopération, Mr Nguyen. Vous nous avez beaucoup aidés. »

Il a hoché la tête. « Bonne chance à vous deux. Et, Mr Treloar ?

— Oui ?

— Soyez très prudent. Comme Nguyen Duc l'a appris, la guerre n'est pas finie. Elle ne finit jamais. »

En sortant du café, Connie a respiré plusieurs fois profondément. « Rentrons à pied à l'hôtel, j'ai besoin d'air frais.

— J'ai eu peur que vous fassiez comme si on était en Californie et que vous exigiez qu'il éteigne sa cigarette. Je suis fier de vous, Connie.

— Il y avait bien trop de fumée pour un seul homme. Il y a eu une réunion dans cette pièce juste avant qu'on y entre. Cinq ou six personnes au moins, qui fumaient toutes comme des locomotives.

— Je sais. Ma chaise était encore tiède. Mais c'était peut-être son poker hebdomadaire.

— Ouais, bien sûr. On ne fait pas de parties de poker dans cet endroit. On y conspire. Il n'est pas très mobile, et il nous a fait attendre un long moment. Il doit avoir fait venir ses copains pour discuter de la façon dont il fallait s'occuper de nous. Est-ce qu'on a vraiment obtenu quelque chose ce soir ?

— Peut-être. On pourrait bien avoir une piste sur Martin Starr maintenant.

— Ce qu'on a eu, c'est ça. » Elle a désigné de la main le brouillard de la nuit qui voilait les néons des enseignes.

« Personne ne va nous mâcher le travail, je lui ai dit. Il ne faut pas s'attendre à ce que quelqu'un nous envoie une lettre anonyme pour tout nous expliquer, pour emballer proprement toute l'affaire. C'est à nous de trier une montagne de mensonges et d'indications évasives pour en extraire quelques pépites de vérité. Tout le monde joue à des petits jeux intellectuels, ici, et chez nous.

— Vous n'avez pas découvert ça aujourd'hui, j'espère ? »

Il y avait encore beaucoup de monde dans les rues : des gens qui entraient dans les cafés, dans les bars ou dans les salles de jeu, des touristes, quelques policiers, et la grande foule des gens qui ont toujours l'air si occupés dans les villes asiatiques, qui se hâtent vers des lieux inconnus, qui portent des paquets au contenu incertain, qui fabriquent, qui vendent. On est passés devant une boutique de fleuriste encore ouverte, qui embaumait la rue ; une autre boutique vendait des oiseaux en cage, qui chantaient encore sous les lumières artificielles malgré l'heure tardive.

« Au fait, a dit Connie, c'est Constanzia.

— Quoi ?

— Mon nom. Constanzia, pas Consuelo.

— Oh ! J'essayais juste de deviner. Ça me semblait inapproprié de vous présenter avec un diminutif.

— J'ai toujours détesté ce nom, Consuelo. C'est le seul prénom féminin espagnol qui se termine en O. Ça ne sonne pas bien, tout simplement. Bon, je n'ai jamais beaucoup aimé Constanzia non plus. Au fait, puisqu'on parle de noms, qu'est-ce que vous comptez faire des noms de ces types quand vous les aurez ? Vous ne pouvez pas simplement aller les tuer, non ? Même si ça rendrait service à tout le monde.

— Je ne sais pas encore. Je n'ai pas décidé. Chaque chose en son temps. » On était arrivés devant le Continental. Le café en terrasse était encore ouvert. Il restait peut-être ouvert toute la nuit. « Venez, j'ai dit. On va prendre un café.

— Non, je suis fatiguée.

— Je veux vous faire voir quelque chose.

— OK, je veux bien pour vous faire plaisir, juste pour cette fois. Et pas trop longtemps. J'ai besoin de sommeil pour être fraîche le matin. »

Le serveur vietnamien nous a installés à une table près de l'arcade qui donnait sur la place. Le plafond de la terrasse était haut, soutenu par des piliers blancs, avec les arches qui culminaient à au moins cinq mètres du sol carrelé. À l'extérieur de l'arcade, des consoles ouvragées de fer forgé soutenaient une marquise d'où étaient suspendus de grands rideaux de bambou. Maintenant, de nuit, les stores de bambou étaient roulés. Les appliques et les bougies sur les tables attiraient les insectes de l'extérieur, mais on était sous les tropiques, et sous les tropiques, on vit avec les insectes.

« Eh bien, qu'est-ce que vous vouliez me faire voir ?

— Regardez autour de vous. »

Elle l'a fait. Beaucoup de tables étaient occupées, la plupart par des Américains et des Européens, avec çà et là quelques hommes d'affaires asiatiques. Beaucoup d'entre eux étaient à moitié ivres ; ils se relaxaient après une soirée passée dans les bars ou les night-clubs.

« Bon, et qu'est-ce que je suis supposée voir ?

— Graham Greene était ici au début des années cinquante. Il a situé une scène d'*Un Américain bien tranquille* ici, sur la terrasse du Continental.

— Je ne l'ai jamais lu. Je n'ai pas vu le film non plus.

— Ça raconte comment les Américains ont tout gâché au Vietnam, en débarquant dans une situation où les Français avaient horriblement échoué et se battaient contre le Viêt-minh, les précurseurs du Viêt-cong. Une ancienne puissance coloniale européenne, qui avait été là pendant presque un siècle, se retrouvait dans une situation qui dérapait hors de tout contrôle. Et voilà ces Américains, avec leur zèle de la guerre froide, leurs théories apprises dans les livres sur la façon de procéder en Asie et leur arrogance stupide et innocente, sur le point de répandre une misère inimaginable, pour les meilleures raisons du monde.

— Ouais, et vous voulez en venir à… ?

— Regardez cet endroit. C'était il y a plus de quarante ans, et rien n'a changé. La terrasse du Continental était le repaire favori des correspondants de presse étrangers pendant la guerre d'Indochine française. Ça l'était toujours quand j'étais là en 68. Quelques-uns de ces ivrognes ici ce soir sont probablement des journalistes, même si Saigon ne fait plus les gros titres en ce moment. Les autres sont pour la plupart des hommes d'affaires et des attachés gouvernementaux ; ils ont tous de grands projets pour le Sud-Est asiatique.

Rien n'a changé, Connie. La prochaine guerre est peut-être en train de se préparer ici sous nos yeux. Tout ce que vous et moi avons traversé ici, tous ces types dont les noms ornent les murs à Washington, et tous ceux qui pourrissent dans les hôpitaux pour vétérans, ou qui ont toujours du mal à dormir la nuit, même après vingt-cinq ans — rien de tout ça n'a signifié quoi que ce soit.

— Vous savez, je n'ai jamais vraiment gobé ce truc de la théorie des dominos, mais personne n'a demandé mon opinion à l'époque, et je doute qu'on l'aurait écoutée de toute façon. Qu'est-ce que vous croyiez ? Que vous alliez trouver une sorte de justification ici ? Mon père a chargé sur la plage d'Omaha, et son frère était à Iwo Jima, et ils sont encore écœurés que l'Allemagne et le Japon soient en pleine expansion, alors que l'Amérique est en déclin, comme si ces pays auraient dû rester vaincus et occupés jusqu'à la fin des temps. Le monde ne s'arrête pas de tourner parce que quelque chose d'important nous arrive.

— Je ne m'attends pas à ça. Mais vous savez quelle est la seule chose qui n'a vraiment pas changé ? Pourtant on pourrait penser que tout le monde a compris maintenant. Dans le livre de Greene, l'Américain bien tranquille du titre — il s'appelle Pyle — provoque toute cette tragédie à cause de ses nobles bonnes intentions, mais c'est un tel innocent que les personnes mêmes qu'il met en danger le protègent. Le narrateur est un reporter anglais usé, cynique, fumeur d'opium, et pourtant même lui n'y échappe pas. Il dit quelque chose qui s'est gravé dans ma mémoire depuis la première fois que je l'ai lu, il y a peut-être trente ans.

— Et c'est ? »

J'ai pris une gorgée du savoureux café français. « Il dit : "L'innocence appelle toujours en silence la protection, alors que nous serions bien mieux avisés de nous protéger d'elle : l'innocence est comme un lépreux muet qui a perdu sa cloche, et qui se promène dans le monde, sans penser à mal." Il faut vivre en suivant ce principe, Connie.

— C'est ce que vous avez fait pendant tout ce temps ?

— Que dalle. Je me fais avoir par l'innocence à tous les coups. »

Je souffrais encore un peu du décalage horaire, et je dormais d'un sommeil léger, ce qui s'est avéré une bonne chose. La porte du balcon était ouverte, le ventilateur ronronnait lentement au-dessus de ma tête, remuant l'air lourd. Je ne suis pas certain de ce qui m'a perturbé — une altération imperceptible des bruits de la nuit. Mais il n'y a absolument pas d'ambiguïté sur ce qui m'a fait jaillir du lit, les yeux écarquillés, parfaitement réveillé.

Comme les odeurs, il y a des sons qu'on n'oublie jamais, même si on ne les a pas entendus depuis des dizaines d'années. Le *plop* étouffé suivi d'un sifflement de cobra, puis le choc lourd, métallique, sur le mince tapis, étaient si caractéristiques que je n'ai pas perdu une fraction de seconde à me poser des questions.

J'ai roulé hors de mon lit aussi vite que je bondissais de ma couchette jadis, pendant une attaque. Je me suis précipité à quatre pattes pour l'attraper. La puanteur de la poudre de la fusée qui se consumait m'a conduit à la grenade aussi sûrement que son bruit affreux, et je l'ai ramassée en vitesse.

Dans les films, les gens plongent souvent sur les grenades pour sauver leurs copains, mais c'est une stupidité. En fait, il n'y a pratiquement que comme ça qu'on peut se faire tuer par une grenade. Les grenades sont surtout mutilantes. Vous pouvez être assez malchanceux pour attraper un gros fragment dans le cerveau ou dans le cœur, mais en général, elles estropient. Ce qu'il faut faire avec une grenade, c'est l'attraper et la lancer le plus loin possible de soi.

Le problème, c'était où la lancer ? Ce n'était pas exactement un champ de tir ici. Je savais qu'elle avait dû rentrer par la porte-fenêtre du balcon, et elle pouvait repartir par le même chemin, mais il pouvait y avoir encore du monde sur la place en dessous ; je ne pouvais pas prendre le temps d'ouvrir la porte du couloir ; la petite salle de bains était une possibilité, mais elle était adjacente à la chambre de Connie et la cloison était peut-être assez mince pour laisser passer des fragments dangereux.

Inutile de dire que ces pensées ont pris peu de temps, une denrée assez rare quand on s'occupe d'une grenade dégoupillée. Au bout d'une fraction de seconde, passée à soupeser les possibilités, je me suis décidé pour le balcon lui-même. La plupart des fragments seraient projetés en hauteur ou absorbés par le mur extérieur. En plus, le salopard qui l'avait lancée était peut-être encore là-dehors, et l'idée de l'exploser me séduisait vraiment.

J'ai fait rouler la grenade sur le balcon, et j'ai plongé dans le cabinet de toilette, en position fœtale dans le bac à douche, les mains collées contre les oreilles. Après ma hâte frénétique, la seconde et demie qui a suivi m'a paru interminable.

L'explosion a été incroyablement forte ; elle ressemblait plus à celle d'un obus d'artillerie qu'à celle d'une minable grenade à main. Du verre, des morceaux du châssis et des éclats de la porte-fenêtre ont volé à travers la chambre. L'air s'est rempli d'une poussière étouffante, et un silence total s'est établi.

Je me suis déroulé de ma position accroupie et je me suis palpé : pas de blessure immédiatement discernable ; pas mal pour un vieil ex-flic manquant d'entraînement et qui n'était plus soldat depuis longtemps. J'espérais que je n'avais tué personne là-dehors, à part peut-être l'assassin. On a tambouriné contre une porte.

« Gabe ! Gabe ! Est-ce que ça va ? Qu'est-ce qui s'est passé, bon Dieu ? »

J'ai réalisé que c'était la porte de communication avec la chambre de Connie qui encaissait les coups de poing, et j'ai ouvert le loquet. La porte s'est ouverte et Connie est entrée, échevelée et absurdement sexy en T-shirt et en slip. Elle a jeté ses bras autour de moi, et j'ai pu sentir son cœur battre sous ses côtes près de sa colonne vertébrale. « Vous n'avez rien ! Bon Dieu, Gabe, qu'est-ce que c'était ?

— Grenade, j'ai dit d'une voix rauque. Quelqu'un l'a lancée dans ma chambre, mais je l'ai renvoyée sur le balcon. »

Elle a toussé. « Je ne peux pas respirer ici. Venez dans ma chambre, mais regardez où vous mettez les pieds. Il y a du verre partout. »

On est passés de biais dans l'autre chambre et on a refermé la porte. Mes bras entouraient son corps solide et tiède et la réaction m'a frappé d'un seul coup ; je me suis mis à trembler comme un chien gelé.

« Bon Dieu ! j'ai dit en serrant les mâchoires pour empêcher mes dents de claquer. Ça fait plus de vingt-cinq ans, et il y a encore des gens dans cette ville qui continuent à me balancer des grenades ! »

CHAPITRE QUINZE

La direction de l'hôtel était embarrassée. La police de Saigon l'était moins, mais était beaucoup plus curieuse. Le représentant du gouvernement chargé des visiteurs étrangers était vraiment, vraiment embarrassé. Ça ne veut pas dire qu'ils étaient précisément paniqués. Il faut beaucoup plus qu'une petite explosion de rien du tout pour troubler les Saigonnais. Ce que j'ai trouvé le plus intéressant, c'est qu'aucun d'entre eux n'a paru penser que j'avais été la vraie cible de l'attentat. Ils s'inquiétaient seulement du fait que cette histoire pouvait nuire au tourisme. Après tout, on était à Saigon, pas à Beyrouth ou à Sarajevo, ni même à Londonderry.

Mr Pham était un petit bureaucrate gris, sorti tout droit de l'usine de moulage qui produit ces gens-là. Avec de légères modifications, il aurait pu tenir le même emploi à Tokyo, Moscou ou Washington. Il était ici pour lisser les plumes ébouriffées des visiteurs, et minimiser la responsabilité de l'administration dans ce malheureux incident.

« Vous devez comprendre, Mr Treloar, a dit Mr Pham, que cette sorte de choses est extrêmement rare dans la République Populaire. Je suis affligé qu'un touriste comme vous ait été ainsi importuné, bien que, heureusement, il n'y ait pas de perte de vie humaine à déplorer. »

On n'avait pas trouvé de cadavre à l'extérieur. Le lanceur de grenade avait dû sauter agilement dans la rue et se sauver en courant dès qu'il avait livré son petit cadeau : une ligne de conduite bien inspirée, vu la suite. Je n'avais dit à personne que j'avais renvoyé la grenade dehors ; j'avais laissé supposer qu'elle avait été lancée du niveau de la rue.

« C'est rare chez les Saigonnais, mais ça arrive plus souvent chez les criminels qui viennent s'établir ici. » Ça, c'était Le Duong, chef de la police pour le centre de Saigon. « Avec la diminution des tensions internationales, ces parasites ont reniflé des possibilités ici à Saigon. Un certain nombre de personnes suspectes résident actuellement dans votre hôtel, Mr Treloar. Il est probable qu'une d'entre elles était la cible de cet attentat.

— C'est sûr. C'est facile de se tromper et d'atteindre la mauvaise fenêtre de l'extérieur. » On était assis dans son bureau de la mairie, un énorme bâtiment de style victorien, au bout du boulevard Nguyen Hue, une avenue proche de la rue Tu Do, dessinée par les Français, à l'époque où ils essayaient de faire ressembler leur capitale coloniale à Paris ; ils y étaient arrivés à peu près aussi bien qu'il fallait s'y attendre sous les tropiques, en Asie du Sud-Est.

« Nous arrêterons le responsable », m'a assuré Le Duong. Certaines choses sont universelles. Il ressemblait exactement à un responsable de la police de LA disant à la presse qu'une arrestation était imminente. C'est simplement un des trucs qu'ils disent. Ce qu'ils veulent dire, c'est qu'ils attendent qu'un complice balance le coupable. Ils n'ont pas une chance de le trouver autrement.

Après que j'ai répété pour la vingtième fois ce que je pensais qu'ils devaient savoir, on m'a à nouveau assuré que tout ça n'était qu'un hasard extraordinaire, que je ne devrais pas laisser ça gâcher ma visite dans leur beau pays, et que, surtout, ils apprécieraient que je ne me plaigne pas au consulat ou auprès de la presse étrangère. Je leur ai dit, que diable, que serait un voyage dans un pays exotique sans une touche d'aventure de toute façon ? Avec des sourires et des poignées de main, on m'a ramené à l'hôtel dans une Toyota officielle de l'administration.

« Ils nous ont donné de nouvelles chambres », a dit Connie quand je suis rentré ; on a décidé de prendre un petit déjeuner retardé — ou un déjeuner précoce — sur la terrasse. « Ça doit être les meilleures chambres de l'hôtel. J'ai l'impression qu'on pourrait rester ici gratuitement pendant un an pourvu qu'on ne parle pas de ce qui s'est passé. Qu'est-ce qui s'est *vraiment* passé, au fait ? Je veux dire, je sais que quelqu'un a lancé une grenade dans votre chambre, mais qui, et pourquoi ?

— Bonne question. Les autorités pensent que c'est une bagarre entre gangs et que quelqu'un s'est trompé de chambre.

— Ouais, bien sûr. » Nous nous étions mis d'accord pour nous montrer encore plus bouleversés que nous l'étions réellement. « Il n'y a pas de raison d'exposer Nguyen Chi Than au danger, en supposant qu'il n'était pas derrière le lanceur de grenade. Vous pensez qu'il pourrait être dans le coup ?

— C'est concevable. On ne sait pas ce qui se passe, ni qui est de quel côté. Tout le monde joue ici. Ça au moins, ça n'a pas changé.

— Je pense qu'il est temps qu'on se taille. La prochaine fois, ils pourraient bien envoyer quatre ou cinq grenades d'un coup. Vous ne pourriez pas les éviter toutes. Ou ils enverront peut-être un type avec une mitraillette, comme ils l'ont fait pour votre beau-frère.

— C'est vrai. Je vais appeler la compagnie aérienne. On peut peut-être partir d'ici ce soir. » J'étais soudain aussi dégoûté du Vietnam que lors de ce dernier jour à Tan Son Nhut.

« Je l'ai déjà fait. Le premier vol qu'on peut prendre part à six heures demain matin. De Saigon à LA, avec escale à Honolulu.

— On sera dedans. »

Elle a réfléchi un moment, et moi aussi. « Pendant que vous étiez au commissariat, je suis allée voir nos chambres. J'ai fait comme si je cherchais quelque chose que j'avais oublié, mais j'étais simplement curieuse. Ils étaient déjà en train de nettoyer, et la plus grande partie du verre et du plâtre avait déjà été balayée. Il n'y a pas eu beaucoup de dégâts en fait, juste du verre et un peu de bois. Je suis sortie sur le balcon et j'ai vu l'endroit où la grenade a explosé. Je m'attendais à un grand trou béant, mais il n'y avait qu'une petite trace noire de la taille de la main. Il y avait plein de petites éraflures sur le mur extérieur, mais on ne les verrait même pas de la rue. D'une certaine façon, je m'attendais à plus de dégâts, avec ce bruit énorme, tout ce verre et cette poussière.

— Une grenade, ça contient une charge explosive d'environ cinquante grammes de TNT ou d'un autre explosif plus moderne. Ce n'est pas comme une bombe de cinquante kilos ou un obus d'artillerie. C'est principalement du souffle et plein de petits fragments qui volent très vite tout autour. Les fragments sont de la taille d'une rognure d'ongle de votre petit doigt, mais ils peuvent faire beaucoup plus de dégâts qu'on croirait. J'en ai encore quelques-uns sur moi. Ils vont racler cette tache noire et plâtrer les encoches du mur. La fenêtre va être remplacée. Si vous allez dans ces chambres ce soir, vous ne devinerez jamais que quelque chose s'est passé. Ils s'y entendent pour ça ici. Je suppose qu'il le faut bien. »

La nouvelle chambre était plus grande que l'ancienne et elle comportait un petit salon en plus de la chambre à coucher. Elle était au troisième étage, ce qui la rendait moins accessible aux audacieux grenadiers. Mais elle n'avait pas l'air conditionné non plus. J'ai pris une douche, j'ai enfilé un bas de pyjama de coton fin, et je me suis allongé sur le lit, pour rattraper mon retard de sommeil, mais le sommeil n'a pas voulu venir. Mon esprit revenait sur des images de Connie dans mes bras la nuit précédente. C'était certainement un des moments les plus agréables de ces derniers jours, malgré les circonstances dramatiques. J'avais ressenti cet étrange accès de désir sexuel qui suit parfois une poussée brutale d'adrénaline, et peut-être qu'elle l'avait ressenti aussi, mais on avait dû se séparer et s'habiller quand le personnel de l'hôtel était arrivé en tambourinant sur les portes, et que les sirènes s'étaient approchées.

Elle n'en avait pas parlé depuis, et ça m'attristait. Il n'y avait pas eu de flirt entre nous jusque-là. Je suppose qu'elle était trop hérissée, et que moi, je manquais de pratique depuis trop longtemps. J'ai songé à aller frapper à la porte de communication de sa chambre, mais j'ai hésité. Et je me suis demandé pourquoi. La peur du rejet ? À mon âge ? À qui j'essayais de faire croire ça ?

Je suis resté étendu longtemps sur mon lit, à regarder le ventilateur, essayant de me décider, de me donner du courage. Je pouvais agir vraiment vite quand il s'agissait d'une bon Dieu de grenade. Alors pourquoi pas maintenant ? Parce que c'était la ville natale de Rose ? Quand on avait vu la cathédrale à l'extrémité nord de la rue Tu Do la veille, je n'avais pas dit à Connie que c'était là qu'on s'était mariés, dans une des chapelles des côtés. Mon commandant avait été là comme témoin et Duc avait accompagné ma femme à l'autel. J'avais été tenté de revoir l'endroit, mais j'avais eu peur que les communistes l'aient transformé en musée, comme les Bolcheviques l'avaient fait avec Saint-Basile à Moscou.

Il y avait peut-être de ça. Mais Rose était morte depuis des années. J'avais rencontré des femmes depuis, mais très peu. Seulement des femmes très spéciales. Alors pourquoi pas Connie ? Parce qu'on travaillait ensemble et que ce ne serait pas professionnel ?

J'ai réalisé que je pouvais gaspiller le reste de ma vie à me poser sans arrêt des questions. C'était quelque chose que je faisais trop ces derniers temps. Au diable tout ça. Elle pouvait me repousser ou me rire à la figure. Je n'en mourrais pas. J'avais certainement survécu à bien pire. Une chose était sûre : je ne voulais pas rester seul.

Je me suis levé et je suis allé à la porte de communication ; je me suis forcé à frapper sans hésiter.

« Entrez. » Sa voix était un peu pâteuse, comme si elle était à moitié endormie. J'ai ouvert la porte. Elle n'avait pas été verrouillée de son côté.

Je pouvais à peine voir à travers la moustiquaire qui enveloppait le lit. Les épais rideaux de bambou étaient fermés ; ils s'agitaient doucement dans la brise du ventilateur et de minces bandes de lumière extérieure se déplaçaient sur le sol. Il y avait un léger voile de fumée dans l'air, venant d'un de ces rouleaux d'encens destinés à repousser les insectes, qu'on voit partout sous les tropiques.

Je me suis approché du lit. Elle était allongée sous les draps, ses épaules nues brillant sur le tissu blanc, dans un rai de lumière vagabond. Ses yeux étaient dans l'ombre, impossibles à lire.

« Connie », j'ai commencé, et ma gorge s'est serrée sur la suite.

« Oui ? sur un ton très légèrement amusé.

— Connie, la nuit dernière… Je sais que vous aviez peur, et Dieu sait que moi aussi. Mais… j'ai senti quelque chose, et je pense que vous aussi. » Bon sang, c'était boiteux. Je n'avais jamais été aussi ridicule quand j'étais jeune homme. J'étais content que la chambre soit dans l'obscurité. C'est terrible pour un homme adulte de rougir.

J'ai vu ses dents briller dans l'obscurité. « J'ai ressenti quelque chose, oui. Est-ce que le danger provoque toujours une telle tension chez les hommes ?

— Pas le danger. C'est le soulagement après, quand on se rend compte qu'on est toujours vivant. » Au moins, elle n'avait pas ri.

« Ouais, c'est agréable d'être vivant, hein ? » Elle a

relevé un côté du drap. « Ne reste pas planté là, Gabe, viens. »

La moustiquaire s'est écartée devant moi comme par magie, et je me suis glissé dans le lit. Elle est venue dans mes bras sans se presser et son léger parfum de fleur m'est parvenu, repoussant l'âcreté de l'encens. Sa peau était légèrement humide, comme si elle venait de prendre un bain.

« Serre-moi seulement, pendant un moment, d'accord ? » elle a dit. Elle a posé sa tête sur ma poitrine et ma main s'est promenée doucement le long de son dos. Pas de T-shirt ni de culotte cette fois. « La nuit dernière… » Sa voix était presque indistincte, sa respiration parcourait les poils de ma poitrine. « … quand j'ai entendu ce bruit affreux, j'ai su ce que c'était. Je me suis réveillée en sursaut et j'ai été sûre que tu étais mort de l'autre côté de cette porte. Mais il fallait que j'y aille, que je sois sûre. » Sa main a rampé sur ma poitrine et je l'ai recouverte de la mienne. « Je n'en croyais pas mes yeux quand tu as ouvert. »

On est restés silencieux un moment, puis elle a dit : « C'est si facile de mourir. Ça peut arriver si vite. Une chose comme celle-là, ça fait paraître la vie différente, plus précieuse, au moins pour un moment.

— C'est vrai. » Je l'ai rapproché encore plus de moi, ses seins pressés fortement contre mon flanc. Sa main gauche s'est enlacée avec la mienne, et, une seconde, nos alliances se sont entrechoquées.

« C'est ça qui est dur, hein ? elle a chuchoté. C'est comme s'ils ne nous avaient jamais quittés, ta Rose et mon Mick. Ils ne sont pas là, mais on n'arrête pas de sentir leur présence. Je crois qu'ils seraient contents pour nous, Gabe. Parce qu'on est toujours vivants.

— Je sais qu'ils le seraient », j'ai dit en approchant mes lèvres des siennes. Elle a lâché ma main, ses bras m'ont entouré et j'ai fait glisser mes mains le long de son corps. Elle m'a agrippé, caressé, et nos langues ont dansé ensemble.

Sa respiration s'est accélérée, puis sa bouche s'est écartée de la mienne et elle s'est mise à haleter sous mes attouchements et mes caresses. Ce corps qui semblait si dur dans le gymnase et près de la piscine était doux et souple et infiniment sensible. Ses doigts pétrissaient ma chair, ses ongles suivaient mes anciennes cicatrices ; ses dents se sont serrées sur mon oreille quand j'ai touché la toison brun-rouge de boucles serrées à la jointure de ses cuisses.

Elle m'a attiré sur elle et elle m'a guidé d'une main pendant que l'autre attirait ma tête contre sa poitrine. J'ai retardé le moment d'entrer le plus longtemps possible, en savourant la sensualité de cette attente, puis elle a pris une longue inspiration tremblante. Ses jambes musclées se sont enroulées fortement autour de moi et m'ont maintenu immobile pendant qu'elle se repositionnait sous moi. Je me suis reculé légèrement, mes mains encadrant son visage. Ses lèvres généreuses se sont étirées en un sourire et elle a émis un rire de gorge quand son pelvis a commencé à osciller comme un berceau.

On était sans hâte, et on savait tous les deux comment prolonger cette ancienne danse ; on ajustait nos rythmes comme la mer et les marées, déferlant d'abord avec force, puis ralentissant, nous arrêtant, nous réfrénant. On s'arrêtait de temps en temps pour s'explorer l'un l'autre plus complètement. Puis le moment est arrivé où on a su tous les deux qu'on devait conclure et on s'est jetés l'un contre l'autre, on s'est soulevés l'un l'autre le long de la montée qui s'est achevée dans l'éblouissement délicieux de la fusion.

On est restés allongés, essoufflés, le sang battant dans nos artères, le haut de nos corps séparé, mais le bas toujours joint, les doigts entrelacés, et la sueur nous rafraîchissant lentement.

« Gabe ? elle a dit quand elle a retrouvé l'usage de la parole.

— Oui ? » J'ai dû faire un effort pour émettre ce simple mot.

« Ne prenons pas ça trop à cœur tout de suite, OK ?

— Pourquoi dis-tu ça ? Je prends ça très à cœur.

— On n'est pas nous-mêmes en ce moment. C'est cet endroit, Gabe. Il n'est pas réel. Il est excitant, sensuel et dangereux, tout ça en même temps. Il change notre état d'esprit. On sera bientôt rentrés à la maison et je peux ne pas ressentir la même chose envers toi, et tu peux aussi te sentir différent à mon égard.

— Je ressentirai la même chose à ton égard.

— Peut-être. Mais peut-être pas. Simplement, je ne veux pas que tu penses que nous avons pris une sorte d'engagement maintenant. » Sa main a caressé ma cuisse, mais c'était un geste d'affection, pas de l'excitation. On était tous les deux complètement lessivés.

J'ai caressé son ventre souple et lisse. « OK, si c'est ce que tu veux. En rentrant, je n'irai pas raconter partout qu'on est fiancés ou des trucs de ce genre. Mais je n'oublierai pas non plus.

— C'est équitable. » Sa voix était à moitié endormie. « Maintenant, retourne dans ta chambre. Je dors seule depuis longtemps. Je ne pense pas que je pourrai m'endormir avec quelqu'un dans mon lit. »

J'ai doucement démêlé nos jambes et je me suis écarté. Avant de partir, je me suis penché et je l'ai embrassée sur la joue. Elle dormait déjà. J'ai refermé la moustiquaire et je suis retourné dans ma chambre.

Il faisait nuit quand je me suis réveillé. J'ai regardé ma montre dans la lumière qui venait de la place dehors : 11 h 35. Je me suis levé, je me suis arrosé la figure, brossé les dents, en bref, j'ai fait en sorte de reprendre figure humaine. J'ai constaté avec plaisir que le bourdonnement de mes oreilles causé par la grenade s'était arrêté.

Habillé de vêtements propres, j'ai frappé doucement à la porte de Connie. Pas de réponse. Est-ce qu'elle dormait toujours ou est-ce qu'elle était sortie ? J'ai appuyé mon oreille contre la porte pour écouter, mais je n'ai rien entendu. Soit elle dormait profondément, soit elle était descendue pour un dîner tardif. Si ça se trouve, elle était en train de faire du jogging. J'allais essayer le couloir et la terrasse quand le téléphone a sonné. Je suis allé à la sellette près du lit et j'ai pris le combiné.

« Treloar ? » C'était une voix d'homme qui m'a semblé familière.

« Hacker ? » C'était le gars du bar, à l'« Apple Orchard ».

« C'est ça. Bon je ne m'attendais pas à ce qu'on fasse des affaires ensemble si tôt, mais il est arrivé quelque chose. Est-ce que vous faites quelque chose en ce moment ? »

Il y avait quelque chose de terriblement abrupt dans tout ça. Après ce qui m'était arrivé récemment, je n'étais pas d'humeur pour quoi que ce soit d'abrupt.

« C'est à quel sujet ?

— Je préférerais vraiment ne pas en parler au téléphone. Ils sont plutôt en retard ici, vous savez, il y a des standardistes d'hôtel, ce genre de trucs. »

Maintenant, je n'aimais pas ça du tout. « Vous appelez d'où ?

— D'ici, dans l'hôtel. Je suis dans le vestibule. Vous pourriez descendre pour qu'on parle de tout ça ? »

Je réfléchissais à toute allure. Ça n'allait pas du tout. « Je dois d'abord en parler à Connie, j'ai dit pour gagner du temps. On travaille ici ensemble, et je ne peux rien décider sans son avis.

— J'ai bien peur que vous ne puissiez pas lui parler, Treloar. » Il semblait hésitant, presque embarrassé.

Des frissons glacés ont commencé à danser le long de ma colonne vertébrale. « Qu'est-ce que vous voulez dire ?

— Le gars pour qui je travaille, elle est avec lui en ce moment. Mais c'est vous qu'il veut voir. Qu'est-ce que vous diriez que je monte dans votre chambre et qu'on en discute ?

— Vous restez où vous êtes. » J'ai raccroché et j'ai essayé de rassembler mes idées. Est-ce que c'était un bluff ? Je suis allé à la porte de Connie et j'ai tambouriné. « Connie ! » Rien. Je suis retourné au téléphone et j'ai appelé sa chambre. Je suis resté près de la porte et j'ai écouté le téléphone sonner une vingtaine de fois.

Je me suis assis sur le bord du lit et j'ai réfléchi. Je n'allais certainement pas le rencontrer dans ma chambre. Le vestibule ferait l'affaire. Est-ce que je devais prévenir quelqu'un ? Non, pas dans ce pays.

J'ai évalué la situation. Je n'avais pas de revolver, pas de couteau, pas de matraque, même pas une lime à ongles. D'ailleurs, ce n'était pas une arme quelconque qui pouvait me protéger de gens organisés en bande et qui utilisaient des explosifs. Bon Dieu, j'étais venu ici autrefois, fortement armé, et avec toute une armée autour de moi ; je n'avais pas été en sécurité pour autant.

Bon, autant pour les avantages. Je n'en avais aucun. Il tenait toutes les cartes. Je me suis levé et j'ai quitté la chambre. La décision n'a pas été aussi déchirante pour moi que pour la plupart des gens. J'avais traversé de longues années d'alcoolisme, de mépris de moi-même et de dépression suicidaire. Quand on est passé par là, la perspective d'une mort rapide n'est pas si effrayante que ça.

Ça ne veut pas dire que je n'ai pas été prudent. J'ai pris l'escalier de secours jusqu'au rez-de-chaussée. Il débouchait sur un angle du vestibule ; j'ai entrouvert la porte. Hacker était assis bien visible sur un canapé au milieu de la salle. Un examen rapide ne m'a pas révélé de présences douteuses tapies aux alentours, mais ça ne voulait foutrement rien dire. Il avait sans aucun doute un soutien, probablement à l'extérieur ou dans une ou plusieurs des pièces qui donnaient sur le vestibule. Je ne pouvais rien y faire de toute façon.

Je suis sorti de la cage d'escalier et je me suis approché du canapé. Il regardait de trois quarts dans la direction opposée et il a légèrement sursauté quand je me suis trouvé près de son épaule.

« Explique-toi en vitesse, Hacker. Je ne suis pas patient. »

Il s'est retourné brusquement et il a fait un sourire qui avait un petit côté honteux. « Hé, Treloar. Écoute, ne t'énerve pas. Connie va bien. C'est juste que ce gars est un peu paranoïaque et qu'il aime avoir un as dans la manche.

— Quel gars ?

— Parle moins fort, bon sang. J'ai entendu parler de ta petite histoire de la nuit dernière. On te surveille peut-être.

— Ouais, je suis une célébrité locale. Donne-moi une bonne raison pour ne pas te tuer tout de suite.

— Eh bien, pour commencer, je suis armé et je ne suis pas seul, mais écoute, Treloar, on n'est pas ici pour voir qui a la plus grosse bite. Je ne cherche pas à prouver que je suis plus viril que toi, OK ? C'est des trucs de gosses. Je ne suis qu'un intermédiaire, un entremetteur, pour une négociation d'affaire toute simple.

— Et ton affaire implique le kidnapping ? »

Il a soupiré. « Il l'avait enlevée avant même de me contacter. Sois réaliste, mec. On est en Asie. On n'a jamais entendu parler de l'affaire Lindberg ici, et le kidnapping n'est pas toute une histoire. Ici, il y a une longue tradition d'échange d'otages avant de commencer les négociations. Ils ne sont jamais molestés tant que les gens traitent de bonne foi.

— Je remarque que moi, je n'ai pas d'otage.

— C'est parce que tu es un étranger ici. Si tu avais un QG, il t'aurait envoyé quelqu'un à faire garder par tes gros bras. C'est l'usage.

— Qui est-ce ?

— Est-ce que tu vas aller lui parler ou pas ?

— Conduis-moi. »

Il a montré la sortie. « Après vous. » Il est resté derrière moi, sur ma droite. Le pistolet, s'il en avait un, devait être coincé dans sa ceinture, contre le rein droit, caché par sa chemise des Philippines. Ça ne faisait guère de différence. Je n'allais pas lui sauter dessus. Ça faisait simplement du bien de repérer ce genre de choses, et, après toutes ces années comme flic, c'était automatique.

La voiture nous attendait dans la rue, une Honda dernier modèle, presque une limousine pour le Vietnam. Il y avait un chauffeur à l'avant et un autre homme à côté de lui. J'ai ouvert la portière côté passager arrière et je me suis glissé sur la banquette jusqu'à l'autre côté. Hacker est monté derrière moi et a fermé la portière.

La voiture a démarré et le gars près du chauffeur s'est retourné et a braqué un automatique sur moi. Il n'était pas hargneux ni agressif : il faisait juste un boulot qu'il avait déjà fait des centaines de fois.

« Je suppose que tu connais la routine », a dit Hacker. J'ai fait les contorsions nécessaires pendant qu'il me fouillait, ce qu'il a fait efficacement. « OK, relaxe, il a dit quand il a eu fini. C'est pas loin. »

J'ai retiré mes mains de derrière la tête. On se dirigeait vers le sud, le long de la rivière. Graduellement, les enseignes vietnamiennes horizontales ont cédé la place aux enseignes verticales chinoises. Elles étaient autrefois brillantes avec leurs lettres dorées et rouges, mais la plupart étaient maintenant écaillées et passées, l'air usé, même dans la faible lumière des lampadaires.

Cholon était déjà assez miteuse à l'époque où j'y venais. Maintenant, elle avait l'air d'être vraiment tombée dans la misère. Il y avait des zones importantes qui donnaient l'impression d'avoir été bombardées ou brûlées, et jamais reconstruites. Il était encore trop tôt pour que les rues soient si désertes. Est-ce qu'il y avait un couvre-feu pour les Chinois, ou est-ce qu'ils avaient tous été virés ? Des voitures et des camions passaient de temps en temps, mais je ne pouvais rien voir à travers leurs fenêtres.

On a franchi une large porte de garage qui s'ouvrait dans le mur aveugle d'un vaste bâtiment près de la rivière. L'odeur de goudron des quais était forte, et j'entendais les sirènes des bateaux qui croisaient le long du chenal. J'avais une vague idée de l'endroit où on était : à environ quatre cents mètres de mon ancien cantonnement de PM.

Le chauffeur a arrêté le moteur et tout le monde est sorti. Les portes du garage se sont refermées et il a fait encore plus sombre ; puis une lumière est apparue.

« Par ici », a dit Hacker. Je l'ai laissé me pousser vers une petite pièce qui devait être un bureau d'expéditions. Connie était assise sur une chaise de bois bancale au milieu de la pièce. Elle n'était pas attachée ni bâillonnée, mais elle avait un bandeau sur les yeux. Un sbire était assis à côté, avec un pistolet sur les genoux, en train de fumer une cigarette. Derrière nous, le chauffeur et le porte-flingue en avaient déjà allumé une. Tant que l'Asie existera, les fabricants de cigarettes ne feront pas faillite.

« Tu vois ? a dit Hacker. Je t'ai dit qu'elle allait bien, et ça continuera tant que tu ne feras pas de bêtises.

— Gabe ? a dit Connie. C'est vous ? J'avais dit à ce salopard aux cheveux blancs que vous ne seriez jamais assez bête pour venir ici avec lui.

— Elle ne l'a pas dit avec beaucoup de conviction, m'a informé Hacker. Je réalise que cette histoire a entamé notre amitié. Je suppose que votre société de cinéma ne m'embauchera pas ?

— Ça va bien, Connie ?

— Je ne perds pas mon sang, mais je ne danse pas non plus. Je suis sortie de l'hôtel, et je tombe sur Hacker, là en voiture, style quelle surprise de se rencontrer. Je m'approche pour lui parler et un sbire me colle un pistolet dans les côtes ; ils me poussent dans la voiture et me mettent un bandeau sur les yeux.

— Ne vous inquiétez pas. Apparemment, c'est quelqu'un qui veut me rencontrer. » Je ne lui ai pas dit qu'on ne m'avait pas mis de bandeau. Elle aurait deviné que c'était parce qu'ils se moquaient de ce que je pourrais voir puisqu'ils avaient l'intention de me tuer.

« Où sommes-nous ? elle a demandé.

— Ne lui dis pas, a dit Hacker. Si elle sait où on est, elle devra rester ici pendant toute la durée de l'entretien. Tu vas rencontrer quelqu'un maintenant, Treloar. Je vais ramener Connie au centre-ville, dans un endroit où il y a un téléphone. Dès que j'aurai eu l'appel disant que l'entrevue est terminée, elle sera relâchée, sans être molestée. Ça, je te le promets.

— Ouais ? elle a dit. Et Gabe ?

— Je suppose que ça dépendra de son comportement. Mais il n'y a pas de raison que ça se passe mal. Tous les deux, vous êtes arrivés ici, et vous avez dérangé des gens qui ont l'habitude de prendre des mesures radicales pour se protéger. L'homme que Gabe va rencontrer est pratiquement le plus accommodant de tous, mais il vaut mieux ne pas lui marcher sur les pieds. Allez-y maintenant, Connie. »

Elle s'est levée et le sbire lui a pris le bras pour la guider, vers la voiture.

« À tout à l'heure à l'hôtel, Connie. »

Elle s'est arrêtée et elle s'est tournée vers moi. Elle

aurait pu crier que je parlais comme un idiot puisque je n'avais pas le début d'une idée sur ce qui allait nous arriver, mais elle savait que n'importe quelle démonstration de peur ou de faiblesse dans ce genre de situation serait nuisible. Ça aurait été agréable de la serrer contre moi, de lui dire que tout se passerait bien, mais ça aussi, ça n'aurait pas été malin. Le moindre signe d'affection aurait fait de chacun de nous un levier plus efficace à utiliser contre l'autre. Je pense qu'elle comprenait ça, aussi.

« Ouais, elle a dit. Ne soyez pas en retard. Nous avons un avion à prendre ce matin. »

Je suis sorti de la petite pièce avec eux, et Hacker m'a montré une porte dans le mur de l'autre côté. « En haut des marches, là-bas. Sois calme, écoute ce qu'il a à te dire, et tu pourras prendre ton avion ce matin sans problème. » Il est monté dans la voiture avec Connie et la portière s'est refermée avec le bruit mat d'une belle mécanique. Le moteur a démarré en souplesse et la voiture a reculé dans la rue. Elle a accéléré tranquillement et a disparu en direction de Saigon.

Je me suis retourné et la porte du garage s'est refermée. Le truand qui avait surveillé Connie était près du bureau, tenant négligemment son pistolet. Un autre homme se tenait dans un coin sombre où je ne voyais que la lueur rouge de sa cigarette. Il devait y en avoir encore au moins un autre, celui qui avait ouvert et refermé la porte du garage. Trop d'hommes, trop de flingues. Bon sang. J'ai traversé le garage et j'ai franchi la porte.

Il n'y avait pas de lumière dans la cage d'escalier, à part celle qui venait du garage et d'une lucarne, sans doute un néon reflété par la couche de nuages. Juste assez pour voir qu'il y avait un homme debout au sommet des marches, mince et irréel ; il n'était visible que grâce à son costume clair. J'ai commencé à monter l'escalier.

« *Hier dans l'escalier*, j'ai dit, *j'ai rencontré un homme qui n'était pas là.*

— *Il n'était pas là encore aujourd'hui,* il a dit, en continuant la vieille berceuse. *Oh, comme je voudrais qu'il s'en aille.* »

J'ai atteint le palier. « Salut, Martin. Ça fait un bail.

— Nous ne nous sommes pas vus depuis longtemps, n'est-ce pas, Monsieur Treloar ? » Son front s'était dégagé, son visage aux os délicats, presque féminins, était un peu plus dur, mais Martin Starr avait étonnamment peu changé. Ses mains étaient posées sur une mince canne et il portait un costume de soie sauvage, indubitablement coupé par un tailleur de Hongkong. Il était aussi élégant et immaculé que Fred Astaire.

« Appelle-moi Gabe. Des vieux camarades de guerre comme nous deux devraient s'appeler par leurs prénoms.

— Gabriel », il a dit. Les petites dents dont je me souvenais sont apparues dans un mince croissant de sourire. « Les archanges ont des noms si majestueux : Raphaël, Michel, Gabriel. J'aurais aimé que mes parents aient aussi bon goût. J'ai dû me contenter d'un saint de deuxième catégorie.

— Il a partagé son manteau avec un mendiant. T'as jamais fait ça, Martin ?

— Oui, et probablement plus souvent que toi, Gabriel. » Il a légèrement tourné la tête, et j'ai vu que ses cheveux grisonnants formaient une sorte de catogan. Ça donnait une dignité très dix-huitième siècle à son profil finement dessiné. « Marchons un peu, d'accord ?

— Pourquoi pas ? Je n'ai rien d'autre à faire pour le moment. » Je l'ai suivi dans la grande salle du garage ; je n'ai pas remarqué d'infirmité dans sa démarche. La canne était un simple accessoire. Il a ouvert une porte et on s'est retrouvés sur un palier qui donnait sur les quais et la rivière. Pendant une minute, on a regardé les lumières mouvantes de la circulation fluviale ; tous les bateaux, des tankers aux sampans, parsemaient de lumière les eaux troubles de la rivière qui descendait des citadelles de l'Asie profonde.

« J'ai toujours préféré Cholon à Saigon proprement dite, a dit Starr en descendant l'escalier de bois branlant. Autrefois, c'étaient des villes distinctes. À l'époque des Français, Cholon était en réalité plus grande que Saigon. Mais elles ont fusionné, et Cholon est devenue une banlieue. » On est arrivés sur la longue promenade de planches d'où les quais s'étirent vers la rivière, comme les côtes d'une carcasse nettoyée.

« À cette époque, il a continué, on faisait de la politique à Saigon et on allait à Cholon pour la vie nocturne. Il y avait des bordels gigantesques, et, à l'entrée de chacun d'eux, il y avait un poste de PM de la Légion Étrangère pour maintenir l'ordre.

— Ça n'existait plus depuis longtemps quand je suis arrivé ici.

— Oui, les autorités américaines ne voulaient pas de ce genre de décadence civilisée. Notre style, c'est les putes maltraitées et les maquereaux violents. Partout où nous allons, nous apportons le puritanisme et le péché.

— Pourquoi cette grenade, Martin ?

— C'est une des raisons pour lesquelles je voulais te voir. » Il marchait tranquillement, décontracté. Je ne voyais aucun de ses hommes tapis dans les ombres, mais ils étaient probablement là. Ou peut-être pas. Qui peut comprendre un homme comme Martin Starr ?

« Pourquoi tu n'as pas simplement téléphoné ?

— Est-ce que tu aurais cru que c'était moi sur la ligne ? J'ai pensé que non.

— Tu aurais pu me rencontrer à la terrasse, ou dans un bar quelque part. Tu n'avais pas à kidnapper Connie. Ça n'améliore pas du tout mon opinion à ton sujet.

— Depuis des années, j'évolue dans un environnement constamment hostile, Gabriel. Certaines précautions sont devenues pratiquement un réflexe chez moi. Elle n'est pas dans le coup et elle n'était pas en grand danger. Quant à la grenade, ce n'était pas moi. »

Sans trace d'une raison valable, je l'ai cru. « Qui alors ? Nguyen Chi Than ? »

Il a eu un rire sec. « Nguyen Chi Than est le triste survivant d'un régime renversé, qui rêve du jour où lui et ses copains détiendront à nouveau le pouvoir. À la fin des années mille sept cent, la cour de France a joué à l'hôte avec de vieux jacobites écossais qui étaient toujours sur le point de restaurer les Stuarts sur les trônes d'Écosse et d'Angleterre. Les Bourbons de France ont joué le même rôle après la Révolution. Après 1917, il y avait des Romanov qui tenaient des bars et des restaurants sur toute la terre, en attendant que le monde revienne à la raison et les remette au pouvoir en Russie.

« Ce sont des gens futiles, qui ne sont pas à prendre au sérieux, Gabriel. Nguyen Chi Than parle trop à trop de gens. Il t'a mis en danger, bien qu'il ait agi de bonne foi, avec ses capacités limitées. » En marchant, il martelait les vieilles planches avec sa canne.

« C'est une canne de Malacca ? j'ai demandé.

— Il se trouve que oui.

— J'ai lu des choses sur les cannes de Malacca toute ma vie. Mais je crois que je n'en avais jamais vu. » Il me l'a tendue et je l'ai examinée. Elle était étonnamment légère, et sa finition de laque brillante reflétait les lumières distantes ; elle était aussi mince et élégante que son propriétaire. Par-dessus tout, elle ne semblait pas receler une épée ou un fusil. Je la lui ai rendue.

« Tous les jours apportent une nouvelle expérience, il a dit, à ceux qui y restent ouverts. Je t'ai sauvé la vie d'une grenade au contraire, un jour, Gabriel. Tu t'en souviens sûrement ? » Il m'a regardé de côté, presque timidement, sous ses longs cils, comme il l'avait fait ce jour-là.

Je me suis arrêté, je me suis pincé le haut du nez, et j'ai pris une profonde inspiration de l'air de la rivière. Bizarrement, il sentait bon. « On me rappelle constamment des vieilles dettes ces temps-ci. Mais quelques secondes après que tu as fait ce tour de magie avec cette grenade, je t'ai tenu en plein dans ma ligne de mire, et je n'ai pas pressé la détente. On est à égalité sur ce coup-là, Martin. Ce commandant barbouze, Gridley ou Gregory ou je ne sais quoi — Gresham, c'est ça. Il était tellement furieux qu'il voulait me faire passer en cour martiale. »

Starr a souri avec une joie enfantine. « Ah oui ? C'est vrai qu'il était très en colère contre moi. Mais plus tard, près de la rivière, pas très loin d'ici, tu m'as tiré dessus. Ce n'était pas gentil, Gabriel. Mais tu avais plus d'expérience de la guerre à cette époque. Ça durcit vraiment un homme, et je t'ai pardonné.

— En réalité, j'ai dit, en me remémorant la scène, ce n'est pas sur toi que j'ai tiré. C'était sur ce grand type qui te hurlait dessus. Il a pointé une arme vers moi, et j'ai tiré par réflexe ; mes chevrotines ont atteint la table qui était entre vous. Je suppose que tu en as reçu et pas lui. Tu étais en train de lever un pistolet, toi aussi. Quand on traîne en mauvaise compagnie, on doit s'attendre à se faire tirer dessus de temps en temps. »

Il s'est arrêté et s'est tourné pour me faire face. « Un pistolet ? Ah oui, je vois. On était là, en train de traiter nos affaires et de faire la java, et, au moment le plus improbable, je t'ai vu arriver sur ce palier. Je t'ai reconnu immédiatement, tu sais. J'ai pensé : les hasards de la guerre sont magnifiquement ironiques ! Ça a été un moment shakespearien, Gabriel.

— Je vous ai suivis, toi et tes potes, j'en ai touché un. Je pense que je t'aurais eu, mais j'ai fait demi-tour pour récupérer celui que j'avais touché. Je ne voulais pas l'imaginer en train de brûler. Comment as-tu bien pu faire pour traverser notre cordon ?

— C'est tout toi, ça, te donner la peine de tirer sur quelqu'un et faire demi-tour pour le sauver des flammes. La compassion est une grave erreur chez certaines personnes, mais convient parfaitement à d'autres. J'ai vu ça en toi, pendant cette longue et lente soirée à Long Binh, quand toi, moi et ton copain, le jeune sergent, on a établi cette relation bizarre. Lui, c'était un homme peu profond — tout en surface dure et brillante et en langue agile, mais chez toi, j'ai décelé cette capacité pour l'amour et la souffrance, pour la recherche et la découverte de la rédemption dans la violence. » Il s'est interrompu. On se tenait en face d'un entrepôt en ruine, un nid pour les oiseaux de nuit et pour d'autres créatures indéfinies. À l'intérieur, quelque chose, peut-être une chouette, a attrapé une autre créature surprise par la nuit. Son couinement aigu a constitué sa propre oraison funèbre. Une longue jetée étroite partant de l'entrepôt s'étendait loin dans la rivière.

« Pour répondre à ta question, on s'est échappés par la rivière. On s'est entourés de cadavres, et on a fait les morts. La patrouille fluviale était très occupée avec les vivants, et on a simplement dérivé avec le courant. On est revenus à la rive très près de cet endroit. » Il a tapoté les planches de sa canne pensivement. « Être vivant, être mort — quand on a atteint un certain stade, il devient possible de passer d'un état à l'autre sans grand effort.

— Qui es-tu, Martin ? Pourquoi étais-tu en prison à Long Binh ? Pourquoi est-ce qu'on a envoyé un espion pour venir te chercher ? Pourquoi on t'emmenait à l'ambassade ? »

Il a avancé sur la vieille jetée, et je l'ai suivi. Les planches traîtresses craquaient sous nos pieds.

« Tout ça, ça a été une histoire de barbouzes, Gabriel. Toute la guerre a été une histoire de barbouzes qui a tourné au désastre. J'en étais un. J'étais très jeune, un simple lieutenant, mais j'avais du talent pour les langues orientales, et on m'a envoyé faire le travail d'hommes plus responsables, mais plus paresseux et moins compétents. On en avait en abondance de ceux-là. Je ne dirais pas que j'étais idéaliste, une qualité qui m'était étrangère alors comme maintenant, mais j'étais passionné et je me jetais totalement dans tout ce que j'entreprenais.

« Mes supérieurs m'ont envoyé en Birmanie, au Laos, au Cambodge, partout où il fallait redresser les dominos. C'étaient des endroits violents et sauvages, Gabriel. Je voudrais que tu aies connu ça, je pense que tu aurais aimé : traverser des gorges dans les montagnes de Birmanie sur des ponts de corde qui semblaient trop fragiles pour supporter le poids d'un papillon ; rencontrer des seigneurs de la guerre du Kampuchea dans les ruines d'Angkor éclairées par la lune — ça sortait tout droit de Haggard, c'était un roman victorien d'aventures enfantines, pour de vrai ! Mais *j'étais* un enfant.

— Je crois que tu es un romantique au fond, Martin.

— J'ai installé beaucoup de ces bases d'Air America, où on faisait passer de l'argent, des armes et des mercenaires d'un pays à l'autre. Évidemment, il y avait un prix à payer pour la coopération de tous ces bandits, ces seigneurs de la guerre et ces gouvernements complaisants.

— La drogue. Vous transportiez la drogue pour eux.

— De quelle autre richesse dispose le Sud-Est asiatique ? C'est maintenant une vieille histoire qui a été racontée par beaucoup de journalistes et d'historiens indignés qui crient "Ho ! Quelle honte !". Mais ce n'était pas tout. Quand on s'allie avec un bandit ou un seigneur de la guerre, on doit participer à ses guerres et à ses massacres. Quand un gouvernement vous accueille, on doit l'aider à éliminer ses adversaires. Mais qu'est-ce que c'est que quelques massacres ? Ce n'étaient que des gniacs, pas vrai ? Et que pèse un peu de drogue, quand le but, c'est d'exterminer le dragon du communisme ? Après tout, elle n'atteindrait jamais les enfants de l'établissement blanc, et qui s'intéressait aux autres ?

— Mais ça t'a écœuré, hein ? » On avait atteint l'extrémité de la jetée. Il n'y avait plus que nous deux et l'eau profonde et noire au-dessous de nous.

« Pas parce que c'était criminel. Je n'ai jamais renâclé contre ça. Mais parce que toutes ces opérations étaient menées avec une incompétence maladroite vertigineuse. J'aurais pu le supporter si on avait été carrément menteurs et hypocrites, mais on invoquait de façon puérile et écœurante l'idéalisme, le patriotisme, et même la morale religieuse. Ce n'est pas difficile d'avoir affaire à un vrai boucher, Gabriel. On peut faire son travail sanglant, et on reste propre après. Mais il n'y a rien qui contamine l'âme comme un officier qui fume sa pipe dans les bureaux, en costume gris et avec un diplôme de Harvard, et qui se prend pour la réincarnation de Gengis Khan, mais qui jamais, jamais ne se salirait lui-même les mains.

— Qu'est-ce que tu as fait, alors ?

— Je me suis mis à mon compte. J'ai quitté la compagnie, sans crier gare, mais en prenant soin d'éliminer les deux agents qui étaient le mieux au courant de mes derniers mouvements, et je suis devenu consultant free-lance. Pendant un moment, je me suis spécialisé dans l'organisation de raids sur les trains d'opium et les dépôts d'Air America. J'ai préparé des opérations de mercenaires, mis en place des canaux d'informations vers Hongkong, vendu des informations à qui me payait. Personne n'aurait pu faire ça mieux que moi. Je connaissais les personnels et les programmes, je connaissais tous les endroits, je pouvais trouver qui je voulais et je pouvais éviter qui je voulais. J'étais jeune et vorace, et je cherchais la connaissance.

— La connaissance ?

— À la fin, c'est tout ce qui compte : connaître la nature des choses, les embrasser toutes, les expérimenter. On contemple l'abîme, on descend dans l'abîme pour affronter les monstres, on devient l'abîme.

— Si tu étais si bon, comment tu t'es fait prendre ?

— Avec le temps, mes informations sont devenues moins actuelles, des activités ont été arrêtées et des sources de renseignements se sont taries. Je suis devenu moins efficace, et je recherchais de nouvelles expériences de toute façon. Je me suis impliqué dans une farce classique ; un théâtre de l'absurde asiatique. J'ai entrepris une mission pour un seigneur de la guerre laotien : il fallait négocier les services d'une bande de mercenaires chinois Nung. Cette bande opérait dans les hauts plateaux pour le compte des forces spéciales américaines. Les Nung étaient les restes d'anciens régiments nationalistes chassés de Chine par les communistes. Leur commandant avait indiqué qu'il verrait d'un bon œil un changement d'employeur si on pouvait se mettre d'accord sur le prix. Mes guides pour la première partie du voyage étaient des membres du Pathet-Lao, qui me confieraient à des Viêt-congs opérant dans les hauts plateaux, qui avaient besoin d'une base au Laos et qui rendaient ce service en échange. Je t'assure que ce n'était pas un arrangement particulièrement compliqué pour l'époque et pour l'endroit. Il laissait tout de même une large place à l'éventualité d'un désastre, ce qui s'est effectivement produit.

« Les Laotiens et les Viêt-congs étaient frères de cause, mais ça ne veut pas dire qu'ils se faisaient confiance. Une chose sur laquelle ils s'accordaient, c'était qu'ils haïssaient les Chinois autant qu'ils se haïssaient les uns les autres, et ils avaient de bonnes raisons pour ça, comme les événements allaient le montrer. L'endroit prévu pour la rencontre était dangereusement proche du camp des bérets verts, mais on nous avait assuré que les Américains étaient partis pour une mission lointaine.

« Évidemment, c'était un piège. J'aurais dû m'y attendre, mais, pour une fois, mon instinct était émoussé. J'avais trop bien réussi, trop longtemps — ça devrait nous servir de leçon à nous tous, Gabriel. Les mines Claymore ont déchiqueté la plupart des Viêt-congs, et les balles ont tué les autres. Je me tenais juste entre deux Claymore quand elles ont explosé, en dehors de leur schéma de fragmentation, mais l'onde de choc m'a assommé.

« Les Nung ramassaient les têtes pour les primes, mais j'étais une prise spéciale et ils m'ont ramené vivant au camp des forces spéciales. Et voilà : un Américain pactisant avec l'ennemi. Naturellement, les bérets verts ont supposé que j'étais un déserteur et un traître. Ils m'ont envoyé en hélico à la prison de Long Binh, où je suis resté dans un hébétement qui m'a protégé pendant que l'armée essayait de découvrir qui je pouvais bien être.

— Comment as-tu été considéré par les autres prisonniers ? Je me rappelle que le LBJ était une taule particulièrement brutale.

— Il y a une hiérarchie dans ce genre d'endroit, un ordre établi depuis longtemps par la nature et la biologie. En prison comme dans les meutes de chiens, cet ordre ne se voit que sous sa forme la plus pure : c'est l'affirmation et l'établissement de la dominance. Ça marche comme ça depuis les premiers microbes. Certains types ont cru que j'étais efféminé et je les ai détrompés. D'autres ont défié ma primauté et je me suis occupé d'eux. Dans cette prison, on évacuait des hommes tous les matins, morts de blessures mystérieuses et inexpliquées. Ce sont des choses qui arrivent tous les jours dans les prisons.

— Alors tu étais dans ton élément ? »

Il a haussé les épaules. « C'était une étape, entre une vie et la suivante ; des limbes, un purgatoire. En fait, c'était agréable de se trouver parmi des hommes qui ne faisaient pas semblant d'être autre chose que ce qu'ils étaient. Mais je n'aimais pas que le monde extérieur continue sans moi, et je n'aimais pas la perspective que la compagnie me trouve là.

— Mais ils t'ont trouvé quand même, hein ? et ils ont envoyé Gresham pour te récupérer.

— Pas exactement. » Il a regardé vers l'aval, où l'eau et le limon, et toutes les années passées étaient emportés vers la mer. « Gresham était un dévoyé, tout comme moi. Mais c'était — comment dire — un dévoyé qui ne prenait pas de risques. Il travaillait pour son compte, à l'extérieur de la compagnie, mais il le faisait de l'intérieur de la compagnie, bien douillettement installé. Il n'avait pas la force spirituelle pour être un vrai voyou, un solitaire. Il vivait dans la peur constante d'être découvert. Ce besoin d'ordre et de sécurité a causé la perte de bien des hommes qui étaient supérieurs par ailleurs, Gabriel.

« Pendant mes opérations indépendantes, on continuait à faire des affaires ensemble. Son domaine, c'était le monde clandestin de Saigon, alors que le mien, c'était le milieu des hors-la-loi des pays environnants. C'était un partenariat extrêmement profitable. Ça n'a pas été facile de le prévenir. La prison de Long Binh était si surpeuplée qu'on n'y envoyait que les cas les plus graves, et les prisonniers n'étaient jamais renvoyés dans leurs unités. Mais j'ai réussi à faire passer l'information par l'intermédiaire d'un gardien qui n'était pas d'une trempe irréprochable.

— Alors c'est pour ça qu'il est venu à Cholon pour recruter ses PM, au lieu d'utiliser le 716e. Je m'étais toujours posé la question.

— Comme toujours, il s'est montré prudent. En réalité, il y aurait eu peu de risques, sauf si, sous l'effet du choc, j'avais donné mon vrai nom à ces types des forces spéciales. Pauvre Gresham, il était très inquiet à ce propos. On a parlé longtemps dans une cellule isolée pendant que les gens de la prison essayaient de régler le problème de mes papiers. Ils étaient terriblement ennuyés parce qu'il n'y avait pas de procédure régulière pour s'occuper d'une non-personne comme moi.

— Je me rappelle qu'on a attendu longtemps.

— En tout cas, Gresham a essayé d'être rassurant, mais je sentais la peur qui émanait de lui. Il allait me faire sortir du pays sans que l'armée ou la compagnie le sache. Les menottes étaient uniquement pour sauvegarder les apparences. Je comprenais sûrement, il était venu avec des PM, et il ne fallait pas éveiller leur suspicion. Tu vois ce que ça voulait dire. Il n'avait pas besoin de PM. Il avait l'autorité nécessaire pour me récupérer tout seul, et les moyens de le dissimuler après. Mais il avait peur de moi.

— Alors, pourquoi l'ambassade ?

— Nous n'y serions jamais allé. Il avait un bureau sûr dans la rue Tu Do. Il vous aurait dit de nous laisser là, vous m'auriez menotté à un anneau dans le mur d'une des pièces du sous-sol, il vous aurait renvoyés et vous seriez partis de votre côté, en faisant peut-être une pause pour boire quelques bières dans un des bars du coin. Une mission inexplicable de plus terminée, dans une guerre où rien n'était supposé avoir une explication rationnelle. S'il n'y avait pas eu ces événements remarquables cette nuit-là, vous auriez tout oublié depuis longtemps.

— Tu savais que l'offensive du Têt allait avoir lieu ?

— Non, j'étais resté hors du Vietnam pendant trop longtemps. Je crois que la stupéfaction de Gresham a été la seule chose qu'il n'a pas simulée. Ça a pris tout le monde par surprise, et ça a salement ébranlé le sentiment d'omniscience et d'omnipotence de la compagnie. »

Le brouillard de la rivière s'épaississait ; les objets distants devenaient invisibles, et des arcs-en-ciel en halos se formaient autour des lumières.

« Alors, tu savais où aller quand tu es passé dans la clandestinité. Comment as-tu survécu cette nuit-là, avec tes menottes et ton treillis de prisonnier ?

— Ça a été une des expériences grandioses de ma vie. » Visiblement, il y repensait avec plaisir. « À cette époque, j'étais totalement accro à la poussée d'adrénaline. Il y avait une maison fiable près des docks de Khanh Hoi, un endroit tenu par un vieux trafiquant d'opium chinois qui avait la police de Saigon dans la poche. C'était un endroit sûr, pour les déserteurs qui ramassaient assez de fric pour payer ses tarifs. Il a fallu que je fasse le chemin du bidonville jusqu'au centre de Saigon, dans des rues pleines de groupes de combat viêt-congs, de Jeep de PM qui arrosaient dans toutes les directions, au milieu de blocs entiers d'immeubles en flammes. Et je l'ai fait, Gabriel. Cette nuit-là j'ai cru que j'étais vraiment un fantôme, que je pouvais me rendre invisible aux yeux des mortels.

« Une fois, je me suis arrêté pour souffler et pour m'abriter, dans un petit temple bouddhiste. Un vieux prêtre était assis devant une image de Bouddha, en train de brûler des bâtons d'encens et de psalmodier des prières. Il n'a pas remarqué la bataille qui faisait rage à l'extérieur, ne m'a même pas jeté un coup d'œil. Est-ce que j'étais vraiment invisible ? Encore maintenant, je me le demande parfois.

— Mais tu n'avais pas d'argent. Pourquoi ce vieux Chinois t'a-t-il accueilli ?

— Il me connaissait. Il savait que j'aurais bientôt plein d'argent. Il a coupé mes menottes, il m'a donné de nouveaux vêtements et une chambre sous les combles, quelques bouteilles d'excellent vin français, une pipe et de l'opium de première qualité. Pendant que les autres étaient tapis dans la cave, je suis sorti sur un joli balcon, avec un verre de cabernet et j'ai profité du spectacle. Je ne pourrais pas exprimer ou décrire à quel point cette aube a été sublime, quand le chaos a atteint sa pleine expression chez l'homme. J'ai compris alors qu'il y avait de la beauté même dans la futilité.

— Je me rappelle ce matin-là. Je l'ai passé à me faire extraire des shrapnels du dos.

— Ton expérience a sûrement été aussi éclairante que la mienne, dans son genre. En tout cas, ça a été le début de ma nouvelle vie ; la vie la plus riche et la plus pleine que j'aie jamais connue.

— La vie d'un fantôme ? »

Cette fois, il s'est arrêté un moment avant de parler. « Comment pourrais-je te décrire ça ? ou à quiconque n'était pas là, et n'a jamais partagé ma joie à prendre la vie pure, comme de l'héroïne non coupée, injectée droit dans une artère ? Est-ce que tu peux seulement imaginer une société hors la loi, d'hommes totalement déracinés ? D'hommes passant leur vie au milieu d'une mer hostile, libérés de toutes les restrictions de comportement jugées nécessaires par les humains ordinaires ? Il y en avait parmi eux qui venaient des bayous et d'autres qui sortaient des universités de l'Ivy League[1], des partisans du Black Power et des membres du Klan : c'étaient des anges déchus, et je suis devenu leur maître.

« Je ne vais pas faire du romantisme. On n'était pas une sorte de république de boucaniers comme à l'île de la Tortue ou à Madagascar. Ça, c'est un fantasme pour ceux qui rêvent d'une vie criminelle avec les agréments confortables d'une société ordonnée. Beaucoup de ces types étaient simplement inintelligents, ou paresseux, ou cinglés. J'étais le seul parmi eux qui appréciait la vie pour sa récompense ultime : une liberté de pensée totale, absolue, complète. Il ne peut rien y avoir de plus libérateur sur terre. C'était comme si, toute ma vie auparavant, j'avais été entravé par une

1. Les plus huppées des universités américaines, en Nouvelle-Angleterre (Harvard, Yale, Princeton…).

chaîne courte et inconscient que j'avais des ailes. J'ai essayé de communiquer ça aux autres, mais je n'ai rencontré que des regards vides. »

Il m'a regardé. « Et pourtant, j'étais l'un d'entre eux, et je les aimais, même ceux que la drogue avait transformés en revenants squelettiques et ceux qui me haïssaient parce que j'étais blanc. Ceux qui me défiaient pour le pouvoir, je les aimais même au moment où je les tuais ; je les aimais pour leur audace et pour le fait qu'ils préféraient mourir plutôt que d'être seconds. » Pendant un moment, il a paru incapable de parler, puis : « J'aimerais que tu aies déserté, Gabriel. J'aimerais que tu aies pu être l'un des nôtres. »

Je ne pouvais même pas commencer à imaginer ce que ça voulait dire. « Qu'est-ce qui leur est arrivé ? Comment es-tu resté vivant ? Comment en es-tu sorti ?

— Comme toutes les sociétés, la nôtre n'a vécu qu'un bref moment. Les pertes étaient élevées, tu comprends, à cause des arrestations, des batailles avec les gangs vietnamiens et chinois et des querelles et des duels internes. Quand les Américains se sont retirés en 73, il n'y a plus eu de sang nouveau pour remplacer celui qui était répandu. Quand le Nord est arrivé en 75, ils se sont avérés peu sympathiques, ce qui n'a surpris personne. Je suis parti, d'abord vers Hongkong. À l'époque, mes relations et mon argent ont rendu ça facile. J'aurais pu partir des années auparavant, mais c'était devenu mon monde. Le temps passant, la plupart de mes amis ont terminé ici, dans cette rivière, et ont fait leur dernier voyage vers la mer. »

Il a contemplé les eaux noires un long moment et a murmuré : « Trop tard. Trop tard, mes frères.

— Qu'est-ce que c'est ?

— Seulement quelques paroles d'une vieille chanson. » Il a commencé à faire demi-tour et j'ai pensé : c'est pour maintenant. Le plongeon de la jetée dans l'eau noire, et ce sera terminé.

Il s'est arrêté et s'est retourné. « Viens, Gabriel. Tu as un avion à prendre. »

J'ai laissé échapper ma respiration et j'ai suivi son dos pâle et étroit.

« Connie est concernée par cette histoire, j'ai dit quand nous avons rejoint la promenade.

— Qu'est-ce que tu veux dire ?

— Tout à l'heure, tu as dit qu'elle n'était pas dans le coup. Mais elle est venue ici, Martin. Elle était sur le toit de l'ambassade américaine quand on a déguerpi en 75. »

Il s'est retourné en souriant avec un plaisir enfantin. « Vraiment ? Alors je regrette de ne pas lui avoir parlé. J'avais considéré qu'elle était trop jeune pour notre guerre et ses suites. Oui, l'Amérique a fourni au monde un baisser de rideau adéquat pour sa débâcle au Vietnam. Ça a été quelque chose de totalement sans précédent, Gabriel : un spectacle existentiel.

— Elle a dit qu'elle a entendu mentionner ton nom, en liaison avec les faux laissez-passer qui circulaient partout : plein de types friqués qui ne travaillaient pas pour nous en avaient.

— Pour cette vilenie-là, je crains d'être obligé de plaider innocent. À cette époque, on m'accusait de toutes sortes de choses auxquelles je n'étais pas mêlé. Une réputation comme la mienne était bien pratique pour des gens qui voulaient détourner les soupçons. Tu ferais mieux d'enquêter sur mes collègues d'autrefois, et d'apprendre pour qui travaillaient ces richards en réalité. »

On était presque revenus à l'entrepôt. « Qu'est devenu Gresham ? j'ai demandé.

— Il est devenu encore plus précautionneux avec l'âge. Il a toujours été prévertébré de nature. Quand l'environnement ne lui a plus convenu, il s'est métamorphosé, il a tissé une chrysalide autour de lui et quand il en a émergé, c'était une créature différente. »

Ses gros bras étaient exactement où on les avait laissés dans le garage. Il paraissait bien éclairé maintenant, après l'obscurité totale de l'extérieur. Il s'est dirigé vers un établi sur lequel il n'y avait qu'un tampon encreur et quelques cartes de dix centimètres sur quinze.

« Je sais que tu vas bientôt avoir des doutes, Gabriel. Il est naturel de suspendre ses capacités critiques pendant une nuit brumeuse dans un port de l'Asie du Sud-Est. Ce sont des endroits mystérieux et magiques. Mais cette magie se dissipe avec l'aube. Bientôt, tu commenceras à soupçonner que tu as prêté l'oreille aux bavardages extravagants d'une épave pourrie par la drogue, enjolivant son passé sordide avec une histoire valorisante. » Il a posé sa main près du tampon encreur, les doigts écartés. « Tu sais comment on fait ça.

— Tu veux que je prenne tes empreintes ?

— Oui, et je veux que tu le fasses toi-même. Je veux que tu t'assures toi-même qu'il n'y a pas de tour de passe-passe. Tu prends mes empreintes, tu prends le carton et tu le mets dans ta poche. »

J'ai haussé les épaules. « OK, mais quel intérêt ? » J'ai pris sa main, appuyé son index à l'aspect fragile sur le tampon, puis je l'ai fait rouler sur le carton.

« Tu m'as ramassé dans une prison de l'armée, j'étais supposé être un déserteur. On prend les empreintes de chaque soldat au moment de l'incorporation. On a pris les tiennes, comme celles de tous ceux qui ont fait l'armée. Quand tu rentreras aux États-Unis, fais vérifier mes empreintes. Tu ne trouveras aucune trace de moi, sous n'importe quel nom. »

J'ai terminé avec l'auriculaire, j'ai ramassé la carte, je l'ai examinée pour m'assurer que les empreintes étaient nettes, je l'ai agitée quelques secondes pour sécher l'encre, je l'ai rangée dans une poche de poitrine, que j'ai boutonnée. Et puis, avec un peu de retard, je me suis rappelé quelque chose.

« Martin, est-ce que tu as envoyé ces menaces à Mitch Queen et à Selene Gibson ? Est-ce que tu as l'intention de torpiller ce projet de film ?

— Je les ai envoyées, il a dit en souriant. Mais je voulais simplement attirer l'attention de certaines personnes, et j'ai réussi. En réalité, je n'ai plus guère à voir avec le Vietnam maintenant. Ils peuvent venir ici pour faire leur film ou pour construire un parc à thème sur la guerre du Vietnam sans que j'interfère le moins du monde. On le construira probablement un jour de toute façon. »

Toute cette histoire du film me paraissait incroyablement triviale après ces derniers jours, et je n'avais pas envie de le presser à ce sujet. J'avais ma réponse pour Queen, et il pouvait y croire ou pas, c'était son problème.

La voiture attendait. C'était la même Honda ; le même chauffeur et le même homme de main se trouvaient à l'intérieur. Je suis retourné dedans et j'ai fermé la portière, puis je me suis penché à la fenêtre.

« Martin, tu n'oublieras pas d'appeler, hein ?

— Appeler ? » il a dit. Puis : « Oh, Miss Connie, j'avais oublié. Non, j'ai dit à Pat de la ramener tout droit à l'hôtel. On ne la retient nulle part. Elle ne pouvait conduire personne ici, et je serai parti dans cinq minutes de toute façon, pour ne jamais revenir. » Il a posé la main sur l'encadrement de la fenêtre et s'est penché. « Elle compte pour toi ?

— Oui, mais je ne le savais pas avant la nuit dernière. » La porte du garage s'est ouverte derrière moi, et une lumière grise s'est répandue. « Ah non, la nuit d'avant, en fait. Tu as peut-être écrit tes lettres de menaces pour manipuler quelqu'un, mais celle destinée à Selene a fait entrer Connie dans ma vie. Merci pour ça, en tout cas.

— Eh bien, ma réserve de bon karma a augmenté, alors. J'en ai bien besoin, crois-moi. » Il s'apprêtait à se reculer, mais j'ai mis la main sur son poignet ; il a hésité.

« Oui ?

— Martin, Saigon est tombée depuis vingt ans. Qu'est-ce que tu as fait depuis tout ce temps ? »

Il s'est dégagé en reculant. « La guerre, c'est ce que nous avions en commun, toi et moi, Gabriel. Je suis seul depuis. Rentre bien. »

La voiture est sortie du garage. Il est resté là, les mains posées sur sa canne, dans le brouillard argenté, et on a roulé dans les rues de Cholon.

J'ai trouvé Connie assise dans le vestibule du Continental, entourée de nos valises. Quand elle m'a vu, elle a eu l'air tellement soulagée que c'était presque comique.

« Bon sang, Gabe ! » Elle s'est levée d'un bon, et m'a serré férocement. « Je ne savais pas si je devais appeler la police ou quoi ! j'attendais encore cinq minutes, et j'allais aller au consulat américain et… »

Je l'ai fait taire. « Viens, on va prendre notre avion. » J'ai attrapé deux de nos sacs et elle a pris les autres, on est sortis et on est montés dans un taxi.

« À l'aéroport, j'ai dit au chauffeur.

— Alors, qu'est-ce qui s'est passé ? » Elle trépignait d'impatience. « C'était lui ?

— C'était lui. On a un long voyage devant nous. Je te raconterai tout quand on sera partis d'ici. » J'ai regardé défiler la ville tentaculaire, tellement identique, tellement différente.

« Comment est-il ? »

J'ai réfléchi à ça. Est-ce qu'il y a, au nom du ciel, une langue humaine pour décrire le phénomène Martin Starr ? « Je ne sais pas. C'est simplement un homme seul, je suppose. »

Une heure plus tard, notre 747 virait au-dessus de Saigon, en direction du soleil qui se levait sur la mer de Chine méridionale. J'ai aperçu la ville une dernière fois, avec la rivière chargée de limon qui la traversait. À l'extrémité de la rue Tu Do, j'ai vu la cathédrale, et je ne sais pas pourquoi, son nom m'est revenu : La basilique de Notre-Dame-de-la-Paix.

CHAPITRE SEIZE

« Vous vous foutez de moi, non ? a dit Lowry. Vous voulez que je fasse une recherche sur les empreintes d'un type qui a déserté de l'armée dans les années soixante ?

— Vérifiez simplement si elles sont fichées quelque part. S'il a jamais été dans l'armée, elles doivent l'être, et je l'ai embarqué dans une prison militaire. » On était assis dans un café pas loin du poste de police d'Hollywood Ouest. J'avais atterri moins de deux heures auparavant, et ce que je voulais par-dessus tout, c'était dormir pendant deux jours pour récupérer de mes traversées du Pacifique. Le corps humain n'a jamais été conçu pour supporter un décalage de dix fuseaux horaires d'un seul coup.

« Ça m'éloigne un peu de mon enquête, il a dit. La relation est — comment dire — ténue.

— Mais elle est là.

— C'est tellement vague. Duc était vietnamien et votre phénomène était une pointure à Saigon ? Le seul point commun, c'est le pays ; c'est pas grand-chose. Si je devais enquêter sur un meurtre dans la mafia italienne, je ne présumerais pas que Luciano Pavarotti doit être dans le coup. »

Je lui avais raconté une partie de l'histoire, la plus crédible. Même celle-là avait provoqué des haussements de sourcils jusqu'aux cheveux. Je lui ai tendu le carton des empreintes, et il l'a pris. « Vous ne traitez pas ce genre d'affaires habituellement, mais vous êtes bien entré dans la police pour le défi intellectuel, pas vrai ? »

Il a souri. « Allez, avouez-le : tout ça, c'est une magouille farfelue pour le cinéma, que vous et votre copain producteur avez concoctée, hein ? Tout ce truc de barbouzes, de fantômes, de gangs, de stars et de menaces de mort.

— Ça a peut-être été imaginé par un auteur de scénarios, mais il y a des gens qui meurent pour de vrai. »

Il s'est levé et il a mis le carton dans sa poche. « Ça ne sera pas très long. Vous sauriez encore prendre une série d'empreintes nettes, même si vous deviez utiliser une mouillette à timbres pour ça.

— C'est comme le vélo. Ça ne s'oublie pas. »

Je l'ai quitté, et je suis monté dans ma voiture. J'étais heureux de retrouver le climat paradisiaque de la Californie du Sud, si différent de la chaleur lourde et étouffante des latitudes des moussons. L'idée que les tropiques sont le paradis est très surfaite, si vous voulez mon avis.

J'avais essayé de joindre Mitch dès notre arrivée, mais il n'était pas au bureau. La secrétaire à la voix de starlette m'avait dit qu'il était à un rendez-vous ; apparemment, Hollywood c'est surtout ça : les rendez-vous. Connie était partie pour discuter avec sa patronne, avec Selene et avec ses collègues et probablement aussi pour faire de la musculation. Ce vol interminable semblait l'avoir remplie d'énergie autant qu'il m'avait épuisé. Elle avait dormi une grande partie du voyage, après avoir écouté mon compte-rendu avec stupeur.

Je me suis demandé si cet air merveilleusement frais n'était pas en train de m'intoxiquer, mais je me suis rendu compte que j'étais simplement à moitié assommé par le décalage horaire et le manque de sommeil ; je me suis dirigé vers Beverly Hills.

Julia m'a dit qu'elle n'avait pas vu Mr Queen depuis la veille, dans la matinée, mais que ça n'avait rien d'inhabituel pour lui. Parfois, il disparaissait pendant une semaine ou plus sans l'informer, ou il débarquait avec des invités imprévus, et il s'attendait à ce qu'elle fasse le dîner. Je suppose que les domestiques des riches ont leur propre litanie de malheurs.

Je me suis forcé à nager pendant plus d'une heure, pour ajouter l'épuisement musculaire à l'épuisement mental, parce que j'estime qu'il faut se démolir d'une façon équilibrée et holistique. J'ai pensé que, en faisant ça, je me réveillerais peut-être totalement en forme, mentalement et physiquement. En Californie, il y a quelque chose qui incite aux pratiques de santé illusoires.

J'ai réussi à tenir jusqu'au soir avant de m'effondrer. J'ai réglé le réveil pour sept heures du matin, dans l'espoir de me recaler sur des alternances normales jour-nuit. J'ai rampé entre les draps, et je dormais avant d'avoir eu le temps de fermer les yeux.

Je me suis réveillé et j'ai regardé le réveil. Les chiffres rouges brillants indiquaient 4 h 12. J'ai refermé les yeux et j'ai essayé de me rendormir. Rien à faire.

À Saigon, il était l'heure de penser au dîner après un après-midi passé à visiter la ville. J'ai bâillé, je me suis étiré un peu, et le dos de ma main a heurté quelque chose sur l'oreiller, près de ma tête.

Je me suis immobilisé. C'était un de ces moments de cauchemar, quand on sait que quelque chose est totalement anormal mais qu'on n'arrive pas à comprendre ce qui ne va pas. Quand je m'étais couché, il n'y avait absolument rien sur l'oreiller, à part une taie d'oreiller. J'avais eu l'impression de toucher une pile de papier, comme un gros livre broché ou une pile de magazines ou quelque chose de ce genre. Après mes récentes expériences, j'ai tout de suite pensé à une lettre piégée grand format. Ça n'avait aucun sens, mais pourquoi aurait-il fallu que quelque chose commence à avoir un sens, tout d'un coup ?

Très lentement, avec d'infinies précautions, je me suis écarté et j'ai tendu la main pour allumer la lampe de chevet. Ensuite, tout aussi lentement, j'ai tourné la tête pour regarder par-dessus mon épaule.

C'était posé là, innocemment : un paquet d'environ vingt-cinq centimètres sur trente et peut-être dix centimètres d'épaisseur, posé sur l'oreiller, près du creux formé par ma tête. C'était emballé dans quelque chose qui ressemblait à un foulard de soie et c'était ficelé. Ça ne faisait pas *tic-tac*, mais les vraies bombes ne font pas *tic-tac*. Je me suis dit que j'étais un idiot, que si quelqu'un était entré pendant mon sommeil, il y avait beaucoup de méthodes plus intelligentes que ça pour me tuer.

J'ai tendu la main et j'ai tiré très délicatement sur la ficelle. Le nœud s'est défait facilement et le bout de tissu a glissé. Une pile de papier aussi épaisse qu'une ramette, avec une couverture de carton embossé comme du cuir est apparue. Je l'ai prise et je l'ai posée sur mes genoux. Une étiquette était collée au milieu de la couverture, en haut, avec en capitales d'imprimerie : « RUE TU DO », au-dessous, : « par Jared Rhine », et en bas à droite, « exemplaire 4 ».

Qu'est-ce que ça voulait dire ? J'avais demandé à voir un exemplaire à Mitch. Pourquoi me l'avait-il donné de cette façon ? Je me suis dit que c'était le genre de truc foireux qu'il pouvait faire. Mais, il avait peut-être essayé de me réveiller et j'étais resté inaccessible au monde. C'était possible, aussi.

Par curiosité, j'ai regardé le numéro de la dernière page : page 205. Lors de mes récentes conversations avec Mitch, il avait dit qu'une page de script équivalait à peu près à une minute de film. Ce truc allait être aussi long que *Ben Hur*.

Il n'allait pas faire jour avant un long moment, et je n'arriverais pas à me rendormir. J'ai commencé à lire.

Tout de suite, j'ai constaté avec plaisir que ça ne commençait pas par une gigantesque explosion de napalm. Pour une raison ou pour une autre, le napalm est devenu une star importante dans les films sur la guerre du Vietnam. Au contraire, celui-ci commençait par un mariage dans une chapelle, sur le campus d'une de ces universités couvertes de lierre de la Nouvelle-Angleterre, aux alentours de 1962, une époque bénie des dieux.

Je n'avais pas l'habitude de la présentation formalisée d'un script. Les livres conventionnels se lisent facilement, et les pièces de théâtre sont constituées principalement de dialogues, avec quelques indications scéniques ici et là. J'ai découvert que la présentation d'un script était totalement différente, avec plein d'indications pour la caméra, les changements de points de vue étant indiqués par des espacements différents, une ponctuation erratique, une utilisation excentrique et apparemment capricieuse des capitales, un usage massif de parenthèses, et autres arcanes particuliers de l'écriture ; tout ça était déconcertant pour un œil non exercé.

Au début, j'ai eu du mal à progresser à cause de ça. Je me suis rendu compte que la plus grande partie du verbiage qui n'était pas du dialogue consistait en indications visuelles ; particulièrement pour expliquer ce que l'auteur voulait que les acteurs transmettent dans une scène particulière, pour le cas où leur texte ne l'aurait pas rendu évident. Mitch m'avait dit que les réalisateurs, en général, ne tenaient pas compte de tout ce baratin, et qu'ils n'utilisaient que les dialogues. Ils travaillaient avec les cameramen et les acteurs pour obtenir exactement ce qu'ils voulaient à l'écran. Ça n'empêchait pas les auteurs de donner ces indications. Je comprenais pourquoi il y avait souvent du ressentiment et des récriminations, et pourquoi les réalisateurs interdisaient parfois les auteurs sur les lieux de tournage.

La présentation, avant les scènes qui se passaient au Vietnam, était lente, à mes yeux ; il y avait beaucoup de manœuvres en coulisses, de conférences au Capitole, au Pentagone et au QG de la CIA à Langley. Un jeune protégé de Kennedy — rôle tenu sans doute par Lawrence McKay — était progressivement séduit, entraîné par les manœuvres de barbouzes et d'éminences grises, et son idéalisme juvénile était souillé avant même qu'il parte en Asie du Sud-Est où, au fil des ans, il devenait pratiquement totalement corrompu. À la fin, il ne lui restait plus qu'un fond d'idéalisme chevaleresque qui aspirait à la rédemption.

Le personnage joué par Selene Gibson était la mariée de la première scène ; c'était une jeune diplômée de l'université qui se mariait avec un de ses professeurs, bien plus âgé qu'elle et issu d'une famille distinguée de Boston. Il était sur le point d'être nommé ambassadeur au Sud-Vietnam, un pays dont la plupart des Américains n'avaient jamais entendu parler à cette époque. C'était naturellement un de ces spécialistes de l'Asie qui croyaient qu'ils savaient exactement ce qu'il fallait faire, et qui n'avaient que du mépris pour les vieux professionnels de la diplomatie et les hommes d'affaires qui travaillaient avec le Vietnam depuis que les Français avaient quitté le pays, ou même avant. C'était ce genre de spécialistes qui justifiaient pourquoi on avait appelé le conflit du Vietnam, au début, « La guerre des professeurs ».

Cette séquence de présentation touchait à des questions rarement explorées, mais l'ensemble me paraissait long et ennuyeux, pas du tout cinématographique. Mais je n'avais pas l'habitude de ces choses-là. Je me suis dit que l'image devait transmettre bien autre chose que l'action et le décor. Une grande partie de cette séquence se passait dans les allées du pouvoir, ce que les gens trouvent aphrodisiaque en soi. Il y avait aussi une touche de glamour introduite par la proximité de la vraie famille royale de l'Amérique. La plupart des Américains sont totalement fascinés par tout ce qui touche aux Kennedy de Hyannisport ; moi, cette famille m'ennuie profondément, après trente-cinq ans de sursaturation. J'ai pensé que, après tout, cette touche de fascination nécrophile serait peut-être suffisante pour soutenir cette séquence du début.

Quelques-uns des personnages importants étaient présentés à ce stade : un chef de la CIA basé à Saigon ; un jeune cow-boy de la CIA que la jeune épousée trouve très attirant, malgré elle ; un barbouze répugnant de l'armée, qui a des liens avec la CIA, et dont personne ne semble connaître précisément le statut, mais qui paraît détenir un pouvoir arbitraire et effrayant.

Les choses s'animaient au moment où l'action se déplaçait au Vietnam au début de la guerre. Je commençais à trouver le truc pour lire les indications de l'auteur. Une longue séquence pendant laquelle le cow-boy faisait visiter Saigon à la femme de l'ambassadeur devait ressembler à un documentaire touristique et en même temps contribuer à créer la tension amoureuse entre les deux personnages ; en fait, c'était aussi le moyen de donner au spectateur une solide image mentale de la géographie de cette ville déroutante.

J'ai été légèrement amusé par une scène du début, qui se passe à la terrasse du Continental : ils rencontrent un reporter alcoolique, blanchi sous le harnais, qui avait été mis au placard comme correspondant à Saigon. Il avait commencé à flairer quelque chose de vraiment important dans l'air, quelque chose qui pourrait sauver sa carrière détruite par l'alcool, et qui pourrait lui faire empocher cet insaisissable prix Pulitzer.

Une pléthore de personnages vietnamiens apparaissaient dans cette séquence : des militaires vénaux et leurs femmes cupides, des chevaux de retour de la politique et leurs femmes prédatrices, et toute une série de personnages secondaires : agents doubles, officiers viêt-congs et dirigeants de cellules clandestins ; il y avait aussi de nombreux suiveurs et des activistes sans tendance politique bien définie. Dans cette partie, on montrait que, au Vietnam, les hommes s'occupaient de politique et de guerre, tandis que les femmes s'occupaient des affaires, une chose que peu d'Américains ont vraiment comprise. Les membres des missions d'informations et le personnel diplomatique pouvaient benoîtement affirmer au Congrès et à la presse que les hommes que nous soutenions étaient honnêtes — et c'était vrai d'une certaine façon : c'étaient leurs femmes qui arrangeaient les affaires et qui encaissaient pots-de-vin et pourcentages.

L'escalade militaire commençait. Même après tous ces livres, ces films et ces débats télévisés, ça me faisait toujours un choc de voir que tout ça s'était passé bien cinq ans avant que j'arrive là-bas, dix ans avant qu'on en parte. La Seconde Guerre mondiale n'avait duré que quatre ans pour nous, et celle-là, on l'avait gagnée.

L'action commençait à se déplacer hors de Saigon, à mesure que d'autres villes devenaient stratégiques, que des bases étaient installées, et que l'activité viêt-cong s'intensifiait. J'ai remarqué qu'il se passait autre chose en même temps, et cela expliquait le titre : après toute l'activité du début, au palais présidentiel et à l'ambassade américaine, il y avait de plus en plus de scènes situées dans des bureaux au-dessus des bars et des commerces de la rue Tu Do et des ruelles adjacentes. On voyait les bureaux d'où les barbouzes menaient leurs opérations confuses et ridiculement entremêlées, les officines d'espionnage étrangères, les lieux de rendez-vous des syndicats du crime organisé et les sièges des entreprises louches, encore plus louches que celles qui travaillaient au vu et au su de tout le monde, dans la rue elle-même.

Au bout d'un moment, la jeune femme de l'ambassadeur, qui était au début une supportrice naïve de la détermination de l'Amérique à sauver l'Asie du Sud-Est de la menace rouge, perd ses illusions. Elle voit l'incompétence et l'arrogance désastreuse et injustifiée de ses compatriotes ; elle est témoin d'un peu trop d'actes de brutalité ; elle refuse de rester dans le cocon de l'ambassade et elle voyage pour voir la vraie guerre. Elle commence à écrire des lettres embarrassantes aux journaux américains, et elle provoque le rappel de son mari.

Arrivé à ce point, j'ai interrompu ma lecture et j'ai mis de côté un moment ce lourd scénario ; j'ai réfléchi en me frottant les yeux. J'ai jeté un coup d'œil à la fenêtre et j'ai vu qu'une faible lueur grise commençait à apparaître vers l'est. J'avais lu pendant deux heures et j'étais à peine à la moitié de ce truc. Avec sa pléthore de personnages, leurs vies interconnectées et mélodramatiques, leurs histoires d'amour érotiques (et il y en avait beaucoup) et leurs descentes brutales du brillant au sordide, ça ressemblait beaucoup à un soap-opera. Mais c'était prenant et irrésistible comme une sit-com, ça vous aspirait dans la vie des personnages et ça vous impliquait avec eux. L'auteur savait décidément comment captiver son auditoire.

J'ai pensé à ce type, Jared Rhine. Connie avait découvert qu'il avait commencé en écrivant des films de kung-fu pour le marché asiatique. Selene avait dit qu'il avait toujours travaillé à Hollywood avec un petit groupe de copains de l'école de cinéma de l'USC, mais elle n'avait jamais dit que *lui* sortait de cette école. Queen m'avait dit qu'il s'était fait un nom et qu'il était devenu un des auteurs les plus demandés dans le métier grâce à une série de films d'action-aventure-sexe-violence à la mode actuellement. C'était à peu près tout ce que je savais de ce gars, à part qu'il était une sorte d'ermite, dans un métier où le bavardage était la principale activité, et notablement excentrique, dans un métier où on peut difficilement remuer une oreille.

En tout cas, ce scénario ne ressemblait guère au travail d'un homme qui écrivait des scripts pour des films d'arts martiaux du genre grogne-et-cogne. Il n'avait pas non plus grand-chose en commun avec le genre de films où les principaux effets sonores sont les coups de feu et les pneus qui hurlent ; où les héros passent leur temps à faire du rappel le long des façades de gratte-ciel de bureaux, traversent les vitres teintées en crachant le feu de leurs mitraillettes, et ne s'arrêtent que pour des séances de baise athlétique et suante, pendant que les méchants font les voyeurs avec des caméras dissimulées.

Ce type avait, au contraire, ce qu'on pourrait appeler un sens du rythme majestueux. Il s'attachait aux nuances et aux détails subtils de façon presque obsessionnelle. En deux heures de ce qui se voulait un film de guerre, il n'y avait pas eu de vraie bataille, et les scènes de violence étaient peu nombreuses, quoique exceptionnellement choquantes et crues — épouvantables, comme l'est la vraie violence. Le cinéma moderne, avec ces corps, ces membres, ce sang et ces viscères qui volent en l'air au ralenti, se targue d'être cru, alors qu'en fait il ne montre qu'une parodie presque comique de la réalité. Jared Rhine essayait de montrer la réalité.

Et le plus important, c'est qu'il semblait avoir une connaissance universitaire et carrément encyclopédique de la période, de son ambiance, de ce qu'on pourrait appeler, je suppose, son « zeitgeist », et des lieux qui constituaient l'axe autour duquel avait tourné toute la décade : Washington et l'Est huppé, et l'Asie du Sud-Est, centrée sur Saigon ; arrogance et pouvoir d'un côté, corruption et incompétence de l'autre, et incompréhension d'un bout à l'autre de la chaîne. Il y avait là quelque chose qui ne cadrait pas avec les films de kung-fu.

Mais bon, je n'y connaissais rien. Il avait peut-être su dès le début que ce film serait son grand œuvre, mais que dans le coupe-gorge d'Hollywood, il n'obtiendrait jamais un budget pour ce genre de projet, sans avoir accumulé au préalable des succès saignants. Peut-être que les usines à films de Hongkong étaient une bonne école pour apprendre ce métier.

Mais c'était peut-être aussi le cas classique du comédien de grosse farce qui veut jouer Hamlet. Pour ce que j'en savais, c'était simplement un bon écrivaillon qui essayait d'écrire au-dessus de ses capacités. Je n'avais que la parole de deux personnes pour me dire que ce script était de la dynamite : Mitch et Selene. Je n'avais aucune idée de la façon dont cette histoire serait traduite en images sur l'écran. J'étais un innocent dans ce domaine. Je devais admettre que je n'en savais simplement pas assez.

J'a ramassé le script et j'ai repris ma lecture. Il passait rapidement sur deux années, avec un montage d'images : batailles, arrivées de troupes, titres de journaux, présentateurs de télé faisant des annonces solennelles, Congrès débattant de la résolution du golfe du Tonkin, visage soucieux, ridé, de L.B. Johnson, la tête rusée, opportuniste de Nixon, attendant son heure à l'arrière-plan, et présence d'un élément nouveau : la protestation croissante aux États-Unis

L'histoire repartait aux États-Unis avec la femme de l'ambassadeur, maintenant divorcée, menant des actions de protestation d'envergure nationale. La petite ingénue très comme il faut de la Nouvelle-Angleterre huppée était devenue une mixture échevelée et sans soutien-gorge de Jane Fonda et de Betty Friedan ; non seulement elle dirigeait des manifestations sur le Mall, à Washington, mais encore elle se présentait aux élections pour le Congrès, pendant que J. Edgar Hoover mettait des micros dans son lit.

J'ai remarqué que Rhine n'avait pas beaucoup d'admiration pour le mouvement de protestation des étudiants. Il montrait une sorte de tendresse paternelle pour leur idéalisme brouillon, en même temps qu'un mépris évident pour leur manque de profondeur. Il notait que la plupart d'entre eux n'avaient remarqué la guerre que quand ils avaient perdu leur sursis d'incorporation : elle ne les avait pas du tout dérangés tant qu'il n'y avait eu que des pauvres Blancs du Sud, des Noirs et des Hispaniques qui avaient été conscrits. Il prenait un plaisir particulier à pourfendre leur enthousiasme à la petite semaine pour des versions populaires des religions orientales mélangeant sans discrimination le yoga, le yi king et le zen. Rhine lui-même semblait en savoir long sur ces vieilles religions, ou il voulait donner cette impression.

Envers certains dirigeants du mouvement de protestation, il était encore moins charitable. C'étaient les opportunistes qui adoptaient cette cause comme un raccourci pour le pouvoir et la domination, en évitant le processus fastidieux des corvées réservées aux novices dans les partis politiques traditionnels. Un de ceux-là devient le deuxième mari du personnage de Selene : un politicard sans scrupules qui utilise la campagne électorale de sa femme pour renforcer la sienne. Elle commence à subir une deuxième désillusion.

Je me posais des questions sur la position de Rhine dans tout ça. Il semblait également méprisant à l'égard des professeurs touche à tout, des militaires, des espions, de l'établissement de Washington, du gouvernement sud-vietnamien et du mouvement contre la guerre. Il était pour quoi ?

L'action revenait à la guerre, et maintenant, l'attention se concentrait sur les machinations des barbouzes. La façon dont ils préparaient leurs opérations donnait un nouveau sens à l'expression « négligence coupable ». Ils parlaient de leurs activités dans un jargon si obscur que c'était compliqué de suivre. J'espérais que le super réalisateur avait une idée sur la façon de faire comprendre tout ça au public. Les indications de Rhine pour la caméra dirigeaient constamment l'objectif sur des calendriers aux murs et sur les bureaux. Il semblait très intéressé par les dates.

Le cow-boy et le barbouze Pentagone-CIA menaient des opérations de francs-tireurs dans tous les pays du Sud-Est asiatique, et l'histoire maintenant bien familière des escapades d'Air America, des compromis sordides avec toutes sortes de criminels asiatiques, était à nouveau racontée. Après tant de livres et même quelques films sur cette période et ses sordides humiliations, j'étais un peu surpris que Rhine y consacre tant de temps à l'écran — mais une fois encore, sa connaissance avait l'air assez étendue, et il voulait peut-être en faire étalage.

Le gouvernement sud-vietnamien était tout le temps décrit comme vénal et profondément corrompu, et Rhine ne montrait aucune sympathie pour le Nord ou pour le Viêt-cong. Les Nord-vietnamiens étaient une présence quasi invisible : c'étaient des fanatiques du parti, avec une réserve inépuisable d'émissions de propagande ; les Américains les voyaient rarement, sauf du ciel. Les Viêt-congs étaient montrés comme de cruels oppresseurs des paysans, pas meilleurs que le régime de Saigon, mais aussi comme des combattants très capables, motivés par autre chose que la cupidité, pour changer.

Et puis, les fantômes sont apparus.

Le cow-boy, blessé et fiévreux après un échange or contre drogue, était attaqué par un rival du seigneur de la guerre que soutenait son organisation ; il était récupéré du Laos par une équipe d'hommes qui avaient dû au début être des soldats américains, mais qui étaient très violents et sauvages, même pour des broussards de longue date. Dans le cadre de leur mission, cette équipe attaquait aussi le rival vainqueur, et récupérait l'or et la drogue.

Juste à l'intérieur de la frontière laotienne, ils étaient récupérés par un hélico portant des marques américaines et transportés vers le sud, en faisant escale dans deux bases anonymes au Cambodge ; finalement ils étaient largués dans un champ à la sortie de Saigon, où un camion embarquait les Américains, la drogue et l'or, et les ramenait dans le dédale de la ville. Là, le cow-boy rencontrait son collègue, l'agent de liaison Pentagone-CIA, et apprenait qu'il n'était pas un simple franc-tireur, mais qu'il dirigeait une opération criminelle de grande envergure, en association avec les gangs vietnamiens et chinois de Saigon. C'était lui qui avait informé le gangster laotien de l'échange or contre drogue qu'il avait lui-même organisé.

Le cow-boy, bouleversé à juste titre, se trouvait tout de même attiré par l'audace vertigineuse de l'opération, et sa liberté totale à l'égard des normes civilisées du bien et du mal. Ayant atteint une sorte d'épiphanie philosophique, grâce au monde des activités secrètes, il comprenait quelle devait être l'étape logique suivante de son odyssée dans l'aberration. Il devenait le chef des sbires du barbouze renégat : les déserteurs américains du Saigon clandestin.

J'ai reposé à nouveau le script. Ça commençait à devenir beaucoup trop familier. Mes cheveux avaient commencé à me picoter à l'instant où ces déserteurs étaient apparus, et maintenant, j'avais des frissons tout le long de la colonne vertébrale. On n'était plus dans les territoires cartographiés depuis longtemps par les interminables autopsies de la guerre, effectuées par une génération essayant de se confronter à l'impensable.

J'ai soudain pensé à quelque chose. J'étais à plus des trois quarts de l'épais scénario et on n'en était qu'en 1967. Queen avait dit qu'il suivait les vies des personnages jusqu'à nos jours. J'ai à nouveau regardé la dernière page. Auparavant je n'avais noté que le numéro de la page ; maintenant mes yeux étaient habitués au format du script et j'ai vu immédiatement qu'il se terminait au milieu d'une scène, au milieu du texte d'un personnage. Quelle était la taille réelle de ce script, et pourquoi ne m'en avait-on donné qu'une partie ?

J'ai lu rapidement le reste. J'ai été déçu de voir qu'il concernait principalement les histoires amoureuses et les manœuvres politiques des autres personnages principaux, le combat de L.B. Johnson pour conserver ses possibilités de faire la guerre, battues en brèche à la fois par le Congrès et par le mouvement anti-guerre qui se développait sur les campus, et par les manigances merveilleusement rapaces du régime Thieu. Dans la dernière page, l'héroïne, si c'est le mot qui convient, préparait un voyage à Hanoï annoncé à grand renfort de publicité, à la Jane Fonda.

Il faisait jour. Je me suis levé et je suis allé dans la petite cuisine pour mettre en marche la cafetière. Je suis sorti pour respirer l'air de la Californie du Sud, tant qu'il avait encore sa fraîcheur du petit matin, avant l'inévitable accumulation de fumées toxiques qui allait commencer au fur et à mesure que les autoroutes allaient se remplir. À cette heure, il était encore possible d'imaginer la Californie avant l'arrivée des hommes blancs. Sauf que, à l'époque, il n'y avait pas tout à fait autant de jolies fleurs et de palmiers. Maintenant on a peine à croire qu'autrefois il n'y avait pratiquement pas de végétation dans ce coin, à part des chênes nains et des broussailles. La végétation pousse ici maintenant uniquement parce que Los Angeles fait venir de l'eau de centaines de kilomètres à la ronde par de gigantesques pipe-lines. Coupez l'eau, et la ville retourne au désert. Je suppose que les habitants de LA sont trop occupés à s'inquiéter des émeutes, des glissements de terrain, des tremblements de terre et des feux de broussailles pour se soucier d'un assèchement de leur ville.

J'ai traversé la pelouse fraîchement tondue et je suis entré dans la maison de Queen. J'ai trouvé Julia dans la cuisine, appuyée sur un comptoir, en train de lire un magazine de langue espagnole.

« Est-ce que Mr Queen est déjà levé ? j'ai demandé.

— Il n'est pas rentré cette nuit, Mr Treloar. Je peux vous préparer quelque chose pour le petit déjeuner ?

— Vous êtes sûre ? Il m'a laissé quelque chose dans la maison d'invités cette nuit. »

Elle a froncé les sourcils. « Je n'ai pas vu sa voiture dans le garage ce matin. Une minute. » Elle est sortie de la cuisine. Quelques minutes après, elle est rentrée. « Il n'est pas allé dans sa chambre. S'il est venu cette nuit, il est reparti aussitôt. Qu'est-ce que je vous prépare ? »

J'ai refusé la proposition de petit déjeuner et je suis revenu à la maison d'invités. Mes soupçons m'obsédaient, mais il était bien trop tôt pour faire quoi que ce soit. J'ai enfilé un short et des chaussures de jogging : je voulais courir tant que l'air était suffisamment pur pour être respiré sans dommage pour les poumons. J'ai laissé le scénario sur la table de la cuisine avec un mot : « Connie, regarde ça. » J'ai entendu des bruits de mouvement derrière sa porte en partant.

Je n'étais pas le seul coureur sur les trottoirs de Beverly Hills. Plein de gens alignaient leurs kilomètres avant d'aller travailler, ou s'activer d'une façon ou d'une autre. Certains couraient avec leur chien, d'autres en groupe, beaucoup portaient des casques de Walkman pour s'isoler autant que possible du monde extérieur. On pouvait courir en toute sécurité parce qu'on était à Beverly Hills ; c'était comme à Brentwood ou à Bel-Air, où il y a beaucoup de patrouilles de police. C'était agréable.

Je me suis demandé quelle sorte de réaction j'aurais provoquée si j'avais couru, habillé comme ça, dans les rues de Saigon. Les gens auraient pensé que j'étais fou, je suppose. Pas parce que c'était imprudent, mais parce qu'ils n'auraient pas pu imaginer un tel gaspillage d'énergie. J'ai essayé de m'imaginer en train d'expliquer ça à un paysan vietnamien ou à un vieux moine bouddhiste : nous, les Américains, on fait ça parce qu'on se sent coupables de trop manger et de consommer une si grande partie des ressources mondiales ; au siècle dernier, on portait des cols hauts et raides pour nous punir ; au vingtième siècle, on court ; si ça nous cause assez de fatigue, de sueur et de souffrance, on se réconcilie avec nous-mêmes. S'ils n'avaient pas déjà réalisé que j'étais cinglé en me voyant courir, ils le comprendraient à coup sûr en entendant mes explications.

Mais ce n'est pas ça qui me préoccupait, tandis que mes pieds martelaient le trottoir et que je faisais des crochets pour éviter d'autres coureurs ou leurs chiens. Je me posais des questions sur ce scénario et sur la façon dont il avait atterri sur mon oreiller ; je me rappelais que quelqu'un avait fait la même chose pour la lettre de menaces de Selene Gibson, bien qu'elle n'ait pas été là à ce moment-là. Je me demandais pourquoi ce scénario avait provoqué la colère de quelqu'un, si c'était bien le cas. Je m'interrogeais sur Mitch Queen, sur Jared Rhine et sur ce qu'ils mijotaient réellement avec leur budget de cent millions de dollars. Je me demandais par-dessus tout pourquoi Queen ne m'avait pas dit que le film allait impliquer les fantômes.

Et je me demandais ce que Martin Starr avait fait pendant ces vingt dernières années, depuis la chute de Saigon.

CHAPITRE DIX-SEPT

En rentrant à la maison, j'ai enlevé ma chemise, mes chaussures et mes chaussettes et j'ai sauté dans la piscine. J'ai fait des longueurs de bassin aussi vite et fort que j'ai pu, jusqu'à ce que mes bras, mon dos et mes abdominaux soient totalement asphyxiés. Alors je suis sorti, je me suis essuyé, j'ai ramassé mes affaires et je suis rentré.

Connie était assise à la petite table, avec une tasse fumante à la main. Le scénario était devant elle et ses yeux bougeaient rapidement d'un côté à l'autre pendant qu'elle tournait les pages ; apparemment, elle faisait de la lecture rapide.

« Va-t'en, elle a dit. Je ne suis pas de bonne compagnie si tôt le matin. »

Je suis passé à côté d'elle pour entrer dans ma chambre, je me suis déshabillé, douché, rasé, séché les cheveux et j'ai enfilé des vêtements propres. À ma grande stupéfaction, je me sentais en forme, peut-être plus en forme que je ne l'avais été depuis des mois. Je me sentais rafraîchi, ragaillardi, rajeuni et prêt à tout. Ou bien j'avais complètement récupéré du décalage horaire, ou bien j'étais vraiment devenu fou. C'est parfois difficile à dire en Californie du Sud.

Quand je suis revenu, elle était en train de terminer le script. Elle a levé les yeux pendant que je me versais une tasse de café ; il était fort après être resté si longtemps dans la cafetière fumante.

« Alors c'est ça, le fameux scénario ? Il est emmerdant comme la pluie, elle a dit d'un ton déçu.

— Ça traîne peut-être un peu en longueur. Mais c'est ce que je pensais de Hedda Gabler quand je l'ai lu en première année de littérature. Ce n'est que quand je l'ai vu sur scène que j'ai compris pourquoi c'est un classique.

— Je l'ai lu, *et* je l'ai vu à la télé, avec je ne sais qui, Glenda Jackson. J'ai trouvé que c'était ennuyeux les deux fois.

— C'est que tu es difficile.

— Non, je ne suis pas difficile. Du moment qu'il y a Mel Gibson, ou Redford peut-être. J'aime les films où il y a une action correcte, beaucoup d'émotions, ou des dialogues drôles. Les trois à la fois si possible. J'ai des standards, c'est tout.

— C'est peut-être trop cérébral.

— Tu veux dire que je suis idiote ?

— Non, je n'aime pas les films intellectuels moi non plus.

— Super. Toi et moi on a tellement de choses en commun ; on pourrait se marier. » Elle a avalé le contenu de sa tasse. « Bon, assez plaisanté. Qu'est-ce qu'on fait maintenant ?

— J'attends des nouvelles de Lowry pour ces empreintes. Et il faut que je parle à Queen.

— Eh bien, bon courage. Il n'est pas facile à joindre. Je commence à me demander pourquoi il t'a embauché, s'il n'est pas plus intéressé que ça par ce que tu trouves.

— Je me le demande aussi. Qu'est-ce que tu as dit à ta patronne et à Selene ?

— Qu'il semble que la menace était du pipeau, mais qu'il vaut mieux ne pas abandonner la surveillance. Il y a trop de cinglés dans cette affaire.

— C'est vrai que les cinglés ont une façon bien à eux de compliquer les situations, j'ai admis. Je préfère cent fois les simples criminels endurcis, sans chichis.

— Amen. À quoi tu t'attends avec les empreintes ?

— À pas grand-chose. Mais si Starr a jamais été militaire, on aura relevé ses empreintes, sinon, il n'avait rien à faire dans la prison de Long Binh.

— Est-ce qu'on n'aurait pas relevé ses empreintes, dans ce bloc ou cette prison militaire, ou je ne sais comment vous appelez ça dans l'armée ?

— Probablement, mais Gresham avait une grande enveloppe quand il nous a rejoints, et elle était marquée "Confidentiel" en lettres rouges. Elle contenait probablement tous les papiers de la prison qui le concernaient. Si ses empreintes ne sont pas répertoriées, ça confirmera son histoire de barbouze échappé de sa réserve. »

Elle a tapoté le scénario. « Ça commence à devenir une histoire familière.

— J'ai remarqué. En tout cas, ça nous donnera une petite preuve de plus. Tu sais comment ça marche. »

Elle était dans le métier depuis assez longtemps pour savoir que les grandes révélations et les confessions hystériques de dernière minute n'existent que pour terminer une histoire à temps pour passer la dernière pub et le générique de fin. La réalité du métier, c'est principalement un travail fastidieux ; on revient cent fois sur les mêmes preuves, en attendant que les petites anomalies apparaissent, on repère les mensonges et les demi-vérités, on construit ce que les scientifiques appellent un modèle et on le teste pour voir s'il fonctionne. C'est lent et ennuyeux, mais ça donne des résultats.

Je me suis préparé en vitesse un petit déjeuner en piochant dans le frigo et le garde-manger. Je sifflotais.

« Tu es plein d'entrain ce matin, a observé Connie. Je ne te voyais pas comme quelqu'un du matin. »

Je me suis assis et j'ai commencer à manger voracement. « J'ai des crises d'énergie et de bonne humeur de temps en temps. Ça passera. »

Elle s'est levée pour se préparer une assiette de fruits et de fromage et elle s'est rassise. « Comment t'es devenu flic ? »

J'ai réfléchi à la question. « Il faut blâmer en partie la télé à ses débuts. Tu te rappelles Dragnet ? Pas la version récente, mais le feuilleton en noir et blanc, quand Ben Alexander était le partenaire de Jack Webb ? Je trouvais que résoudre des crimes, c'était un beau métier. Je ne me suis jamais intéressé aux histoires de patrouilles ni aux fusillades ni à tout ce genre de choses. Friday et Smith faisaient du vrai travail de détectives. Ils arrivaient après le crime, et ils le résolvaient. »

J'ai bu une grande gorgée de café. « Je me rappelle quand on a déménagé à LA et que j'ai commencé ma dernière année au collège. Je n'oublierai jamais la première fois que j'ai vu la mairie. C'était le bâtiment qu'on montrait dans Dragnet, le bâtiment qui figurait sur les insignes. J'étais au septième ciel. Et LA n'était pas comme les petites villes de l'Ohio. Il y avait des voitures noir et blanc qui croisaient dans les rues et sur les autoroutes, des hommes en uniforme qui patrouillaient dans les quartiers difficiles. Ça avait l'air d'un travail sérieux, important. »

Je me suis rappelé quelques côtés plus sombres de mon arrivée à LA : « C'est à peu près à cette époque que mes parents se sont mis à boire. J'ai eu ce sentiment qu'ont la plupart des enfants quand ils réalisent que les adultes ne contrôlent plus rien. Ou bien on commence à traîner avec les délinquants juvéniles pour trouver une famille de remplacement, ou bien on essaye de trouver quelque chose qui apporte un sentiment d'ordre dans la vie. Voilà ce que la police voulait dire pour moi : l'ordre. Pas les foutaises d'extrême droite sur la loi et l'ordre, mais des gens qui maintenaient des limites, qui protégeaient les citoyens, qui mettaient les criminels hors d'état de nuire.

— Les bons contre les méchants, hein ?

— Je voyais les choses comme ça à l'époque. Juste au bon moment. Deux ans plus tard, les flics étaient devenus des porcs fascistes. Je suppose que si je n'étais pas entré dans l'armée, j'aurais fini par penser ça, moi aussi. À la fin des années soixante, les étudiantes ne fréquentaient pas ceux qui admiraient les flics, et c'est un argument assez convaincant pour les gars à cet âge-là. Mais l'armée m'a isolé de ce mouvement pendant la période où il était le plus influent. Et quand je suis redevenu civil, je me moquais bien de ce que pensaient les étudiantes. J'étais marié à l'époque, et je voulais toujours l'uniforme et l'insigne. Et toi ?

— Une affaire de famille. Mon père était dans la police de San Antonio à une époque où ce n'était pas facile pour un Mexicain d'y entrer. Au Texas, vous êtes mexicain si vous avez un nom mexicain — même si votre famille vivait au Texas avant la création de la République.

— Je croyais qu'il était pasteur ?

— Il a été pasteur à plein temps après la retraite, mais il a passé trente-cinq ans sous l'uniforme. À son retour de la guerre, lui et plein d'autres Texans-Mexicains ont adhéré à des associations d'anciens combattants. Ils ont commencé à faire ça après la Seconde Guerre mondiale ; ils militaient pour qu'il y ait plus d'Hispaniques dans l'administration. Au Texas, quand les organisations d'anciens combattants parlent, les politiciens écoutent. Il a pris sa retraite comme capitaine. Je suis entrée dans l'académie de police de Houston juste après mon départ de la Marine. C'est là que j'ai rencontré Mick, mon mari. »

Normalement, les gens se racontent leurs vies après un long dîner, autour d'un verre. En Californie, on le fait au petit déjeuner. Les confidences vraiment personnelles, on les réserve pour les pauses café.

On a rattrapé notre retard sur la paperasse pendant un moment, pendant que la ville se réveillait tout autour de nous. J'ai allumé la radio sur une station d'informations, en gardant le volume bas. Je reprenais mes habitudes d'habitant de LA : je ne pouvais pas me détendre si je n'entendais pas les bulletins périodiques sur l'état de la circulation. Il y avait des gens, là, dehors, qui enquêtaient sur les crimes de la nuit dernière, qui réglaient les problèmes d'accidents de la route, qui notaient des dépositions de témoins, qui survolaient les autoroutes, qui conduisaient des voitures pies dans des faubourgs mornes. Pendant ce temps-là, Connie et moi étions assis dans une maison d'invités près d'une piscine à Beverly Hills, en train de faire nos comptes de dépenses. Ça créait une sorte de sentiment de confort.

Le téléphone a sonné et j'ai décroché. « Gabe Treloar.

— C'est Lowry. Votre type est vierge. Aucune trace de ses empreintes.

— Merci, Lowry.

— J'attends des nouvelles de votre part très bientôt, Treloar.

— Vous en faites pas, vous serez le premier au courant dès que j'aurai quelque chose.

— Ouais, j'y crois. Tenez-moi au courant.

— Bingo ! j'ai dit en raccrochant. On a une affirmation précise et indéniablement exacte dans toute cette histoire, et elle vient de Martin Starr. On n'a jamais pris ses empreintes. En tout cas, pas un organisme qui accepte de communiquer ses dossiers au FBI.

— Mais pourquoi t'a-t-il donné ses empreintes ? Je veux dire que ça confirme peut-être quelque chose pour toi, mais il laisse une trace qu'un homme comme lui essaie d'éviter habituellement.

— Il ne risque pas grand-chose. Ses empreintes ne sont pas fichées. Il n'a été fiché par aucun organisme officiel. Moi, j'ai des empreintes sur un bout de carton de dix centimètres sur quinze. Elles ne veulent rien dire. J'aurais pu les obtenir n'importe où, de n'importe qui.

— Peut-être, elle a dit sur un ton dubitatif, mais ça paraît bizarre. Est-ce que tu crois qu'il aurait pu prendre sa retraite ?

— Qu'est-ce que tu veux dire ?

— Peut-être qu'il ne s'inquiète pas parce qu'il n'est plus impliqué dans des entreprises criminelles. Peut-être qu'il a laissé tout ça derrière lui et que toute cette histoire d'homme mystérieux de l'Orient, c'est des foutaises et du pipeau.

— Allons donc, tu sais aussi bien que moi que les escrocs professionnels ne changent pas pour devenir honnêtes. Ça, c'est bon pour les téléfilms.

— Tu as dit toi-même que ce n'était pas un salaud ordinaire. C'est un type si bizarre que les psy n'ont même pas de nom pour le désigner.

— Ouais, je…

— Quoi ?

— Regarde. » Un adolescent à vélo s'approchait de nous sur l'allée. Un Vietnamien, j'en étais sûr, malgré son casque de cycliste, ses lunettes de soleil et ses écouteurs de Walkman. Sur son guidon, il y avait un panier avec une sorte de paquet dedans.

« Ce n'est qu'un enfant. » Elle m'a lancé un regard aigu. « Gabe ? Qu'est-ce qui ne va pas ? Tu as l'air bizarre tout d'un coup. »

Je n'y pouvais rien. J'avais peur tout à coup, aussi absurde que ce soit dans cet environnement. C'était la vieille image de l'enfant vietnamien en vélo, lanceur de grenades. C'était un des grands mythes de la guerre, mais il fonctionnait comme la plupart des mythes. Il servait de paradigme pour tous les dangers dissimulés dans une guerre absurde où on ne savait jamais qui était l'ennemi. Des hommes, particulièrement ceux qui venaient d'arriver, avaient plus peur de garçons à vélo que de leurs parents, pourtant bien plus dangereux et bien mieux armés. Un peu de la même façon qu'on est terrifié de prendre l'avion mais qu'on ne s'inquiète jamais quand on conduit sa voiture sur les autoroutes pourtant beaucoup plus dangereuses. Connie a mis la main sur mon bras.

« Tout va bien, Gabe. J'en suis sûre. » Même comme ça, je l'ai vue jeter subrepticement un coup d'œil dans son sac, pour s'assurer que son pistolet était à portée. « Attends-moi là. »

Je me suis secoué. « Non, je vais bien. » Ce n'était que de l'amour-propre. Je ne voulais pas qu'elle aille affronter cet éventuel terroriste, qui devait bien avoir seize ans, pendant que je tremblais à l'intérieur de la maison. Le machisme du mâle américain triomphait encore.

Nous sommes sortis juste au moment où le jeune freinait devant la porte. Il a enlevé ses écouteurs et il a souri. J'entendais un son grêle de rock sortant des minuscules haut-parleurs.

« Vous êtes Mr Treloar ?

— C'est ça.

— J'ai quelque chose pour vous ici. » Il a fouillé dans le sac à fermeture Éclair qui était dans son panier ; je me suis tendu. Sa main a émergé, tenant une mince enveloppe.

Je l'ai prise. « Qui est-ce qui m'envoie ça ? »

Il a haussé les épaules. « J'en sais rien. » Il a refermé le sac et a remis son pied dans le cale-pied.

« Attendez. Je dois signer quelque chose ? »

Il a encore souri en remettant ses écouteurs. « Vous vous foutez de moi ? Allez, au revoir. » Il a appuyé sur les pédales et a filé.

« Tu vois, a dit Connie. C'était juste un messager. »

J'ai regardé sa main enfoncée dans son sac. « Ouais. Et tu cherchais juste un pourboire, hein ? »

Son visage a pris des couleurs. « C'est d'être avec toi qui me rend paranoïaque. Allez, qu'est-ce qu'il y a dans cette lettre ? »

Je l'ai ouverte. Elle contenait une seule feuille de fax. Je l'ai dépliée et j'ai vu qu'il n'y avait que trois lignes. « Ce n'est pas signé, mais je suppose que c'est de Nguyen Chi Than. Il n'a vraiment pas perdu de temps. Je ne savais pas qu'on pouvait faxer des trucs entre Saigon et LA.

— Qu'est-ce qu'elle dit ? a-t-elle demandé impatiemment, en essayant de lire par-dessus mon épaule, comme un enfant.

— Les hommes de Saigon qui ont rendu visite à Nguyen Duc sont Dang Thai Mai et Truong Chinh. Dang contrôle les docks de Khan Hoi. Truong est le chef du cartel sino-vietnamien de la drogue à Saigon. L'homme… » Je suis soudain resté sans voix.

« Quoi ? quoi ? elle a dit, en trépignant presque. Allez, dis-moi !

— L'homme connu comme le "Grand Fantôme" se fait maintenant appeler Henry Armitage.

— Armitage ! C'est tout ?

— C'est assez. » J'ai replié le fax et je l'ai fourré dans une poche. « Viens, j'ai dit en me dirigeant vers les voitures garées.

— Quoi ? Où est-ce qu'on va ?

— On va à Santa Barbara. Je veux rendre visite à Jared Rhine.

— Juste une minute. Laisse-moi prendre des affaires. » Elle s'est hâtée de rentrer dans la maison. Après une minute de réflexion, je l'ai suivie.

« On aura peut-être à y passer la nuit, j'ai dit en emballant un nécessaire de voyage. Autant s'y préparer. Et prends aussi quelques vêtements et des chaussures de marche. D'après Mitch, la maison de Rhine est sur un terrain difficile. Quoique je n'ai guère confiance en ce que m'a dit Mitch en ce moment.

— Oh, ça tourne à l'expédition on dirait, non ? elle a dit de sa chambre. Je ferais peut-être mieux d'en parler à ma…

— Non. On n'utilise pas le téléphone et on ne prévient personne. Comme tu l'as dit, je deviens vraiment paranoïaque. On nous a menés en bateau depuis Chattanooga. J'ai envie d'agir de façon indépendante pour changer.

— Ça me paraît une bonne idée. »

Quand on est montés dans ma voiture, elle portait une variante de l'ensemble de safari qu'elle avait au Vietnam ; elle y avait ajouté une paire de chaussures de marche bien rompues et un sac de cuir de la taille d'un petit sac à dos. J'ai reculé jusqu'à l'allée et je me suis dirigé vers la 101.

« Ça doit être Armitage que j'ai vu en face de la maison de Duc. » Je ressentais cette euphorie idiote qu'on éprouve quand des anomalies agaçantes et incompréhensibles se mettent à s'assembler et qu'un tableau cohérent commence à apparaître. Un peu comme ces motifs répétitifs de couleurs et de formes qui deviennent brusquement tridimensionnels si on les regarde assez longtemps, pendant qu'une image prend forme, même vague et rudimentaire. « Archie Dupre était un de ses complices d'autrefois à Saigon, et il travaille maintenant pour lui, comme chauffeur et Dieu sait quoi d'autre.

— C'était plutôt gonflé de sa part de se pointer à la veillée mortuaire de Duc, elle a dit.

— Il fait des affaires dans la communauté vietnamienne, j'ai fait remarquer. Il cherche à s'imposer comme un ponte. C'est un geste de respect, et ça sert à rappeler aux autres ce qui peut arriver s'ils ne veulent pas coopérer avec lui et ses copains, Dang Thai Mai et Truong Chinh. Mais il ne voulait pas que je le voie.

— Parce que tu l'aurais reconnu.

— Ouais. J'avais supposé que Starr était le "Grand Fantôme", mais c'est Armitage. Et Armitage, c'était le major Gresham, le salopard de barbouze de la CIA qui dirigeait Starr dans ses opérations de franc-tireur, et qui a essayé de le tuer quand il s'est retrouvé dans la prison de Long Binh. Starr a attendu pendant plus de vingt-cinq ans, mais maintenant, c'est le moment de régler les dettes. »

On a franchi les collines et on est redescendus dans la vallée de San Fernando, où les traces du plus récent tremblement de terre avaient déjà presque entièrement disparu, de façon typiquement californienne. Ensuite, on est remontés sur des collines, de l'autre côté de la vallée, on a franchi un col, et le bassin de LA s'est retrouvé derrière nous. La température était plus fraîche de cinq degrés et l'air était pur. L'étendue urbaine avait disparu et on était dans un lieu qui ressemblait à la Californie d'autrefois, rustique et agricole, la Californie des étiquettes Art déco des caisses d'oranges, des ramasseurs de fruits steinbeckiens, des bouquets d'arbres bourdonnant d'abeilles et des enclos où les chevaux caracolaient comme s'ils attendaient que les *dons* californiens leur jettent sur le dos des selles cloutées d'argent et les emmènent inspecter les troupeaux et les vignes.

C'est encore une des plus jolies promenades dans le sud de l'État, bien que je suppose qu'un jour LA se répandra par-dessus le col et rampera vers le nord-ouest, que Ventura s'étendra vers le sud-est, et qu'ils finiront par se rencontrer au milieu. En attendant, l'herbe, le bétail et l'eucalyptus continueront de revigorer l'âme, à quelques minutes du centre-ville.

Entre la bizarrement nommée Oxnard, avec sa base aéronavale, et Ventura, l'océan redevenait visible, et l'air devenait salé. Les plates-formes pétrolières off shore, hideuses mais fabuleusement rentables, sont apparues comme les bateaux d'une flotte d'invasion dans le Canal. Des surfeurs intrépides chevauchaient les vagues comme ils le font toujours depuis que la mode a vraiment pris dans les années cinquante : les petits-enfants de Gidget.

Juste après Carpinteria, on a traversé le petit piège à touristes surréaliste de Santa Claus, où c'est Noël tous les jours, et où il y avait naguère un assez bon restaurant. Maintenant, toutefois, il avait l'air encore plus minable et en mauvais état qu'autrefois : un bon indice que la hache des promoteurs n'allait pas tarder à s'abattre.

Les toits de tuiles bleues de l'hôtel Miramar, juste au bord de la route, nous ont indiqué qu'on approchait de Montecito, le petit joyau réservé aux riches, où les habitants de Santa Barbara vont s'installer quand ils ont vraiment réussi.

Et puis, on est arrivés à Santa Barbara. Je n'y étais pas allé depuis des années et, pendant un moment, j'ai été désorienté par la nouvelle rocade. Comme les habitants de Malibu, ceux de Santa Barbara s'étaient bagarré pendant des dizaines d'années pour empêcher l'autoroute de tracer un sillon à travers leur ville. En arrivant à Santa Barbara, l'autoroute 101 se reposait et devenait une simple rue, où la circulation était arrêtée à un carrefour sur deux par des feux tricolores, avant de reprendre son statut d'autoroute de l'autre côté de la ville.

Plus maintenant. Une série de ponts s'arquaient au-dessus de quelques-unes des anciennes rues qui croisaient l'autoroute. Les autres rues étaient arrêtées à l'autoroute. Les habitants avaient amélioré la circulation sur l'autoroute au prix de la mobilité d'un côté de la ville à l'autre. Cette partie de la côte s'étire d'est en ouest, comme l'autoroute. Au sud de l'autoroute s'étend le superbe front de mer, avec son refuge d'oiseaux, ses hôtels et ses restaurants de luxe. Au nord, il y a la ville proprement dite, de style colonial espagnol, très chère mais très agréable, où on a même resserré la rue principale, la State, pour élargir les trottoirs et les rendre plus commodes pour les piétons.

Il semblait même que l'amélioration de la circulation sur l'autoroute avait été acquise à un prix encore plus élevé. « Bon Dieu ! j'ai dit, suffoqué, où est mon arbre ?

— Quoi encore ? » a dit Connie d'un ton aigre. Il nous avait fallu presque deux heures pour aller de Beverly Hills à Santa Barbara, et elle boudait parce que je rechignais à parler. Je ne suis pas très bavard quand je réfléchis, et j'avais été plongé dans mes pensées tout le long du chemin. Mais maintenant j'étais hors de moi.

« Mon arbre ! Le figuier géant ! Ces salopards cupides ne l'auraient quand même pas abattu !

— De quoi tu parles, Treloar ? »

Mais je n'écoutais pas. J'ai quitté la 101 à la première sortie après celle qui donnait sur State et j'ai commencé une recherche frénétique : je faisais des allées et venues dans le dédale des ruelles, à sens unique pour la plupart, qui étaient parallèles à l'autoroute et qui se frayaient un chemin parmi les vieilles maisons et les petits commerces. C'était un quartier datant de l'époque où Santa Barbara n'était qu'une petite station balnéaire endormie, où les habitants de LA venaient s'échapper pendant les week-ends.

Enfin, je l'ai trouvé, et j'ai poussé un soupir de soulagement. Mais j'aurais presque préféré qu'ils l'abattent, plutôt que de voir ça. Il se dressait, abandonné et solitaire, sur un petit terrain envahi par les mauvaises herbes, jouxtant le haut mur de l'autoroute surélevé. Son tronc épais et rugueux était toujours ramassé et résistant, ses branches étaient si massives et si étalées que certaines d'entre elles s'inclinaient jusqu'au sol, ses racines étaient hautes, visibles, comme les arêtes aiguës d'une chaîne de montagnes érodée.

« Quel arbre magnifique ! a dit Connie pendant que je m'arrêtais le long du trottoir. Mais c'est comme si on le cachait. On aurait pu le mettre en valeur, peut-être dans un petit parc. Il ne doit pas y en avoir beaucoup comme ça.

— C'est le figuier géant de Santa Barbara, j'ai dit en sortant de la voiture. *Ficus* quelque chose. Il a plusieurs siècles. Quand la route n'était pas aménagée, il était juste à côté. C'était un point de repère célèbre. » Je m'en suis approché et j'ai caressé une des racines, qui formait une arche d'un mètre de haut. Les racines et le tronc étaient couverts d'initiales gravées par des générations de jeunes, sans que le vieil arbre en souffre. Il était immunisé contre les couteaux de poche, en tout cas.

« En Californie, c'est interdit de faire de l'auto-stop sur l'autoroute. Ici, à Santa Barbara, l'autoroute s'arrêtait. » J'ai fait un geste dans la direction d'où on venait d'arriver. « De la rue Anacapa, à l'est de la ville, jusqu'à Butts Buick, à l'extrémité ouest, c'était la seule partie de la 101 où on pouvait faire du stop, sur plus de cent cinquante kilomètres. L'été, il y avait des stoppeurs tout le long de la route, et la moitié d'entre eux s'installaient ici sous le figuier, sur les racines, pour bavarder. L'été, quand j'étais jeune, je venais ici au moins deux fois par mois, pour aller d'un job d'étudiant à un autre ou pour aller voir des copains. Il y avait une vieille dame en capeline qui venait toujours distribuer des tracts religieux. C'est là qu'on rencontrait les figures locales, et il y en avait beaucoup à Santa Barbara, pour une petite ville. »

Connie a regardé les branches aux larges feuilles. « Ça devait être marrant.

— Ça l'était. À la fin des années soixante et au début des années soixante-dix, c'était un grand lieu de rencontre pour les hippies, un vrai show psychédélique. On pouvait planer rien qu'en passant et en respirant. Les gens étaient scandalisés à l'époque. Je ne sais pas pourquoi. Tout ça semble plutôt innocent maintenant. » J'ai donné un coup de pied dans les feuilles mortes sur le sol, et j'ai découvert une flasque de vin et deux seringues hypodermiques. La nuit, l'endroit devait être fréquenté par des épaves, j'ai supposé, bien qu'il soit désert à cette heure.

« Bon, tu as retrouvé ton arbre et il va bien. Peut-être qu'un jour, quand il n'y aura plus de voitures, on démolira cette autoroute et on pourra à nouveau en profiter. Il a survécu pendant quelques siècles, il survivra bien à ça. Maintenant, qu'est-ce qu'on fait pour retrouver Rhine ?

— Viens. » Je suis revenu à la voiture et j'ai regardé une dernière fois le vieil arbre triste et seul dans son terrain vague envahi de mauvaises herbes, avec pour seule compagnie des ivrognes et des junkies. J'ai décidé que je ne reviendrais jamais tant que l'autoroute n'aurait pas été démolie ; ça voulait probablement dire que je ne reviendrais jamais. Je suis revenu à la réalité, et j'ai démarré.

« Tu vas vérifier le cadastre, j'ai dit. Rhine est supposé être un reclus, mais il ne peut pas à la fois se cacher vraiment et continuer à travailler avec Hollywood. Ça ne devrait pas être très long.

— Tu n'as pas à me donner d'ordres, mais je veux bien le faire, juste pour cette fois. Et s'il loue cette maison ?

— Alors, il faut voir la compagnie de téléphone, les journaux, la police locale — t'as déjà fait ça. On peut toujours trouver quelqu'un tant qu'il n'est pas sous couvert d'un programme de protection ou d'un truc de ce genre.

— Ouais, mais c'est une trop belle journée pour faire ce genre de travail.

— C'est trop tard pour changer de métier maintenant.

— Qu'est-ce que tu vas faire pendant ce temps-là ?

— Rassembler des choses dont on aura besoin. Dont on aura peut-être besoin, en tout cas. Je ne sais pas exactement comment il va falloir procéder. Je ne le saurai que quand on sera plus près et qu'on aura plus d'informations. Mais on va peut-être devoir passer quelque temps dans les collines, et je vais prendre un peu de matériel.

— Tu as passé ton année de guerre à Saigon, alors maintenant, tu veux jouer au broussard.

— J'aime simplement communier avec la nature. Ah, on y est. ». Je me suis arrêté devant le tribunal du comté : une construction de rêve californien, une vision de l'architecture coloniale espagnole, mais datant des années trente. C'était une pâtisserie hollywoodienne, fidèle à la tradition dans le détail, mais quatre fois plus grande que tout ce qu'avaient construit les Espagnols en Californie.

« Bon sang ! s'est émerveillée Connie. On dirait que Zorro va en sortir à cheval d'un moment à l'autre.

— Bonne chasse », je lui ai dit quand elle est sortie de la voiture.

Dans une des rues qui donnait sur State, j'ai trouvé une boutique de cartes. Elle vendait des planisphères et des atlas, des cartes marines, des globes terrestres, des livres de géographie, des disquettes et des cédéroms. Après une petite discussion avec l'employé, j'ai trouvé ce que je cherchais, et je suis sorti avec quelques cartes topographiques détaillées des collines de Santa Barbara.

Je me suis arrêté ensuite dans un magasin de surplus de l'armée et de la marine, en bas de la State. Le quartier était plutôt miteux quand j'étais jeune, plein de bars, de boutiques de prêteurs sur gages et de boutiques d'occasions. Maintenant il devenait plus chic, mais il y avait encore un ou deux endroits plutôt canailles, et le magasin de surplus était encore où je me le rappelais.

J'ai pris quelques couvertures de l'armée, deux gamelles avec des quarts et des couverts, deux lampes-torches à tête orientable et une grande bouteille Thermos. Pour finir, j'ai acheté un compas de relèvement, un modèle standard de l'armée. Il existe des modèles plus récents, bien plus appréciés des randonneurs, mais celui-ci, je savais m'en servir. Il y avait une quantité incroyable de matériel en provenance d'Allemagne de l'Est et de Russie, mais je m'en suis tenu au matériel de l'armée. Achetez américain, c'est ma devise.

Quand je suis retourné à la pâtisserie espagnole, j'ai trouvé Connie assise sur la pelouse près d'un massif de fleurs, en train de boire du jus d'ananas. Quand elle m'a vu, elle s'est levée, elle a brossé quelques brins d'herbe collés à son pantalon et elle s'est dirigée vers moi.

« Pas de problème, elle a dit en montant dans la voiture. Il a acheté l'endroit en 82. C'est dans une petite vallée dans les collines, à la limite entre Santa Barbara et Montecito. J'ai une photocopie du plan et du relevé du cadastre.

— Tu as trouvé à qui il l'a acheté ?

— À une vente aux enchères judiciaire. Elle avait été saisie pour des arriérés d'impôts. Apparemment, les propriétés des riches sont dans la partie basse des collines. Au-dessus, c'est trop difficile de pomper l'eau, les dangers d'incendie sont trop grands, et pas beaucoup de gens veulent y vivre.

— Bon travail. » J'ai regardé ma montre. « On a peut-être une longue nuit devant nous. On va trouver un endroit pour déjeuner, et puis, on ira rendre visite à Mr Rhine.

— Ça me va. » Elle a regardé le siège arrière. « On part en guerre, ou quoi ?

— C'est juste pour passer une longue nuit plus confortablement.

— Tu as vraiment l'intention de passer toute une nuit à surveiller ? Pourquoi ne pas y aller simplement et frapper à la porte ?

— Premièrement, je veux me faire une meilleure idée de ce qu'il y a derrière cette porte. Mon partenaire s'est fait tuer en frappant à une porte, parce qu'on a cru qu'on savait qui était derrière, et on se trompait. » J'ai dit ça sans réfléchir, et j'ai changé de sujet. « De toute façon, ça ne fait pas de mal d'être préparés, comme les boy-scouts. Qu'est-ce que tu aimerais manger ?

— Quelque chose de substantiel, si on doit aller dans les collines sans rien à croquer que du fromage et des biscuits. »

On a trouvé un bon restaurant mexicain près de la 101, et on a fait le plein de tacos, d'enchiladas, de guacamole et, bien sûr, de riz et de haricots roboratifs. On a évité le haut de gamme, les trucs de yuppies comme les fajitas. J'ai trouvé tout ce déjeuner délicieux, mais Connie a trouvé que les plats mexicains de Californie n'étaient pas assez épicés, et que la cuisine tex-mex avait plus de caractère. Ce problème n'a pas eu trop l'air d'affecter son appétit. Nous sommes partis vers les collines, lestés de nourriture traditionnelle hispanique.

CHAPITRE DIX-HUIT

Le statut social et la richesse s'articulaient avec l'altitude des habitations de façon intéressante. Ce qui était considéré comme le Santa Barbara prolétaire était situé sur le terrain plat, au niveau ou près du niveau de la mer. Même dans ces zones, il paraît que le logement était affreusement cher. Les classes laborieuses devaient partager de minuscules appartements aux loyers gonflés, rien que pour être près de ceux pour qui ils travaillaient. Il y avait quelques belles maisons sur le terrain plat, près de la partie ancienne de la ville, mais elles appartenaient pour la plupart à des familles de résidents de longue date, et elles disposaient rarement de grands terrains.

Les belles demeures commençaient au pied des collines ; elles étaient en général situées largement en retrait des routes, cachées par des murs de briques et de hautes plantations, et protégées par des grilles de fer forgé ouvragées. Au fur et à mesure que les collines devenaient plus hautes et plus raides, les domaines devenaient plus grandioses et les prix des propriétés de plus en plus élevés, parce qu'elles avaient des vues à couper le souffle sur le Pacifique et les superbes îles du Canal. Les gens qui vivaient dans ces manoirs s'étaient bagarré pour empêcher l'installation des plates-formes pétrolières dans le Canal : elles gâchaient la vue. Les compagnies pétrolières avaient répliqué. Quand la richesse combat la richesse, la plus grande l'emporte. Dans notre siècle, il n'y a pas de plus grande richesse que le pétrole.

Des petites routes étroites font des lacets le long des pentes et des crêtes de ces collines. Ici et là, on voit de discrètes allées avec des boîtes aux lettres, qui mènent à ces vastes demeures qu'il est pratiquement impossible de voir, sauf d'avion. Dans ces collines, il y a des clubs qui n'acceptent pas les simples stars de cinéma ou la racaille de ce genre. On raconte que quand la sœur du Shah avait voulu acheter une propriété à Montecito, les résidents s'étaient ligués pour l'en empêcher, argent du pétrole ou pas. Montecito n'accueillerait pas en son sein un membre d'une famille royale minable du Moyen-Orient. Le prince Charles, à la rigueur, s'il se conduisait bien.

À mesure qu'on montait, il y a eu pendant un moment comme une corrélation entre l'altitude et la richesse ; les indiciblement riches possédaient des sommets entiers de collines, du haut desquels ils pouvaient toiser les péons. Mais ça s'arrêtait brusquement à une certaine altitude, suivant une ligne de démarcation aussi nette que celle entre la mer et la plage.

Le territoire des riches avait semblé s'étendre à l'infini : une jungle organisée de buissons qui fleurissaient dans une profusion presque obscène tout au long de l'année. Et puis, on a continué à monter et ça s'est arrêté net. Tout à coup, sans avertissement, on s'est retrouvés dans la Californie d'avant l'invention de l'arrosage des pelouses. Le sol était desséché et brun, parsemé de touffes d'herbe drue et de broussailles, avec des ravines profondément érodées envahies par les chênes nains. C'était la Californie primitive, telle que les *dons* l'avaient trouvée. Au-dessus de ce niveau, il n'y avait plus grand-chose, en dehors des stations émettrices de radio et des tours de surveillance d'incendies.

« Je crois qu'on y est », a dit Connie. On s'approchait d'un petit canyon qui coupait le flanc de la colline comme une blessure ouverte. Elle avait une carte dépliée sur les genoux et elle se concentrait sur le fouillis des lignes de niveau, compliquées comme l'empreinte d'un pouce, qui rendent ce genre de cartes si incompréhensibles pour ceux qui n'en ont pas l'habitude.

D'un côté de la route, les collines s'élevaient, raides et dénudées. De l'autre, le terrain s'abaissait brusquement, et on voyait les flancs des collines presque entièrement couverts de jungle, parsemés çà et là de demeures, avec les rectangles de leurs courts de tennis, leurs greens de golf et leurs piscines bleues comme des pierres précieuses. Tout ça encadrait la ville en contrebas dans un théâtre semi-circulaire, au-delà duquel on voyait l'océan impressionnant, les îles et, encore au-delà, rien que des nuages. Quiconque vivait ici avait une vue de milliardaire, et le désert de poussière de l'Oklahoma en guise de terrain.

J'ai tourné dans une allée, j'ai conduit pendant deux cents mètres et j'ai trouvé la barrière, exactement comme Queen me l'avait décrite des jours auparavant, loin d'ici, à Chattanooga. « C'est bien l'endroit », j'ai confirmé. Puis j'ai fait demi-tour. Un instant, j'ai pensé descendre pour chercher des traces de pneu récentes, mais je n'étais pas un pisteur indien. En plus, dans cet endroit, il pleut rarement, et les traces durent aussi longtemps que sur la Lune, sans rien pour les effacer.

« Tu ne veux pas essayer d'entrer ? m'a demandé Connie.

— Non, pas par ici. Vérifie cette carte et trouve le coupe-feu le plus proche. C'est probablement ce qui nous permettra l'approche la plus facile. »

Elle a étudié la carte ; je me suis arrêté en revenant à la route. Il n'y avait pratiquement pas de circulation à cette altitude.

« On en a dépassé un à quatre cents mètres derrière nous, elle a indiqué. Le suivant est huit cents mètres plus loin.

— Bon, on va aller voir le plus proche. »

En Californie du Sud, où il y a souvent des sécheresses et des feux de broussailles et de forêts concomitants, les coupe-feu sont un mode de vie. Ce sont de larges voies débarrassées de leur végétation, qui coupent droit le long des pentes et parfois le long des crêtes des collines. L'idée, c'est que les incendies monteront le long de ces tranchées et que avec un peu de chance, ils ne les franchiront pas. Ça marche quelquefois. En tout cas, ils donnent un accès aux zones en feu pour les pompiers. Ils sont laids et ils détruisent l'aspect, par ailleurs virginal, de ces vieilles collines, mais ils sont nécessaires, et ils sont là depuis si longtemps que les Californiens ne les voient même plus.

Celui qu'on cherchait commençait juste à la route ; il était barré par une chaîne, avec des panneaux pour avertir des conséquences si on essayait de faire de la moto ou de la voiture tout-terrain dans le coupe-feu.

Ces panneaux signalaient aussi qu'il était interdit de faire de la randonnée et menaçaient de punitions terribles ceux qui provoqueraient des débuts d'incendie, pour le cas où on aurait négligé l'interdiction de randonner. Visiblement, il y avait beaucoup de gens qui l'avaient négligée, car un profond sentier creusé par des piétinements contournait cette barrière.

« Qu'est-ce qu'on fait de la voiture ? a demandé Connie.

— On la gare ici. Si on a une amende, on la facturera à Mitch. » J'ai commencé à sortir du matériel de l'arrière. Au bout d'un moment, Connie s'est mise à m'aider.

« On risque un enlèvement.

— Les stationnements ne doivent pas être vérifiés plus d'une fois par semaine par ici. Si ça nous arrive, eh bien, au moins ça descend tout le long du chemin jusqu'en ville si on doit marcher. » J'ai fermé la voiture.

« OK », elle a dit, avec une couverture roulée sur les épaules, et une gamelle attachée à sa ceinture. « Ouvre la route, Jeremiah Johnson. »

Chargé comme elle, avec la Thermos en plus, j'ai contourné la barrière. L'endroit était ombragé par de gros bosquets de chênes nains qui poussaient jusqu'à la barrière, des deux côtés de la tranchée. Il était étonnamment agréable ; il y régnait un bourdonnement continuel d'insectes et une odeur précise de végétation chauffée par le soleil. Les seuls autres sons étaient les bruits très faibles et distants de la circulation.

« Allons-y », j'ai dit, sur un ton que j'espérais résolu, d'homme d'action. J'ai commencé à monter à grands pas.

En peu de temps, mes enjambées se sont transformées en une démarche plutôt pénible. La terre nue de la saignée avait récemment été labourée ou hersée, ou traitée mécaniquement d'une façon ou d'une autre, pour empêcher la végétation de repousser, à notre époque consciente des dangers des herbicides. Le sol friable se retournait et se tassait constamment sous mes pieds, et mes muscles devaient compenser des tensions toujours changeantes. On ne montait pas depuis dix minutes que je transpirais déjà abondamment, bien que la journée ne soit pas particulièrement chaude. J'ai commencé à ressentir de fortes douleurs dans les chevilles et les genoux.

« Pendant que tu jouais à l'intendant militaire de troisième classe, tu aurais dû t'acheter une meilleure paire de chaussures.

— Qu'est-ce qu'elles ont de mal, ces chaussures de jogging ? j'ai dit, alors que je connaissais parfaitement la réponse.

— Pas de maintien de la cheville, pour commencer, et des semelles souples, en plus. Je n'ai pas l'intention de te porter pour rentrer, Treloar.

— Même moi, je sais que c'est une erreur de porter des chaussures neuves pour une longue marche. Il fallait bien que je prenne ce que j'avais. Ça ira, ne t'en fais pas. » Ça, c'était un conseil dont elle n'avait pas besoin. Elle n'avait pas encore commencé à transpirer, et je supposais que son rythme cardiaque, sa respiration et sa tension artérielle n'avaient pas varié par rapport au moment où elle sirotait son jus d'ananas sur la pelouse du tribunal.

« Jusqu'où on monte ? elle a demandé.

— Jusqu'au sommet, je pense. On ne sait pas à

quelle distance se trouve la maison de Rhine, ni si elle est en haut ou en bas du canyon.

— Elle ne peut pas être très élevée, pas si elle a l'eau courante. On ne peut absolument pas faire creuser un puits ici. Je me demande ce que peut coûter une assurance contre l'incendie par ici ? Les bouches d'incendie doivent s'arrêter au niveau des terrains des riches.

— Je suppose qu'on vit tout simplement avec ce risque. » J'ai presque sauté en l'air quand quelque chose a ondulé juste devant mon pied. « Bon Dieu, un serpent à sonnette ! »

Elle a ri. « Non, à moins qu'ils n'existent en noir, par ici.

— On est en Californie du Sud ici. Les serpents à sonnette customisés ne sont pas à exclure. »

On a grimpé pendant encore vingt minutes et la crête paraissait presque à portée, mais pas encore tout à fait. « On s'arrête un moment, j'ai dit en m'asseyant. On n'est pas à la minute.

— Eh bien ? Pourquoi on s'arrête maintenant ?

— Tu es surentraînée, moi pas. Je peux faire du jogging civilisé, mais ça, c'est une autre affaire. » Elle s'est assise à côté de moi, et on n'a rien dit, pendant que je reprenais mon souffle et que la sueur séchait lentement sur mon corps. On était si haut maintenant, que même les faibles bruits de la circulation avaient disparu. Pendant un moment, on a entendu le bruit d'un hélicoptère qui était trop loin pour qu'on le voie, puis même ce son a disparu, et on n'a plus entendu que les insectes. L'air était totalement immobile. L'immense étendue d'océan très loin au-dessous de nous ressemblait à un tableau, et la ville miniature à une vision onirique.

« Des gens ont traversé mille cinq cents kilomètres de désert et de montagnes comme celle-ci pour venir ici, a dit Connie au bout d'un moment. Pourquoi ?

— Les Espagnols sont venus pour la terre, et les Anglo-Saxons pour l'or. Le cinéma et l'immobilier sont plutôt récents, je crois.

— On aurait dû apporter des batées. On aurait pu chercher de l'or en chemin.

— Je crois qu'il faut de l'eau pour ça. La seule eau qu'il y a ici, c'est celle qu'on transporte. » Je me suis redressé péniblement sur mes pieds douloureux. « Viens, on ne peut pas rester assis comme ça toute la journée. »

Comme je m'y étais attendu, le coupe-feu continuait le long de la crête de la montagne. Une courte marche le long de celle-ci nous a amenés à la fissure du canyon.

« Ça doit être ça. Le fond du canyon est envahi de végétation, et il y a probablement plein de serpents, de tarentules, de scorpions et tout un assortiment de bestioles sauvages. On va longer la crête. Ce sera plus facile de marcher, aussi.

— Ce sera plus facile de nous voir, aussi, elle a objecté.

— Mais personne ne nous cherche. En plus, ces collines sont toujours pleines de randonneurs, je ne comprendrai jamais pourquoi d'ailleurs.

— Laisse-moi descendre en premier. Comme ça, je pourrai te rattraper si tu tombes. »

Descendre ne s'est pas avéré beaucoup plus facile que monter. Ça sollicitait d'autres muscles et c'était même encore plus dur pour les chevilles — pour les miennes en tout cas. Connie, avec ses lourdes chaussures, faisait comme si elle se promenait sur Rodeo Drive. De la comédie, j'ai pensé, pour faire ressortir à quel point j'étais un vieux minable décrépit.

« Attends », elle a dit. On était arrivés à un épais buisson de plantes à l'air méchant, tout en épines et en feuilles sèches et poussiéreuses qui faisaient éternuer. « Il y a une maison en bas. »

Je me suis approché du taillis et j'ai regardé avec précaution. À environ cent mètres en contrebas, il y avait une maison de pierre et de rondins avec des fenêtres qui semblaient récupérées d'une maison bien différente. Mais ce n'était pas un taudis, l'ensemble était assemblé magistralement et se confondait avec le flanc du canyon, au-dessus de la ligne de crête, comme un animal du désert prenant le soleil sur un rocher. Sur le flanc de la colline, juste au-dessus de la maison, il y avait une installation d'antenne satellite, sans doute l'émetteur dont Queen avait parlé. Un porche couvert courait sur trois côtés de la maison.

Derrière la maison, il y avait une zone de parking excavée du flanc de la colline, pavée de dalles de grès, avec une extrémité couverte d'un toit de bardeaux, supporté par des poteaux de rondins écorcés. Une Land Rover poussiéreuse était garée dessous, avec un câble proprement enroulé sur le tambour d'un treuil monté sur son pare-chocs avant. Contrairement à tant de véhicules tout-terrain, celui-ci avait l'air de beaucoup servir.

« C'est ici ? » a demandé Connie à voix basse. Le son portait vraiment dans ces canyons.

« Ça doit être ça. Je ne pense pas qu'il y ait assez

de place pour une autre maison entre ici et la route, on la verrait. Et l'antenne est où Mitch a dit qu'elle était.

— Je ne vois pas de fil de téléphone arriver à la maison, il n'y a qu'un câble électrique. Il doit utiliser l'antenne aussi pour le téléphone.

— C'est ça, la classe. » Il y avait une petite zone sablonneuse, à peu près plate, juste derrière le buisson à l'air méchant. J'ai laissé tomber ma couverture et j'ai posé la Thermos dessus. « On peut s'installer, j'ai dit, on va attendre un moment. »

Elle n'a pas discuté. « Combien de temps ? elle a demandé en étendant sa couverture sur le sol.

— Jusqu'à ce qu'il fasse nuit, au moins. Je veux me rapprocher, mais je ne veux pas qu'on me voie. » J'ai grimacé légèrement en regardant vers l'ouest. On était trop loin dans le canyon pour voir l'océan, mais le soleil touchait déjà le sommet des collines vers l'ouest. « Il fera sombre dans deux heures. On va se reposer et récupérer. »

Au moins, elle n'a pas fait de remarque futée sur le fait que j'avais bien plus besoin de récupérer qu'elle. Au bout de quelques minutes, on s'est retrouvés à l'ombre, et la température a baissé. J'ai eu un peu froid à cause de la sueur qui s'évaporait de mes vêtements, mais après les efforts de l'escalade et de la descente, ça faisait du bien.

« Qu'est-ce que… » Elle s'est interrompue, car le bruit d'un véhicule qui se rapprochait nous est parvenu du canyon. On s'est approchés furtivement et on s'est allongés pour observer à l'abri du buisson. Quelques secondes plus tard, le véhicule est apparu. C'était un Bronco rouge, et, d'après le bruit laborieux du moteur, il avait la propulsion sur les quatre roues, alors que la nature du terrain ne semblait pas le justifier. Il avait l'air tout neuf et son pare-chocs avant arborait encore une plaque d'immatriculation temporaire. Il s'est arrêté devant la maison.

« Bon sang ! j'ai marmonné. J'ai oublié d'apporter des jumelles.

— Tu parles d'un commando. » Elle a sorti une superbe petite paire de jumelles Zeiss de son sac et me l'a tendue. J'ai regardé, en réglant la focale. Quand le conducteur est sorti du 4 x 4, l'image était nette. C'était Mitch Queen, et il n'avait pas l'air content. Je voyais sa bouche remuer. En fait, je me suis dit qu'il n'aurait pas ressemblé à Mitch si sa bouche n'avait *pas* remué. Même à cette distance, je pouvais entendre sa voix, bien que je ne puisse pas distinguer ce qu'il disait. Il s'est tu et a eu l'air d'écouter pendant que quelqu'un répliquait, mais ce quelqu'un ne parlait pas assez fort pour que je l'entende, ou bien la maison arrêtait le son de sa voix.

J'ai déplacé mon champ de vision pour voir l'autre homme, mais, à cause de l'aplatissement de la perspective, tout ce que je pouvais voir, c'était le toit et deux côtés de la maison. Quand je suis revenu à Mitch, il était en train de se réinstaller derrière le volant. Il a fermé la portière, il a démarré et il s'est dirigé vers l'arrière de la maison.

Connie m'a tapé sur l'épaule impatiemment, et je lui ai passé les jumelles à regret. Pendant qu'elle scrutait à travers, j'ai regardé Queen sortir et décharger des choses de l'arrière de la voiture. Il y avait deux sacs d'épicerie et une boîte en carton ; il a fait la navette pour les porter dans la maison par la porte de derrière. En dernier, il a transporté deux caisses d'environ un mètre de long. Ensuite, il a conduit le Bronco sous l'abri du garage. Il est rentré à l'intérieur et la porte a claqué derrière lui. L'autre homme ne s'est pas montré. Connie a décollé les jumelles de ses yeux et on s'est reculés. La lumière baissait de minute en minute.

« Eh bien, on a localisé Queen maintenant, a dit Connie. Il a fait des courses chez Von's si ça t'intéresse. Certainement des provisions. Apparemment assez pour un long siège ou pour une courte fête. Est-ce que tu as pu voir l'autre type ?

— Rien du tout. Dès qu'il fera sombre, je vais m'approcher et essayer de jeter un coup d'œil à l'intérieur. »

Elle m'a regardé d'un air dubitatif. « Il vaudrait peut-être mieux me laisser y aller.

— Je peux le faire, j'ai insisté. Je ne suis pas tout à fait au mieux de ma forme, c'est tout.

— Bon, admettons, pour le moment. Mais ce gars a l'air d'un paranoïaque de première grandeur. Il joue peut-être tout le scénario insensé du vétéran-du-Vietnam-caché-dans-le-parc, avec des fils tendus et des boîtes de conserve tout autour de son repaire. Il a l'air d'être branché haute technologie, dans ces parages plutôt rustiques. Il pourrait y avoir des senseurs par ici.

— Dans ces collines ? Écoute. » On commençait déjà à entendre des sortes d'aboiements venant du haut du canyon, à mesure que l'obscurité descendait. « C'est des coyotes. Dans les villes en bas des collines, ils descendent pour faire des raids dans les poubelles. Il y a des ratons laveurs, des opossums, plein de bestioles nocturnes. S'il installait des dispositifs d'alerte, il ne pourrait jamais dormir.

— OK, c'est ton rendez-vous. » Elle s'est étendue sur la couverture. « Je vais essayer de dormir un peu. Ça va être une longue nuit. Réveille-moi s'il se passe quelque chose d'intéressant. »

J'ai dévissé le bouchon de la Thermos et je me suis versé une tasse de café. Il était chaud, ce que j'apprécie, et sans sucre, ce que je n'apprécie pas, mais j'en avais besoin pour rester alerte, pas pour le plaisir gustatif. Connie respirait déjà profondément avant même que j'aie bu ma première gorgée. Les gens qui ont une telle santé peuvent être déprimants, mais moi, ça ne me dérangeait pas. Après tout, il n'y a pas beaucoup de gens qui m'auraient accompagné dans cette randonnée idiote dans les collines pour une nuit de surveillance sans en faire tout un plat. Surtout après les deux violentes peurs qu'on avait eues à Saigon. Si elle voulait être Superwoman, ça me convenait parfaitement.

La lune s'est levée, argentée et aux trois quarts pleine. Les coyotes ont jappé joyeusement à son apparition. De temps en temps, j'entendais des glissements et des bruissements dans les herbes. Au-dessus de moi, des chauves-souris voletaient entre moi et la lune, parfaitement silencieuses, chassant les insectes de nuit avec l'efficacité sans remords acquise au cours de millions d'années d'évolution. Bon, de centaines de milliers d'années, en tout cas. Je ne m'y connais pas terriblement en matière de mammifères ailés.

Loin de la pollution lumineuse de la ville, la lune était extraordinairement brillante ; elle projetait des ombres nettes et claires et sa lumière était presque assez intense pour permettre de lire des petits caractères. Je trouvais que cette expérience avait quelque chose de très satisfaisant. J'avais plaisanté sur la communion avec la nature. Je suis vraiment un citadin. Mais après tout, ces amateurs de montagne connaissaient peut-être des plaisirs qui m'échappaient. C'était incroyablement apaisant de s'asseoir simplement et de méditer, environné seulement de sons naturels. J'ai décidé de tenter à nouveau l'expérience un jour, en dehors du travail.

Connie s'est réveillée au bout de deux heures. Elle s'est redressée, a secoué la tête et a pris sa gourde. Elle a pris une gorgée d'eau pour se rincer la bouche, l'a recrachée, puis elle s'est levée. « Je reviens dans une minute », elle a marmonné. Elle est revenue quelques instants plus tard, en rajustant ses vêtements. « Bon, alors quoi maintenant ? » Elle avait l'air bien réveillée.

Je lui ai tendu la Thermos. « Du café ?

— Non, non. Je déteste ça.

— Alors, tu te sens prête à ramper discrètement pour descendre vers la maison ?

— Bien sûr, elle a dit joyeusement. Est-ce qu'on ne devrait pas se peindre la figure en noir ou un truc de ce genre ?

— Est-ce que tu as apporté du maquillage noir ?

— Non.

— Moi non plus. Il faudra s'en passer. Allez. Je vais me déplacer lentement. On a tout le temps. Si on fait du bruit, il n'y a qu'à espérer qu'ils penseront que c'est un animal. Si quelqu'un sort, tu fais semblant d'être un rocher. »

Précautionneusement, j'ai commencé à descendre le long du flanc du canyon. Les vieilles leçons me sont revenues sans effort conscient. Elles étaient enregistrées, elles avaient attendu toutes ces années pour ressortir. Je levais haut les pieds, je les reposais sur le côté et je les basculais vers l'intérieur. Je n'étais pas parfaitement silencieux, mais je ne faisais pas de bruits qu'on aurait pu entendre à trois mètres de moi. Connie, derrière moi, était aussi silencieuse qu'une ombre. Ou alors, c'est que mon ouïe n'était plus aussi fine qu'autrefois.

Ça nous a pris environ vingt-cinq minutes pour négocier les cent mètres de la pente. On a fait une pause derrière l'antenne. Un câble aussi épais que mon index allait de la boîte située à sa base jusqu'à la maison. La partie émettrice au centre de l'antenne était pointée comme un bâton vers les cieux, comme si quelqu'un essayait de communiquer avec une autre planète. C'était peut-être le cas.

Il y avait de la lumière dans la maison, mais on ne la voyait que sur les bords des rideaux tirés. On s'est approchés lentement et on a commencé à contourner la maison. Toutes les fenêtres étaient fermées et les rideaux tirés. On entendait des voix étouffées et des sons provenant d'une chaîne stéréo. Quand on a été tout près de la maison, j'ai entendu les Byrds chanter « Turn, turn, turn ». Ça ne facilitait pas les choses pour distinguer la conversation. La voix de Queen était facilement reconnaissable. L'autre n'était qu'un marmonnement.

On était près de la partie de la maison orientée en gros vers le nord. Lentement, j'ai commencé à en faire le tour, en marchant en canard. Je devais serrer les dents pour supporter la douleur que ça provoquait dans mes genoux déjà bien fatigués. Ils grinçaient en signe de protestation.

L'arrière de la maison n'était pas plus révélateur. Une ligne électrique partait de l'angle sud-ouest de la maison et s'étirait jusqu'à un poteau à cinquante mètres de là, plus bas dans le canyon. J'ai vu un tuyau d'arrosage relié à un robinet extérieur. Ça voulait dire qu'il y avait une conduite d'eau enterrée. Il n'y avait pas trace de plantations, alors j'ai supposé qu'il l'utilisait pour laver la Land Rover.

Ce n'était pas mieux sur la façade sud de la maison. Une autre fenêtre aux rideaux fermés. J'ai pu entendre qu'ils se disputaient, mais la seule voix reconnaissable restait celle de Queen, à part celle de Petula Clark. Elle chantait « Say a Little Prayer ».

Sur le côté est, il y avait un large escalier qui descendait du porche jusqu'à l'allée. L'allée elle-même n'était qu'une sorte de cul-de-sac, avec assez de place pour qu'une voiture puisse faire demi-tour sans reculer, et un tronçon qui se dirigeait vers l'arrière de la maison. Il n'y avait guère de place dans ce petit canyon, le sol montait abruptement juste au bord de l'allée. Si Rhine aimait la tranquillité, ici, il était servi.

J'ai fait signe à Connie et on a commencé à remonter vers notre point d'observation. J'entendais les Credence Clearwater chanter « Bad Moon Rising ».

On est remontés rapidement et en silence. Je commençais à prendre le coup. Je me suis affalé sur les couvertures, j'ai attrapé la Thermos et j'ai dévissé le bouchon.

« C'était amusant », a dit Connie en s'asseyant à côté de moi. Elle a plongé la main dans son sac et elle en a sorti une bouteille de jus de fruits. « Je comprends pourquoi vous les hommes vous entrez dans ce truc — reconnaissances de nuit, longues patrouilles, opérations en montagne. Je commence à comprendre comment fonctionnent les amitiés viriles. Bon, à part un concert de bonnes vieilles chansons, qu'est-ce qu'on a récolté ?

— Pour commencer, on peut être à peu près sûrs qu'ils ne sont que deux là-dedans : Mitch et un auditeur très patient. Ils ont l'eau et l'électricité. Il n'y a pas de chien. Et ils attendent des visiteurs.

— Comment ça ?

— Ces fenêtres sont pratiquement aveuglées. Rhine ne vit pas ici parce qu'il hait la nature, donc, il ne cherche pas à la cacher. Il n'est pas tracassé non plus par l'idée que des voisins ou des passants regardent par ses fenêtres, c'est évident. Il évite simplement de servir de cible rétro-éclairée.

— Alors, pourquoi ne pas installer d'appareil de détection ? S'il s'attend à une attaque cette nuit, il aurait pu en installer quelques-uns, et au diable les coyotes.

— Bonne question. Une embuscade, c'est ce qui vient tout de suite à l'esprit.

— Alors, ils essaient de nous foutre dedans ?

— Nous ou quelqu'un d'autre. Je ne veux pas que ce soit nous. Alors on attend ici que quelqu'un d'autre arrive.

— On pourrait attendre longtemps.

— Tu as quelque chose de mieux à faire en ce moment ? On est payés de la même façon quel que soit le temps que ça prendra.

— Ça m'en a tout l'air. Tu aimes ça, hein, Gabe ? » Elle m'a fait un de ses rares sourires.

J'y ai réfléchi. « Ouais, je suppose. J'ai l'impression de passer la plus grande partie de mon temps à compter les jours. Dans ce métier de privé, je suis presque toujours à la machine à écrire ou au téléphone. Ça me manque, de ne pas être dans la rue, pour faire du vrai travail de flic. » J'ai encore bu un peu de café. « Et on m'a fait marcher, dans cette affaire. Je n'aime pas qu'on me mène par le bout du nez. Il est temps que je fasse les choses à mon idée. » Je me suis tourné vers elle et j'ai souri. « Et puis, bon sang, de temps en temps, je ressens le besoin de faire quelque chose de stupide, d'autodestructeur et de suicidaire. Si je sors vivant des prochaines heures, je me sentirai très bien pendant des semaines. J'en suis au point où il m'en faut beaucoup pour prendre mon pied, à mon âge. »

Elle a souri à son tour. « Tu sais, Treloar, quand cette histoire a commencé, j'ai pensé que tu étais plutôt conventionnel. Je veux dire, tu es plutôt lent et décontracté et, pour être honnête, tu avais l'air si accommodant que je te croyais carrément passif. Mais depuis Saigon, je t'ai vu sous un nouveau jour. Tu es vraiment étrange, Gabe.

— Eh bien, je suis content qu'il fasse trop sombre pour que tu me voies rougir. On ne me fait pas des compliments de ce genre tous les jours.

— Non, je le pense. Ce que tu as fait avec la grenade à l'hôtel, ça m'a impressionnée, Gabe. Et je ne veux pas faire de mélodrame, mais quand Hacker et Starr m'ont enlevée, je ne m'attendais pas vraiment à ce que tu viennes me chercher de toi-même, mais tu l'as fait. C'était stupide, mais c'était vraiment chevaleresque. Je m'en rends compte. Et maintenant, tu t'attends à de la bagarre ici, non ?

— Il y a des gens qui ont été tués. Et ces deux-là,

en bas, Mitch et Rhine, ont manœuvré pour amener cette affaire à son point culminant ici. J'ai l'intention de m'en mêler, mais à ma façon, pas à la leur.

— Et tu n'as même pas de pistolet.

— T'en as un, toi. Tu me protégeras, non ?

— Pauvre type. » Elle m'a attrapé les oreilles, a tiré ma tête d'un coup sec vers le bas et m'a embrassé. Mes mains ont agrippé sa taille, sous sa chemise de safari.

Je me suis reculé une seconde. « Tu veux dire que tu n'as pas oublié cette dernière nuit à Saigon ?

— Disons simplement que j'envisage toujours notre avenir. Et ne va pas tirer des plans sur la comète maintenant. Rappelle-toi que tu n'as pas encore vu mes enfants.

— Comme tu l'as dit, on a tout le temps. » Cette fois, ma bouche est descendue vers la sienne. Lèvres généreuses, grandes dents, et beaucoup de langue — c'était une sacrée combinaison. Puis elle s'est écartée.

« Allez, c'est assez. Je prends un tour de garde. Dors un peu. »

Autant pour le manquement au devoir.

Quand Connie m'a réveillé, la lune était presque couchée, et le ciel se teintait de gris. On approchait de l'aube et elle était restée de garde pendant deux heures, en me poussant du pied chaque fois que je me mettais à ronfler.

« Gabe ! elle a soufflé. Réveille-toi. Il y a quelqu'un là-dehors ! »

J'ai roulé sur la couverture pour me mettre sur le ventre et j'ai rampé jusqu'à elle, en utilisant les coudes et les genoux, exactement comme on me l'avait appris pendant mes classes.

« Où ça ? » j'ai chuchoté. Elle m'a passé les jumelles et m'a montré l'antenne. J'ai pointé les jumelles dans cette direction et j'ai mis au point. J'ai repéré une forme mouvante, visible uniquement parce qu'elle bougeait. C'était un homme habillé de sombre, genre commando. Ses mains et sa figure étaient noircis, ou il portait une cagoule et des gants. Comme Connie et moi tout à l'heure, il se déplaçait silencieusement, accroupi, les genoux très repliés, plaçant ses pieds avec précaution. Il avait dans une main un objet d'environ soixante centimètres de long.

« La fête commence, j'ai dit.

— Qu'est-ce qu'il fait ?

— Je ne sais pas encore. » Je ne voyais aucune lumière filtrer autour des rideaux. Ils dormaient ou ils attendaient.

L'homme s'est glissé jusqu'à l'antenne et il a manipulé le truc qu'il avait à la main, qui s'est ouvert en forme de V. Il a empoigné les extrémités et l'a placé contre quelque chose sur le sol. D'un mouvement brusque, il a rapproché ses mains. Apparemment satisfait de son travail, il s'est éloigné de l'antenne en reculant, puis il s'est retourné et il est reparti d'où il était venu, en se déplaçant aussi prudemment qu'auparavant.

« Il a coupé le câble de l'antenne, j'ai dit en abaissant les jumelles.

— Et le câble électrique ? »

J'ai relevé les jumelles et j'ai regardé à travers. La ligne était toujours tendue entre la maison et le poteau. « Pas à proximité de la maison. Il peut avoir été coupé plus bas dans le canyon. Je voudrais bien le savoir. Ça pourrait être important.

— Pourquoi ?

— Ils ont coupé les communications. S'il ont coupé aussi l'électricité et l'eau, ça pourrait vouloir dire qu'ils vont attendre, assiéger la maison, peut-être négocier sur la question qui provoque toute cette bagarre. S'ils veulent tout simplement que personne ne puisse appeler, ça veut dire qu'ils vont attaquer, tuer tout le monde, et foutre le camp en vitesse.

— Ouais, je suppose que ce serait agréable de savoir ce qui va se passer », elle a dit d'un ton songeur. Et puis elle s'est vivement retournée, parce que je me levais. « Hé ! qu'est-ce que t'as l'intention de faire ?

— Il faut que je descende. Que je les avertisse. » Je me redressais et je m'étirais pour faire passer les courbatures de mon dos et de mes jambes.

« Pour quoi faire bon sang ? elle a dit, exaspérée. Ils ont organisé ça ! Laisse-les s'en débrouiller !

— Je travaille pour Mitch.

— Et il t'a pris pour un imbécile, un pigeon. Tu lui dois rien.

— C'est quelque chose qui remonte à loin. Je ne pourrais pas le décrire. C'est le sang, le pain et le sel. »

Elle m'a regardé, sans voix, et elle a secoué la tête. « J'avais tort. Je ne comprendrai jamais, *jamais* les gens comme vous ! » Elle a fouillé dans son sac. « Tiens, prends ça avec toi. » Elle m'a tendu son pistolet.

Je l'ai coincé dans ma ceinture, sous ma chemise. « Continue de surveiller les abords. Si tu vois que les ennuis vont commencer, tire-toi d'ici et va chercher de l'aide. Si tu repars par le chemin qu'on a pris à l'aller, on ne te verra pas.

— Pas question. Ça me prendrait une demi-journée de revenir à la crête et de redescendre le long du coupe-feu. Je monterai tout droit, par-dessus cette crête. » Elle a montré le flanc de la colline derrière nous. « Le coupe-feu est tout près, de l'autre côté. C'est du terrain difficile, mais j'irai beaucoup plus vite comme ça. »

J'ai scruté la pente, en direction de la crête. Dans la lumière encore faible, on la voyait à peine. « Je ne sais pas. Tu ne seras pas beaucoup à couvert. On pourrait te voir d'en bas.

— Ouais, et je me déplacerai sacrément vite. » Elle s'est levée et m'a entouré de ses bras. « Vas-y, idiot. Il commence à faire jour. Si tu te fais tuer, je ne te le pardonnerai jamais. » Elle m'a fait faire demi-tour et m'a poussé entre les épaules pour me mettre en route.

Je me suis arrêté et je me suis retourné. « Je voudrais qu'on se soit rencontrés beaucoup plus tôt.

— Vas-y ! » elle a soufflé. J'ai cru voir des larmes dans ses yeux, mais il faisait trop sombre pour en être sûr.

Puis je l'ai chassée de mes pensées, parce qu'il le fallait. Quand on est en mission, on doit consacrer toute son attention à la mission, ou bien on meurt, et tout le monde meurt. J'ai balayé le terrain du regard, à la recherche de mouvement. Quand il fait sombre, les yeux réagissent d'abord au mouvement, ensuite aux formes. Les couleurs ne comptent pas du tout. J'ai tendu l'oreille pour écouter si des véhicules s'approchaient, mais je n'ai rien entendu. Même les oiseaux dormaient encore.

Je me suis accroupi, et je me suis glissé d'un fourré à un autre. Si un tireur isolé était là-dehors avec un viseur photomultiplicateur, il pourrait me voir, mais je comptais sur le fait qu'ils concentraient leur attention sur la maison. Quand mon camouflage de broussailles a disparu, j'ai bondi vers l'angle nord-est de la maison. La cible que j'avais entre les omoplates me brûlait de la même façon qu'à Saigon, plus de vingt-cinq ans auparavant.

J'ai couru à la porte de derrière et j'ai frappé. « Ne tirez pas et ouvrez. C'est Treloar. Il y a Charlie dans les barbelés là-dehors ! »

La porte s'est ouverte, j'ai foncé à l'intérieur et je l'ai claquée derrière moi.

« Gabe, mec ! C'est sympa de ta part de te joindre à nous ! » Queen souriait. Je l'ai empoigné par le devant de sa chemise et je l'ai écrasé brutalement contre le mur ; il devait presque se tenir sur la pointe des pieds.

« Espèce de salopard ! Qu'est-ce que t'as trafiqué ? Pourquoi tu m'as menti ?

— Je vais t'expliquer, Gabe. Hé, j'vais tout t'espliquer ! » Je ne sais pas pourquoi, il a sorti son imitation de Ricky Ricardo.

« Fais vite, trou du cul, ou je te tue avant que ceux qui sont dehors arrivent.

— Allons, mes amis, a dit une voix, restons bienséants. » Martin Starr se tenait là, dans l'encadrement de la porte d'une petite chambre. Il portait ce genre de pantalon de coton blanc apprécié des spécialistes des arts martiaux. Il n'avait ni chemise ni chaussures. Son corps était aussi mince et tendu que celui d'un gymnaste de vingt-cinq ans, et il était couvert de dizaines de vieilles cicatrices.

J'ai pointé un doigt dans sa direction. « Je veux

écouter ton histoire, mais plus tard ! Tu n'es qu'un complice. Ce fumier m'a trahi !

— Ne dis pas des choses que tu pourrais regretter plus tard, Gabe, a dit Mitch en levant les mains en signe d'apaisement. J'ai fait ce que je devais faire, et je suis sûr que tu te rendras compte que c'était la seule chose à faire dans ces circonstances.

— Je peux t'offrir du thé, Gabriel ? » a demandé Starr.

Je me suis retourné, en maintenant toujours Queen contre le mur. « Du café, si t'en as. Un de ces types est venu sectionner ton câble d'antenne. Tu es coupé du resté du monde, Martin.

— Je suis coupé du monde depuis trente ans, il a dit en allumant un petit fourneau à gaz. Je n'ai rien à dire au monde extérieur. J'ai coupé tous les contacts. Bientôt, les derniers acteurs de ce petit drame seront ici et nous mettrons un point final à une pièce qui a duré bien trop longtemps.

— Gabe, est-ce que tu vas me lâcher, pour qu'on puisse parler comme des gens civilisés ? »

J'ai relâché Mitch et je suis allé m'asseoir à une table. Comme tout le reste dans cette petite maison, elle était magnifiquement fabriquée en bois clair amoureusement poli. J'ai passé mes doigts sur sa surface incroyablement lisse. Starr ne regardait pas dans ma direction, mais il a eu l'air de deviner ce que je faisais.

« Elle a été fabriquée par des Shakers, comme les chaises. Pour eux, le travail du bois était un acte de foi et de dévotion. C'est dommage qu'ils aient disparu avant ma naissance, à cause de leur célibat forcé. Ils devaient être des maîtres zen d'une certaine façon. Une chose étrange en Amérique.

— Tu vois, Gabe, a dit Mitch en s'asseyant en face de moi, l'année dernière, j'ai eu des petits problèmes. Rien de bien grave, seulement une sorte de trou financier.

— Je croyais que tes films gagnaient des millions.

— C'est vrai. Malheureusement, quelques-uns de mes partenaires dépensent encore plus de millions. En tout cas, sur mon dernier film, j'ai travaillé avec un réalisateur qui croyait que la plus grande partie du budget était destinée à ses gonzesses et à sa coke, j'ai eu un financier engagé dans une grosse partie du budget qui est tombé en faillite avant d'avoir payé sa part, et un comptable — il s'appelait Arminius von Ribbentrop, tu te rends compte ? — qui me présentait des comptes équilibrés malgré tout ça, parce qu'ils étaient entièrement bidonnés et que l'argent partait en réalité sur son compte numéroté en Suisse. Je t'avais dit qu'on ne voyait pas beaucoup de grosses escroqueries dans ce métier, tu te rappelles ? Eh bien c'est vrai, mais ce qui est vrai aussi, c'est que beaucoup de petites escroqueries peuvent s'additionner. »

J'écoutais, tout en regardant autour de moi. L'intérieur était sobre mais beau ; le plancher et les lambris de pin étaient aussi harmonieux que l'extérieur était désordonné. Il n'y avait pas de tapis. Les seules décorations étaient des rouleaux chinois et une paire de sabres japonais, un long et un court.

« Ce n'est pas comme si ce qui est arrivé était de ma faute, mais, à Hollywood, les choses se savent vite. Je me targue de mener mes productions d'une main ferme, et cette histoire a donné l'impression que je perdais ma poigne. Les gens commençaient à ne plus répondre à mes coups de téléphone, Gabe !

— Tu crois vraiment que je vais te plaindre pour ça ?

— Le choc des systèmes de valeurs est toujours un sujet délicat, même à l'intérieur de notre propre culture, a dit Starr. Vous voyez pourquoi il y avait si peu de bases de compréhension entre nous et les Vietnamiens ?

— Alors, quand Jared Rhine en personne m'a contacté, j'ai sauté sur l'occasion. Je veux dire, tout est pardonné quand on a un super scénario.

— Et tu as continué quand tu as vu que c'était *lui* ? » J'ai à nouveau montré Starr du doigt. Il apportait des tasses fumantes sur la table.

« En réalité, je ne l'ai pas reconnu tout de suite, Gabe. Je veux dire, le Têt, c'était il y a longtemps, on s'est vus brièvement, et on avait plein d'autres choses à faire cette nuit-là. Reconnais-le, Gabe. Tu l'aurais reconnu si tu n'avais pas été justement en train de penser à lui ?

— Il n'a pas beaucoup changé.

— Il n'est plus le jeune homme qu'il était, et nous non plus. Quelque chose me paraissait familier chez lui, mais ce qui m'intéressait vraiment, c'était le script. Je le considérais comme un auteur marginal parmi d'autres. Il y en a plein dans la profession.

— Je n'ai pas trouvé que le script était si génial que ça.

— Ouais, mais tu n'en as vu que la moitié, a dit Queen. Et tu ne sais pas lire cinématographiquement.

— La moitié ? Tu veux dire que ce truc est supposé durer presque huit heures ?

— Un peu plus de sept heures et vingt minutes, a dit Queen. En fonction de la façon dont on traite l'image.

Tu aurais dû voir le script original de Towne, pour *Greystoke*. Ce truc aurait été encore plus long ! Bon, bon, je l'admets : la *Rue Tu Do* a besoin d'un peu de révision.

— Je n'aurais accepté aucune coupure, a dit Starr. On n'améliore pas le *Mahabharata* en le raccourcissant.

— Tu parles comme si tu avais toujours l'intention de faire ce film, j'ai dit, étonné.

— Pourquoi pas ? a dit Queen. On règle notre petite affaire ici, et il n'y a pas de raison pour qu'on ne trouve pas un autre montage financier. Il y a plein de gens dans la profession qui veulent participer à ce projet.

« Comme je te disais, Jared, c'est-à-dire Martin, me branche sur ces jeunes et leur procédé magique de rajeunissement et je décide qu'il me faut absolument ce film, mais il veut aussi se charger de choisir le financement. Bon, ça, c'est sans précédent, mais il me tient par les couilles, tu comprends ? Alors j'accepte. On se met d'accord sur Schuster et les gars de la Paramount, mais il veut que je contacte ce connard de Morris, qui apporte du fric, et il veut que je convainque Morris d'amener ce blanchisseur d'argent…

— Armitage, j'ai dit en interrompant son flot de paroles.

— Exactement.

— Et tu ne lui as pas demandé pourquoi il voulait Armitage ?

— Pour quoi faire ? » Il semblait sincèrement surpris.

« Laisse tomber. Quand as-tu compris qui était Jared Rhine ?

— À peu près deux jours après l'avoir rencontré pour voir le script. Tu sais, on accumule des petits faits dans sa mémoire ; ils s'organisent dans le subconscient et ils s'assemblent tout d'un coup, *clic clac* ?

— Je connais ça.

— Eh bien, cette nuit-là, je me suis réveillé en sursaut en pensant que c'était *là-bas* que j'avais déjà vu ce gars. Maintenant, il faut que tu comprennes mon raisonnement, Gabe. Avec un passé comme le sien, il n'allait sûrement pas utiliser son vrai nom, pas vrai ? Et malgré ses péchés de jeunesse, ce qui est sûr et certain, c'est qu'il a une bonne réputation en tant que scénariste depuis ces dernières années. Est-ce que je devais retenir son passé contre lui ? Ce n'est pas américain, ça ! »

J'ai regardé Starr. « Tu parles d'un crack ! Il écrivait des scénarios de kung-fu pour les usines à films de Hongkong. C'est probablement lui qui a tué Bruce Lee !

— Je me suis retrouvé en Asie, à ne pas trop savoir quoi faire, et le cinéma m'avait toujours attiré, en bon Américain pur jus que j'étais. J'ai trouvé que les films d'arts martiaux reflétaient bien la façon dont j'avais vécu.

— Tout le monde doit bien commencer quelque part, Gabe.

— Mais, pourquoi ces menaces stupides ? j'ai demandé à Starr.

— C'était pour que Mitchell ait une excuse pour t'engager. J'étais sûr que tu voudrais être dans le coup.

— Pourquoi ? » j'ai demandé. J'étais si totalement ahuri à ce stade, que j'avais cessé d'espérer une forme quelconque de logique. Je ne voulais plus que des réponses, même si elles n'avaient aucun sens.

« Je savais que Gresham et ses complices asiatiques allaient s'en prendre à Nguyen Duc, et que ton honneur exigerait que tu le venges.

— Une minute. Tu savais que Duc était mon beau-frère ?

— Je reste en contact avec mes vieux amis, Gabriel. J'ai suivi ta carrière de loin.

— Et tu ne pouvais pas avertir Duc ? »

Il a bu une gorgée de thé. « Je n'avais pas le droit de me mêler de son karma. Vraiment, c'est une tragédie pour un homme de survivre à sa guerre, comme nous l'avons tous fait. Toutes nos vies ont pris un nouveau cours lors de cette nuit capitale en 68. Il aurait peut-être mieux valu qu'on meure tous à ce moment-là. On a tous fait des choses dont on devrait avoir honte, dans les années qui ont suivi.

— Hé, parle pour toi, Martin », a dit Mitch.

Starr l'a ignoré. « J'ai un sens profond de la symétrie, Gabriel. C'est peut-être à cause de mes années passées en Asie, le yin et le yang, la roue du temps, cette sorte de choses. C'est une qualité importante pour un scénariste. Depuis des années, je pense que, pour conduire ces événements à une conclusion adéquate, on devait se retrouver à nouveau tous les quatre ensemble.

— Saigon, j'ai dit. L'attaque à la grenade. C'étaient les amis de Gresham ? » Je ne m'intéressais pas à la vision du monde extravagante de Starr. Je voulais des faits.

« Je ne crois pas que tu aurais survécu, si ça avait été le cas, a dit Starr. Non, le pauvre Nguyen Chi Than est un homme effrayé, encore un revenant de la guerre. Il a parlé à ses amis, et l'un d'entre eux a pensé que tu pouvais provoquer trop de problèmes, au moment où les choses commençaient à s'arranger pour eux. Les hommes qui ont peur font des choses idiotes, malavisées. »

Je me suis levé en emportant ma tasse de café vers une des fenêtres près de la porte d'entrée, et j'ai tiré un peu le rideau pour regarder dehors. Il faisait assez clair pour que les dernières étoiles soient effacées du ciel et pour qu'un peu de couleur apparaisse au sol.

« Ils seront bientôt là, j'ai dit.

— Eh bien, on est prêts, a dit Mitch. Viens ici, Gabe. » Il s'est accroupi près des longues boîtes qu'il avait apportées de son Bronco et il les a ouvertes. Je me suis approché. « C'est pas joli, ça ? » Les caisses contenaient chacune un fusil automatique gris sombre, d'un type récemment interdit dans l'État de Californie. Pas de vulgaires AK chinoises, mais des armes de précision européennes, qu'on appelle techniquement des fusils de bataille, par opposition aux fusils d'assaut, moins puissants.

« Laisse-moi deviner. Ton pote Aaaarnold a bazardé des vieilles affaires, et ça, c'étaient des accessoires de son dernier film, hein ? »

Il en a pris un. « Ils sont suisses. Trois mille cinq cents dollars pièce. C'est un gars qui fournit des armes pour le cinéma qui me les a trouvés. Portée utile six cents mètres, lunette incorporée, chargeur de vingt cartouches, calibre 7.62, tir sélectif. On aurait pas adoré ça, à Saigon ? » Il m'en a tendu un et je l'ai pris. Il était étonnamment lourd et massif.

« Tu parles, nos vieux M-16 ne pesaient qu'environ deux kilos cinq, et on se plaignait qu'ils étaient trop lourds. Celui-ci doit peser plus du double. On les aurait balancés dans la rivière et on aurait cherché quelque chose de plus léger.

— Le sens cinématographique de Mitchell ne le quitte jamais », a dit Starr. Il ne semblait pas du tout intéressé par cet armement exotique.

J'ai entendu le bruit de moteurs qui s'approchaient. « Ils arrivent, j'ai dit. Au moins deux véhicules. Mitch, si tu savais que ça allait en arriver là, pourquoi tu t'es fourré là-dedans ? Tu ne feras jamais ton film. Même si on survit à ça, tu seras liquidé.

— Dans mon métier, il n'y a pas de mauvaise publicité, Gabe. Il n'y a que de la publicité. »

J'ai laissé tomber. J'étais coincé avec des cinglés. Curieusement, ça ne me dérangeait pas du tout. Je venais de loin avec ces gars, et on avait quelques vieux, très vieux comptes à régler. Je sentais que j'étais exactement où je devais être, et je n'avais pas envie d'être ailleurs ce matin.

« Est-ce que c'est Armitage qui a commandé le meurtre de Duc ? j'ai demandé.

— La décision a dû être prise par consensus, à la manière asiatique a dit Starr. Mais le consensus n'aurait pas pu être atteint s'il ne l'avait pas voulu. Je soupçonne que c'est Archie Dupre qui a appuyé sur la détente. C'était un artiste de la mitraillette autrefois. Il en avait une petite suédoise, le genre d'armes qu'aiment les barbouzes.

— Alors, ils sont à moi.

— Les duels risquent de ne pas être possibles », a dit Starr. Il s'est approché de la fenêtre, et on a vu les deux véhicules qui remontaient lentement le canyon. « Tu ne les hais pas, Gabriel ? Tu ne les hais pas tous : les planificateurs et les magouilleurs, ceux qui ont envoyé les guerriers à la mort et qui ne se sont jamais sali les mains dans le sang ? Les calculateurs, les manipulateurs et les profiteurs ? Ces gens-là ont détruit l'ancienne pureté de la guerre, et l'ont transformée en un sale petit jeu pour les lâches. »

Queen nous a rejoints, avec le grand fusil suisse pendu à l'horizontale au niveau de la taille par une longue bandoulière passant sur son épaule, exactement comme dans les reportages sur les endroits troublés du monde.

« Tu es né à la mauvaise époque, Martin. Ton style, ça aurait plutôt été les croisades, ou la guerre de Cent Ans peut-être. Des suzerains et des guerriers, combattant tous ensemble, c'est ça que tu aurais apprécié. »

Starr a hoché la tête. « Oui, j'aurais été un chevalier ou un samouraï exemplaire. À l'époque où j'étais un dévoyé, je m'amusais énormément, je me prenais pour un vrai héros de film de cape et d'épée. Mais en y repensant maintenant, tout ça me paraît minable et inutile ; ça a ouvert la voie à des gens comme *eux*. » Lui si avare de gestes, il a désigné les véhicules qui s'arrêtaient en bas de l'allée, à environ une trentaine de mètres.

Un petit groupe est sorti du véhicule de tête et a commencé à installer quelque chose sur le capot. Une mitrailleuse. Pas un petit fusil-mitrailleur insignifiant, mais une vraie mitrailleuse grand format, alimentée par des bandes et montée sur trépied.

« Bon Dieu, ils ont apporté une sacrée puissance de feu, j'ai dit.

— Ils savent à qui ils ont affaire », a dit Starr.

Le conducteur de la deuxième voiture est sorti. C'était un Noir, mince, et il tenait une mitraillette en se dirigeant en boitant vers l'arrière pour ouvrir une portière. L'homme qui est sorti ne portait pas de costume à fines rayures cette fois-ci. Il portait des vêtements kaki, comme un ingénieur se rendant sur un chantier. Ses cheveux blancs formaient une frange autour de ses tempes, le sommet de son crâne était totalement chauve, et sa moustache était fournie et soigneusement taillée. Si je l'avais vu par hasard, je ne l'aurais pas reconnu. Mais j'avais beaucoup pensé à lui ces derniers temps.

« Tiens, tiens, j'ai dit, le commandant Gresham. Ça faisait longtemps qu'on n'avait pas été tous réunis. » Le soleil est apparu sur la crête des collines et a tiré un reflet de son poignet ; j'ai vu qu'il portait les bracelets de bronze indigènes qu'il avait la nuit du Têt, et ça m'a rappelé cette autre nuit, plus tard, quand quelqu'un s'était retourné et avait pointé une arme sur moi. Je me suis tourné vers Starr. « C'était lui ! Cette nuit-là, près de la rivière, c'était lui qui criait en te parlant de l'autre côté de la table ! J'ai cru qu'il me visait avec un pistolet, mais c'étaient ses bracelets à son poignet. »

Starr a souri. « Et ça t'a empêché de me tirer dessus correctement. Ces petits malentendus nous compliquent vraiment la vie.

— Et c'est Dupre que j'ai atteint à la jambe cette nuit-là. Je croyais que c'était un de tes hommes, mais c'était un de ceux de Gresham.

— On travaillait tous ensemble. Archie était un de ceux qui n'avaient jamais accepté le fait que je commande. Il s'est laissé séduire par Gresham, pauvre garçon.

— Ça a été une bonne chose pour Connie et moi

que ce soient des Vietnamiens qui nous aient tiré dessus sur ce terrain de jeu. Ce vieil Archie ne nous aurait pas ratés, lui. Et en parlant de ça… » J'ai fusillé Queen du regard. « Comment ils ont su où nous trouver ? On n'a pas trouvé de micro espion sur notre téléphone, et le gars ne nous appelait pas du bureau de Duc.

— Oh, tout a été de ma faute, et je m'excuse vraiment, Gabe. » Queen avait l'air honteux, repentant : c'était Eddie Haskell en train de parler à Mrs. Cleaver. « L'espion était sur mon propre téléphone et je le savais. Les micros ne sont pas gênants quand on sait qu'ils sont là. J'ai simplement oublié qu'on pouvait écouter votre téléphone sur ma ligne. » Il a vu mon regard. « Hé, mec, je ne peux pas penser à tout ! »

Ma bouche était presque devenue sèche. « Martin, le bal va bientôt commencer. Il faut que je sache. Pourquoi fais-tu tout ça ? »

Il a réfléchi un moment, en étudiant les hommes dehors, de ses yeux infiniment tristes. « Je veux terminer tout ça. J'ai consacré ma vie à une guerre qui ne s'est pas terminée quand elle aurait dû. Nous étions des fantômes, et nous sommes restés des fantômes jusqu'à cette heure. Je suis fatigué, Gabriel, et je veux que ça finisse. »

Cinq hommes étaient sortis du véhicule de tête, tous asiatiques, deux assez âgés, et trois plus jeunes ; deux des jeunes s'occupaient de la mitrailleuse. Les trois autres avaient des armes légères. Trois hommes étaient arrivés dans l'autre voiture. En plus de Gresham/Armitage et de Dupre, il y avait une grosse brute de Blanc.

« Est-ce qu'il y a Dang Thai Mai et Truong Chinh ? j'ai demandé à Starr.

— Oui, ce sont les deux plus vieux. » Il a souri légèrement. « C'est inhabituel pour eux et pour Armitage de faire le travail eux-mêmes, mais ils veulent que ça reste une petite opération et ils ne se font pas confiance les uns les autres. C'est très bien pour nous, remarque.

— Et ce type près de Dupre, ça devait être le chauffeur dans l'attaque de Duc. » J'ai hoché la tête. « OK, Martin. Finissons-en. » J'ai manœuvré le levier d'armement du fusil, pour engager une cartouche. J'ai mis le sélecteur en position semi-automatique.

Starr a hoché la tête, lui aussi, il a souri et il a chuchoté, presque trop bas pour je puisse entendre. « Oh, mes frères bien-aimés. »

Gresham, si c'était bien son vrai nom, a porté un mégaphone à sa bouche. « Martin, je sais que toi et Mitch Queen vous êtes à l'intérieur. Je veux que vous sortiez. Je veux tous les exemplaires de ce scénario, et tous les fichiers informatiques qui s'y rapportent. Je te donne une minute pour exécuter mes instructions.

— Hé, commandant Gresham ! j'ai crié. T'es toujours le même crétin prétentieux qu'il y a trente ans. J'ai pensé que je pouvais te le dire, maintenant que tu n'es plus mon supérieur.

— Qui parle ? Treloar ? Tu regrettes pas de ne pas avoir tué ce cinglé quand tu en as eu l'occasion ?

— Sûrement pas. Martin et moi, on est des vieux potes. Je n'aurais pas voulu rater cette petite fête pour tout l'or du monde. Tu n'aurais pas dû tuer Duc, Gresham. » Je me suis tourné vers Starr. « Qu'est-ce qu'il y a dans ce scénario pour qu'il soit si désespéré ?

— Des opérations, des noms de code, des dates, des noms de fonctionnaires. J'ai enrobé tout ça dans une merveilleuse histoire, Gabriel, mais j'ai utilisé tous les vrais noms. Beaucoup de ses activités n'étaient pas seulement criminelles. C'était de la trahison.

— Et alors, en quoi ça le dérange ? C'est toujours un grand truand, comme autrefois. Ce n'est pas comme s'il avait une réputation à défendre.

— Mais il n'était pas tout seul à l'époque, et il ne l'est toujours pas maintenant. Beaucoup, beaucoup de ces gens sont encore dans l'administration, Gabriel, tranquilles, respectables et sûrs que leurs anciens méfaits ne reviendront jamais les hanter, tant qu'il ne parlera pas. C'est l'épée de Damoclès qu'il tient au-dessus de leurs têtes depuis toutes ces années. Pourquoi crois-tu qu'il a pu opérer si librement, sans qu'on ait même seulement fait une enquête sur lui ? »

Queen a gloussé. « Ce type connaît plus de saloperies sur plus de gens importants que J. Edgar Hoover. Hé ! Martin, si on en faisait notre prochain film ?

— Tu es dépassé, Treloar, a dit Gresham. Martin est dépassé. Vous êtes des reliques d'un monde qui n'existe plus. Vous n'avez pas évolué avec votre temps et il n'y a pas de raison de vous garder sur terre plus longtemps. » Il a abaissé le mégaphone et s'est tourné vers les servants de la mitrailleuse.

Juste à ce moment, un des Asiatiques a crié quelque chose et a montré la pente derrière nous. Un autre a levé une mitraillette et a tiré une longue rafale. J'ai épaulé le lourd fusil, visé rapidement et je l'ai étendu d'une balle. Ils se sont tous baissés derrière les voitures et la bouche de la mitrailleuse a pivoté.

« Tous à terre ! » j'ai crié, mais ils s'étaient déjà aplatis avant moi.

« Sur quoi il tirait ? a demandé Queen.

— C'était Connie. Elle part chercher de l'aide. »

J'étais bouleversé. Est-ce qu'elle avait été touchée ? La portée était extrême pour ces petits pistolets mitrailleurs, et l'Asiatique n'était probablement pas un expert comme Archie. Mais même un imbécile peut avoir un coup de chance.

« Elle n'aurait pas dû risquer sa vie, a dit Starr. Tout sera fini ici depuis longtemps avant qu'elle puisse revenir avec de l'aide. » Et puis la mitrailleuse a commencé à tirer.

Les balles puissantes ont déchiré les fenêtres et les parties en bois des murs extérieurs. L'air s'est rempli d'éclats de bois qui m'ont piqué la figure et les mains. S'il n'y avait pas eu les lambris de bois tendre pour absorber la plupart des balles, on aurait probablement été hachés par les ricochets. Mais dans ces conditions, ces balles de mitrailleuse causaient plus de bruit et de confusion que de vrai danger. C'était ce que les militaires appellent un tir de barrage. Ils utilisent la puissance de feu d'une mitrailleuse pour vous obliger à baisser la tête et vous empêcher de répondre au tir, pendant que les autres soldats s'approchent pour l'assaut.

J'ai regardé autour de moi et j'ai vu Queen toujours collé au sol. Starr glissait quelque chose dans sa ceinture de tissu. J'ai jeté un coup d'œil au mur. Le sabre court japonais manquait. Nous avions des fusils de bataille, ils avaient de l'artillerie lourde, et lui, il allait combattre au sabre, au sabre court, en plus. Ça se tenait.

« Ces idiots vont bientôt arriver au bout de leur bande de munitions, a dit Martin tranquillement, mais de façon qu'on puisse quand même l'entendre au milieu de ce vacarme épouvantable. Quand ils y seront, couvrez-moi. Je vais rendre une petite visite. »

À l'instant où la mitrailleuse s'est arrêtée, Mitch et moi on s'est redressés sur un genou et on a tiré par les fenêtres qui encadraient la porte. Les mitrailleurs étaient en train de bricoler la culasse de leur arme. Non seulement ils avaient tiré toute une bande de munitions d'un seul coup, mais en plus ils l'avaient laissée chauffer. Une arme refroidie par air doit tirer des rafales courtes, pas plus de neuf ou dix coups à la fois, et il faut la laisser refroidir quelques secondes entre deux rafales. Ils avaient simplement appuyé sur la détente jusqu'à ce qu'ils aient épuisé leur bande, et maintenant, ils se brûlaient les mains en essayant d'en charger une nouvelle.

Mitch a arrosé l'avant du véhicule en tir automatique ; ça les a obligés à se baisser derrière. J'ai tiré au coup par coup, en visant la mitrailleuse. Avec sa culasse ouverte comme ça, j'avais une bonne chance de la mettre hors service. Des petites balles vicieuses de mitraillette ricochaient sur la pierre sous la fenêtre, en projetant des étincelles, mais j'ai continué à tirer, en regardant la mitrailleuse tressauter sur son pivot. Puis le feu adverse est devenu trop intense et je me suis rebaissé.

« Bien tiré, mec ! » Queen riait comme une hyène en enfonçant un nouveau chargeur dans son fusil. Il m'en a lancé un que j'ai fourré dans une poche. « Bon Dieu, Gabe, ces têtes de nœud n'ont pas une chance. Je suis à l'épreuve des balles, Martin peut se rendre invisible, et toi, tu tires comme Annie Oakley[1]. »

De plus en plus de petites balles nous arrivaient dessus, mais la mitrailleuse restait silencieuse. Je l'avais

1. Célèbre tireuse d'élite américaine de la fin du 19e siècle.

peut-être eue. Le problème, c'était que les tirs venaient des fenêtres de côté maintenant. Ils se mettaient en position pour nous encercler. J'ai vu du mouvement par la fenêtre côté nord, et je me suis retourné en essayant d'amener mon lourd fusil en position de tir, mais le chauffeur de Gresham mettait déjà Queen en joue. Avant que j'aie eu le temps de crier, quelqu'un s'est trouvé derrière le tireur, et tout s'est passé comme si Starr lui tapait sur l'épaule pour s'inviter à une danse. La grosse brute a disparu avec Starr ; ils n'ont pas émis un son.

Mitch a encore éclaté de rire. « T'as vu ça ? C'est pas un fils de pute, ce Martin ? » Il a roulé sur lui-même pour se mettre à plat ventre et s'est redressé sur les coudes. « Allez, Gabe. Je suppose qu'il va s'occuper de Gresham maintenant. On va l'aider un peu. »

On s'est redressés d'un bond ; j'ai vu les deux jeunes Asiatiques qui essayaient toujours de mettre leur mitrailleuse en action. J'ai tiré dans la voiture ; Queen devait avoir percé son réservoir d'essence auparavant parce que les étincelles provoquées par notre tir lui ont foutu le feu dans une explosion mate. Les deux types n'ont pas couru pour échapper aux flammes, alors j'ai compris qu'on les avait épinglés aussi.

« Bingo ! a crié Queen en se remettant à couvert. On en est à… combien ? Quatre de descendus, reste quatre ? » Une grêle de balles est arrivée par une des fenêtres de devant ; c'étaient deux mitraillettes tirant en même temps. « Eh bien, on va voir si ce vieux Gunslinger n'a pas perdu la main. » Il s'est relevé au milieu des éclats de verre, des débris de bois et des douilles vides.

« Mitch, non ! » j'ai hurlé, mais il était perdu dans

son fantasme de cow-boy, la pellicule se déroulait dans sa tête, comme elle l'avait toujours fait depuis que je le connaissais. Il a ouvert la porte d'un coup de pied, il s'est avancé sur le porche et il a ouvert le feu. J'ai sauté vers ma fenêtre et l'ai vu tressauter et tituber en arrière. Là-dehors, les deux Vietnamiens les plus âgés, Dang Thai Mai et Truong Chinh, étaient accroupis derrière un rocher. Je ne savais pas qui était qui, mais qu'est-ce que ça faisait ? Leur guerre était loin derrière eux, tout comme la nôtre, et ils avaient oublié comment tirer efficacement en restant à couvert : ils se tenaient un peu trop haut. Je les ai descendus d'une balle chacun.

J'ai entendu un son mat derrière moi et je me suis retourné. « Mitch ! »

Il était assis, appuyé contre le mur, les jambes étendues, son grand fusil en travers des jambes, avec quatre ou cinq trous dans la poitrine, d'où s'écoulaient régulièrement des filets de sang. Il a touché distraitement les trous, d'un air étonné.

« Ben merde. J'étais sûr d'être à l'épreuve des balles. » Il a levé les yeux vers moi, et, pour la première fois, j'ai vu quelque chose qui ressemblait à de la peur sur son visage.

J'ai rampé vers lui. « Mitch, espèce de connard de fils de pute, pourquoi t'as fait ça ? On pouvait les cueillir.

— Ça aurait manqué de style. » Il a regardé les trous des balles comme s'ils étaient une offense personnelle. « C'est pas juste, Gabe, il a crié sur un ton indigné. Ce scénario allait faire un malheur ! » Il a tendu les mains et ses doigts se sont resserrés comme s'ils tenaient quelque chose. « Je le tenais, cet oscar, là, dans mes mains ! » Il m'a regardé et j'ai vu cet éclair de folie revenir dans ses yeux, ce sourire familier soulever les coins de sa bouche. Je savais ce qui allait suivre. « Gabe…

— Ne le dis pas, Mitch. Je te jure devant Dieu, si tu le dis, je t'achève tout de suite.

— Gabe… J'aurais pu être *nominé* ! » Il a commencé à glousser, mais au lieu d'un rire, c'est du sang qui a bouillonné de ses narines. Il a toussé et du sang s'est écoulé de sa bouche. Je l'ai saisi par les épaules, en oubliant mon fusil, mais je ne pouvais rien faire pour l'aider. Il n'était pas atteint à la colonne vertébrale ni au cœur, mais apparemment aux poumons. Il pourrait être sauvé à l'hôpital, à condition d'être évacué très vite.

Puis quelque chose m'a atteint au côté, j'ai pivoté sur moi-même et je me suis retrouvé à moitié assis par terre ; mes oreilles tintaient et je n'entendais plus que ça. Quand ce tintement est passé, j'ai vu Archie Dupre s'encadrer dans la porte de derrière ; il tenait sa mitraillette presque négligemment à hauteur de la taille. Je me suis agrippé le côté sous la chemise, et j'ai senti que j'y avais une grande déchirure sanglante, exactement à l'endroit où j'avais été touché sous le champ de courses, lors du mini-Têt. C'était comme si la nouvelle blessure oblitérait l'ancienne. Je ne voulais pas tâter trop fort, de peur que mes doigts traversent carrément et touchent mes propres viscères. Ça aurait été un petit peu trop dur à supporter.

« Hé, Archie, j'ai dit, étonné d'être capable de parler. Tu te déplaces plutôt vivement pour un boiteux qui a la cinquantaine. J'ai l'impression qu'on est à égalité.

— On en est loin. Où est Starr ?

— Trouve-le toi-même. C'est pas un homme facile à épingler. » Je savais qu'il pouvait me mettre ces petites balles à travers la tête au lieu de bavarder. Peut-être qu'il avait envie de parler d'autrefois. « C'était la guerre, et on se tirait dessus, Arch. J'aurais pu te laisser brûler dans cet entrepôt près de la rivière. Je suis revenu pour toi et je t'en ai sorti.

— Tu crois que tu m'as fait une faveur ? » Sa figure sombre s'est tordue. « Tu aurais dû me laisser brûler, mec. J'ai fait trois ans à la prison de Long Binh. T'as une idée de ce que ça a pu être ? Ensuite, j'ai encore fait neuf ans à Leavenworth, et si ce petit Blanc qui avait de la merde à la place du cerveau, Carter, n'avait pas voulu entuber Reagan, j'y serais encore ! » Il aurait dû me tuer tout de suite, mais il avait attendu trop longtemps pour ça. La situation le faisait jubiler.

« Alors vas-y. Qu'est-ce que t'attends ? »

Il a abaissé un peu plus le canon de sa mitraillette. « Supplie-moi, mec, supplie. » Sa figure s'est détendue en un sourire.

« Bien sûr », j'ai dit, et ma main est sortie de sous ma chemise, avec le pistolet de Connie. « *Chieu Hoi*, enculé. » J'ai pressé la détente aussi vite que j'ai pu, en commençant au niveau de sa ceinture pour que le recul fasse monter les balles suivantes le long de son torse. Il a relevé sa mitraillette d'une saccade et a tiré deux balles avant de tomber en arrière. J'ai senti quelque chose déchirer un muscle à l'endroit où l'épaule et le cou se rejoignent, et je me suis retrouvé sur le dos, les yeux tournés vers le plafond.

Mon sens de l'orientation est revenu peu à peu. J'ai roulé sur le côté qui n'était pas blessé et je me suis redressé lentement et douloureusement, jusqu'à ce que je me retrouve sur mes pieds. J'ai tâté mon cou ; il était plein de sang, mais ça ne coulait pas en jets rouge vif ; j'allais peut-être m'en sortir. J'ai vu Mitch, pâle et immobile. Le sang ne coulait plus de ses blessures, mais j'ai cru voir un infime mouvement dans sa poitrine. Peut-être que cet imbécile pourrait quand même faire son film. J'étais sûr qu'il manquait encore un de ces salopards à l'appel.

Mon fusil était par terre devant la porte et je me suis baissé pour le ramasser, ce qui m'a presque fait tourner de l'œil, mais j'ai réussi à me redresser en le tenant à la main, et j'ai marché en trébuchant jusqu'à la porte. La lumière extérieure palpitait de façon irrégulière, mais tout était silencieux. J'ai vu du mouvement pourtant. Près de la voiture de Gresham. Je me suis mis en marche dans cette direction et, à travers les taches qui envahissaient ma vision, j'ai vu deux silhouettes enlacées, dans une sorte de danse exotique.

Martin Starr et Gresham étaient serrés l'un contre l'autre comme des amoureux, et Martin saignait de plusieurs blessures, mais son bras droit travaillait entre eux deux. Je n'avais pas envie de voir ça, mais j'ai continué à avancer. Je sentais le désert sous mes pieds ; je ne savais pas si le silence était réel ou si c'était moi qui étais devenu sourd. J'ai vu Gresham glisser sur le sol entre Starr et la Jeep, et Martin s'est tourné vers moi, en souriant comme un enfant heureux.

Les taches sombres se sont rejointes et je suis devenu aveugle. Et puis, je me suis retrouvé flottant en l'air ; je voyais le sol défiler sous moi. Mais il y avait deux jambes couvertes de sang sous moi, et j'ai vu que ce n'étaient pas les miennes. Quelqu'un me portait. Tout est redevenu noir.

Quand j'ai repris conscience, j'étais assis contre un mur. Il m'a fallu une minute pour reconnaître mon environnement. J'ai vu quelqu'un allongé sur le sol et j'ai reconnu Mitch Queen, et tout m'est revenu. Il y avait quelqu'un dans la pièce avec moi ; j'ai regardé sur le côté et j'ai vu Martin Starr assis en tailleur, avec le sabre court japonais sur les genoux.

« Tu es réveillé, Gabriel ? » Il a souri gentiment. « J'attendais pour te dire adieu.

— Oh ! bon Dieu, ne fais pas ça, Martin. » Mais j'avais l'impression que personne ne m'écoutait en ce moment.

« Il y en a parmi nous qui sont condamnés à vivre longtemps, Gabriel. D'autres font un choix différent. Je ne me suis jamais soumis au destin dans ma vie, et je ne vais pas commencer maintenant. J'espère que tu vivras heureux et longtemps, Gabriel, mais je doute qu'il en soit ainsi. Tu acceptes le destin, et le tien est mélancolique. »

Il est resté silencieux un moment, puis : « Tu te rappelles quand on était près de la rivière à Cholon et qu'on a parlé de saint Martin et du mendiant ?

— Je m'en souviens.

— Pour partager son manteau, saint Martin a dû tirer l'épée. Souviens-toi de ça. »

Il a placé la pointe du sabre juste sous son sternum et a serré la poignée à deux mains. Puis, sans une trace d'hésitation, nettement et élégamment comme tout ce qu'il faisait, Martin Starr s'est enfoncé la lame, vers l'intérieur et vers le haut, jusqu'à la garde, dans le cœur. Il a donné un demi-tour à la poignée et ses mains sont retombées sur ses genoux. Lentement, sa tête s'est inclinée, jusqu'à ce que son menton repose sur sa poitrine.

J'ai été inconscient pendant un moment, et quand je suis revenu à moi, je me suis retrouvé au Vietnam. J'ai entendu le bruit de tonnerre des pales d'un gros hélicoptère qui s'apprêtait à atterrir et le son des sirènes hurlantes, comme si les moments les plus dramatiques de ma vie se rejouaient tous d'un seul coup ici, dans cet endroit invraisemblable. De la poussière est entrée par la porte ouverte, par les fenêtres fracassées et par la multitude de trous faits par les balles.

Au milieu du bruit des sirènes, j'entendais les radios braillardes de la police, des voix qui criaient et quelqu'un qui beuglait d'une façon incohérente dans un mégaphone. J'ai songé que les flics de Santa Barbara ne devaient pas souvent rencontrer des situations comme celle-ci.

De lourdes bottes ont martelé le porche et deux silhouettes ont franchi la porte, énormes et comiques dans leurs gilets pare-balles, tenant leurs pistolets à deux mains, à bout de bras. Deux autres sont entrés ; ils avaient tous l'air atterré de gens qui se retrouvent subitement sur une autre planète.

Puis Connie est entrée, son visage pâle et tiré par l'appréhension. Elle a regardé les corps d'un air hébété, puis elle m'a vu et j'ai eu du mal à déchiffrer son expression. Elle s'est approchée de moi et s'est accroupie. Elle a tendu la main et m'a doucement caressé la joue ; je ne sais pas si elle essuyait le sang ou les larmes.

« Alors, Gabe, elle a dit doucement, j'ai l'impression que tu l'as gagnée, cette guerre, finalement. »

Je l'ai regardée, j'avais du mal à parler. « Ouais, j'ai réussi à dire, je suppose que oui. »

Trop tard. Trop tard, mes frères.

ÉPILOGUE

EPILOGUE

Carmel, Californie, 1969

Pour la première fois, elle voyait le soleil se coucher sur l'océan, à l'ouest.

« Ça paraît faux, m'a dit Rose. Avant, le soleil se levait toujours sur l'océan. Il se couchait dans les montagnes.

— Tu vas devoir t'habituer à plein de choses », j'ai dit. Je disposais de trente jours de permissions accumulées avant de me présenter à Fort Ord pour prendre mon service. Rose et moi, on était partis pour un long voyage tranquille le long de la côte, jusqu'à la pointe de la Basse Californie. On avait commencé ce matin-là, dès que j'avais fini la paperasserie de mon inscription. Un vieux copain d'école m'avait amené ma voiture de LA. C'était notre premier arrêt. J'avais vu que le soleil touchait presque l'horizon et je m'étais arrêté à l'un de ces endroits incomparables et spectaculaires qu'on trouve partout le long de cette partie de la côte, toute en formations rocheuses baroques et en vagues énormes. On avait choisi un rocher et on s'était assis dessus, les jambes pendantes, au bord d'une falaise vertigineuse. Le soleil était maintenant coupé en deux par l'océan, et il y avait une mince bande de brume sur l'horizon, d'une incroyable couleur orange.

« C'est si calme ici, si paisible », elle a dit. Elle s'est penchée vers moi, serrée dans mes bras, une minuscule femme avec des cheveux noirs si longs qu'elle pouvait s'asseoir dessus. Derrière nous, la radio était branchée dans ma vieille Chevrolet de 56. Une chanteuse que je n'avais jamais entendue chantait d'une voix de soprano, si pure que ça serrait le cœur, une chanson qui s'appelait « Both Sides Now ».

J'ai souri ; je me sentais réchauffé et léger comme une plume après cette année brutale passée outre-mer. « C'est encore une chose à laquelle tu vas devoir t'habituer, Rose. La paix. »

Elle s'est enfoncée encore plus profondément au creux de mes bras. « Je sais que c'est vrai, mais j'ai encore du mal à y croire. C'est terminé, hein ? Pour nous, pour nos enfants et pour nos petits-enfants, c'est terminé. La guerre ne nous atteindra plus, hein, Gabe ? » Elle m'a regardé et un très léger doute s'est inscrit sur ses traits, comme si ce qui avait commencé comme une affirmation s'était transformé en cours de route en une question sérieuse.

Je l'ai serrée plus fort. « Je te le promets, j'ai dit en effleurant de la bouche son oreille délicate. Elle ne nous atteindra plus jamais. »

Le soleil est descendu derrière la brume, puis sous la mer, et, en quelques minutes, les étoiles sont sorties, une à une.

DU MÊME AUTEUR

Aux Éditions Gallimard

Dans la Série Noire

LES FANTÔMES DE SAIGON, 2002, Folio Policier n° 674

COLLECTION FOLIO POLICIER

Dernières parutions

465.	Ken Bruen	*Toxic Blues*
466.	Larry Beinhart	*Le bibliothécaire*
467.	Caryl Férey	*La jambe gauche de Joe Strummer*
468.	Jim Thompson	*Deuil dans le coton*
469.	Jim Thompson	*Monsieur Zéro*
470.	Jim Thompson	*Éliminatoires*
471.	Jim Thompson	*Un chouette petit lot*
472.	Lalie Walker	*N'oublie pas*
473.	Joe R. Lansdale	*Juillet de sang*
474.	Batya Gour	*Meurtre au Philharmonique*
475.	Carlene Thompson	*Les secrets sont éternels*
476.	Harry Crews	*Le Roi du K.O.*
477.	Georges Simenon	*Malempin*
478.	Georges Simenon	*Les rescapés du Télémaque*
479.	Thomas Sanchez	*King Bongo*
480.	Jo Nesbø	*Rue Sans-Souci*
481.	Ken Bruen	*R&B – Le Mutant apprivoisé*
482.	Christopher Moore	*L'agneau*
483.	Carlene Thompson	*Papa est mort, Tourterelle*
484.	Leif Davidsen	*La Danois serbe*
485.	Graham Hurley	*La nuit du naufrage*
486.	John Burdett	*Typhon sur Hong Kong*
487.	Mark Henshaw / John Clanchy	*Si Dieu dort*
488.	William Lashner	*Dette de sang*
489.	Patrick Pécherot	*Belleville-Barcelone*
490.	James Hadley Chase	*Méfiez-vous, fillettes !*
491.	James Hadley Chase	*Miss Shumway jette un sort*
492.	Joachim Sebastiano Valdez	*Celui qui sait lire le sang*
493.	Joe R. Lansdale	*Un froid d'enfer*
494.	Carlene Thompson	*Tu es si jolie ce soir*

495. Alessandro Perissinotto — *Train 8017*
496. James Hadley Chase — *Il fait ce qu'il peut*
497. Thierry Bourcy — *La cote 512*
498. Boston Teran — *Trois femmes*
499. Keith Ablow — *Suicidaire*
500. Caryl Férey — *Utu*
501. Thierry Maugenest — *La poudre des rois*
502. Chuck Palahniuk — *À l'estomac*
503. Olen Steinhauer — *Niet camarade*
504. Christine Adamo — *Noir austral*
505. Arkadi et Gueorgui Vaïner — *La corde et la pierre*
506. Marcus Malte — *Carnage, constellation*
507. Joe R. Lansdale — *Sur la ligne noire*
508. Matilde Asensi — *Le dernier Caton*
509. Gunnar Staalesen — *Anges déchus*
510. Yasmina Khadra — *Le quatuor algérien*
511. Hervé Claude — *Riches, cruels et fardés*
512. Lalie Walker — *La stratégie du fou*
513. Leif Davidsen — *L'ennemi dans le miroir*
514. James Hadley Chase — *Pochette surprise*
515. Ned Crabb — *La bouffe est chouette à Fatchakulla*
516. Larry Brown — *L'usine à lapins*
517. James Hadley Chase — *Une manche et la belle*
518. Graham Hurley — *Les quais de la blanche*
519. Marcus Malte — *La part des chiens*
520. Abasse Ndione — *Ramata*
521. Chantal Pelletier — *More is less*
522. Carlene Thompson — *Le crime des roses*
523. Ken Bruen — *Le martyre des Magdalènes*
524. Raymond Chandler — *The long good-bye*
525. James Hadley Chase — *Vipère au sein*
526. James Hadley Chase — *Alerte aux croque-morts*
527. Jo Nesbø — *L'étoile du diable*
528. Thierry Bourcy — *L'arme secrète de Louis Renault*
529. Béatrice Joyaud — *Plaisir en bouche*
530. William Lashner — *Rage de dents*
531. Patrick Pécherot — *Boulevard des Branques*
532. Larry Brown — *Fay*
533. Thomas H. Cook — *Les rues de feu*

534.	Carlene Thompson	*Six de Cœur*
535.	Carlene Thompson	*Noir comme le souvenir*
536.	Olen Steinhauer	*36, boulevard Yalta*
537.	Raymond Chandler	*Un tueur sous la pluie*
538.	Charlie Williams	*Les allongés*
539.	DOA	*Citoyens clandestins*
540.	Thierry Bourcy	*Le château d'Amberville*
541.	Jonathan Trigell	*Jeux d'enfants*
542.	Bernhard Schlink	*La fin de Selb*
543.	Jean-Bernard Pouy	*La clef des mensonges*
544.	A. D. G.	*Kangouroad Movie*
545.	Chris Petit	*Le Tueur aux Psaumes*
546.	Keith Ablow	*L'Architecte*
547.	Antoine Chainas	*Versus*
548.	Joe R. Lansdale	*Le mambo des deux ours*
549.	Bernard Mathieu	*Carmelita*
550.	Joe Gores	*Hammett*
551.	Marcus Malte	*Le doigt d'Horace*
552.	Jo Nesbø	*Le sauveur*
553.	Patrick Pécherot	*Soleil noir*
554.	Carlene Thompson	*Perdues de vue*
555.	Harry Crews	*Le Chanteur de Gospel*
556.	Georges Simenon	*La maison du juge*
557.	Georges Simenon	*Cécile est morte*
558.	Georges Simenon	*Le clan des Ostendais*
559.	Georges Simenon	*Monsieur La Souris*
560.	Joe R. Lansdale	*Tape-cul*
561.	William Lashner	*L'homme marqué*
562.	Adrian McKinty	*Le Fils de la Mort*
563.	Ken Bruen	*Le Dramaturge*
564.	Marcus Malte	*Le lac des singes*
565.	Chuck Palahniuk	*Journal intime*
566.	Leif Davidsen	*La photo de Lime*
567.	James Sallis	*Bois mort*
568.	Thomas H. Cook	*Les ombres du passé*
569.	Mark Henshaw - John Clanchy	*L'ombre de la chute*
570.	Olen Steinhauer	*La variante Istanbul*
571.	Thierry Bourcy	*Les traîtres*
572.	Joe R. Lansdale	*Du sang dans la sciure*
573.	Joachim Sebastiano Valdez	*Puma qui sommeille*

574. Joolz Denby *Stone Baby*
575. Jo Nesbø *Le bonhomme de neige*
576. René Reouven *Histoires secrètes de Sherlock Holmes*
577. Leif Davidsen *Le dernier espion*
578. Guy-Philippe Goldstein *Babel Minute Zéro*
579. Nick Stone *Tonton Clarinette*
580. Thierry Jonquet *Romans noirs*
581. Patrick Pécherot *Tranchecaille*
582. Antoine Chainas *Aime-moi, Casanova*
583. Gabriel Trujillo Muñoz *Tijuana City Blues*
584. Caryl Férey *Zulu*
585. James Sallis *Cripple Creek*
586. Didier Daeninckx *Éthique en toc*
587. John le Carré *L'espion qui venait du froid*
588. Jeffrey Ford *La fille dans le verre*
589. Marcus Malte *Garden of love*
590. Georges Simenon *Les caves du Majestic*
591. Georges Simenon *Signé Picpus*
592. Carlene Thompson *Mortel secret*
593. Thomas H. Cook *Les feuilles mortes*
594. Didier Daeninckx *Mémoire noire*
595. Graham Hurley *Du sang et du miel*
596. Marek Krajewski *Les fantômes de Breslau*
597. François Boulay *Traces*
598. Gunnar Staalesen *Fleurs amères*
599. James Sallis *Le faucheux*
600. Nicolas Jaillet *Sansalina*
601. Jean-Bernard Pouy *Le rouge et le vert*
602. William Lashner *Le baiser du tueur*
603. Joseph Bialot *La nuit du souvenir*
604. Georges Simenon *L'outlaw*
605. Kent Harrington *Le serment*
606. Thierry Bourcy *Le gendarme scalpé*
607. Gunnar Staalesen *Les chiens enterrés ne mordent pas*
608. Jo Nesbø *Chasseurs de têtes*
609. Dashiell Hammett *Sang maudit*
610. Joe R. Lansdale *Vierge de cuir*
611. Dominique Manotti *Bien connu des services de police*
612. Åsa Larsson *Horreur boréale*
613. Saskia Noort *Petits meurtres entre voisins*

614.	Pavel Kohout	*L'heure étoilée du meurtrier*
615.	Boileau-Narcejac	*La vie en miettes*
616.	Boileau-Narcejac	*Les veufs*
617.	Gabriel Trujillo Muñoz	*Loverboy*
618.	Åntoine Chainas	*Anaisthêsia*
619.	Thomas H. Cook	*Les liens du sang*
620.	Tom Piccirilli	*La rédemption du Marchand de sable*
621.	Francis Zamponi	*Le Boucher de Guelma*
622.	James Sallis	*Papillon de nuit*
623.	Kem Nunn	*Le Sabot du Diable*
624.	Graham Hurley	*Sur la mauvaise pente*
625.	Georges Simenon	*Bergelon*
626.	Georges Simenon	*Félicie est là*
627.	Ken Bruen	*La main droite du diable*
628.	William Muir	*Le Sixième Commandement*
629.	Kirk Mitchell	*Dans la vallée de l'ombre de la mort*
630.	Jean-François Vilar	*Djemila*
631.	Dashiell Hammett	*Moisson rouge*
632.	Will Christopher Baer	*Embrasse-moi, Judas*
633.	Gene Kerrigan	*À la petite semaine*
634.	Caryl Férey	*Saga maorie*
635.	James Sallis	*Le frelon noir*
636.	Gabriel Trujillo Muñoz	*Mexicali City Blues*
637.	Heinrich Steinfest	*Requins d'eau douce*
638.	Simon Lelic	*Rupture*
639.	Jenny Siler	*Flashback*
640.	Joachim Sebastiano Valdez	*Les larmes des innocentes*
641.	Kjell Ola Dahl	*L'homme dans la vitrine*
642.	Ingrid Astier	*Quai des enfers*
643.	Kent Harrington	*Jungle rouge*
644.	Dashiell Hammett	*Le faucon maltais*
645.	Dashiell Hammett	*L'Introuvable*
646.	DOA	*Le serpent aux mille coupures*
647.	Larry Beinhart	*L'évangile du billet vert*
648.	William Gay	*La mort au crépuscule*
649.	Gabriel Trujillo Muñoz	*Mezquite Road*
650.	Boileau-Narcejac	*L'âge bête*
651.	Anthony Bourdain	*La surprise du chef*

Composition: Nord Compo
Impression Novoprint
le 28 octobre 2012
Dépôt légal : octobre 2012

ISBN 978-2-07-044420-5./Imprimé en Espagne.

184996